KNOCHENSCHREI

CATHERINE SHEPHERD

1. Auflage 2018

Lektorat: Gisa Marehn
Korrektorat: SW Korrekturen e.U. / Mirjam Samira Volgmann

Covergestaltung: Alex Saskalidis
Covermotiv: iStock.com / magicmine und iStock.com / NexTser

www.catherine-shepherd.com
kontakt@catherine-shepherd.com

ISBN: 978-3-944676-10-4

TITEL VON CATHERINE SHEPHERD

Zons-Thriller:

1. Der Puzzlemörder von Zons (Kafel Verlag April 2012)
2. Erntezeit (Früher: Der Sichelmörder von Zons; Kafel Verlag März 2013)
3. Kalter Zwilling (Kafel Verlag Dezember 2013)
4. Auf den Flügeln der Angst (Kafel Verlag August 2014)
5. Tiefschwarze Melodie (Kafel Verlag Mai 2015)
6. Seelenblind (Kafel Verlag April 2016)
7. Tränentod (Kafel Verlag April 2017)
8. Knochenschrei (Kafel Verlag April 2018)

Laura Kern-Thriller:

1. Krähenmutter (Piper Verlag Oktober 2016)
2. Engelsschlaf (Kafel Verlag Juli 2017)

Julia Schwarz-Thriller:

1. Mooresschwärze (Kafel Verlag Oktober 2016)
2. Nachtspiel (Kafel Verlag November 2017)

Übersetzungen:

1. Fatal Puzzle - Zons Crime (Titel der deutschen Originalausgabe: Der Puzzlemörder von Zons, AmazonCrossing Januar 2015)
2. The Reaper of Zons - Zons Crime (Titel der deutschen Originalausgabe: Erntezeit, AmazonCrossing Februar 2016)

Die schönste List des Teufels ist es, uns zu überzeugen,
dass es ihn nicht gibt.

Charles Baudelaire

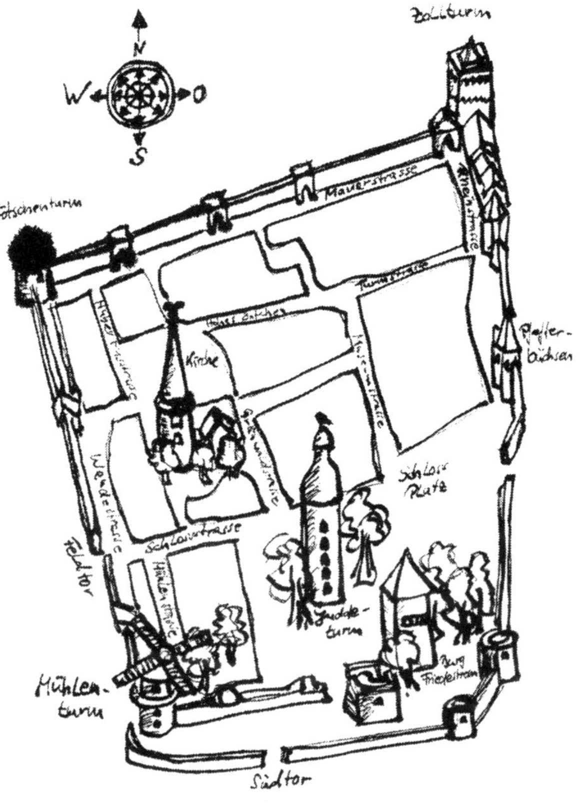

Lageplan der Stadt Zons

PROLOG

Ich atme noch. Abgestandene Luft strömt bleiern in meine müde Lunge. Mein Brustkorb hebt und senkt sich bebend. Ich frage mich, seit wann mir das Atmen so schwerfällt. Aber ich habe jedes Zeitgefühl verloren. Genau genommen weiß ich nicht einmal, ob Tag oder Nacht ist. Ob ich wach bin oder vielleicht nur träume. Deshalb kann ich auch nicht sagen, zu welchem Zeitpunkt die Luft ihre Leichtigkeit eingebüßt hat. Sie fühlt sich an wie ein dicker, muffiger Brei, der mich zu ersticken droht. Ob sie überhaupt noch Sauerstoff enthält?

Ich öffne die Augen, ohne einen Unterschied zu bemerken. Um mich herum herrscht Schwärze, egal, ob ich die Lider hebe oder nicht. Trotzdem blinzele ich. Die Trockenheit macht mir zu schaffen. Meine spröden Augenlider kratzen brennend über die Hornhaut. Also höre ich auf zu zwinkern und starre in die Dunkelheit. Ich taste nach der Wasserflasche, die längst leer ist. Aber die Hoffnung bringt mich dazu, erneut an der Öffnung zu saugen, damit vielleicht ein allerletzter Tropfen herausläuft und mir etwas Linderung verschafft. Meine Zunge schiebt sich so weit vor wie möglich und erkundet das trockene Innere des Flaschenhalses. Ich schlucke reflexartig, mit Schmerzen in der Kehle. Sämtliche Schleimhäute haben sich in Sandpapier verwandelt.

Mehrmals schon wollte ich einfach aufgeben, doch mein Überlebenswille drängt mich immer wieder zur Mauer. Es gibt vier davon, aber nur eine riecht frisch nach Mörtel. Zunächst fand ich den Geruch widerlich, inzwischen jedoch mag ich ihn, denn er zeigt mir den Weg in die Freiheit.

Meine Fingerspitzen wandern über die rauen Steine, die mich einkesseln wie ein Grab. Anfangs habe ich sie gezählt. Ich habe in der untersten Reihe begonnen, mich erst von rechts nach links und anschließend bis nach oben vorgearbeitet. Zugegeben, bis zur Decke kann ich mich nicht hochstrecken. Und das, obwohl ich mit meinen eins achtzig für eine Frau recht groß bin. Es liegen zwölf Steine nebeneinander, und wenn ich mich auf die Zehenspitzen stelle, zähle ich achtundzwanzig Reihen. Sobald ich schreie, hallt meine Stimme von der Decke wider. Also ist das Gewölbe ziemlich hoch. Aber um die Anzahl der Steine geht es mir gar nicht. Ich habe sie nur gezählt, damit ich nicht verrückt werde. Irgendetwas musste ich tun, nachdem ich im Dunkeln aufgewacht war und völlig orientierungslos nach einem Ausgang gesucht hatte. Noch immer ist mir nicht klar, wie ich überhaupt hierhergelangt bin in diesen Raum, der ein exaktes Rechteck bildet. Ich weiß das, denn die Steine der gegenüberliegenden Wand habe ich ebenfalls gezählt. Die Anzahl ist identisch. Die Mauer, an der die Matratze liegt, ist ein wenig länger, genau wie das Pendant auf der anderen Seite. Deshalb entspricht die Grundfläche meiner Zelle einem Rechteck und keinem Quadrat. Doch auch diese Erkenntnis hilft mir nicht sonderlich. Ich streiche über die Wände und fühle, wie meine schwieligen Finger über die raue Oberfläche schaben. Es ist fast so, als nehme die Haut nach und nach die Struktur der Steine an. Ich frage mich, ob der Körper sich zu Stein verwandelt, wenn ich weiterhin nichts zu trinken bekomme. Mechanisch gleitet mein Zeigefinger in die Fuge zwischen zwei Steinreihen. Ich forsche nach einer Vertiefung, doch ich kann keine finden. Mein Finger wandert nach oben und tastet eine Reihe höher die gerade Mörtellinie entlang, die noch rauer ist als der Stein. Endlich entdecke ich, was ich suche. Ein vielleicht vier Zentimeter langes Loch, das ich mit unendlich viel Kraftaufwand in die Fuge gekratzt habe. Meine Fingernägel sind bis auf einen abgebrochen. Ich habe sie aufgegessen, denn auch das Brot ist mir inzwischen ausgegangen. Zuerst dachte ich, der Laib würde ewig reichen. Jedenfalls so lange, bis ich einen Ausweg gefunden hätte. Doch ich habe mich geirrt. Die letzte Brotkrume ist längst verschlungen, und ich bin immer noch gefangen.

Durst und Hunger zehren an mir, aber ich bleibe tapfer stehen und kratze mit meinem verbliebenen Nagel in der Fuge. Wenn es mir nur gelänge, einen Stein herauszulösen, wäre die Rettung nahe. Fällt der erste Stein, dann vielleicht auch ein zweiter und anschließend die ganze Wand. Ich rede mir Mut zu, ignoriere das quälende Pochen in der Fingerkuppe und verstärke den Druck. Ein heißer Schmerz durchfährt mich, und ich zucke zurück. Der letzte Nagel ist abgebrochen. Ich stöhne und gehe in die Knie. Blitze erhellen die Schwärze. Meine Zunge legt sich auf die pochende Wunde. Das tut gut. Ich schmecke Blut. Der metallische Geschmack ist mir egal. Ich sauge durstig an meinem Finger wie ein Vampir. Ich umfasse ihn mit der anderen Hand und versuche, noch mehr Flüssigkeit herauszuquetschen.

Ich drehe mich erleichtert im Kreis, weil ich ein Hochgefühl verspüre. Dann halte ich an und sinke zu Boden. Ich brauche ein wenig Ruhe und taste nach der Matratze. Sie ist nicht da, und ich weiß gar nicht, in welcher Richtung ich suchen soll. Ich habe die Orientierung verloren und krieche über den Boden, eine Hand weit ausgestreckt. Endlich berühre ich einen Gegenstand. Doch er jagt mir einen Schauer über den Rücken. In dieser Ecke der Zelle ist alles verdreckt. Ich meide sie, weil mir beim letzten Mal eine fette Spinne über die Hand gekrabbelt ist, als ich zwischen dem Unrat nach etwas Nützlichem gesucht habe. Aber das, was meine Finger jetzt berühren, lässt mich innehalten. Eine schreckliche Ahnung schießt in mir hoch, während ich die merkwürdige Form abtaste. Mein Hirn versucht, ein Bild herzustellen, doch es will nicht gelingen.

Plötzlich klappt das kalte Objekt zu. Ein scharfer Schmerz fährt mir durch die Finger und ich ziehe entsetzt die Hand zurück. Ich schreie und schreie. Übelkeit schießt in mir auf und reißt mich fort. Fort von diesem Ding. Von dem Grauen, das es ausstrahlt, und dem Tod. Denn das, was gerade zugebissen hat, war nichts anderes als ein knochiger Schädel.

I

VOR FÜNFHUNDERT JAHREN

»Pst. Sonst entdeckt uns noch jemand.« Brunhilde lächelte und legte den Zeigefinger an ihre Lippen.

»Ach was. Wer soll uns hier finden? Vertraut mir, hierher verirrt sich niemand so schnell.«

»Es ziemt sich eigentlich nicht«, erwiderte Brunhilde leise und schlug die Augen nieder. »Ich dachte, Ihr wolltet mir Euer Hautleiden zeigen. Inzwischen kenne ich mich mit vielen Kräutern aus und kann Euch eine Salbe zubereiten, sobald ich wieder im Kloster bin.«

Clemens ergriff ihre Hand. »Das wollte ich. Aber vorher muss ich etwas gestehen. Ich habe Euch nicht nur deswegen hierhergebeten.« Sein Blick wanderte über Brunhildes Gestalt. Hastig trat sie einen Schritt zurück.

»Ihr dürft mich nicht anrühren.« Obwohl sie es noch vor wenigen Augenblicken gar nicht erwarten konnte, ihn zu sehen, keimte plötzlich Furcht in ihr auf. Wenn man sie beide zusammen sah, war es aus mit ihr.

»Aber nicht doch«, säuselte Clemens. »Ich würde Euch niemals zu nahe treten. Seit ich Euch zum ersten Mal erblickt habe, bin ich Eurem lieblichen Antlitz verfallen. Ich wollte Euch bitten, mit mir zu kommen.« Er ging auf die Knie und küsste Brunhildes Handrücken.

Die Berührung löste ein eigenartiges Kribbeln in ihr aus. Eines, das sie bisher nur aus ihren Tagträumereien kannte und das verboten war. Erschrocken fragte sie sich, warum sich die Sünde eigentlich so wohltuend anfühlte. Sie schluckte, denn sie wusste, dass es die Wollust war, die von ihr Besitz ergriff. Der Teufel streckte seine spitzen Finger nach ihr aus und umschmeichelte sie. Brunhilde spürte, wie ihr die Hitze ins Gesicht schoss.

»Zeigt mir schnell Euer Leiden, und ich sehe, was ich für Euch tun kann.«

Clemens erhob sich zerknirscht. »Also gut. Aber bis in drei Tagen brauche ich Eure Antwort.« Er schob den Stiefel vom Fuß und deutete auf eine geschwollene Stelle unter dem Ballen.

Brunhilde griff nach der Fackel und kniff die Augen zusammen.

»Ihr lockt mich wegen einer Blase hierher? Schafft Euch neues Schuhwerk an oder wickelt ein Leinentuch um Euren Fuß.«

Clemens nickte betroffen. »Ich sagte ja, dass ich Euch nicht nur deshalb unter vier Augen sprechen wollte.«

Brunhilde fühlte sich geschmeichelt. Sie hätte gerne gewusst, wie sich seine Lippen anfühlten oder seine Finger auf ihrer Haut. Aber dieser Verlockung durfte sie nicht nachgeben, egal, wie sehr er sich um sie bemühte.

»Ich gehöre nur Gott«, sagte sie und vermied es, Clemens in die Augen zu blicken. Sie durfte keinesfalls schwach werden.

»Ihr müsst diesen Weg nicht gehen. Kommt mit mir und

werdet mein Weib.« Clemens ergriff abermals ihre Hand. Dieses Mal zog Brunhilde sie hastig weg.

»Nein. Das geht nicht. Außerdem habt Ihr vor wenigen Wochen noch Irmgard den Hof gemacht.« Sie steckte die Fackel zurück in die Halterung und verschränkte die Arme vor der Brust. »Warum werbt Ihr nicht mehr um sie?«

Clemens starrte sie an. In seiner Miene veränderte sich etwas. Brunhilde konnte nicht genau sagen, was es war. Jedenfalls schimmerte mit einem Mal Wut in seinen sonst so gutmütigen Augen. Sie bemühte sich, ihn schnell zu beschwichtigen.

»Kommt morgen vor Sonnenuntergang zum Kloster. Ich bereite bis dahin eine Salbe für Euer Leiden.«

»Bitte bleibt noch«, stieß Clemens aus. Seine Stimme donnerte durch das Gewölbe und hallte von den alten Mauern wider.

Brunhilde zuckte überrascht zusammen. Sie betrachtete den Mann. Seine Augen funkelten wütend, sein neuer Tonfall schüchterte sie ein. Plötzlich erschien er ihr wie ein Fremder. Clemens war groß und stattlich. Er hatte es schon in jungen Jahren zum Ziegelmeister gebracht und beherrschte sein Handwerk außerordentlich gut. Deshalb durfte er die Reparaturarbeiten im baufälligen Kloster der Nonnen durchführen. Als erfolgreicher Handwerksmeister gehörte er zu den wohlhabenderen Bewohnern von Zons, und für einen Augenblick hatte sie tatsächlich mit dem Gedanken gespielt, sein Weib zu werden. Er wäre eine gute Partie, aber es ging nicht. Außerdem missfiel ihr seine aufbrausende Art.

»Ich muss zurück. Wenn mich die Oberin erwischt, stecke ich in Schwierigkeiten.« Sie wandte sich ab und begab sich hastig zum Ausgang. Es dämmerte bereits. Sie musste vor

Anbruch der Dunkelheit im Kloster sein, bevor das eiserne Tor zur Nacht verriegelt wurde.

»Brunhilde!«

Sie ignorierte Clemens' Rufen und begann zu laufen. Das Gelände war unwegsam. Die steinerne Kapelle, in der sie sich getroffen hatten, lag mitten im Wald. Sie war Hunderte Jahre alt und zum Teil verfallen. Die meisten Gläubigen hatten das abgelegene Gotteshaus längst vergessen. In diesem Punkt hatte Clemens recht. Niemand verirrte sich hierher, so weit ab vom Schuss und vor allem kurz vor Einbruch der Dunkelheit. Ein Zweig knackte, und Brunhildes Herzschlag beschleunigte sich. Sie zögerte einen Moment. Sollte sie umkehren und Clemens bitten, sie zu begleiten? Er war stark und konnte sie beschützen.

Ein Schatten flog an ihr vorbei.

»Clemens?«, rief sie und stolperte hinterher. Ihre Augen suchten nach seiner großen Gestalt, doch inmitten des Dickichts erkannte sie nichts als Äste, Baumstämme und Blattwerk. Ein Zweig peitschte ihr ins Gesicht, und sie blieb keuchend stehen. Hinter ihr raschelte es. Panisch fuhr sie herum und erblickte einen Fuchs, der durchs Unterholz schlich und gleich wieder im Gebüsch verschwand.

»Clemens?«

Niemand antwortete.

Brunhilde beschloss, so schnell wie möglich zum Kloster zu laufen. Angst überkam sie. Sie hatte die Orientierung verloren und drehte sich hilflos im Kreis. Aus welcher Richtung war sie bloß gekommen? Inzwischen verschmolzen die Bäume mit der Dunkelheit. Alles sah gleich aus. Zaghaft machte sie einen Schritt nach rechts. Hatte sie dort den Fuchs gesehen? Oder war es genau auf der anderen Seite gewesen? Sie bog ein paar Zweige auseinander und starrte angestrengt ins Dickicht. Sie musste unbedingt ins Kloster zurück. Warum nur hatte sie sich von Clemens an diesen einsamen Ort locken lassen? Hatte sie nicht schon genug durchgemacht? Hätte sie der Versuchung nicht einfach widerstehen können?

Brunhilde seufzte und griff in ihre Rocktasche. Sie holte ein dünnes Leinentuch hervor und wickelte es um einen Ast. Falls sie im Kreis ging, würde es ihr immerhin auffallen. Dann machte sie sich auf den Weg. Sie lief und lief, ohne dass der Wald lichter wurde. Ab und zu blieb sie stehen und blickte nach oben in die Baumkronen, die düster über ihrem Kopf hingen. Der Mond leuchtete schwach durch das Laub. Brunhilde behielt die Richtung bei. Ihre Hände brannten. Dornen hatten sich in die Haut gebohrt und sie an etlichen Stellen aufgerissen. Auch auf der Wange spürte sie ein heißes Brennen. Tapfer lenkte sie sich von den Schmerzen ab und setzte einen Fuß vor den anderen. Sie hatte es so weit gebracht, endlich ein Zuhause gefunden, nur um es sofort wieder aufs Spiel zu setzen. Wegen ihrer eigenen Dummheit! Sie schalt sich selbst. Warum lernte sie nie dazu? Clemens war ein stattlicher Mann, ohne Frage. Aber war er es wert, ihr neues Leben zu riskieren? Brunhilde lief schneller. Der Boden unter ihren Füßen veränderte sich. Erleichtert bemerkte sie, dass sie auf einen Pfad gelangt war. Die feste Erde tat gut. Endlich kam sie voran. Vor ihren Augen lichtete sich das Dickicht. Sie konnte den Mond jetzt in Gänze sehen. Eine Lichtung mit hohem Gras, das im Mondlicht silbern glänzte, lockte sie vorwärts. Sie rannte, weil sie nichts lieber wollte, als den finsteren Bäumen zu entkommen und die schwarzen Schatten hinter sich zu lassen. Sie schwebte beinahe durch das weiche Gras, das sie in der Nase kitzelte. Gerade als sie neue Zuversicht gewann, hörte sie ein tiefes

Schnaufen und erstarrte auf der Stelle. Das Geräusch kam von vorn. Brunhilde schlug einen Haken. Dann raschelte es irgendwo hinter hier. Ein lang gezogenes Jaulen ertönte in einiger Entfernung.

Wölfe!

Brunhilde rannte schneller. Das hohe Gras schlug ihr ins Gesicht und hinterließ brennende Striemen. Aus dem Augenwinkel glaubte sie, Schatten zu sehen. Schatten, die sie einholten und zu umzingeln versuchten. Sie hörte kräftige Pfoten hinter sich stampfen. Ihr Gewand verfing sich ein ums andere Mal in den scharfkantigen Halmen. Wenigstens wusste sie inzwischen wieder, in welche Richtung sie musste. Die Spitze des Kirchturms hob sich schemenhaft vor dem Vollmond in der Ferne ab. Nicht mehr weit, und sie hätte die Stadtmauern von Zons erreicht, wenn sie nur schnell genug lief und nicht von den Wölfen gefressen wurde. Erneut zerschnitt ein Jaulen die Luft. Diesmal allerdings aus größerer Entfernung. Hatte sie die Gefahr abgeschüttelt?

Raschelnde Tritte straften sie Lügen. Brunhilde rannte schneller. Sie gelangte an eine flache Wiese, aber sie traute sich nicht, zurückzuschauen. Hinter ihr war jemand. Es konnte kein Wolf sein. Was sie hörte, waren keine Pfoten, die auf weichem Gras liefen, sondern Stiefel, deren Sohlen schwer auf dem Boden aufschlugen. Jemand verfolgte sie. Brunhilde erblickte die hohen Mauern von Zons. Das Feldtor im Westen war längst verschlossen. Aber das machte nichts. Durch das Südtor, hinter dem sich die Burg Friedestrom befand, würde sie hoffentlich Einlass finden. Die kleine Pforte gleich links neben dem großen Tor stand meist noch spät offen. Einige der Wachen kannten sie und würden ihr bestimmt Zutritt gewähren. Wenn sie es nur dorthin schaffte, wäre sie gerettet.

Doch das Schnaufen kam näher. Sie spürte heißen Atem in ihrem Nacken. Klobige Finger griffen nach ihr. Sie zerrten an ihrem Gewand. Brunhilde japste nach Luft, schlug abermals einen Haken und riss sich los. Sie erreichte einen breiten Weg und spannte all ihre Muskeln an. Sie rannte um ihr Leben. Vielleicht könnte sie bis zum Tor gelangen, das bereits vor ihr aufragte. Aber ihr Verfolger schnaubte dicht hinter hier. Brunhilde öffnete den Mund zu einem Schrei, doch ihr fehlte die Luft. Ihre Lungen brannten wie Feuer. Sie brachte keinen Ton heraus. Etwas prallte gegen ihr rechtes Bein. Sie strauchelte, fing sich jedoch irgendwie und rannte unbeirrt weiter. Nur noch wenige Meter trennten sie von der Stadtmauer. Aufgelöst und völlig außer Atem machte sie die letzten Schritte und hämmerte dann energisch mit den Fäusten auf die Pforte ein, die sich quietschend öffnete. Brunhilde stürzte hinein und landete hart auf dem Boden. Keuchend wandte sie sich um. Die silbergraue Landschaft leuchtete im Mondlicht. Der Sommerwind rauschte leicht durch die Luft, nahezu kraftlos, denn kein Blatt bewegte sich. Auch sonst schien alles regungslos in der Nacht zu verharren.

»Seid Ihr wohlauf?«

Brunhilde antwortete nicht. Sie stand unter Schock. Dort draußen hatte sie jemand verfolgt. Sie konnte immer noch die klobigen Hände auf ihrer Schulter spüren und den Tritt, mit dem ihr Verfolger sie zu Fall bringen wollte. Doch da war niemand. Weit und breit lag die Welt tief im Schlaf. Selbst die Wölfe heulten nicht mehr.

»Was ist Euch geschehen? Warum seid Ihr zu so später Stunde vor den Toren der Stadt unterwegs?« Reinhold, der Wachsoldat, schaute sie besorgt an und streckte ihr die Hand entgegen.

»Jemand war hinter mir her«, schluchzte Brunhilde und

ließ sich hochhelfen. Tränen der Erleichterung liefen ihr über die Wangen.

Reinhold blickte durch die Pforte und sah sich gründlich um.

»Es ist niemand zu sehen«, erklärte er nach einer Weile und verriegelte die Pforte. »Vielleicht sind Euch wilde Tiere gefolgt. Ich habe vorhin die Wölfe heulen hören. Wir haben Vollmond.«

Brunhilde nickte. Ihr Herz donnerte immer noch in der Brust. Sie schwankte ein wenig.

»Wahrscheinlich habe ich mich geirrt. Ich bin viel zu spät unterwegs. Zwischendurch wusste ich nicht mehr, wie ich zurückfinden sollte. In der Aufregung habe ich mir vermutlich Dinge eingebildet, die gar nicht da waren.«

Reinhold setzte einen strengen Blick auf. »Ihr solltet zu vorgerückter Stunde nicht unbegleitet die Stadtmauern verlassen.«

Brunhilde schniefte.

Reinholds Stimme wurde milder. »Soll ich Euch zum Kloster begleiten?«

Brunhilde schüttelte heftig den Kopf. Katharina von Weinfels duldete keine männliche Begleitung in der Nähe der Klostermauern und erst recht nicht in der Nacht. Sie war stets um den guten Ruf des kleinen Ordens besorgt.

»Es geht mir schon besser«, log sie deshalb und machte sich mit weichen Knien auf den Weg. »Habt Dank für Eure Hilfe.«

Sie entfernte sich rasch vom Burggelände, lief die Schloßstraße entlang und betrat die Grünwaldstraße, die zum Juddeturm führte. Der Turm, der über ein elf Meter tiefes Verlies verfügte und als Gefängnis diente, befand sich in der Mitte der Stadt und grenzte an die Burg Friedestrom. Gleich daneben erhob sich das altehrwürdige Franziskanerkloster. Brunhilde mochte die roten Ziegelsteine, die den Bauten einen warmen Grundton verliehen und das karge Klosterleben farbiger wirken ließen, als es eigentlich war. Seit sie in Zons angekommen war, bestimmte ein strenger Rhythmus ihren Tagesablauf. Bereits vor Sonnenaufgang rief die Oberin zum Gebet. Noch vor der ersten Mahlzeit begann die Arbeit innerhalb des Klostergeländes, und erst wenn Brunhilde vor Schwäche schon beinahe schwarz vor Augen wurde, gab es ein Stückchen Brot. Zuerst wurden die trockenen Reste vom Vortag verspeist. Für Brunhilde gestaltete sich das Frühstück als Herausforderung, denn dann wehte bereits der Duft von frisch gebackenen Brotlaiben aus der Backstube herüber. Katharina von Weinfels überwachte die Nonnen streng. Wer sich nicht an die Klosterregeln hielt, wurde zu besonders schweren Arbeiten eingeteilt oder musste gar auf Mahlzeiten verzichten. Brunhildes neues Leben war geprägt von beten, arbeiten und hungern. Trotzdem war sie froh über ihr neues Zuhause, denn anderenfalls hätte sie ein Dasein als Bettlerin erwartet.

Ihr Magen knurrte, während sie weiter im Schatten der hohen Stadtgemäuer schlich, bemüht darum, dem hellen Licht des Vollmondes auszuweichen. Sie erreichte den Juddeturm und blieb in einiger Entfernung stehen. Das große Tor des Klosters war mit Sicherheit bereits geschlossen. Brunhilde kannte einen anderen Eingang, der durch einen unterirdischen Tunnel ins Innere führte. Nervös sah sie sich um. Margaretha, die Nonne, mit der sich Brunhilde eine Strohmatte teilte, hatte ihr diesen Weg gezeigt. Im Kloster und in der Burg fanden sich viele Geheimgänge, die verschiedene Teile der Stadt miteinander verbanden. Es hieß, dass sogar einer dieser Gänge aus dem Juddeturm heraus und direkt auf das Burggelände führte. Der Juddeturm bildete den äußersten Zipfel des Burggeländes und war Bestandteil der hohen Grenzmauern, die die Burg Friedestrom selbst innerhalb der Stadt schützten. Sie ließ ihren Blick über das Gelände schweifen. Dunkle Wolken hatten sich über den Vollmond geschoben, sodass Brunhilde die Umrisse der Burgmauer nur schemenhaft erkennen konnte. Plötzlich war es viel kühler geworden. Der Nachtwind schien zum Leben erwacht und fuhr mit Eisesfingern durch ihr Haar. Brunhilde zog den Kopf ein, schlich ungefähr fünfzehn Fuß an der Burgmauer entlang und verschwand dann hinter einem verborgenen Mauervorsprung. Sie zwängte sich durch einen schmalen Spalt und gelangte über eine steile Treppe in einen Tunnel, der sie tief unter die Erde führte. Margaretha hatte sie gewarnt. Unterhalb von Zons befand sich ein Labyrinth. Wer sich dort in den Gängen verlor, fand möglicherweise nie wieder heraus. Brunhilde ging diesen Weg zum zweiten Mal. Sie musste schnurstracks geradeaus gehen und durfte weder links noch rechts abbiegen. Das war nicht weiter schwierig, denn sie konnte sowieso nichts sehen. Ein Nebengang, der hinter einem Mauervorsprung abzweigte, wäre ihr gewiss entgangen. Sie hielt sich unbeirrbar in der Mitte, die Arme nach beiden Seiten ausgestreckt. Ihre Fingerspitzen berührten ab und an den rauen Stein. Sie musste bis fünfzig zählen, dann würde sie eine Leiter erreichen, die nach oben führte. Durch eine Falltür in der Decke konnte sie anschließend in das Innere des Klosters oder genauer gesagt in eine der Vorratskammern gelangen.

Brunhilde zählte einundzwanzig, als ein Luftstoß durch den Tunnel fegte. Eine muffige Wolke aus Gestank nach Staub und Überresten der letzten Jahrhunderte erfüllte die Luft. Brunhilde schüttelte sich, sie kam mit dem Zählen durcheinander. Ein leises Klopfen unterbrach sie erneut. Ängstlich blieb sie stehen, um zu lauschen. War da noch jemand im Dunkeln unterwegs? Hinter ihr verstärkte sich das Klopfen, das auf einmal zu einem unheilvollen Rhythmus anschwoll. Brunhilde brauchte keinen Wimpernschlag länger, um zu begreifen, dass sich Schritte näherten. Schnelle Schritte. Panisch schlug sie die Hand vor den Mund und riss die Augen auf. Dann stolperte sie vorwärts. Vergessen waren das Zählen und die gerade Strecke, die sie auf keinen Fall verlassen durfte. Wie durch ein Wunder blieb sie an der Leiter hängen, die nach oben führte. Hastig umfasste sie die Sprossen und kletterte hinauf. Die Schritte in ihrem Rücken hatten eine ohrenbetäubende Lautstärke angenommen. Mit der linken Hand fühlte sie bereits das grobe Holz der Falltür. Doch dann zerrte jemand an ihren Füßen, und Brunhilde fiel hinab, blind und lautlos, denn ihr fehlte die Luft. Sie schlug auf dem Boden auf und spürte einen dumpfen Schlag. Ihre Augen versuchten vergebens, die Dunkelheit zu durchdringen. Um sie herum wurde alles nur noch schwärzer, bis sie die Augen schloss und die Ohnmacht sie in einen Mantel aus eisigem Schweigen hüllte.

* * *

Bastian liebte den Sommerbeginn, wenn die Sonne jeden Morgen ein wenig früher den Himmel emporkletterte und der Welt Leben einhauchte. Leben, das er an den prächtigen Farben des Himmels, den üppigen Blütenteppichen und dem Summen der zahlreichen Insekten erkennen konnte. Die Natur näherte sich ihrem Höhepunkt. Alles strotzte vor Kraft, und so auch Bastian, der bereits früh aus dem Bett geschlüpft war. Marie und die Kinder schliefen noch. Die Nacht war unruhig gewesen. Trotzdem fühlte er sich munter. Liebevoll betrachtete er die zarten Gesichter seiner Kinder, die Marie wie aus dem Gesicht geschnitten waren. Dann schlich er zur Tür hinaus.

Die Stadtmauer musste an einigen Stellen repariert werden. Deshalb führte Bastians erster Weg an diesem Morgen zum städtischen Ziegelofen, um neue Backsteine zu beschaffen. Die Ziegelei lag außerhalb der Stadtmauern an der Leimkuhl, einer großen Lehmkuhle im Süden. Schon von Weitem sah er dicke Rauchschwaden aufsteigen. Bastian brachte sein Pferd zum Stehen, sprang ab und band es in sicherer Entfernung an einen Pfahl.

Clemens Weidenhammer, der Ziegelmeister, rannte vor dem riesigen Ofen hin und her und erteilte seinen Gesellen und einem Lehrjungen barsch Befehle. Offenbar war er schlecht gelaunt, nicht nur sein Tonfall, auch die herunterhängenden Mundwinkel deuteten darauf hin.

»Seid gegrüßt, Bastian Mühlenberg«, brachte der Ziegelmeister knapp hervor, als er Bastian erblickte. »Womit kann ich Euch dienen?« Der Mann sah Bastian bei seiner Frage allerdings gar nicht mehr an, sondern hatte den Lehrjungen im Visier, der gerade Holz hackte.

»Verdammt, Anton. Wie oft habe ich dir erklärt, die Scheite kleiner zu hacken? Die Hitze muss sich gleichmäßig im Ofen verteilen, sonst gelingen die Ziegelsteine nicht. Das Holz muss regelmäßig brennen.« Er stürmte auf den Jungen zu, der mit eingezogenem Kopf und einer Axt in der Hand dastand und den Blick auf seine Fußspitzen gerichtet hatte.

Clemens ergriff ein paar Holzscheite und warf sie dem Lehrling vor die Füße.

»Du zerteilst die Scheite noch einmal. Keins darf größer sein als dein Stiefel. Hast du das verstanden?« Er packte

Anton am Kragen. »Sieh mich gefälligst an, wenn ich mit dir rede!«

Der Lehrjunge hob den Blick. Seine Augen glänzten vor Kummer.

»Ja, Meister«, stotterte er und wischte sich mit dem Unterarm übers Gesicht.

Clemens versetzte dem Jungen einen Schlag auf den Hinterkopf, ließ ihn stehen und wandte sich wieder Bastian zu.

»Entschuldigt mein harsches Auftreten. Der Junge ist erst seit zwei Wochen hier und nicht besonders geeignet. Sein Vater zahlt ein hohes Lehrgeld. Deshalb versuche ich es mit ihm.« Clemens verzog das Gesicht zu einer Grimasse. »Also, womit kann ich Euch dienen?«

»Ich benötige Ziegelsteine für die Ausbesserung der Stadtmauer am Krötschenturm. Es sind etliche Stellen betroffen. Vielleicht habt Ihr Gelegenheit, die Schäden recht bald in Augenschein zu nehmen.« Ein Rauchschwall fuhr Bastian ins Gesicht, und er hustete.

Clemens Weidenhammer drehte sich auf der Stelle herum.

»Macht sofort den Ofen wieder zu«, brüllte er einen der Gesellen an, einen jungen, hageren Mann, der mindestens genauso verschüchtert dreinblickte wie der viel jüngere Lehrbursche.

»Verzeiht. Ich dachte, die Glut wäre schon so weit«, stammelte der Mann und stieß hektisch die Ofentür zu.

Clemens' Gesicht war hochrot angelaufen.

»Heutzutage taugen nicht einmal mehr die Gesellen etwas. Wie soll aus Euch jemals ein Meister werden?«, fluchte er.

Bastian starrte betroffen auf die Szene. So aufbrausend

hatte er den Ziegelmeister noch nie erlebt. Die jungen Burschen taten ihm leid. Er ließ sich jedoch nichts anmerken, als Clemens sich ihm wieder zuwandte.

»Der Ofen braucht ordentlich Holz für die richtige Temperatur. Die drei sind noch eine Weile beschäftigt. Wenn Ihr wollt, dann begleite ich Euch jetzt gleich zum Krötschenturm.«

Bastian nickte. »Folgt mir«, murmelte er und band sein Pferd los.

Clemens sattelte seinen Rappen und kam schweigend hinterher. Erst als das südliche Stadttor in Sichtweite lag, erhob er die Stimme.

»Ich behandle meine Leute gut.«

Bastian warf Clemens einen Seitenblick zu. »Offen gestanden hatte es gerade einen anderen Anschein. So aufbrausend kenne ich Euch gar nicht.«

Clemens grunzte: »Ich hatte eine schlechte Nacht. Ein Hautleiden. Ich habe kaum ein Auge zubekommen. Ich möchte nur nicht, dass Ihr einen falschen Eindruck von meiner Ziegelbrennerei bekommt.«

Bastian zuckte mit den Schultern und schielte zu Clemens. Seine roten Wangen glühten regelrecht. Die Ader an seinem Hals pochte schnell und auf der Stirn standen Schweißperlen. Er lügt, dachte Bastian und hob zu einer Antwort an. Doch dazu kam er nicht mehr. Eine Nonne stürmte durch das Stadttor direkt auf sie zu. Ihr Gesicht war mindestens so rot wie das des Ziegelmeisters. Mühsam brachte er sein Pferd zum Stehen.

»Bastian Mühlenberg, da seid Ihr ja. Ich habe schon ganz Zons nach Euch abgesucht. Ihr müsst mir helfen. Unsere Brunhilde ist verschwunden.«

II

GEGENWART

Yasmin Büttner schlug wütend mit dem Vorschlaghammer gegen die Wand. *Wumm.* Staub rieselte herunter, mehr passierte jedoch nicht. Sie ärgerte sich. Das war mal wieder typisch für Martin. Nie war er da, wenn man ihn brauchte. Warum musste sie diese Wand einreißen? Weil Martin sich wie so oft drückte und hinter seinem Job versteckte. Während sie hier stand und schwitzte, saß er in seinem feinen Anzug im Büro und spielte Mister Wichtig. Sie hatte fast den ganzen Umzug allein bewältigt. Sie wollten raus aus der Großstadt, in ein Haus mit Garten, damit die Kinder gefahrlos an die frische Luft kamen. Martin war Feuer und Flamme von der Idee gewesen. Er hatte sogar eine erschwingliche Immobilie in Zons ergattert, einem kleinen Ort mit Autobahnanbindung, genau in der Mitte zwischen Köln und Düsseldorf. Alles schien perfekt, bis der Tag des Umzuges immer näher gerückt war. Yasmin hatte schon früh begonnen, die Kartons zu packen. Martin half an einigen Abenden halbherzig mit. Sie beschwerte sich zwar, ließ ihn jedoch in Ruhe. Martin hatte ein älteres Haus im Stadtkern von Zons ausgewählt, an dem etliche Umbaumaßnahmen fällig waren. Für die Arbeiten in der ersten Etage hatte Yasmin ein Handwerksunternehmen beauftragt. Für die anderen Bereiche des Gebäudes reichte das Budget nicht mehr. Von Anfang an war klar gewesen, dass sie selbst Hand anlegen mussten. Martin hatte hoch und heilig geschworen, mitzuhelfen. Doch nun stand sie hier, allein, im Keller ihres neuen Zuhauses, und musste die Dinge mal wieder ohne ihn regeln.

Yasmin wollte mehr Platz schaffen. Der Vorbesitzer hatte keinen großen Keller benötigt. Aber sie als freischaffende Künstlerin brauchte diesen Raum für die Lagerung ihrer Exponate, die sich derzeit noch in einem riesigen Container vor dem Haus befanden. In drei Tagen musste sie das provisorische Lager leer geräumt haben. Ein Architekt hatte die Pläne des Hauses begutachtet und kein Problem darin gesehen, die Wand einzureißen, um so den Keller zu vergrößern. Die betroffene Mauer war nicht tragend, auch wenn niemand wusste, wie es dahinter aussah. Der obere Teil des Gebäudes stammte aus den Siebzigerjahren. Das Untergeschoss war viel älter. Der Vorbesitzer konnte keine detaillierten Angaben zur Entstehung machen. Da der Kaufpreis sehr günstig gewesen war, hatten sie letztendlich keine weiteren Fragen mehr gestellt.

Yasmin wischte sich den Schweiß von der Stirn und holte zu einem erneuten Schlag aus. *Wumm.* Wieder bröckelten nur ein paar Krümel aus den Fugen, und sie fluchte laut. Sie brachte keine sechzig Kilogramm auf die Waage und konnte den Vorschlaghammer kaum anheben, geschweige denn ihn mit ausreichend Wucht gegen die Mauer schleudern. Trotzdem versuchte sie es erneut. Was blieb ihr auch übrig? Auf Martins Hilfe durfte sie nicht warten. Bis sich ihr

Ehemann dazu bequemte, in den Keller hinabzusteigen, wäre Weihnachten. Ihre Kinder waren zu klein, um zu helfen, und die Nachbarn kannte sie noch nicht gut genug. Ihre Eltern konnte sie ebenfalls nicht bitten. Die hatten schon beim Packen geholfen und waren außerdem recht betagt. Die Gefahr, dass sich ihr Vater mit dem Vorschlaghammer verletzte, schätzte sie als zu groß ein. Also legte Yasmin ihren ganzen Unmut in den nächsten Schlag. Es krachte ohrenbetäubend. Immerhin verschob sich ein Stein ein wenig nach hinten.

Yasmin kniff die Augen zusammen und peilte dieselbe Stelle an. *Wumm.* Der Stein daneben bröckelte. Sie holte erneut aus. Es polterte. Hoffnungsvoll hämmerte sie weiter, bis der winzige Raum völlig von Staub erfüllt war. Es gab keine Fenster und dementsprechend muffig roch es hier unten. Frische Luft gelangte lediglich über das Treppenhaus und die mit Sicherheit undichten Mauern herein. Im Obergeschoss hatte sie extra die Fenster geöffnet. Trotzdem musste sie heftig husten. Der rötliche Staub der Ziegelsteine schien jeden Zentimeter ihrer Schleimhäute zu belegen. Sie griff zur Wasserflasche und trank gierig. Nach einer Weile ging es ihr besser. Sie stellte die Flasche wieder ab und musterte ihr Werk. Dort, wo der Stein hinter die Mauer gerutscht war, klaffte ein Loch. Der Architekt hatte erzählt, dass große Teile von Zons unterkellert waren, wobei die einzelnen Räume sich oft zu geräumigen Kellerfluchten zusammenfügten, da es zwischen ihnen keine trennenden Elemente gab. Yasmin hoffte darauf, dass auch ihr Haus voll unterkellert war. Sie brauchte viel Platz. Neugierig griff sie nach einer Taschenlampe und spähte durch das Loch. Der Lichtstrahl zerteilte die Dunkelheit und malte einen Kreis auf eine dahinter liegende Wand. Yasmin schürzte die Lippen.

Die Kammer war vielleicht drei Meter lang. Sie schwenkte die Lampe nach rechts und anschließend nach links. Ihre Hoffnung auf einen großen Keller schwand dahin. Der Raum maß nicht mehr als eine Abstellkammer. Enttäuscht griff sie noch einmal zur Wasserflasche und überlegte, ob sie ihr Vorhaben aufgeben sollte. Der Aufwand lohnte sich nicht.

»Mist«, fluchte sie und betrachtete den Bauplan, der die Grundrisse des Hauses zeigte. Stirnrunzelnd überprüfte sie die Flächen und schüttelte dann den Kopf. Der kleine Raum hinter der Mauer konnte noch nicht alles sein. Wahrscheinlich lag dahinter ein weiterer Keller. Yasmin stöhnte. Das konnte ja heiter werden. Sie hatte keinen blassen Schimmer, wie sie gleich zwei Wände innerhalb der nächsten drei Tage einreißen sollte. Doch der Container vor dem Haus wurde unweigerlich abgeholt, und deshalb musste er bis dahin leer sein. Sie warf sich schnell ein Traubenzuckerbonbon in den Rachen und griff erneut zum Vorschlaghammer. Sie dachte an Martin und daran, wie sehr es sie schmerzte, dass er sie ständig im Stich ließ. Dann legte sie ihre ganze Wut in die nächsten Schläge und hörte nicht eher auf, den schweren Hammer gegen die Wand zu schleudern, bis sich das Loch zu einem schmalen Durchgang vergrößert hatte. Die staubige Luft stand. Sie hatte sich in einen rötlichen Nebel verwandelt. Yasmin fühlte sich wie ein Arbeiter tief unten in einem Bergwerk. Keuchend hielt sie sich ein Taschentuch vor den Mund und atmete, so weit es ging, ein. Dann knipste sie die Lampe wieder an und kroch auf allen vieren durch den engen Spalt. Dabei musste sie die Schulter und das Becken drehen, ansonsten hätte sie nicht hindurchgepasst.

Auf der anderen Seite erhob sie sich und begutachtete sofort die gegenüberliegende Wand. Sie pochte dagegen und lauschte. Das dumpfe Geräusch verriet allerdings nicht, ob sich ein weiterer Hohlraum dahinter befand. Der umherwirbelnde Staub erschwerte ihr die Sicht. Yasmin sah sich um. Auf dem Boden entdeckte sie verrottetes Stroh und andere undefinierbare Ablagerungen. Erst jetzt bemerkte sie die strenge Geruchsnote, die sie an Schimmel und Fäkalien erinnerte. Ihr Lichtstrahl glitt durch den Keller und blieb an einem Schatten hängen. Yasmin blinzelte mehrmals und erkannte zerlöcherten Stoff, der wohl einmal ein Mantel oder ein Umhang gewesen sein könnte. Er lag nicht ebenerdig auf dem Boden. Etwas verbarg sich darunter. Yasmin zögerte und fuhr mit dem Lichtstrahl über das Objekt. Vorsichtig trat sie näher. Staubkörnerflocken tanzten vor ihren Augen. Sie schluckte, weil ihre Kehle schon wieder trocken war, und leuchtete auf den Boden. Plötzlich rührte sich ein Schatten. Er huschte direkt auf sie zu. Yasmin stieß einen spitzen Schrei aus und stolperte rückwärts. Sie landete mit dem Po auf dem harten Stein. Dreck und Staub wirbelten auf, krochen ihr in die Nase und den Mund, legten sich wie ein Schleier auf ihre Augen. Panisch rang sie nach Luft. Die Taschenlampe war ihr aus der Hand gefallen. Sie war gegen die Wand gerollt und strahlte von dort das löchrige Gewebe an, das plötzlich wie ein Geist aus einem Horrorfilm wirkte. Etwas Weiches schoss an Yasmins Bein entlang. Es fiepte. Sie konnte es nicht sehen. Aber das Geräusch stammte eindeutig von einer Maus oder schlimmer noch von einer Ratte. Der Ekel schnürte ihr die Kehle zu. Angsterfüllt griff sie nach der Lampe und suchte den Boden ab.

Nichts.

Ihr Herzschlag stolperte. Das Gespenst rührte sich nicht. Sie versuchte, sich zu beruhigen. Diese Nagetiere waren schließlich nichts Ungewöhnliches. Sie befand sich in einem alten Keller. Da musste sie damit rechnen. Schwer atmend richtete sie sich auf. Sie hasste Mäuse. Sie hasste Ratten. Mutig schritt sie auf das Gespenst zu. Gefasst darauf, weiteren ekelhaften Viechern zu begegnen, zog sie mit spitzen Fingern das Tuch weg.

Was sie sah, ließ das Blut in ihren Adern zu Eis gefrieren. Sie schrie so laut, dass der Staub in der Luft erneut zu tanzen begann. Ohne noch einmal genauer hinzublicken, wirbelte sie herum und stürzte zu dem engen Ausgang in der Wand, der sie fortbringen würde von dem Grauen, das sich unter ihrem Haus in ihrem Keller eingenistet hatte.

* * *

Kommissar Oliver Bergmann lauschte mit geschlossenen Augen den Wassertropfen, die wie Regen auf die Fliesen prasselten. Einen Moment lang stellte er sich das warme Wasser vor, das seine Muskeln lockern und ihn behaglich einhüllen würde. Ein Lächeln stahl sich auf sein Gesicht bei dem Gedanken an das, was er alles unter dieser wundervollen Dusche tun könnte. Aber Emily ließ ihn heute Morgen nicht mit ins Bad. Sie kannte ihn zu gut. Ihrer nackten, eingeschäumten Haut konnte er nicht widerstehen. Auch sonst war er ihr vollkommen verfallen. Er liebte sie ganz und gar, selbst wenn sie wütend auf ihn war und ihn mit ihren nussbraunen Augen anfunkelte. Er seufzte und schob die Bettdecke ein Stückchen weg. Seit sie zusammenwohnten, duschten sie fast jeden Tag gemeinsam. Doch heute hatte Emily einen wichtigen Termin und musste früher raus. Und sie war viel zu aufgeregt und redete von nichts anderem mehr als von ihrer Präsentation vor dem Redaktionsleiter, die über ihren möglichen beruflichen Aufstieg entscheiden würde. Ein wenig wunderten Oliver ihre plötzlichen Ambitionen. Wenn es nach ihm gegangen wäre, hätten sie ruhig in die Familienplanung einsteigen können. Aber danach stand Emily nicht der Sinn. Er seufzte und wischte seine zugegebenermaßen machohaften Gedanken beiseite. Sicher gefiel ihm die Vorstellung, dass Emily zu Hause blieb und die Kinder hütete. Aber eine frustrierte Hausfrau mit italienischem Temperament würde seine Fantasien im Nu zerstören. Dann lieber doch eine selbstbewusste Journalistin, die ihn so liebte, wie er war, und nicht nur, weil er das Geld nach Hause brachte.

Die Dusche kam ihm wieder in den Sinn und mit ihr die Sehnsucht nach ihrem Körper. Er griff Emilys Kopfkissen und sog ihren süßen Duft ein. Sofort regte sich etwas in ihm. Schnell setzte er sich auf. Wenn er so weitermachte, würde er gleich nicht mehr in seine Jeans passen. Wehmütig warf er einen Blick in Richtung Badezimmer und sprang aus dem Bett. Noch während er überlegte, hineinzugehen, klingelte sein Telefon. Die Nummer im Display verhieß nichts Gutes.

»Bergmann«, meldete er sich und öffnete den Kleiderschrank, um nach frischen Jeans zu suchen.

»Verdammt, Bergmann, wo stecken Sie? Schaffen Sie sofort Ihren Hintern aus dem Bett«, polterte sein Chef Hans Steuermark durch die Leitung. »Sie haben einen neuen Fall in Zons. In einem Keller wurde ein Leichnam entdeckt. Sie und Gruber übernehmen.« Er ließ Oliver nicht zu Wort kommen, sondern gab, ohne Luft zu holen, die Adresse des Fundortes durch und legte dann auf.

Oliver zerrte eine Hose aus dem Schrank und schlug genervt die Schranktür zu. Das hatte ihm gerade noch gefehlt. Schon wieder ein neuer Fall. Wenn Steuermark deshalb so früh anrief, bedeutete das meist viel Arbeit. Er wollte keine Überstunden schieben, sondern lieber mehr

Zeit mit Emily verbringen. Enttäuscht schielte er durch die halb offen stehende Badezimmertür und erhaschte einen Blick auf seine Freundin, die soeben aus der Dusche stieg. Er verzog die Miene und zog sich hastig an. Auf keinen Fall durfte er Steuermarks Geduld überstrapazieren. Sein Chef würde jeden seiner Schritte überwachen, und wenn er nicht in spätestens dreißig Minuten in Zons war, konnte er sich warm anziehen. Er ging ins Bad und stellte mit Bedauern fest, dass Emily bereits ein Handtuch übergeworfen hatte. Er drückte ihr einen Kuss auf die Wange und griff zur Zahnbürste.

»Ärger?«, fragte Emily und musterte ihn aufmerksam.

Oliver schüttelte den Kopf. »Schon wieder eine Leiche. Ich muss schnell los«, erklärte er und schob die Zahnbürste in den Mund.

»Meinst du, ich schaffe das heute?« In Emilys Stimme lag Unsicherheit.

Oliver legte die Zahnbürste beiseite und zog Emily an sich. »Ich bin da ganz sicher. Du wirst großartig sein und diesen Burbach umhauen. Er kann gar nicht anders, als dich zur Ressortleiterin zu machen.«

Emily seufzte und schmiegte sich an ihn. Olivers Hand wanderte automatisch ihren Rücken hinunter. Mit Mühe unterbrach er sich und fuhr mit dem Zähneputzen fort.

»Danke dir«, erwiderte sie und verschwand ins Schlafzimmer.

Durch den Spiegel beobachtete Oliver, wie sie das Handtuch fallen ließ und sich dann anzog. Er beendete hastig sein Morgenprogramm, das heute eher einer Katzenwäsche gleichkam. Sein Handy klingelte schon wieder. Diesmal war es sein Partner Klaus, der sich über Steuermarks Tonfall beschwerte und sich anschließend mit ihm am Fundort verabredete. Oliver küsste Emily zum Abschied und eilte los zu seinem Dienstwagen.

* * *

»Sieht alt aus«, murmelte Oliver und sah sich um. Von Yasmin Büttner, der Frau, die den Leichnam oder vielmehr das Skelett entdeckt hatte, war nichts zu sehen. Er hörte, wie sie in der Etage über ihnen die Kaffeemaschine in Gang brachte. Die fünfunddreißigjährige Mutter zweier Kinder hatte sich panisch geweigert, den Keller erneut zu betreten.

»Ich gebe dir recht. Scheint eher was für einen forensischen Anthropologen zu sein. Der Schädel sieht aus, als läge er schon seit ein paar Jahrhunderten hier.« Klaus sog tief Luft ein. »Es stinkt nicht einmal mehr besonders nach Verwesung.«

Oliver nickte und starrte in die leeren Augenhöhlen des menschlichen Schädels, neben einem völlig zerschlissenen Kleidungsstück, unter dem vermutlich der Rest des Skelettes lag. Skeptisch zog er Gummihandschuhe über und lüftete den Stoff an einer Ecke.

»Da ist kein Fleisch mehr dran, ich sehe nur blanke Knochen.« Der Lichtkegel seiner Taschenlampe verharrte auf tierischem Kot auf dem Boden. »Das war ein Festschmaus für die Ratten.«

Er musterte die menschlichen Knochen und rätselte, ob sie einem Mann oder einer Frau gehörten. Besonders groß wirkte das Skelett nicht. Zwischen den Rippen entdeckte er ein silbernes Kreuz an einer Kette, die um die Halswirbel hing. Sein Blick wanderte weiter über den knöchernen Brustkorb, der nicht ganz vollständig schien, und blieb am derben Leder der Schuhe haften.

»Sieht gruselig aus«, stellte Klaus fest, der mit seiner eigenen Lampe leuchtete.

Oliver nickte. »Ich fürchte, wir brauchen einen Spezialisten. Hast du die Spurensicherung informiert?«

Klaus nickte. »Der Größe nach zu urteilen, gehören die Schuhe zu einer Frau«, erklärte er, ohne aufzublicken, und deutete auf die klobigen Lederreste. »Ein erwachsener Mann passt da mit Sicherheit nicht rein. Außerdem ist das nicht gerade die neueste Mode, erinnert mich eher ans Mittelalter.«

Oliver hockte sich neben Klaus. »Du könntest richtigliegen«, murmelte er.

»Natürlich hat er recht«, sagte eine rauchige Frauenstimme.

Oliver drehte sich nicht sofort um. Er erkannte Ingrid Scholten, die Leiterin der Spurensicherung, im Schlaf. Er musste sie nicht einmal ansehen, denn er wusste auch so, dass sie – obwohl oder vielleicht gerade weil sie fast auf die sechzig zuging – zu jeder Tages- und Nachtzeit perfekt gestylt war. Auch heute war das nicht anders. Er erhob sich und begrüßte sie freundlich.

»Und warum handelt es sich um eine Frau?«, fragte er gleich darauf und ließ Scholten, deren kerzengerade Körperhaltung nahezu perfekt war, näher an das Skelett herantreten.

»Sie können es am Becken erkennen. Es ist recht breit und der Winkel der Schambeinfuge beträgt mehr als neunzig Grad.« Scholten zog Gummihandschuhe über und deutete auf den Schädel. »Über dem Auge ist zudem keine Wulst ausgeprägt. Wir haben es ziemlich eindeutig mit einem weiblichen Skelett zu tun. Das wird Ihnen jeder Rechtsmediziner bestätigen.«

Sie trat einen Schritt zurück und schoss ein paar Fotos. Dann griff sie nach der Kette mit dem Kreuz.

»Interessant. Anno 1497 ist auf der Rückseite eingraviert. Das passt zum Schuhwerk. Wenn die Frau vor so langer Zeit gestorben ist, wundert es mich nicht, dass wir nur noch blanke Knochen vorfinden.«

»Kann man überhaupt noch feststellen, ob sie gewaltsam ums Leben gekommen ist?«

Scholten wiegte den Kopf hin und her. »Schwer zu sagen. Ich kann an den Knochen zumindest auf den ersten Blick keine Verletzungen feststellen. Das heißt natürlich nichts. Sie könnte ja auch erdrosselt, vergiftet oder auf eine andere Weise getötet worden sein. Es gab jedenfalls keine Gewalteinwirkung, die am Skelett sichtbar ist. Wird zum Beispiel jemand erstochen, dann dringt das Messer häufig bis auf den Knochen und hinterlässt Einkerbungen.« Sie hob zur Demonstration die Hand und ließ sie hinuntersausen.

»Dann ist das wohl kein Fall für die Kriminalpolizei?« In Klaus' Tonfall schwang Hoffnung. »Wir rufen die Rechtsmedizin an und überlassen denen die Arbeit.«

Oliver zögerte. Er ging neben Scholten in die Knie und leuchtete eine Ecke des Kellergelasses aus.

»Da liegt noch etwas«, murmelte er und griff nach dem Gegenstand.

»Eine Bibel.« Er schlug sie auf und sofort bröselte zerfressenes Papier heraus. Der Staub stieg ihm in die Nase. Er unterdrückte ein Niesen und begutachtete seinen Fund. Trotz des schlechten Zustandes konnte er auf der ersten Seite der Bibel eine Jahreszahl ausmachen.

»1497 steht hier ebenfalls. Was hat das zu bedeuten?«

»Das liegt doch auf der Hand.« Klaus war bereits wieder

durch den Spalt, den sie zuvor mit ein paar Schlägen erweitert hatten, nach draußen gekrochen.

»Die Frau ist seit mindestens fünfhundert Jahren tot. Wir sollten den Fund an Historiker übergeben. Die freuen sich bestimmt und können dann jahrelang rumrätseln, warum diese Frau hier unten eingekerkert und anschließend vergessen wurde.«

Oliver dachte nach. Sie befanden sich zwar im Stadtkern von Zons, jedoch nicht in unmittelbarer Nähe des Juddeturms, der im Mittelalter zur Inhaftierung von Gefangenen diente. Es hatte schon einige Knochenfunde in der Stadt gegeben, insbesondere auf dem Gelände der Burg Friedestrom, wo in den Achtzigerjahren Ausgrabungen durchgeführt wurden. Allerdings hatte es sich hierbei um die Freilegung eines alten Friedhofes gehandelt.

»Steht dort vielleicht noch ein Name drin?«, fragte Scholten, die interessiert die Bibel in Olivers Händen musterte.

»Ich traue mich ehrlich gesagt nicht umzublättern. Die ist ziemlich verrottet. Aber Sie können sie im Labor gerne untersuchen.« Er schob die Bibel vorsichtig in eine Asservatentüte und übergab sie Ingrid Scholten.

»Dann sind wir hier wohl fertig für heute«, stellte die Leiterin der Spurensicherung fest. »Ich informiere gleich mal die Rechtsmedizin. Die sollen sich hier zusammen mit einem Anthropologen umschauen. Ich lasse meine Leute den Fundort noch gründlich dokumentieren, und wenn die Herren das Alter dieses Skelettes bestätigen, können wir die Sache zu den Akten legen.« Scholten ging graziös in die Hocke und kletterte elegant durch das enge Kellerloch hinaus.

Oliver zögerte. Irgendetwas hielt ihn zurück. Er betrachtete nachdenklich das Skelett, als könnten ihm die bleichen

Knochen eine Antwort geben. Er musterte den Schädel und folgte dem geisterhaften Blick der leeren Augenhöhlen, die einen Punkt an der Wand anstarrten. Oliver begab sich dorthin und kratzte mit dem Fingernagel über die Steine. Die Konturen erinnerten ihn an ein zugemauertes Fenster. Vielleicht hatte sich an dieser Stelle früher ein Durchgang befunden. Gewissenhaft leuchtete er die einzelnen Fugen ab. Als er sich bückte und die unteren Steinreihen begutachtete, bemerkte er den Geruch von frischem Mörtel, der ihm unangenehm in der Nase stach.

Hier stimmte etwas nicht. Er rief sich die Lage des Gebäudes ins Gedächtnis. Sie befanden sich in einem Haus ungefähr in der Mitte der Schloßstraße von Zons. Yasmin Büttner hatte ihnen erklärt, dass sie den Keller erweitern wolle und deshalb die Wand eingerissen habe. Doch warum roch es dann nach frischem Mörtel, und vor allem, wie war der Mörtel hierhergekommen? Gab es einen weiteren Zugang zum Keller von der anderen Seite des Hauses? Das musste er unbedingt überprüfen. Oliver kratzte an den Fugen.

»Klaus, kannst du mir bitte mal den Vorschlaghammer bringen?«

Er hörte seinen Partner stöhnen. Doch das konnte ihn nicht von seinem Vorhaben abbringen. Ein untrügliches Gefühl vibrierte unter seinen Fingerspitzen. Er musste wissen, was sich hinter dieser Wand verbarg. Er nahm den schweren Hammer und schlug kräftig gegen die untere Steinreihe, die sofort nachgab.

»Komm schon, Oliver. Wir sind hier fertig. Lass uns ins Revier fahren und Steuermark Bericht erstatten«, maulte Klaus.

Oliver ignorierte ihn und ließ den Hammer erneut gegen

die Mauer krachen. Beißender Gestank kroch durch die Ritzen und erfüllte innerhalb weniger Sekunden den Keller. Es handelte sich um eine Mischung, die er nur allzu gut kannte und die seinen nörgelnden Partner auf der Stelle verstummen ließ. Verwesungsgeruch hüllte sie plötzlich ein. Nicht nur der Gestank legte sich auf seine Sinne, überall schwirrten auf einmal Fliegen herum.

»Verdammt«, fluchte Oliver und riss mit einem letzten Hammerschlag ein großes Loch in die Wand.

»Was haben Sie gefunden?«, hörte Oliver Ingrid Scholten wie aus weiter Ferne fragen. Er antwortete nicht. Seine komplette Aufmerksamkeit galt dem Hohlraum hinter der Mauer. Er kroch durch die neue Öffnung. Mit der Taschenlampe fand er sofort den Grund für den bestialischen Gestank. Der Anblick nahm ihm die Luft. Er schluckte schwer und brauchte ein paar Sekunden, bis er einen weiteren Schritt machen konnte. Stumm trat er zu der Leiche, die zusammengesunken an der Wand lehnte und deren eingefallene Wangen ihn auf unheimliche Weise an das Skelett im Nachbarraum erinnerten.

»Einen neuen Fall«, keuchte er, denn noch immer hallte Scholtens Frage durch seinen Kopf. »Und wir können ihn keinesfalls zu den Akten legen.«

III

VOR FÜNFHUNDERT JAHREN

»Brunhilde?«, fragte Bastian, um sich zu vergewissern, und sprang vom Pferd. Er warf dem Ziegelmeister Clemens einen flüchtigen Blick zu, der damit kämpfte, seinen Rappen ruhig zu halten. Bastian kramte in seinem Gedächtnis. In letzter Zeit hatte das Franziskanerkloster einige junge Mädchen aufgenommen. Wahrscheinlich gehörte Brunhilde zu den Neuankömmlingen, die nach ein paar Wochen der Probe als Novizin ihr Klosterleben begannen. Er war ihr jedenfalls bisher nicht begegnet.

»Ja, Brunhilde. Ein Mädchen mit langen dunklen Haaren und blassem Gesicht. Sie ist erst seit Kurzem bei uns«, erklärte Ottilia. Die Nonne wanderte aufgeregt vor dem Südtor auf und ab. »Aber seit gestern Abend ist sie verschwunden, und die Oberin macht sich große Sorgen, dass ihr etwas zugestoßen sein könnte. Sie hat mich geschickt, um Euch um Hilfe zu bitten.«

Noch bevor Bastian antworten konnte, fuhr Clemens dazwischen: »Ihr meint die Brunhilde, die sich mit Margaretha ein Nachtlager teilt?«

Ottilias Augen weiteten sich. Dann zog sie die Augenbrauen zusammen. Eine tiefe Falte erschien auf ihrer Stirn. »Woher wollt Ihr das wissen, Ziegelmeister?« Sie stemmte die Arme in die Seite und plusterte sich auf. »Mir ist nicht bekannt, dass die baufällige Mauer, die Ihr richten sollt, sich im Schlafgemach unseres Klosters befindet.«

Auch wenn es kaum zu glauben war, lief Clemens noch röter an. Er stotterte verlegen: »Ich habe es nur durch Zufall gehört. Ich kenne das Nachtlager nicht.«

»Belauscht Ihr uns etwa?« Ottilias Blicke schossen wie Giftpfeile in Clemens' Richtung.

Der Ziegelmeister zog den Kopf ein und stammelte etwas Unverständliches. Bastian konnte sich ein Grinsen nicht verkneifen. Das geschah dem Mann recht. Die strenge Ordensschwester, die am liebsten jedes männliche Wesen im Umkreis von tausend Fuß aus der Nähe des Klosters verbannt hätte, sollte Clemens ruhig den Kopf waschen. So wie er vor wenigen Augenblicken mit seinem Lehrjungen und Gesellen umgesprungen war, folgte die Strafe jetzt auf dem Fuße.

»Ich werde das gleich nachher mit unserer Oberin Katharina von Weinfels besprechen. Wir sind ein Kloster und kein Sündenpfuhl.« Ottilias dürrer Zeigefinger erhob sich warnend. »Haltet Euch von meinen Mädchen fern.«

»Könnt Ihr mir denn sagen, wann Brunhilde das letzte Mal gesehen wurde?«, fragte Bastian, obwohl er Ottilias Predigt gerne noch länger zugehört hätte. Doch der Tag steckte voller Arbeit und er durfte nicht zu lange verweilen.

Ottilia ließ von Clemens ab und richtete ihre wässrig hellblauen Augen auf Bastian. Ein wohlwollendes Lächeln erschien in ihrem Gesicht.

»Beim Abendgebet war sie noch da. Sie ist ein braves

Mädchen, unserem Herrn treu ergeben. In einer Woche wäre ihre Probezeit zu Ende und jetzt ist sie fort.«

Bastian bemerkte aus dem Augenwinkel, dass Clemens unruhig von einem Fuß auf den anderen trat. Auch sein schwarzes Pferd tänzelte nervös vor und zurück.

»Und danach? Könnte Margaretha vielleicht wissen, wo sie steckt?«

Wieder stemmte Ottilia die Hände in die Hüften. »Das ist es ja gerade. Der Teufel hat sich bei uns eingenistet.« Sie warf einen bösen Seitenblick zu Clemens. »Margaretha behauptet, sie wären gestern Nacht zusammen eingeschlafen. Aber ich könnte schwören, dass sie lügt.« Ottilia kam dichter heran und flüsterte Bastian ins Ohr: »Sie kann nicht stillstehen, wenn sie nicht die Wahrheit spricht.« Ihr Zeigefinger landete mit einem Ruck auf Clemens' Brust. »Es ist genau wie bei dem da. Glaubt ihm bloß kein Wort!«

Bastian biss sich auf die Unterlippe und verkniff sich ein weiteres Grinsen. Er mochte die alte Ottilia. Viele sagten zwar von ihr, sie hätte Haare auf den Zähnen, aber er wusste ihre direkte Art zu schätzen. Er kannte Ottilia schon lange. Sie gehörte zum Franziskanerkloster, seit er denken konnte. Die hochgeschossene, dürre Frau hatte inzwischen mehr Falten im Gesicht, als sie Jahre zählte. Ihr Körper wirkte ausgezehrt und ermattet, ganz im Gegensatz zu ihrer Willenskraft, die mit jedem ihrer Worte und Blicke zu spüren war.

»Könnte es sein, dass Brunhilde nur kurz zu ihrer Familie heimgekehrt ist oder dass sie sich vielleicht sogar gegen das Klosterleben entschieden hat?«, fragte Bastian.

Ottilia schüttelte energisch den Kopf. »Nein. Sie konnte das Ende ihrer Probezeit gar nicht erwarten. Für sie ist unser Kloster ihr neues Zuhause. Unter keinen Umständen würde sie ohne ein Wort weggehen.«

Bastian rieb sich nachdenklich das Kinn. Es war gerade erst eine Nacht vergangen. Vielleicht tauchte Brunhilde zum Mittagsmahl bereits wieder auf. Sollte er alles stehen und liegen lassen und nach einem Mädchen suchen, das womöglich einfach nur das Weite gesucht hatte? Unschlüssig blickte er von Ottilia zu Clemens, mit dem er eigentlich die Reparaturen an der Stadtmauer besprechen wollte. Es war wichtig, dass der Schutzwall funktionstüchtig blieb.

»Gebt mir bis zum Mittag Zeit«, bat er deshalb. »Ich habe noch einiges zu erledigen und komme dann zu Euch ins Kloster, wenn Ihr einverstanden seid.«

Ottilia seufzte. »Also gut. Aber lasst mich nicht zu lange warten. Ich nehme mir derweil Margaretha und die anderen Mädchen vor. Irgendeine von ihnen muss Brunhilde ja zuletzt gesehen haben.« Sie warf Clemens noch einen bösen Blick zu und machte auf dem Absatz kehrt.

Bastian saß wieder auf. Der Ziegelmeister tat es ihm nach. Eine Weile ritten sie, ohne ein Wort zu wechseln, nebeneinanderher. Erst als sie auf die Hubertusstraße einbogen, an deren Ende sich linker Hand der Krötschenturm befand, fragte Bastian: »Woher kennt Ihr Brunhilde?«

Der Ziegelmeister sah ihn nicht an. Sein Blick war starr auf die Stadtmauer gerichtet, die vor ihnen aufragte.

»Ich habe sie ein paarmal gesehen«, brummte er. »Sie macht häufig Besorgungen auf dem Markt.«

Bastian betrachtete den Ziegelmeister, dessen Gesicht immer noch feuerrot glühte. Er griff nach den Zügeln von Clemens' Pferd und stoppte ihn.

»Hört zu. Ihr seid ein ehrbarer Mann und tätet gut daran, die Wahrheit zu sprechen. Ich kann Eure Lügen auf hundert Fuß gegen den Wind riechen.« Er durchbohrte Clemens mit schneidendem Blick. »Woher also kennt Ihr das Mädchen?«

Der Ziegelmeister verdrehte die Augen. »Ich kenne sie natürlich auch aus dem Kloster. Seit ein paar Wochen liefere ich Ziegelsteine für die Ausbesserung der Kapelle und des Hauptgebäudes. Da bleibt es doch nicht aus, auf die Bewohnerinnen zu stoßen. Sie schuften dort Tag und Nacht für ihr Seelenheil.«

»Habt Ihr mit Brunhilde gesprochen?«, hakte Bastian weiter nach.

»Ein paarmal. Ja. Sie hat wie die anderen Steine getragen.«

»Und wann ist Euch das Mädchen zuletzt begegnet?« Bastian spürte, dass der Ziegelmeister etwas verschwieg. Obwohl Clemens auf dem Rücken seines Pferdes saß, wippte sein Fuß auf und ab. Es war dasselbe verräterische Zappeln, das Bastian schon zuvor bemerkt hatte.

»Hört zu, Bastian. Die Mädchen dürfen eigentlich nicht mit uns reden. Wenn Ottilia davon erfährt, bekommen sie Ärger. Meine Gesellen und ich haben den Nonnen geholfen. Wir konnten einfach nicht mit ansehen, wie die zarten Frauen schwere Körbe mit Steinen schleppen müssen. Wenn ich wüsste, wo Brunhilde steckt, würde ich es Euch sagen.«

Bastian sah Clemens lange in die Augen. Er zweifelte an seiner Aussage. Aber da der Ziegelmeister offenkundig nicht reden wollte, beschloss er, ihn vorerst nicht weiter unter Druck zu setzen.

»Dort vorne, rechts neben dem Krötschenturm ist die Mauer eingerissen. Ein paar Ziegelsteine sind bereits herausgebrochen.«

»O ja«, sagte Clemens und hielt vor der beschädigten Stelle an. Er sprang vom Pferd und nahm fachkundig Maß. »Es muss ein ganzes Stück Mauerwerk ersetzt werden. Das wird dauern. Ich kann die Arbeiten im Kloster nicht liegen lassen und auf meiner Liste stehen noch einige andere Kunden.« Als er Bastians Blick bemerkte, sprach er zügig weiter: »Natürlich geht die Stadtmauer vor. Seid unbesorgt. Ich kann schon morgen die ersten Ziegel brennen, und Ihr könnt Eurerseits veranlassen, dass die brüchigen Passagen alsbald herausgeschlagen werden. Ich denke, Ihr müsstet bereits hier anfangen.« Er nahm einen Kalkstein und markierte die Stelle. Unerwartet schnell saß er gleich darauf wieder auf seinem Pferd. Bastian beäugte Clemens misstrauisch. Normalerweise schritt der Ziegelmeister die Mauer ab und zählte die Steinreihen, um die genaue Anzahl der benötigten Ziegelsteine zu bestimmen. Aus irgendeinem Grund schien es Clemens plötzlich sehr eilig zu haben. Schon hatte er sein Pferd gedreht, bereit, ihm die Sporen zu geben.

»Ich liefere morgen vor Sonnenuntergang die erste Fuhre«, rief er und spannte die Oberschenkel an.

»Dann sehen wir uns morgen«, sagte Bastian und blickte dem davonpreschenden Ziegelmeister ratlos hinterher.

* * *

Lieblicher Gesang drang an ihr Ohr. Schwester Angelia hatte die schönste Stimme des Ordens. Das musste Brunhilde immer wieder denken, sobald sie eines ihrer Lieder hörte. Doch heute verschwendete sie keinen Wimpernschlag damit, die wunderbaren Klänge zu genießen. Sie fuhr hoch und lauschte angestrengt. Angelias Stimme hatte ihr stets den Weg gewiesen. Den Weg zu Gott. Nicht so jedoch in jenem Augenblick. Dieses Mal führte die Nonne sie auf einen anderen Pfad. Den Pfad der Erkenntnis. Brunhilde überlegte seit Stunden, wo sie sich befand und wie sie zurück in die Klosterräume finden konnte. Die Hoffnungslosigkeit hatte sie ganz und gar überkommen. So sehr, dass sie nicht einmal mehr Tränen hatte, um ihr Leid zu beklagen. Bis zu jenem Moment, in dem Angelias wundervolle Stimme erklang. Der typische Gesang, mit dem das morgendliche Gebet begann, füllte ihre Augen wieder mit Tränen. Brunhilde konnte sich jetzt ausrechnen, wo sie war. Das erste Gebet des Tages fand in der Kapelle auf dem Klosterhof statt. Wenn sie also Angelias Stimme hören konnte – und das tat sie –, war sie nicht weit weg von zu Hause. Dann hatte sie sich nicht in den finsteren Gängen unter dem Kloster verloren. Sie würde nicht auf ewig nach dem Rückweg suchen müssen. Sie musste einfach nur Angelias Stimme folgen, und schon wäre sie endlich wieder da, wo sie hingehörte.

Diese Hoffnung gab ihr die Kraft, aufzustehen und erneut an den Wänden entlang nach einem Ausgang zu tasten. Doch sie drehte sich mehrfach im Kreis, ohne die Tür wiederzufinden, durch die sie in die Kammer hineingelangt sein musste. Konzentriert kramte sie in ihrem Gedächtnis nach der Nacht. Sie wusste noch, dass sie die Leiter hinaufgeklettert war, die zur Falltür des Klosters führte. Dann war sie gefallen und ihr Geist durch die Dunkelheit ausgelöscht worden. Als sie wieder zu sich kam, glaubte sie zunächst, am Fuße der Leiter zu liegen, aber das stellte sich als Irrtum heraus. Sie befand sich irgendwo anders, denn in diesem Raum gab es keine Leiter. Nur Mauern, egal, wohin sie griff.

Brunhilde hielt inne und lauschte Schwester Angelia. Sie schloss die Augen und versuchte, die Stimme zu orten. Nach einer Weile wurde ihr klar, dass der Gesang von oben kam. Sie sah hoch und blinzelte in die Dunkelheit hinein. Gab es dort oben vielleicht eine weitere Bodenklappe, durch die sie ins Freie gelangen konnte? Sie sprang in die Luft und streckte die Arme in die Höhe.

Da war nichts außer Finsternis. Die Kammer schien kein Ende zu nehmen. Brunhilde probierte es noch ein paarmal ohne Erfolg.

»Angelia«, schrie sie, so laut sie konnte. Doch die groben Steine verschluckten ihre Rufe, die ungehört verstummten.

»Angelia, könnt Ihr mich verstehen?« Brunhilde formte ihre Hände zu einem Trichter und hielt sie an den Mund.

Es kam keine Antwort. Niemand hörte sie. Also probierte sie es mit Klopfen. Sie zog einen Schuh aus und knallte die klobige Ledersohle gegen die nackten Steine. Dazu rief sie abermals Angelias Namen. Der Gesang war inzwischen beendet. Die Nonnen hockten nun auf den Knien und beteten stumm. Eine von ihnen musste ihr Klopfen doch bemerken. Sie konnten schließlich über Nacht nicht alle taub geworden sein. Mit ganzer Kraft schlug sie gegen die Wand, die zur Antwort dumpf pochte. Brunhildes Klopfen wurde immer schwächer, bis es letztlich verebbte. Kraftlos sank sie zusammen. Es schien sinnlos, weiterzumachen. Sie musste einen anderen Ausweg finden. In ihrem Kopf hörte sie noch immer den Rhythmus ihrer Schläge. Erst viele Augenblicke später bemerkte sie, dass dieses Pochen nicht aus ihrem Inneren kam. Auf drei Klopfzeichen folgte eine Pause. Dann begann alles von vorn. Brunhilde richtete sich mit rasendem Herzen auf und presste ein Ohr an die Wand. Da war es wieder. Sie konnte es deutlich vernehmen. Hatte Angelia sie womöglich doch gehört?

* * *

Bastian biss sich schmerzhaft auf die Unterlippe und fluchte lautlos. Er war mit dem Knie in einem Dornenzweig gelandet. Die hölzernen Spitzen bohrten sich unbarmherzig in sein Fleisch. Er hob das Knie vorsichtig an und betrachtete den Schlamassel. Ein dicker Dorn ragte aus seiner Hose, auf der sich ein Fleck aus dunkelrotem Blut ausbreitete. Mit einem kräftigen Ruck zog er den Stachel heraus und unterdrückte ein Stöhnen. Clemens durfte ihn auf keinen Fall hören. Das Verhalten des Ziegelmeisters war ihm äußerst merkwürdig vorgekommen. Also hatte er beschlossen, dem Mann zu folgen. Tatsächlich kehrte Clemens nicht wie angekündigt zu seiner Ziegelbrennerei zurück, sondern ritt stattdessen tief in den Wald vor Zons hinein. Bastian hatte anfangs keine Ahnung gehabt, wo Clemens hinwollte. Der Wald war groß, und es wollte ihm einfach nicht einfallen, was der Ziegelmeister vorhaben könnte. Erst als der Mann einen längst zugewucherten Pfad einschlug, ahnte er sein Ziel. Da er nicht entdeckt werden wollte, ritt er ein Stück voraus und lief dann zu Fuß weiter zu einer kleinen, halb verfallenen Kapelle. Dort versteckte er sich im Unterholz.

Es dauerte nicht lange, bis Clemens hinter einer großen Eiche auftauchte; sein hochrotes Gesicht leuchtete schon von Weitem. Er gehörte keinesfalls zu den besonders guten oder schnellen Reitern, aber er hatte seinem Pferd ordentlich die Sporen gegeben. Das Fell seines erschöpften Hengstes glänzte vor Schweiß. Gespannt beobachtete Bastian, wie Clemens abstieg und schnurstracks in die Kapelle ging.

»Brunhilde«, brüllte der Ziegelmeister lauthals. »Brunhilde, seid Ihr noch hier?«

Bastian traute seinen Ohren nicht. Wieso suchte Clemens das verschwundene Mädchen ausgerechnet an diesem verlassenen Ort? Was sollte sie in einer eingefallenen Kapelle zu suchen haben? Er pirschte sich näher an das Gebäude heran und lauschte.

»Um Himmels willen, Brunhilde, wenn Ihr Euch hier

versteckt haltet, kommt bitte hervor. Ich ...« Ein Schluchzen folgte und dann sprach Clemens weiter: »Ich habe es ernst gemeint. Ich liebe Euch und will Euch zum Weib nehmen. Also bitte, lasst dieses Spielchen und zeigt Euch.«

Schweigen. Bastian hörte, wie Clemens durch die Kapelle schritt und sie durchsuchte. Nach einer Weile öffnete sich das schwere Tor und der Ziegelmeister trat mit hängendem Kopf heraus.

»Brunhilde?«, brüllte er aus Leibeskräften. »Brunhilde!«

Er rannte ein Stückchen in den Wald und stolperte über ein paar Äste. Dabei hörte er nicht auf, nach dem Mädchen zu rufen. Bastian hatte genug gehört. Er sprang aus dem Dickicht.

»Clemens«, rief er.

Der Ziegelmeister fuhr erschrocken herum.

»Bastian Mühlenberg? Was macht Ihr denn hier?«

Bastian zuckte mit der Schulter. »Ich bin Euch gefolgt.« Er machte ein paar Schritte auf Clemens zu. »Vielleicht wollt Ihr mir jetzt erzählen, wann Ihr Brunhilde das letzte Mal gesehen habt, und vor allem, warum Ihr ausgerechnet hier nach ihr sucht.«

Clemens schnaufte und senkte betreten den Blick. »Ich wollte sie fortbringen und zum Weib nehmen. Wir haben uns gestern in dieser Kapelle getroffen. Sie ... sie wollte nicht und ist weggelaufen. Seitdem habe ich sie nicht mehr gesehen. Als Ottilia berichtete, dass sie verschwunden sei, hatte ich gehofft, sie hier zu treffen.« Er schniefte. »Ich dachte, sie wartet hier vielleicht auf mich, weil sie es sich anders überlegt hat.«

Bastian fuhr sich ungläubig durchs Haar. »Ihr habt Euch hier mit einer Nonne getroffen und wolltet sie zur Sünde überreden?«

Clemens trat von einem Fuß auf den anderen. »Sie war ja noch nicht einmal Novizin. Sie hätte sich jederzeit gegen diesen Weg entscheiden können. Ich hatte gehofft …« Er winkte ab und schwieg.

Bastian fühlte ein wenig Mitleid mit dem Ziegelmeister. Endlich verstand er, warum der Mann schon am frühen Morgen so schlechte Laune gehabt hatte. Brunhilde hatte ihn abgewiesen. Wahrscheinlich war er deshalb so barsch mit seinen Gesellen umgesprungen. Einen stolzen Mann wie Clemens, der außerdem recht gut betucht war und über einigen Einfluss in Zons verfügte, musste diese Zurückweisung hart treffen. Trotzdem passte Brunhildes Reaktion nicht ganz ins Bild.

»Wenn sie sich mit Euch an einem solchen Ort trifft, dann muss sie doch etwas für Euch empfunden haben. Sie ist mit diesem Treffen ein großes Wagnis eingegangen. Wenn Ottilia davon erfährt, verliert sie womöglich ihre Zuflucht im Kloster.«

»Ich habe sie mithilfe meines Hautleidens hergelockt«, murmelte Clemens verlegen. »Sie war nicht gerade erfreut darüber, als ich ihr die Wahrheit offenbarte.«

»Und dann habt Ihr sie einfach alleine durch den Wald geschickt?«, fragte Bastian fassungslos. »Habt Ihr denn gar kein Gewissen?«

Clemens knetete verzweifelt seine Finger. »Ich fühlte mich zurückgestoßen. Es war völlig falsch von mir. Das weiß ich jetzt. Hoffentlich ist ihr nichts zugestoßen. Was, wenn die Wölfe sie gefressen haben?«

»Ich werde ein paar Männer zusammenrufen, die nach ihr suchen sollen. Vielleicht hat sie sich im Wald verirrt. Allerdings sollten wir sie bald finden, mit jedem Tag schwindet die Hoffnung.« Bastian betrat die Kapelle und fragte: »Wart Ihr noch hier drin, als Brunhilde gegangen ist?«

Clemens, der Bastian gefolgt war, nickte. »Ja. Brunhilde ist fortgelaufen, und ich habe noch eine ganze Weile hier gewartet und gehofft, dass sie zurückkehrt.«

»Dann wisst Ihr nicht, in welche Richtung sie gelaufen ist?«

Clemens schüttelte den Kopf. »Nein. Sie wollte im Kloster zurück sein, bevor das große Tor geschlossen wird.«

Bastian seufzte und sah sich um. Obwohl die Sonne schon hoch am Himmel stand, fiel nicht besonders viel Licht in das Gemäuer. Außerdem war es unangenehm kühl. Er durchforstete das Halbdunkel und überlegte fieberhaft, wohin sich Brunhilde nach der Auseinandersetzung mit Clemens gewandt haben könnte. Nachdenklich trat er wieder ins Freie und lief ein paar Schritte. Der schmale Weg zum Gotteshaus war völlig zugewuchert und bei Nacht mit Sicherheit nicht zu sehen. Bastian betrachtete das Gestrüpp, das sich zu allen Seiten erstreckte, und entdeckte ein paar abgebrochene Zweige. Er folgte dieser Spur und fand in einiger Entfernung ein Leinentuch, das um einen dünnen Ast geknotet war.

»Clemens«, rief Bastian, »ist das Euer Leinentuch?«

Der Ziegelmeister hastete sofort herbei und musterte den Fund. »Nein. Meint Ihr, es gehört Brunhilde?«

»Vielleicht«, antwortete Bastian und folgte mit geübtem Auge und raschen Schritten der kaum sichtbaren Fährte aus niedergetretenen Blättern und Zweigen. »Auf jeden Fall ist hier jemand entlanggegangen. Welchen Weg zurück habt Ihr genommen?«

Clemens deutete aufgeregt in die andere Richtung und schrie dann erneut Brunhildes Namen. Bastian wurde ein wenig schneller. Sie liefen eine ganze Weile, bis der Wald sich lichtete.

»Da. Seht Ihr das mannshohe Gras? Dort drüben ist eine Schneise.«

Bastian wusste sofort, was Clemens meinte, und rannte los. Sie kämpften sich durch die dichten Halme und gelangten schließlich auf eine Wiese, auf der sich die Spur verlor. Mit klopfendem Herzen blieb Bastian stehen.

»Von hier aus kann man den Kirchturm schon sehen. Gestern Nacht war Vollmond. Vermutlich wollte sie durch das Südtor zurück in die Stadt.«

»O Gott. Vielleicht ist sie hier noch irgendwo auf der Wiese.« Clemens stürmte los und rief wieder und wieder nach Brunhilde.

Bastian rannte nicht sofort hinterher. Stattdessen versuchte er, die Spur wiederzufinden. Aber es gelang ihm nicht. Das Gras wuchs nicht hoch genug und war außerdem an mehreren Stellen niedergetrampelt oder abgefressen. Schließlich kam ihm ein anderer Gedanke. Er eilte davon und stoppte erst, nachdem er das Stadttor passiert hatte. Kräftig hämmerte er gegen eine Tür zur Burg Friedestrom. Es dauerte eine Weile, bis sich endlich Schritte dahinter näherten. Die Pforte öffnete sich und das müde Gesicht des Stadtsoldaten Reinhold kam zum Vorschein.

»Entschuldigt die Störung, lieber Reinhold, aber ich muss dringend etwas von Euch wissen. Ist Brunhilde aus dem Nonnenkloster gestern Nacht durch das Südtor in die Stadt gekommen? Ihr hattet doch Wachdienst.«

Reinhold rieb sich die verquollenen Augen.

»Sie kam kurz nach Anbruch der Dunkelheit durch das Tor«, bestätigte er und sah Bastian neugierig an. »Warum fragt Ihr?«

»Sie ist verschwunden. Habt Ihr eine Idee, wo sie stecken könnte?«

Reinhold schüttelte den Kopf. »Sie wirkte ein bisschen verängstigt. Ich habe ihr deshalb angeboten, sie zu begleiten. Aber sie wollte das nicht und sagte, sie käme alleine zurecht.« Er zuckte mit den Schultern.

»In welche Richtung ist sie gegangen?«

Reinhold deutete zum Kloster. »Sie hatte es eilig.«

Bastian verstand die Welt nicht mehr. Wenn Brunhilde es doch ins Kloster zurückgeschafft hatte, wie konnte sie dann verschwunden sein?

IV

GEGENWART

»Du meine Güte, durch welche Öffnung ist sie denn hier bloß hineingelangt?« Ingrid Scholten drängte sich dicht an Oliver. Klaus stand hinter ihnen. Der winzige Raum wirkte eher wie ein Grab als ein Keller. Es gab weder Fenster noch Türen oder einen sonstigen Zugang, nur Wände aus schier endlosen Reihen roter Ziegelsteine.

»Ich vermute, von da. Die Mauer ist frisch hochgezogen«, krächzte Oliver, der sich ein Taschentuch vor die Nase hielt und mit der anderen Hand die Fliegen verscheuchte, die unaufhörlich um seinen Kopf kreisten. So wie auch Scholten suchten die Insekten nach einer Öffnung, die es – von Olivers Mauerdurchbruch einmal abgesehen – jedoch nicht gab. Irritiert durch den Lichtstrahl aus Klaus' Taschenlampe wechselten die schwarzen Insekten die Richtung und flogen auf den leuchtenden Kreis an der gegenüberliegenden Wand zu, statt durch den Spalt hinter ihnen hinauszugelangen.

»Wie lange ist dieser Keller denn schon zugemauert?«, fragte Scholten und fuhr mit der Hand über die Steine. »Riecht ziemlich stark«, bemerkte sie und rümpfte die Nase.

Oliver zuckte mit der Schulter. Sein Blick schweifte durch den Kellerraum. Eine leere Wasserflasche, ein leerer Teller und eine fleckige Matratze lagen auf dem Boden der ansonsten nackten Kammer.

»Ich habe nicht sonderlich viel Erfahrung mit Mörtel, aber nach dem Geruch zu urteilen und dem äußeren Zustand der Leiche tippe ich auf höchstens eine Woche.« Oliver hob die Plastikflasche auf. »Wenn das alles war, was sie zu trinken hatte, ist sie vermutlich innerhalb weniger Tage verdurstet.«

Er sah die tote Frau an, die verkrümmt in der Ecke an der Wand lehnte. Sein Magen zog sich schmerzhaft zusammen, als er entdeckte, dass sämtliche Fingernägel abgebrochen waren. Die Kuppen wirkten schmutzig und blutig. Die Fingerknöchel wiesen etliche Abschürfungen auf. Wahrscheinlich hatte die Frau versucht, sich zu befreien.

»Ein Albtraum«, bemerkte Ingrid Scholten. »Sie hatte überhaupt kein Licht.«

»Und sie hat mit den Absätzen ihrer Schuhe gegen die Wand gehämmert«, fügte Klaus hinzu. Er hatte eine größere Lampe besorgt, die nun den Keller erhellte.

Tatsächlich waren die Sohlen vollkommen abgenutzt. Es fanden sich deutliche Abriebspuren des Gummis an der Ziegelwand und den Fugen. Das Opfer musste Hunderte Male zugeschlagen haben. Vermutlich war es irgendwann völlig entkräftet zusammengebrochen und dann gestorben. Oliver betrachtete die halb offenen Augen, aus denen immer noch das Entsetzen schien. Die Wangen waren eingefallen und der Mund weit geöffnet.

Ingrid Scholten kniete neben dem Opfer und durchsuchte die Taschen.

»Ich kann leider weder ein Portemonnaie noch einen

Ausweis oder irgendetwas anderes finden. Sie hat nicht einmal ein Taschentuch dabei.«

»Wie alt ist sie?«, fragte Oliver.

»Ich schätze, höchstens fünfundzwanzig«, erwiderte Scholten und stand auf. »Ich finde es merkwürdig, dass auf den ersten Blick gar keine Abwehrspuren sichtbar sind. Wenn mich jemand in ein solches Verlies einsperren wollte, würde ich mich mit Händen und Füßen dagegen wehren. Aber ich kann überhaupt keine Hämatome oder die typischen Druckstellen erkennen, die normalerweise immer dann entstehen, wenn der Täter das Opfer festhält oder fesselt.«

»Vielleicht wurde sie vorher betäubt«, warf Oliver ein. »Haben Sie eigentlich hierfür eine Erklärung?« Er hielt Scholten die leere Flasche vor die Nase und deutete auf ein paar weiße Ablagerungen im Inneren.

Scholten kniff die Augen zusammen. »Das könnten Rückstände von Salz sein.«

»Salz?« Im ersten Augenblick wusste Oliver Scholtens Antwort nicht einzuordnen, dann jedoch ging ihm ein Licht auf. »Du meine Güte. Sie glauben, das Wasser wurde mit Salz vermischt, um sie noch durstiger zu machen?«

Scholten nickte. »Wir müssen natürlich die Laborergebnisse abwarten. Aber das ist spontan die einzige Erklärung, die mir einfällt.« Sie zog eine Grimasse. »Die Vorstellung ist fürchterlich. Ich hasse enge Räume. Selbst wenn Licht brennt, fühle ich mich unwohl. Aber wenn ich mir ausmale, in einem dunklen, stinkenden Keller dahinzuvegetieren, dann ... Schrecklich.« Ingrid Scholten schüttelte sich.

»Hallo? Können Sie wieder raufkommen und mir sagen, was Sie gefunden haben?« Yasmin Büttners Stimme klang dünn und panisch. Das kam insbesondere in der hohen

Tonlage zum Ausdruck, die Oliver an klirrendes Glas erinnerte. Er hatte die Hausbesitzerin total vergessen. Zügig trat er durch den Mauerdurchbruch in den davor liegenden Keller mit dem Skelett und von dort aus in das erste Kellergewölbe, von wo aus die tragischen Entdeckungen ihren Anfang genommen hatten.

»Was sind denn das für Fliegen?«, kreischte Yasmin Büttner plötzlich. »Die waren doch eben noch nicht da.«

»Bleiben Sie ganz ruhig«, rief Oliver ihr zu, der gerade die erste Treppenstufe hinauf genommen hatte.

Yasmin Büttner hatte sich die Hälfte der Treppe hinuntergewagt. Der Luftzug, den sie durch das Öffnen der oberen Tür zum Treppenhaus erzeugt hatte, lockte eine gewaltige Wolke an Fliegen herbei, die summend um ihren Kopf schwirrten. Oliver schob die Frau wieder die Treppe hinauf.

»Lassen Sie uns ins Wohnzimmer gehen«, schlug er vor und schloss eilig die Tür hinter sich, damit nicht alle Fliegen in den Wohnbereich gelangten.

»Wo kommen die ganzen Fliegen her?«, wiederholte Yasmin Büttner hysterisch. An ihrem Hals leuchteten dunkelrote Flecken auf. Oliver antwortete nicht, sondern bugsierte die Frau zur Couch.

»Setzen Sie sich bitte«, brummte er und nahm gegenüber auf einem Sessel Platz.

»Seit wann genau wohnen Sie hier?«, wollte Oliver zuerst wissen.

»Bitte, können Sie mir nicht sagen, was Sie dort unten gefunden haben? Ich muss das einfach wissen. Ansonsten kann ich mich wirklich nicht auf Ihre Fragen konzentrieren.« Yasmin Büttner sah ihn mit großen Augen an.

Oliver seufzte. »Also gut. Sie ahnen es ja sicherlich schon.

Wir haben noch eine weitere Leiche entdeckt. Zu den Umständen kann ich Ihnen allerdings nichts sagen.«

Yasmin Büttners Lippen verzerrten sich. Oliver war sich im ersten Augenblick nicht sicher, ob sie vor einem Heulkrampf stand oder gleich anfing, laut zu schreien. Ersteres trat ein. Die Augen der Frau füllten sich mit Tränen. Entsetzt schlug sie die Hand vor den Mund.

»O nein! Noch eine? Sie sagten gerade eine weitere Leiche?«

»Ja, leider. Hören Sie, ich kann verstehen, dass das alles schrecklich ist, aber ich muss Ihnen jetzt dringend ein paar Fragen stellen. Es wäre sehr wichtig.«

Yasmin Büttner nickte. Ihre Hände, die zusammengefaltet in ihrem Schoß lagen, begannen zu zittern.

»Seit wann wohnen Sie hier?«, fragte Oliver behutsam.

»Genau vor einer Woche sind wir eingezogen. Ich bin freischaffende Künstlerin und wollte meine Exponate im Keller unterbringen, die derzeit noch draußen im Container lagern. Ich brauche mehr Platz. Nur deshalb habe ich die Wand eingerissen.«

»Wissen Sie, wann der vorherige Eigentümer ausgezogen ist?«

»Das muss schon länger her sein. Als wir das Haus besichtigt haben, stand es bereits leer, und das ist jetzt sechs Wochen her.«

Oliver machte sich eine Notiz und ließ sich die Kontaktdaten des ehemaligen Besitzers geben, der in eine Seniorenwohnung umgezogen war.

»Gibt es weitere Zugänge zu Ihrem Keller?«

Yasmin runzelte die Stirn »Wie meinen Sie das?«

»Können Sie den Keller nur über diese Treppe erreichen?« Oliver deutete auf die geschlossene Tür, durch die sie gerade heraufgekommen waren. »Oder gibt es zusätzlich die Möglichkeit, den Keller zum Beispiel über den Garten oder einen anderen Seiteneingang zu betreten?«

»Der Garten. Richtig. Ja, von da aus geht es auch.«

»Das würde ich mir gerne einmal ansehen«, erklärte Oliver und erhob sich. Er streckte Yasmin Büttner die Hand entgegen und half ihr hoch. Doch plötzlich knickten ihr die Beine weg und im selben Moment verdrehten sich ihre Augen nach oben.

»Frau Büttner?« Oliver fing geistesgegenwärtig den schlaffen Körper auf. Als sie auf seine Ansprache nicht reagierte, wählte er zügig die Notrufnummer. Yasmin Büttner war in Ohnmacht gefallen.

* * *

Die Menschenmenge teilte sich und Samuel kam winkend auf sie zu. Sie hatte gar nicht damit gerechnet, ihn heute auf der Kirmes zu treffen.

»Hey, Lina. Ich habe eine Lösung für dein Problem. Du solltest bis sechs da sein«, flüsterte Samuel und drückte ihr einen zusammengefalteten Zettel in die Hand.

»Wirklich?« Linas Augen wurden groß.

»Sieh nach«, sagte er und verzog die Lippen zu einem unwiderstehlichen Lächeln.

Lina strahlte. Hatte er tatsächlich eine Lösung? Für sie beide? Noch bevor sie etwas erwidern konnte, war er bereits wieder in der Menge verschwunden. Wahrscheinlich in Richtung Autoskooter oder an den Luftgewehrschießstand. Sie blickte in die Richtung, in die er verschwunden war, konnte ihn jedoch nicht mehr ausmachen. Die Düsseldorfer Kirmes war überschwemmt mit

Besuchern, ein Wunder, dass Samuel sie überhaupt entdeckt hatte.

»Süße, da bist du ja.«

Lina fuhr herum. Charlotte hielt eine Zuckerwatte in der Hand und grinste spöttisch. »Was ist jetzt, wollen wir auf die Achterbahn oder kneifst du?«

Lina strich sich unwillkürlich mit der Hand über den Bauch. »Na klar. Ich komme«, rief sie und stürmte ausgelassen los. Sie wollte als Erste da sein. Charlotte sollte sie auf keinen Fall für einen Feigling halten. Außerdem würde nun alles gut werden, dachte sie und umklammerte den Zettel mit den Fingern. Noch bevor ihre Freundin neben ihr stand, schob sie ihn in die Hosentasche. Sie würde Samuels Nachricht später lesen. Jetzt war erst einmal Spaß angesagt.

»Die erste Runde geht auf mich«, erklärte Lina und freute sich, als Charlottes Augenbrauen überrascht in die Höhe schossen.

»Du willst zweimal fahren?«

Lina grinste.

»Abgemacht. Dann mal los.«

Sie stiegen in einen himmelblauen Achterbahnwagen und Lina rutschte augenblicklich das Herz in die Hose. Tapfer setzte sie ein Lächeln auf und ließ sich nichts anmerken. Mit beiden Händen umschloss sie den Bügel, der sie tief in den Sitz drückte. Ein Piepton hallte durch die Luft und dann ging es los. Der Wagen wurde zunächst langsam den ersten Hügel hinaufgezogen. Lina warf einen Blick zurück. Sofort zog sich ihr Magen krampfartig zusammen. Schnell sah sie wieder hoch. Aus dem Augenwinkel erkannte sie, dass Charlotte sich nicht festhielt. Ihre Freundin lachte und streckte beide Arme nach oben. Lina wurde schlecht. Der rumpelnde Wagen hatte den ersten Höhepunkt erklommen.

Gleich würden sie in die Tiefe stürzen. Sie schickte ein Stoßgebet in den blauen Sommerhimmel. Zwar glaubte sie eigentlich nicht mehr an Gott, aber in solchen Momenten brauchte sie trotzdem überirdischen Beistand. Während Charlotte begeistert kreischte, hielt Lina die Luft an. Ihre langen blonden Haare wirbelten im Fahrtwind. Die Beschleunigung presste ihren Körper nach hinten. Mit rasendem Tempo stürzten sie in den Abgrund. Linas Magen tanzte gleich unter ihrem Kehlkopf. Sie öffnete den Mund zu einem Schrei, brachte jedoch keinen einzigen Ton heraus. Charlotte jauchzte fröhlich neben ihr. Sie hingegen schloss die Augen. Sie hatten fast wieder den Boden erreicht. Der nächste Hügel war noch höher. Lina wusste es, ohne hinzusehen. Sie gingen einmal im Jahr auf die Kirmes nach Düsseldorf, und deshalb kannte sie jede Biegung der Achterbahn auswendig. Nicht weil sie so oft damit gefahren wäre, sondern weil die Angst sie dazu getrieben hatte. Lina dachte, wenn sie die Strecke exakt verinnerlichte, wäre es leichter und ginge schneller vorüber. Aber das tat es nicht. Stattdessen zog sich ihr Magen schon weit vor der nächsten Abfahrt zusammen.

Der Wagen ruckelte. In Linas Kopf manifestierten sich Horrorszenarien. Sie glaubte felsenfest, dass etwas nicht stimmte und dass sie gleich abstürzten. Sie traute sich nicht mehr, die Augen zu öffnen. Der Wagen stoppte kurz und raste anschließend in die Tiefe. Vor lauter Angst platzte ihr fast der Schädel. Als sie unten ankamen und sie immer noch lebte, öffnete sie die Augen ein wenig. Der nächste Abschnitt war erträglicher, nur die Kurven verursachten einen Brechreiz in ihrer Kehle. Immerhin musste sie jetzt bloß noch ein paar Sekunden durchhalten. Die Achterbahn brachte sie zur allerletzten Abfahrt hinauf, danach würde es endlich vorbei sein. Linas Hände krampften sich so sehr um den Bügel, dass ihre Fingerknöchel weiß hervortraten. Sie schloss erneut die Augen und konzentrierte sich auf das Zählen der Sekunden. Gleich war es geschafft. Sie sausten in die Tiefe. Kurz darauf zog schließlich die Bremse an. Erleichtert stieß sie die Luft aus.

»Das war super«, jauchzte Charlotte, deren Wangen rosig leuchteten. Lina ahnte, dass sie im Gegensatz zu ihrer Freundin kreidebleich aussah.

»Bleiben wir für die zweite Runde gleich sitzen?«

Linas Kopf nickte ohne ihr Zutun. Sie fühlte sich eigenartig, wie eine Untote, die noch nicht begriffen hatte, dass ihr Leben schon vorbei war. Unwillkürlich fragte sie sich, ob es so etwas gab. Dass man den Tod nicht bemerkte. Dass der Geist wie gewohnt weitermachte, obwohl er den Körper längst verlassen hatte. Vielleicht bestand ja die ganze Welt nur aus Illusionen. Irgendwo hatte sie schon einmal gelesen, dass jeder Mensch seine eigene Wahrnehmung erschuf, seine eigene Wahrheit, die objektiv gar nicht existierte. Sicherheitshalber griff sie nach Charlottes Hand. Sie fühlte sich warm an.

»Alles in Ordnung? Du bist ganz blass.« Charlottes grüne Augen musterten sie. »Wollen wir doch lieber aussteigen?«

Eine fremde Macht in ihrem Körper brachte Lina dazu, den Kopf zu schütteln. »Nein, schon gut«, krächzte sie wenig überzeugend, denn Charlotte klappte den Sicherheitsbügel auf.

»Quatsch. Es ist okay. Wir steigen aus. Komm.« Ihre Freundin reichte ihr die Hand. Lina konnte ihr Zittern nicht unterdrücken.

»Setz dich erst einmal hierher.« Charlotte begleitete sie zu einer Holzbank.

»Hier, trink einen Schluck«, sagte sie und hielt ihr eine halb volle Colaflasche vor die Nase.

Lina trank. Zuerst erfüllte die blubbernde Flüssigkeit ihre Pflicht und kühlte ihren brennenden Magen. Doch dann krampfte sich ihre Speiseröhre zusammen. Ihr Bauch verwandelte sich in einen Vulkan. Heiße Lava brodelte und stieg unaufhaltsam auf. Lina sprang auf und rannte zum nächsten Busch, vor dem sie sich heftig übergab.

»Wie krass. Komm, ich bring dich nach Hause.« Charlotte drückte ihr ein Taschentuch in die Hand und schob sie durch die wogende Menschenmenge. Lina wusste nicht mehr, wie ihr geschah. Ihr war schrecklich übel, alles drehte sich. Die Heimfahrt nach Hause nahm sie kaum wahr. Erst als sie im Bett lag, wurde es langsam besser. Mit schweißnassem Gesicht setzte Lina sich auf und griff nach der Wasserflasche. Sie nahm einen kräftigen Schluck und stellte erleichtert fest, dass ihr Magen keinerlei Protest zeigte. Vorsichtig stand sie auf. Die Übelkeit war so schnell verschwunden, wie sie gekommen war. Sie machte ein paar Schritte und trank dann noch mehr Wasser. Draußen dämmerte es bereits. Als sie am Fenster angelangte und hinausblickte, fiel ihr Samuels Nachricht ein. Neugierig holte sie den Zettel aus der Hosentasche und faltete ihn auseinander. Gespannt schaute sie auf die Worte, die eine Lösung für ihr Problem sein sollten. Aber Samuel hatte nichts weiter als eine Adresse notiert. Enttäuscht ließ Lina sich wieder aufs Bett fallen. Das hätte sie sich ja gleich denken können. Typisch Samuel. Erst die großen Versprechen machen und sich dann nicht daran halten. Sie seufzte unglücklich. Immer noch war sie so verliebt in ihn. Er gehörte zu den bösen Jungs, doch gerade diese Tatsache zog sie beinahe magisch an.

Samuel schwänzte die Schule, er trank gerne Alkohol

und schluckte oft diese bunten Pillen. Sein Gesicht war stets unrasiert, aber Lina liebte den verwegenen Anblick. Sein Motorrad war aufgemotzt, die halbe Straße konnte das ohrenbetäubende Knattern hören, wenn er sie abholte. Linas Mutter mochte Samuel nicht. Das war ein Grund mehr, ihn zu lieben. Was wusste ihre Mutter schon von der Liebe? Sie hatte ihren Vater aus dem Haus geekelt, da war sie noch nicht mal auf der Welt gewesen. Natürlich behauptete ihre Mutter immer, dass ihr Vater sie schwanger sitzen gelassen und sich aus dem Staub gemacht hätte. Aber Lina glaubte ihr kein einziges Wort. Sie selbst wurde ja ständig von ihr gegängelt. Kein Wunder, dass ihr Vater das Weite gesucht hatte. Alles, was in der Welt ihrer Mutter zählte, waren Ordnung und gute Noten, damit einmal etwas aus ihr wurde. Spaß, Freiheit oder einfach nur Leben, das hatte sie völlig vergessen. Sie schuftete in zwei Jobs, war so gut wie nie zu Hause, und wenn doch, dann machte sie Lina nichts als Vorschriften.

Samuel hingegen, der wusste, wie man lebte und auch den Spaß nicht vergaß. Und sie hatten eine Menge Spaß gehabt, bis er sie wegen dieser dämlichen Schlampe hatte links liegen lassen. Blond reichte ihm wohl nicht mehr. Jetzt musste es wasserstoffblond sein. Der Look dieser Tussi schien ihn komplett in den Bann gezogen zu haben. Dabei war Vanessa ein ganzes Jahr älter. Sie besuchten beide dieselbe Klasse, aber nur, weil sie ein Schuljahr wiederholen musste. Klug war sie bestimmt nicht, doch das zählte sowieso nicht zu den Kriterien, die bei Samuel eine Rolle spielten. Lina drehte ihr buntes Freundschaftsarmband, das Samuel ihr nach dem ersten Kuss geschenkt hatte. Sie sah ihn vor sich, wie er sie auf der Kirmes angesehen hatte. In seinem Blick lag so viel Tiefe. Die Berührung, als er ihr den Zettel in die Hand drückte, und dann erst sein Flüstern. Ein intensives

Kribbeln breitete sich in ihrem Bauch aus. Er musste einfach zu ihr zurückkommen. Plötzlich kam ihr eine Idee, ihr fiel ein, was er mit der Adresse auf dem Zettel meinen könnte. Lina schlug sich die Hand gegen die Stirn. Na klar, warum war sie nur nicht eher darauf gekommen? Bestimmt wollte er sich dort mit ihr treffen. Auf neutralem Boden, um über alles zu reden. Schließlich hatten sie eine Menge zu besprechen. Es ging um sie und ihn und das, was sie miteinander verband. Etwas, was sich nicht einfach verleugnen ließ, und etwas, was Wasserstoffblondi garantiert nicht zu bieten hatte. Lina stürzte zum Computer. Schon bevor sie den Straßennamen vollständig eingetippt hatte, erschien die Adresse eines Burgerrestaurants. Das passte zu Samuel.

Fahre jetzt los, tippte sie in ihr Handy.

Sofort erschien Samuels Antwort: *Prima*.

Eilig zog sie sich um und rannte ins Badezimmer, um sich ein wenig Parfum an den Hals zu sprühen und die Haare zu ordnen. Schminken würde sie sich nicht. Schließlich durfte sie Vanessa nicht alles nachmachen. Früher oder später würde Samuel die Wahrheit sehen, da war sich Lina sicher. Sie ging in die Küche und las den Zettel, den ihre Mutter am Morgen geschrieben hatte.

Habe heute Spätschicht. Essen ist im Kühlschrank. Mache es dir bitte in der Mikrowelle warm. Fünf Minuten bei neunhundert Watt. Kuss, Mama.

Plötzlich knurrte ihr Magen heftig. Erst jetzt fiel ihr auf, wie hungrig und unterzuckert sie war. Lina öffnete den Kühlschrank und nahm den Kartoffelauflauf heraus. Dann sah sie an sich hinunter, betrachtete ihren leicht gewölbten Bauch und stellte das Essen zurück. Auf das Schminken zu verzichten war eine Sache, aber fett werden durfte sie auf keinen Fall. Außerdem würde sie ja gleich mit Samuel essen.

Ihr Magen knurrte noch einmal. Sie griff nach einer Banane und aß sie, während sie in die Schuhe schlüpfte. Anschließend sprang sie die drei Etagen bis zur Haustür hinunter und rannte zum U-Bahnhof. Sie fuhr fünf Stationen, auf der Fahrt verharrte sie ungeduldig direkt an der Tür. Als die Bahn hielt, stieg sie als Erste aus. Bis zu der Adresse musste sie noch ein paar Straßen queren. Sie kannte sich gut in Düsseldorf aus. Die Gegend um den Hafen herum galt nicht nur als gute Ausgeh-Adresse, sondern zog auch zahlreiche Unternehmen an. Vor einer glänzenden Glasfassade blieb sie stehen. Die Straße war sehr lang. Sie wollte ungern in die falsche Richtung gehen, deshalb suchte sie nach einer Hausnummer. Eigentlich hatte sie einen Burgerladen erwartet, der schon von Weitem zu erkennen wäre. Zweifelnd las sie die Adresse auf Samuels Zettel noch einmal durch. Sie befand sich definitiv in der richtigen Straße, doch hier gab es scheinbar keine Hausnummern. Lina lief an der blitzblanken Fassade entlang. Ein Bürogebäude aus dunklem Marmor schloss sich an. Endlich erblickte sie ein Schild, auf dem auch eine Hausnummer stand. Sie suchte nach der Nummer fünfundzwanzig. Sie war genau ein Haus zu weit. Unsicher machte Lina kehrt und lief erneut an der spiegelnden Fassade vorbei. Doch da war kein Burgerrestaurant. Sie sah noch nicht einmal einen Eingang. Sie ging um das Gebäude herum und entdeckte schließlich eine Tür, neben der ein dezentes und kaum sichtbares Schild angebracht war. Etliche Firmen fanden sich darauf, deren Namen Lina noch nie gehört hatte. Verzweifelt griff sie zu ihrem Smartphone und googelte die Adresse noch einmal. Offenbar hatte sie sich vertan. Das Restaurant hatte eine ganz andere Hausnummer und lag am anderen Ende der Straße. Warum lotste Samuel sie hierher? Zögernd blickte sie sich um. Ob er vielleicht dort drüben auf dem Parkplatz auf sie wartete? Bis sechs sollte sie da sein, hatte er gesagt. Ihre Augen suchten zwischen den vielen Luxuslimousinen nach seinem Motorrad. Sie war ein wenig zu spät. Es war zehn nach sechs. Geduld zählte nicht unbedingt zu Samuels Stärken. Er würde nicht ewig auf sie warten. Sicher wäre es besser, wenn sie ihn einfach anrief. Inzwischen fand sie dieses Zettelspielchen echt blöd. Während sie in ihrer Handtasche nach dem Handy tastete, fiel ihr Blick auf ein Schlangensymbol, das neben einem Namen auf dem Eingangsschild eingraviert war. Erst jetzt las sie das Schild richtig. Sie war so schockiert, dass ihr das Telefon aus der Hand fiel. Fassungslos blickte sie auf die Buchstaben und wollte es nicht glauben. Das sollte Samuels Lösung sein?

* * *

»Wo hast du geparkt?«

Emily verdrehte die Augen. Anna wusste, warum. Seit ein paar Monaten war es nur noch den Bewohnern gestattet, innerhalb der Stadtmauern von Zons zu parken. Besucher mussten draußen bleiben und sich mit den Parkplätzen begnügen, die rund um die Altstadt angelegt waren.

»Ich stehe vorne beim Schweinebrunnen. Das letzte Mal, als ich auf dem großen Platz vor dem Zollturm geparkt habe, bin ich am Eisstand hängen geblieben. Das wollte ich heute vermeiden. Es ist schon spät. Wir haben Sommer und ich muss auf meine Bikinifigur achten.« Emily hob vielsagend die Augenbrauen. »Das gilt übrigens auch für dich und deinen neuen Freund.« Sie zog Anna mit sich durch die Altstadt von Zons.

Anna spürte, wie ihr die Röte ins Gesicht schoss. Sie war

jetzt mit Maximilian zusammen. Maximilian, der große, blonde und gut aussehende Medizinstudent, der Bastian Mühlenberg wie aus dem Gesicht geschnitten war, besuchte sie in letzter Zeit mehrmals in der Woche. Und sie konnte es tatsächlich kaum erwarten, ihn wiederzusehen. Heute Nacht allerdings würde sie allein bleiben, weil sie den Abend mit ihrer besten Freundin Emily verbrachte. Außerdem hatte Maximilian Nachtdienst im Krankenhaus. Der bloße Gedanke an seine Hände, die fordernd über ihre Haut wanderten, erregte sie. Trotzdem stellte sie sich hin und wieder vor, wie es wäre, mit Bastian Mühlenberg zusammen zu sein. Sie wusste natürlich, dass das völliger Blödsinn war. Bastian lebte im Mittelalter, und auch wenn sie manchmal diese absolut realistischen Träume von ihm hatte, so waren diese trotzdem nicht echt. Es gab keine logische Erklärung für die Gefühle, die sie für einen Mann hegte, den sie gar nicht kannte – nicht kennen konnte. Dennoch schlug ihr Herz Purzelbäume, sobald sie an ihn dachte. In den letzten Monaten war sie Bastian mehrfach im Traum begegnet. Es gab eine Verbindung zwischen ihnen. Und obwohl sie dagegen ankämpfte, träumte sie noch immer von ihm. Es gab Zeiten, da war sich Anna absolut sicher, diesen Mann, der vor fünfhundert Jahren in Zons gelebt hatte, zu kennen. Mehr noch als Maximilian, der zwar äußerlich wie Bastian aussah und tatsächlich auch ein Nachfahre von ihm war, jedoch einen völlig anderen Charakter besaß. Er gehörte ohne Frage zu der liebenswerten Sorte Mann. Anna war sehr verliebt in ihn. Aber Bastian Mühlenberg war und blieb der Mann ihrer Träume, der eine Sehnsucht in ihr ausgelöst hatte, die sich nie erfüllen ließe. Vielleicht war es gerade das Unerreichbare, das ihn in Annas Augen so begehrenswert machte. Sie wusste es nicht. Die Sache mit Maximilian lief trotzdem gut. Obwohl sie sich erst seit ein paar Wochen kannten, waren sie unheimlich vertraut miteinander. Ihr Sex war atemberaubend und Anna konnte nicht genug davon bekommen.

»Was ist denn da los?«, fragte Emily und deutete auf ein Absperrband vor einem Haus in der Schloßstraße.

Anna blinzelte ein paarmal und schob die Gedanken an Bastian und Maximilian beiseite.

»Da ist die Polizei. Die sind mit mehreren Streifenwagen angerückt.«

Emily schien sie gar nicht mehr zu hören. Die Journalistin in ihr war offenbar erwacht. Zielstrebig ging ihre Freundin auf einen Mann zu, der aus einem großen, rostigen Container vor dem Haus stieg.

»Guten Abend. Was ist denn hier passiert?«, fragte Emily, bevor Anna sie zurückhalten konnte.

Sie kannte die neue Familie nicht, wusste jedoch, dass sie erst vor ein paar Tagen hier eingezogen war. Das Letzte, was diese Leute mitten im Umzugsstress gebrauchen konnten, war sicherlich eine neugierige Journalistin.

Wie erwartet hob der Mann den Blick und sah Emily missmutig an.

»Entschuldigen Sie, können wir Ihnen behilflich sein?«, fuhr Anna schnell dazwischen. »Wir wohnen gleich neben dem Rheinturm und gehören zur Nachbarschaft.«

Die Miene des Mannes hellte sich ein wenig auf. »Ich könnte tatsächlich Hilfe gebrauchen. In unserem Keller wimmelt es nur so von Polizisten. Meine Frau liegt im Krankenhaus. Die Kinder sind zum Glück schon im Bett. Ich muss diesen Container hier leer räumen und weiß nicht so richtig, wohin mit den Sachen. Eigentlich sollten sie in den Keller, aber das geht nun wohl nicht mehr.«

»Warum ist denn die Polizei hier?«, fragte Emily mit etwas mehr Zurückhaltung.

Der Mann rollte mit den Augen. »Die haben da unten ein Skelett gefunden. Wahrscheinlich aus dem Mittelalter.« Er zuckte mit den Schultern. »Den Keller kann ich jetzt jedenfalls als Lager erst einmal abhaken. Meine Frau ist Künstlerin und ihre Exponate müssen irgendwo untergebracht werden. Ich bringe sie wohl vorerst auf den Dachboden.«

Anna zog die Stirn kraus. Wegen eines Skelettes aus dem Mittelalter sollte ein solches Polizeiaufgebot angerückt sein? Das konnte sie nicht glauben. Sie warf Emily einen skeptischen Blick zu und registrierte, dass ihre Freundin genau dasselbe zu denken schien. Doch noch bevor sie eine Antwort herausbrachte, kam eine bekannte Gestalt in Jeans und T-Shirt aus dem Haus. Der große, dunkelhaarige Mann hielt sich ein Handy ans Ohr und telefonierte lautstark. Erst als er dicht vor ihnen stand, blickte er auf. Seine Augen weiteten sich erstaunt. Die Anwesenheit von Emilys Freund hatte aus Annas Sicht nur eines zu bedeuten: Dort unten im Keller des Hauses lag garantiert mehr als nur ein altes Skelett.

V

VOR FÜNFHUNDERT JAHREN

Bastian stand wie versteinert in der Kapelle des Nonnenklosters. Das warme Licht, das durch ein Fenster in der Decke fiel, tauchte das Innere des Gebäudes in einen goldenen Schimmer. Doch das Licht war nicht schuld an seiner Bewegungsunfähigkeit. Das lag an der Frau, die vor dem Altar kniete und deren Profil ihn unmittelbar an Anna erinnerte. Ihr Anblick hatte ihn wie ein Schlag aus heiterem Himmel getroffen. Selbst als die Nonne sich erhob, konnte er nicht aufhören, sie anzustarren. Und das, obwohl jedwede Ähnlichkeit mit Anna verflog, als sie vor ihm stand. Die Sehnsucht nach der Frau, die er nur aus seinen Träumen kannte, überkam ihn so heftig wie seit Langem nicht mehr.

»Husch, husch. Raus hier, Mädchen!« Ottilia fuchtelte wild mit den Armen, und sofort zogen die jungen Nonnen die Köpfe ein und verschwanden zügig nach draußen.

»Margaretha, Ihr bleibt hier«, befahl Ottilia und hielt sie am Arm fest. Schüchtern senkte Margaretha den Blick und blieb stehen.

»Das ist Bastian Mühlenberg von der Zonser Stadtwache. Er hat ein paar Fragen an Euch.« Zu Bastian gewandt fuhr Ottilia fort: »Wundert Euch nicht über den Ort unserer Zusammenkunft, aber hier ist es am ruhigsten. Ihr wisst ja, dass die Ziegelbrenner und Maurer bei uns sind. Das Kloster hat überall Augen und Ohren, doch in unserer kleinen Kapelle sollten wir unter uns sein. Habt Ihr etwas über Brunhilde herausgefunden? Bedauerlicherweise ist sie immer noch nicht zurückgekehrt.«

Bastian schüttelte den Kopf. »Ich weiß leider noch nichts Neues. Gleichwohl hat mein Stadtsoldat Reinhold, der gestern Nacht am Südtor Wache hielt, mir berichtet, dass er Brunhilde in die Stadt hineingelassen und gesehen hat, wie sie zum Kloster zurücklief.«

»Wirklich?«, stieß Ottilia aus. »Das hat er gesagt?«

»Ja, und ich glaube ihm«, erwiderte Bastian. »Trotzdem scheint Brunhilde nie bei Euch angekommen zu sein. Es sei denn, Ihr könnt uns etwas anderes berichten.« Bastian sah Margaretha erwartungsvoll an. Die Nonne errötete und senkte erneut den Blick.

»Ich habe doch schon gesagt, dass sie neben mir eingeschlafen ist wie jede Nacht.«

»Unfug«, fauchte eine strenge Stimme vom Eingang. Katharina von Weinfels, Oberin des Franziskanerinnenklosters, begrüßte Bastian mit einem knappen Kopfnicken. Vor Margaretha blieb die alte Nonne mit den harten Gesichtszügen stehen und musterte sie durchdringend.

»Ich habe mir Brunhildes Lager angesehen und glaube, dass sie es letzte Nacht nicht angerührt hat.«

Margaretha sah nicht auf. Bastian bemerkte, wie sich ihre Körperhaltung versteifte. Augenblicklich fragte er sich, was sie verbarg.

»Ich dachte, Brunhilde hätte sich neben mich gelegt«, flüsterte sie.

»So ein Unsinn. Ich habe Euch in den letzten Tagen häufig miteinander tuscheln sehen. Ihr wisst doch genau, dass sie fortgelaufen ist.« Katharina von Weinfels hob das Kinn der jungen Nonne an, damit sie ihr direkt in die Augen blicken konnte.

»Brunhilde ist unsere Schwester. Wir wollen sie in unsere Gemeinschaft aufnehmen. Sorgt Ihr Euch denn gar nicht, dass ihr etwas zugestoßen sein könnte?«

Margaretha biss sich auf die Unterlippe. Dann blickte sie unsicher hin und her. »Ich wollte nicht, dass ihr etwas Schlimmes geschieht. Ich habe ihr bloß geholfen.«

»Aha.« Katharina von Weinfels baute sich bedrohlich vor Margaretha auf und schien auf einmal einen ganzen Kopf größer. »Ihr habt uns also doch nicht alles gesagt.«

Eine Träne stahl sich aus Margarethas Augenwinkel und rollte über ihre Wange. »Sie wollte gar nicht bei uns bleiben. Sie ist fort, mit einem Mann.«

Eiseskälte breitete sich in der Kapelle aus. Katharina von Weinfels war sichtbar sprachlos. Ihre Augenlider zuckten ungläubig, dann wiederholte sie Margarethas Worte: »... *mit einem Mann?* Das kann doch nicht wahr sein. Mit welchem Mann denn?«

Margaretha hob die Schulter. »Das wollte sie mir nicht sagen.«

»Was? Ihr lasst dieses arme Geschöpf ins Verderben laufen und wisst noch nicht einmal, mit wem?«

»Aber was sollte ich tun? Ich konnte sie doch nicht anbinden«, stotterte Margaretha.

»Nein. Jedoch hättet Ihr mir Bescheid geben müssen.

Dann hätte Brunhilde niemals diese Klostermauern verlassen.« Katharina von Weinfels hob drohend den Zeigefinger. »Dafür werdet Ihr Buße tun.«

»Aber nicht doch«, fuhr Bastian dazwischen, denn die verängstigte Margaretha tat ihm inzwischen leid. »Ich kenne den Mann, mit dem Brunhilde sich getroffen hat, und kann Euch versichern, dass er nicht das Geringste mit ihrem Verschwinden zu schaffen hat.«

Katharina von Weinfels' eisgraue Augen durchbohrten Bastian. Obwohl er keine Angst vor der alten Oberin hatte, wich er einen kleinen Schritt zurück. Seine Wangen begannen unwillkürlich zu glühen.

»Hört, wenn wir Brunhilde finden wollen, dann nützen uns gegenseitige Schuldzuweisungen nichts. Vielleicht sollten wir in Ruhe den Weg rekonstruieren, den sie gestern Abend genommen hat.« Bastian hoffte, die Oberin mit seinem Vorschlag zu beschwichtigen, aber offenkundig erreichte er genau das Gegenteil. Die Miene der Klostervorsteherin hatte sich zu Stein verwandelt.

»Ihr steckt mit Margaretha unter einer Decke? Verlasst dieses Kloster. Sofort!« Sie machte auf dem Absatz kehrt und verschwand, ohne Bastian noch eines einzigen Blickes zu würdigen.

Schockiert stand er da und sah der Oberin hinterher. Margaretha murmelte etwas und stürmte ebenfalls aus der Kapelle. Ottilia starrte ihn mit schreckgeweiteten Augen an und schüttelte dann heftig den Kopf.

»Was habt Ihr Euch denn nur dabei gedacht? Wie konntet Ihr so etwas tun?«

»Aber ich habe doch gar nichts getan«, protestierte Bastian und suchte in Gedanken nach einer Erklärung.

Ottilia winkte ab. »Schweigt jetzt besser!« Sie zupfte an seinem Ärmel und bedeutete ihm zu gehen. Bastian machte unschlüssig ein paar Schritte und verließ die Kapelle. So hatte er sich dieses Zusammentreffen nicht vorgestellt. Er hatte nur helfen wollen, schließlich war Brunhilde verschwunden. Irgendetwas musste ihr zugestoßen sein.

Ottilia zog ihn zum Ausgang des Klosters und öffnete das schwere Tor.

Zerknirscht trat Bastian hindurch, blieb dann jedoch noch einmal stehen und sah Ottilia fragend an.

»Kommt nach Sonnenuntergang erneut ans Tor«, flüsterte sie und schlug ihm darauf das schmiedeeiserne Tor vor der Nase zu.

* * *

Brunhildes Hände schmerzten. Trotzdem hörte sie nicht auf, gegen die Mauer zu schlagen.

»Hallo! Ist da jemand? Könnt Ihr mich hören?« Sie hielt inne und lauschte angestrengt. Hatte sie sich die Klopfzeichen vielleicht nur eingebildet? Allmählich legte sich die andauernde Dunkelheit auf ihre Sinne. Womöglich verlor sie den Verstand. Ihre Zunge war unangenehm trocken. Pelzig und rau lag sie in ihrem Mund und fühlte sich wie ein Fremdkörper an.

»Hallo?«, schrie sie noch einmal und wartete auf ein Lebenszeichen. Als nichts geschah, sank sie erschöpft zusammen. Ihre Finger tasteten nach dem Wasserkrug, über den sie fast gestolpert wäre, als sie ihr Gefängnis erforscht hatte. Immerhin, jemand hatte ihr Wasser und Brot gegeben. Dieser Jemand musste früher oder später nach ihr schauen.

Brunhilde hatte einen Plan. Aus ihrem Unterkleid hatte sie eine Art Seil geflochten. Sobald die Tür aufginge, würde sie ihren Peiniger überfallen und fesseln. Natürlich hatte sie keine Ahnung, wie groß oder kräftig die Person war, die sie hier festhielt. Aber das war nicht einmal ihr größtes Problem. Wesentlich schlimmer wog die Tatsache, dass sie nach wie vor gar keinen Ausgang gefunden hatte. Weder in einer Wand noch am Boden hatte sie eine Tür oder eine Luke entdeckt. Sie musste also durch ein Loch in der Decke hereingekommen sein. Doch so groß war sie nicht, sie reichte unmöglich heran. Es gab nichts in ihrer Zelle, was sie als Leiter oder Erhöhung nutzen konnte. Seit der Gesang der Nonnen verstummt war, fühlte sie sich einsamer als je zuvor. Angelias Stimme hatte ihr Mut gegeben. Aber jetzt hockte sie mutterseelenallein in der Finsternis und wusste nicht, was auf sie zukam. Würde sie geschändet oder gar getötet werden? Oder kam womöglich überhaupt niemand nach ihr sehen und sie würde zwischen diesen Steinen jämmerlich dahinsiechen?

Ein erneutes Klopfzeichen riss sie aus den Gedanken. Kaum hörbar, aber rhythmisch pochte jemand gegen die Wand.

»Hallo?«, rief sie abermals und fragte sich im selben Augenblick, ob das Ganze vielleicht eine Falle war. Andererseits konnte ihre Situation nicht mehr viel schlimmer werden. Also schrie sie noch einmal aus Leibeskräften: »Hallo!«, und presste dann das Ohr an die Wand.

»Wer seid Ihr?«, klang es schwach von irgendwoher.

Brunhilde verstand die dünne und kraftlose Stimme kaum.

»Ich bin Brunhilde. Wer seid Ihr?«

»Dorothea«, kam es leise zurück.

Dorothea arbeitete häufig mit ihr im Klostergarten zusammen. Brunhilde hatte geglaubt, dass sie zu ihrer Familie zurückgekehrt war. Sie schöpfte Hoffnung. »Kennt Ihr einen Ausweg? Könnt Ihr mir hier heraushelfen?« Die Worte sprudelten aus Brunhilde heraus, das Herz hämmerte vor Aufregung heftig in ihrer Brust. Die Tatsache, dass sie nicht allein war, verlieh ihr neue Kräfte.

»Es gibt keinen Ausweg.«

»Was?« Brunhilde verstand nicht. Wo ein Weg hineinführte, führte er auch wieder hinaus. »Wie meint Ihr das?«

»Der Teufel persönlich hat uns hier eingemauert. Riecht Ihr denn den frischen Kalk nicht? Das ist der Mörtel, der die Ziegelsteine zusammenhält.«

Brunhilde begriff noch immer nicht. Erst ganz langsam drang das Gehörte in ihren Kopf vor und wurde verarbeitet. Ein Zittern überfiel sie, als sie Dorotheas Worte verstand.

»Das heißt, es gibt gar keine Öffnung in der Decke?«, fragte sie ungläubig.

»Nein. Wir sind in den Gewölben unter der Kapelle eingemauert.«

»Woher wollt Ihr das wissen? Es ist doch dunkel.« Brunhilde kämpfte verzweifelt gegen eine Wahrheit an, die es nicht geben durfte.

»Ihr habt doch den Gesang gehört. Sie sind direkt über uns, aber der Steinboden ist so dick, dass sie uns nicht hören können.«

»Und warum hören wir sie dann singen?«

Von der anderen Seite der Wand ertönte ein Krächzen. Erst einen Wimpernschlag später begriff Brunhilde, dass Dorothea lachte.

»Ich kann es nicht erklären, aber ich habe genauso wie

Ihr tagelang geschrien. Niemand hat mich gehört, und jetzt bin ich heiser und ausgetrocknet.«

»Habt Ihr noch Wasser?«

Dorothea schwieg.

»Kommt denn niemand, um uns neues Wasser zu bringen? Und Brot?« Brunhilde kreischte verzweifelt. Sie kannte die Antwort. Dorotheas Schweigen sagte alles. Wie sollte das Wasser auch zu ihr hereingelangen? Es gab keine Tür, kein Fenster und keine Luke. Sie waren für immer hier unten eingemauert. Keine Sterbensseele kam herein oder hinaus. Brunhilde faltete die Hände vor der Brust und begann zu beten. Sie würde in diesen Mauern sterben. Allein. In vollkommener Dunkelheit. Die Luft für ihren letzten Atemzug würde nicht nur nach Kalkmörtel stinken, sondern auch nach ihren eigenen Ausdünstungen, nach Kot und Urin. Sie schüttelte sich. Dann griff sie ihren Schuh und schlug erneut mit aller Kraft gegen die Wand.

»Nein«, schrie sie. »Das wird nicht geschehen!«

Sie schürfte sich die Haut auf, weil sie nicht richtig getroffen hatte. Noch einmal holte sie aus und hämmerte gegen die Steine, die doch unverrückbar blieben. Sie stand in ihrem eigenen Grab. Das durfte einfach nicht sein. Sie war jung. Sie hatte endlich ein neues Zuhause gefunden. Sie wollte leben!

* * *

Ottilia wartete bereits auf Bastian. Die hagere Nonne machte ein ernstes Gesicht, die Lippen zu zwei schmalen Strichen aufeinandergepresst.

»Schnell«, flüsterte sie und ließ Bastian durch die nur ein Stück geöffnete Klosterpforte eintreten. Sofort schloss sie die

Pforte wieder und zog Bastian hinter sich her zu einem dicken Baum an der Klostermauer. »Man darf Euch auf keinen Fall sehen. Katharina von Weinfels ist sehr wütend auf Euch. Margaretha muss die Nacht im Keller verbringen. Das arme Mädchen hockt auf den kalten Steinen und schreit sich die Seele aus dem Leib, aber wir dürfen sie vor dem Morgengrauen nicht hinauslassen. Sie ist nackt und hat weder Essen noch Trinken.« Ottilia bekreuzigte sich. »Ich hoffe, dass die Laune unserer Oberin sich über Nacht bessert. Sie fastet zurzeit und ist auf niemanden gut zu sprechen. Der Hunger macht sie nicht kraftlos oder demütig, sondern weckt den Jähzorn in ihr.«

Bastian nickte betroffen. Er ahnte, dass das Klosterleben hart war, außerdem hatte er schon viel über die Oberin und ihre strengen Regeln gehört. »Ist Brunhilde wieder da?«, fragte er, obwohl er die Antwort kannte.

Ottilia schüttelte den Kopf. »Sie ist fort. Vielleicht hat Margaretha ja recht und sie ist mit einem Mann durchgebrannt. Ihr müsst mir sagen, wer es ist.«

Bastian biss sich auf die Unterlippe. Er mochte den Ziegelmeister nicht sonderlich. Trotzdem wollte er ihn nicht verraten. Der Mann war auf die Aufträge des Klosters angewiesen, sobald Bastian seinen Namen preisgab, würde ihm sicherlich der Zutritt zum Kloster verboten werden.

Ein spitzer Schrei gellte über den Innenhof. Bastian zuckte zusammen. Das musste Margaretha sein. Am liebsten wäre er auf der Stelle zu ihr gelaufen, um ihr zu helfen, aber Ottilias Blick hielt ihn zurück. Bastian schluckte. Er wusste, dass er Margarethas Situation nur verschlimmern würde, wenn er ihr half.

»Ich kann Euch den Namen nicht nennen. Doch ich versichere Euch, dass dieser Mann nichts mit Brunhildes

Verschwinden zu schaffen hat«, erklärte er und versuchte, Margarethas Hilfeschreie zu ignorieren.

»Ihr müsst mir seinen Namen verraten. Brunhilde ist eine von uns. Sie könnte in der Welt da draußen niemals glücklich werden. Sie gehört unserem lieben Herrn.« Ottilias hellblaue Augen durchdrangen ihn.

Bastian hatte Mühe, sich loszureißen. »Wenn ich Brunhilde finden soll, dann müsst Ihr mir helfen. Ich muss mit Margaretha sprechen, unter vier Augen. Vielleicht erzählt sie mir mehr als Euch.«

Ottilia seufzte. »Ich kann Euch nicht zu ihr lassen. Das wisst Ihr doch, Bastian Mühlenberg.« Sie sah ihn eine Weile an und zuckte dann mit den Achseln. »Also gut. Ich helfe Euch. Ihr könnt mit Angelia sprechen, sie schläft neben Brunhilde und Margaretha.«

Mit schnellen Schritten schlich Ottilia an der Klostermauer entlang und führte Bastian in ein Nebengebäude. »Wartet hier«, bat sie und ließ ihn allein.

Bastian sah sich in dem kargen Gelass um, das nur durch ein paar Kerzen auf dem Steinboden beleuchtet wurde. Es gab nichts weiter als ein paar Holzbänke und ein einsames Kreuz an der Wand. Die Luft roch feucht und muffig. Bastian fröstelte. Er fühlte sich unwohl. Margarethas Schreie waren ihm durch Mark und Bein gegangen. Katharina von Weinfels führte das Kloster mit strenger Hand. Sobald jemand aus der Reihe tanzte, kannte sie keine Gnade. Trotzdem war es für jedes der Mädchen ein Geschenk, in das Kloster aufgenommen zu werden, denn die meisten von ihnen waren von zu Hause weggejagt worden. Manchmal lag es an der hohen Mitgift, die für eine Vermählung notwendig wäre und die von den Eltern nicht aufgebracht werden konnte. Ebenso häufig fand sich gar nicht erst ein geeigneter Ehemann. Ein Mädchen, das zu lange im Elternhaus lebte, sorgte für einen schlechten Ruf. In diesen Fällen war das Kloster oft der letzte Rettungsanker. Bastian seufzte. Wie viele Tränen und Schweiß wohl schon in diesen Mauern geflossen waren? Selbst hier drinnen konnte er Margarethas Stimme hören, die sich nun in ein tiefes Schluchzen verwandelt hatte. Er bedauerte das arme Mädchen, das sicherlich überhaupt nichts für Brunhildes Verschwinden konnte.

Die Tür wurde langsam aufgeschoben und eine junge Nonne trat zögernd ein. Bastians Blick hing ein wenig zu lange an ihrem schlanken Hals. Wieder musste er an Anna denken. Unwillkürlich fragte er sich, ob die Nonne unter ihrer Haube eine ebenso schöne, dunkle Lockenpracht trug. Es war zu schade, dass die Ordensschwestern ihr Antlitz vor der Welt verbergen mussten. Aber er sah ein, dass diese Frauen Gott gehörten und man sie deshalb nicht ansehen durfte.

Angelia kam vorsichtig näher und senkte den Blick.

»Wie kann ich Euch behilflich sein?«, fragte sie mit einer glockenhellen Stimme, die Bastian berührte, weil er sich gleich wieder an Anna erinnert fühlte. Ein Stich fuhr durch sein Herz. Gequält betrachtete er das Mädchen, dessen Hals zwar schlank, aber dessen Gesichtszüge viel gröber waren.

»Ich habe ein paar Fragen an Euch«, hob Bastian an. »Wann habt Ihr Brunhilde zuletzt gesehen?«

»Irgendwann in der Nacht. Ich bin aufgewacht und da lag sie neben Margaretha.«

»Und das wisst Ihr sicher? Konntet Ihr überhaupt etwas erkennen? Es war doch dunkel«, fragte Bastian skeptisch, denn mit dieser Antwort hatte er nicht gerechnet. Er war davon ausgegangen, dass Margaretha gelogen hatte, um

Brunhilde zu helfen. Aber jetzt schien es so, als hätte sie die Wahrheit gesprochen.

»Der Mond leuchtete gestern Nacht durchs Fenster. Brunhilde lag auf ihrem Lager. Zugegeben, sie hatte mir den Rücken zugedreht, aber sie schlief dort. Ganz sicher.«

»Und als Ihr am Morgen aufgewacht seid, lag Brunhilde immer noch da?«

Angelia grübelte eine Weile. »Ich kann mich nicht erinnern. Offen gestanden musste ich meine Notdurft eilig verrichten und habe deshalb nicht darauf geachtet. Als ich zurückkam, war Brunhilde schon fort, so wie alle anderen Schwestern auch. Ich hatte nur mein Tuch liegen lassen, ansonsten hätte ich mich direkt in der Kapelle zum Morgengebet eingefunden.«

»Habt Ihr Brunhilde denn in der Kapelle gesehen?«

Angelia bekreuzigte sich. »Ich schäme mich so sehr für meine Unachtsamkeit.« Sie stockte einen Moment und sprach dann leise weiter: »Ich führe den Gesang an, und wenn ich singe, bin ich völlig selbstvergessen. Verzeiht.« Sie schüttelte bekümmert den Kopf. »Wisst Ihr, ich stehe nur vor dem Altar, schließe die Augen und singe. In jenen Augenblicken ist es, als könne Gott mich hören. Ich kann ihn spüren in jeder Faser meines Körpers. Ich bin ganz versunken und vergesse die Welt um mich herum.«

»Gibt es etwas, was ich über Brunhilde wissen sollte? Kennt Ihr vielleicht den Mann, mit dem sie sich getroffen haben will?«, fragte Bastian und machte sich gleichzeitig eine Notiz in sein kleines Lederbuch, das er stets bei sich trug.

»Die Geschichte von dem Mann kenne ich nur von Margaretha. Sie hat es mir zugeflüstert, bevor die Oberin sie in den Keller gesperrt hat.« In Angelias Augen stand Angst. Zweifellos stellte sie sich gerade vor, wie es Margaretha im

Dunkeln erging. Bastian lauschte. Von der Nonne war inzwischen nur noch vereinzeltes Schluchzen zu hören.

»Das ist doch nicht auszuhalten!«

Bastian blickte Angelia erstaunt an. Ihre engelgleiche Stimme hatte einen rauen und hitzigen Unterton angenommen.

»Wie kann die Oberin sie nur die ganze Nacht dort unten lassen? Das ist nicht gerecht.« Angelia schob den linken Ärmel hoch und deutete auf ein paar Narben. »Ich saß auch schon in diesem Keller. Da gibt es große, fette Ratten. Scheußliche, hungrige Biester, die einen des Nachts anfressen. Nie in meinem Leben musste ich so viel Angst ausstehen.« Sie schüttelte verzweifelt den Kopf. »Die arme Margaretha. Diese Nacht wird sie verändern.« Abermals bekreuzigte sich die Nonne. »Der Herr stehe ihr bei in diesen schweren Stunden.«

Bastian bekreuzigte sich ebenfalls. »Ich mache mir eigentlich mehr Sorgen um Brunhilde. Ist sie vorher schon einmal dem Kloster ferngeblieben?«

»Nein. Sie mochte unsere Gemeinschaft. Schwester Ottilia wollte sie sogar weit vor Ablauf der Probezeit offiziell aufnehmen. Freiwillig wäre sie niemals davongelaufen.«

»Was glaubt Ihr denn, was ihr geschehen sein könnte?«

Angelias Augen weiteten sich, dann flüsterte sie: »Wir bekommen manchmal Besuch vom Teufel.«

»Was?« Bastian verstand kein Wort.

»Ich muss jetzt gehen.« Angelia drehte sich um und eilte hinaus.

Bastian sah ihr fassungslos nach. Was hatte sie nur damit gemeint? Der Teufel konnte doch keinen Fuß auf geheiligten Boden setzen. Er stürmte zur Tür hinaus und hielt nach Angelia Ausschau, denn er musste unbedingt den Sinn ihrer

Worte verstehen. Aber die Nonne war bereits in der Dunkelheit verschwunden. Auch von Ottilia war weit und breit nichts zu sehen. Bastian wandte sich in Richtung Ausgang, verharrte jedoch, als er ein erneutes Schluchzen hörte. Ohne weiter darüber nachzudenken, näherte er sich dem Brunnen und füllte einen Krug, der daneben stand, mit Wasser. Dann huschte er geduckt durch die Dunkelheit, nahm am nächsten Gebäude ein paar Stufen nach unten und blieb vor einer verschlossenen Holztür stehen. Dahinter weinte Margaretha. Neben der Tür brannte eine Fackel. Erstaunt stellte Bastian fest, dass der Schlüssel im Schloss steckte. Er drehte ihn herum und die Tür sprang knarrend auf.

Sofort wurde es still.

»Ich bringe Euch Wasser«, flüsterte Bastian und schob den Krug hinein.

Margaretha rührte sich nicht.

»Ihr braucht Euch nicht zu fürchten. Ich bin es, Bastian Mühlenberg von der Stadtwache. In ein paar Stunden ist die Nacht vorbei. Dann könnt Ihr heraus. Schlaft einfach, und die Zeit wird im Nu verrinnen.«

»Bastian Mühlenberg?«

»Ja.«

»Wie seid Ihr hier hereingekommen?« Margarethas verquollenes Gesicht erschien im Türrahmen. Sie blinzelte und schirmte die Augen gegen das Licht der Fackel ab.

»Nun, ich bin immer noch auf der Suche nach Brunhilde und habe deshalb mit ein paar Eurer Schwestern gesprochen.«

Margaretha erwiderte nichts. Sie hatte sich auf das Wasser gestürzt und trank gierig.

»Was bedeutet: Der Teufel kommt manchmal zu Besuch?«

Schlagartig hielt Margaretha inne. Sie sah zu Bastian auf.

In ihren Augen loderte Angst. Dann schüttelte sie heftig den Kopf.

»Ihr müsst jetzt verschwinden, sonst wird alles nur schlimmer.« Sie griff nach der Tür und wollte sie zuschieben, doch Bastian stellte einen Fuß dazwischen.

»Nein. Ich werde nicht gehen, bevor Ihr mir erklärt, was hier für merkwürdige Dinge geschehen.«

Hinter Bastian ertönte plötzlich ein Geräusch. Blitzschnell presste er sich in den Türrahmen, damit er nicht schon von Weitem im Licht der Fackel gesehen werden konnte. Margaretha erstarrte vor Schreck. Bastian hörte Schritte. Wahrscheinlich war Ottilia auf der Suche nach ihm, um ihn durch die Klosterpforte hinauszulassen.

»Helft mir!«, bat er Margaretha, deren blasses Gesicht ihn an einen Geist erinnerte. »Tut es für Brunhilde«, fügte er hinzu in der Hoffnung, sie aus ihrer Erstarrung zu lösen. Die Schritte kamen unaufhörlich näher. Bastian konnte sich nur mit Mühe davon abhalten, die Tür zuzuschlagen und einfach davonzulaufen. Er wollte Margaretha nicht in noch größere Schwierigkeiten bringen. Es dauerte etliche Herzschläge, bis die ängstliche Nonne sich endlich wieder rührte.

»Sucht in den Katakomben. Geht vom Juddeturm aus fünfzehn Fuß an der Burgmauer entlang. Brunhilde kannte den Geheimgang.« Margaretha stieß die Tür zu. Bastian huschte um eine Ecke. Mit rasendem Herzen horchte er; als er keine Schritte mehr vernahm, spähte er um die Ecke und stieg lautlos die Stufen hinauf, als er niemanden sah. Auf dem Klosterplatz, den er zuvor mit Ottilia überquert hatte, erkannte er die Umrisse eines langen Umhanges.

»Ottilia?«, flüsterte er. Die Gestalt machte halt, und Bastian näherte sich. Er stutzte. Das war gar nicht Ottilia. Die Nonne überragte er trotz ihrer hochgeschossenen Statur um mindestens einen Kopf. Wer auch immer vor ihm durch die Nacht schlich, war fast genauso groß wie er selbst. Er packte die Person an der Schulter und riss sie herum.

»Bastian Mühlenberg? Was zum Teufel treibt Ihr hier?«

»Das könnte ich Euch auch fragen«, erwiderte Bastian, als ihm klar wurde, mit wem er es zu tun hatte.

VI

GEGENWART

»Was machst du denn hier, Emily?« Oliver ließ erstaunt das Handy sinken. Er wusste zwar, dass seine Freundin sich oft mit Anna in Zons traf, aber er hatte sie noch in der Zeitungsredaktion vermutet. Schließlich war sie am Morgen zu ihrer Präsentation aufgebrochen und hatte im Anschluss daran bestimmt eine Menge zu tun gehabt. Dass er sie ausgerechnet zusammen mit Anna vor einem Tatort traf, machte ihn im ersten Augenblick sprachlos, und schon im nächsten Moment spürte er eine Welle von Ärger in sich aufsteigen. Warum hatte sie ihn nicht wenigstens angerufen? Er hatte den Abend mit ihr verbringen wollen. Dass ihm ein neuer Mordfall dazwischengekommen war, dafür konnte er nichts. Aber dass Emily sich lieber mit Anna als mit ihm traf, versetzte ihm einen Stich der Eifersucht. Er atmete ein paarmal tief durch, zwang sich zu lächeln und zählte dabei bis zehn. Sein Verstand lieferte zwar keine Erklärung für Emilys Verhalten, aber immerhin einen selbstkritischen Einwand. Er hätte Emily schließlich ebenso gut anrufen und nach dem Ergebnis ihrer Präsentation fragen können. Und darüber hinaus hätte er seine Idee von einem gemeinsamen Abend äußern können. Höchstwahrscheinlich hätte Emily überhaupt keine Einwände gehabt. An der Situation war er also nicht ganz unschuldig. Er nickte Anna zum Gruß zu und blieb vor Emily stehen.

»Hi, Schatz.« Emily drückte ihm einen Kuss auf den Hals, der ihn augenblicklich milder stimmte. »Bitte sag uns, was im Keller dieses Hauses vor sich geht.« Sie schlang die Arme um seinen Hals und flüsterte: »Eigentlich wollte ich dich nachher mit der frohen Botschaft überraschen, aber ich verrate es dir jetzt schon ...« Sie grinste wie ein Honigkuchenpferd, und Oliver vergaß seinen Ärger auf der Stelle.

»Du hast den Job«, sagte er, hob sie hoch und küsste sie auf die Lippen. Erst als er das Räuspern des Hausbesitzers vernahm, setzte er Emily verlegen ab.

»Wir feiern das heute Nacht«, raunte er ihr zu und wandte sich rasch Martin Büttner zu, der ihn fragend ansah.

»Wann werden Sie denn hier fertig sein?«, fragte Büttner, zwei große Gemälde unter dem Arm.

Oliver sah, wie Emily die Lippen zu einem wunderschönen Schmollmund verzog. Am liebsten hätte er sie wieder in seine Arme gezogen, aber er musste sich auf den Fall konzentrieren.

Bis jetzt tappten sie komplett im Dunkeln. Oliver musste daher versuchen, zuerst möglichst noch mehr Informationen über das Haus zu bekommen.

»Können wir noch einmal hineingehen, Herr Büttner? Wir hätten noch einige Fragen an Sie.« Die Spurensicherung hatte sämtliche Zugänge zum Keller überprüft. Nirgendwo fanden sich Spuren vom Täter, wenn man von der frisch gemauerten Wand einmal absah. Sowohl Proben vom Mörtel als auch von den Ziegelsteinen befanden sich auf dem Weg ins Labor. Doch Oliver zweifelte daran, dass die Herkunft dieser Materialien sie auf eine relevante Fährte bringen würde. Beides war in jedem Baumarkt zu haben. Die Identität der Frauenleiche stellte die nächste Schwierigkeit dar. Sie hatten im Grunde nichts. Keine Papiere, keinen Treffer bei den Fingerabdrücken und bei der noch offenen Auswertung der DNS machte sich Oliver ebenfalls keine großen Hoffnungen. Einen Treffer in der Datenbank gäbe es nur, falls das Opfer bereits straffällig geworden war. Diese Wahrscheinlichkeit erschien Oliver gering, vermutlich hatte die Frau nicht mehr auf dem Kerbholz als ein paar Strafzettel wegen Falschparken oder zu schnellem Fahren. Wenn sie Glück hatten, konnten sie das Opfer mithilfe der Vermisstendatei identifizieren; dazu war Oliver bisher jedoch nicht gekommen.

Als Martin Büttner nickte, sah Oliver noch einmal zu Emily, und plötzlich hatte er eine Idee.

»Du könntest dir etwas ansehen«, sagte er und bedeutete ihr und Anna mit einem Kopfnicken, ihnen ins Haus zu folgen. Klaus wartete schon im Wohnzimmer und würde die Befragung fortsetzen. Im Grunde hatten sie bereits alle relevanten Informationen vom Hausbesitzer vorliegen. Es war reine Routine, Martin Büttner noch einmal dieselben Fragen zu stellen wie seiner Frau, die inzwischen wieder bei Bewusstsein war, aber zur Überwachung noch im Krankenhaus lag. Sie hatte einen Schwächeanfall erlitten, der jedoch keine bleibenden Schäden angerichtet hatte und einfach situationsbedingt eingetreten war. Noch immer summten Fliegen durch das Haus. Oliver hob schützend die Hände und bückte sich im Flur, wo Emily und Anna standen, um in eine Plastikbox am Boden zu greifen.

»Ich kann dich natürlich nicht in einen aktuellen Fall

einbinden, Emily, aber wir haben das hier neben einem Skelett gefunden.« Er holte zwei Asservatentüten aus der Box und reichte sie Emily. In der ersten Tüte befand sich die Bibel und in der zweiten die Halskette mit dem Kreuz. »Beides ist datiert auf das Jahr 1497«, fügte er hinzu.

Emily betrachtete zunächst das Schmuckstück, dann nahm sie sich die Bibel vor und drehte und wendete sie in den Händen.

»Darf ich sie herausnehmen?«

Oliver schüttelte den Kopf. »Tut mir leid. Sie ist ziemlich mitgenommen. Ich kann dir jedoch Fotografien der Innenseiten zur Verfügung stellen, sobald das Labor mit der Analyse fertig ist.«

»Und was ist mit dem Skelett? Deshalb bist du doch nicht hier, oder?« Die Frage kam von Anna, die sich bisher im Hintergrund gehalten hatte.

»Stimmt, nicht nur. Wir haben neben dem Skelett auch eine Frauenleiche gefunden.« Oliver hob abwehrend die Hände. »Ich darf euch jedoch nicht mehr sagen. Ihr kennt das ja. Laufende Ermittlungsarbeiten. Aber was das Skelett betrifft, so haben wir es einem Anthropologen zufolge mit einer ungefähr fünfhundert Jahre alten Toten zu tun. Es wird eine Weile dauern, nach der Todesursache zu forschen. Womöglich ist das nach all der Zeit auch gar nicht mehr zu ermitteln.« Er zuckte mit den Schultern. »Es ist im Grunde genommen auch überhaupt nicht unser Fall, aber dass gleich daneben eine erst seit wenigen Tagen tote Frau liegt, gibt mir irgendwie zu denken.« Oliver wusste selbst nicht genau, ob er an einen Zusammenhang glauben sollte. Schließlich befand sich der frische Leichnam in einem anderen Raum. Es war theoretisch denkbar, dass der Täter von dem Skelett nebenan gar keine Kenntnis hatte. Die Wand war von der anderen Seite zugemauert worden. Es könnte also reiner Zufall sein.

»Darf ich das Skelett sehen?«, fragte Emily.

Oliver schüttelte heftig den Kopf.

»Glaube mir. Das willst du nicht.« Er wusste, was der Anblick des Todes, selbst wenn es sich um einen uralten Fall handelte, anrichten konnte. Das Bild brannte sich ins Hirn ein. Man vergaß es niemals. Auch nach Jahrzehnten nicht. Der Tod traf irgendwann jeden, aber solange man lebt, sollte man sich nicht länger als nötig mit ihm beschäftigen. Oliver sah das zerfallene Skelett vor sich, den bleichen Schädel mit den leeren Augenhöhlen, die ihn anstarrten. Er würde um jeden Preis verhindern, dass Emily oder Anna in den Keller gingen.

»Hast du denn etwas Besonderes an dem Skelett bemerkt? Habt ihr noch Kleidung gefunden? Daran könnten wir erkennen, ob sie adlig war oder eher zu den einfachen Leuten gehörte.«

Oliver grinste. Das war seine Emily. Aus ihren Augen sprühten die Funken. Sie war ganz in ihrem Element. Und sie half ihm nicht zum ersten Mal bei seinen Ermittlungen. Mehr als einmal hatte er ihre Hilfe in Anspruch genommen, wenn es um historische Ereignisse ging. Emily kannte sich hervorragend in der mittelalterlichen Historie des Rheinlandes aus. Vor ihrer journalistischen Karriere hatte sie einige Semester Geschichte studiert.

»Die Kleidung ist ziemlich zerfallen. Sie trug so etwas wie einen schwarzen Umhang. Dazu feste Lederschuhe, relativ schlicht und schmucklos. Um ihren Hals baumelte diese Kette mit dem Kreuz. Die Bibel lag direkt neben ihr.«

»Dann war sie vielleicht eine Nonne«, bemerkte Emily.

Oliver war nicht von selbst darauf gekommen. Der

Anthropologe hatte genau dasselbe gesagt, als er das Skelett untersuchte und anschließend mit ins Labor nahm. Er ging nach erster Analyse davon aus, dass es sich um die typische mittelalterliche Tracht einer Nonne handelte. Emily hatte diesen Schluss nur aufgrund weniger Hinweise gezogen. Stolz zog er sie zu sich heran.

»Du hast so recht, mein Schatz«, sagte er und drückte ihr einen Kuss auf den Mund. »Tu mir den Gefallen und recherchiere ein wenig darüber.«

* * *

»Sie haben also bisher überhaupt keine Ergebnisse«, stellte Hans Steuermark mit ungeduldiger Stimme und hochrotem Kopf fest. Obwohl es erst acht Uhr am Morgen war, hatte er sich bereits in Rage geredet und seine übliche Laufstrecke eingenommen, die unmittelbar vor seinem Schreibtisch verlief und die er in seiner Zeit als Leiter des Kriminalkommissariates Neuss so oft abgeschritten war, dass sich ein sichtbarer Pfad auf dem Teppich gebildet hatte.

Oliver schüttelte den Kopf und presste die Lippen aufeinander. Klaus saß neben ihm und war in den letzten zehn Minuten optisch um mehrere Zentimeter geschrumpft. Vermutlich wollte er sich am liebsten in eine Mikrobe verwandeln oder schlicht unsichtbar werden, denn im Gegensatz zu Oliver hatte er regelrecht Angst vor Steuermarks Wutausbrüchen. Als Oliver aus dem Augenwinkel wahrnahm, dass Klaus den Mund zu einer Antwort öffnete, legte er ihm schnell die Hand auf den Unterarm. Wenn er eines wusste, dann, dass man bei Steuermark einfach abwarten musste. Viele Menschen konnten Schweigen nicht ertragen, aber einem Choleriker ins Wort zu fallen, zöge unweigerlich einen Vulkanausbruch nach sich. An Steuermarks Gesichtsfarbe erkannte Oliver, dass ihr Chef kurz davorstand.

»Was haben Sie eigentlich den ganzen Tag in Zons gemacht? Sind Sie mit den Touristen zusammen die Schloßstraße entlanggeschlendert und haben ein wenig das mittelalterliche Flair genossen?« Steuermarks Blick wanderte zum Fenster, der Sommerhimmel strahlte in leuchtendem Blau. Trotz der frühen Stunde hatte die Sonne bereits eine enorme Kraft entwickelt und brachte die Luft in Steuermarks engem Büro zum Glühen. Oliver ging auf die Provokation nicht ein. Zons war ein beliebter Ort, der gerade im Sommer Hunderttausende von Touristen aus allen Himmelsrichtungen anlockte. Die Anschuldigung, dass Beamte der Kriminalpolizei mitten in einer Mordermittlung dort herumschlenderten, konnte Steuermark nicht ernst meinen. Der Mann war einfach nur stinksauer. Er bekam Druck von oben, denn Kriminalität bremste das Geschäft mit den Touristen. Das Letzte, was das knappe Budget des Bürgermeisters gebrauchen konnte, waren rückläufige Einnahmen wegen ausbleibender Besucher. Ein Skandal musste um jeden Preis verhindert werden. Vor allem sollte die Presse keinen Wind davon bekommen. Dies zu verhindern, war allerdings längst schiefgegangen. Niemandem war der Polizeieinsatz im Haus der Büttners mitten auf der Schloßstraße in Zons entgangen – auch diversen Journalisten nicht.

Oliver hatte nach einer intensiven Liebesnacht mit Emily die frühen Morgenstunden damit zugebracht, die Vermisstendatei zu durchstöbern. Nach dem Aufstehen hatte er sich kraftvoll und optimistisch gefühlt. Leider hatte dieser Zustand nicht allzu lange angehalten, denn er war auf kein passendes Profil gestoßen. Sie hatten immer noch keinerlei

Anhaltspunkte, um wen es sich bei der Toten handelte. Das jahrhundertealte Skelett gab nicht minder Rätsel auf. Es lag im forensischen Labor, wo die Knochen und die noch vorhandene Kleidung untersucht wurden. Zustand und Anatomie der Knochen wiesen auf ein junges Sterbealter der Frau hin, wahrscheinlich war sie als Nonne vor langer Zeit in das unterirdische Gemäuer gelangt und wurde nicht älter als zwanzig Jahre. Ob es um einen Unfall oder gar um Mord ging und ob es womöglich einen Zusammenhang zu der toten Frau im Nachbarkeller gab, lag komplett im Dunkeln. Nur eines war relativ sicher: Die Tote aus der Gegenwart war nach bisherigen Erkenntnissen vor dem Einzug der Büttners im Keller des Hauses eingemauert worden. Und niemand hatte die möglichen Hilferufe der Frau hören können, denn die Mauern waren so dick, dass kaum ein Laut herausdrang, auch wenn man unmittelbar vor dem Haus über die Schloßstraße lief.

Das Festnetztelefon klingelte und riss Oliver aus seinen Gedanken. Steuermark griff energisch nach dem Hörer.

»Was gibt es?«, fragte er ungeduldig. Es vergingen einige Sekunden, in denen sich seine Miene erheblich verdüsterte. Oliver horchte auf.

»Danke«, sagte Steuermark, ging um seinen Schreibtisch und setzte sich zum ersten Mal an diesem Tag. Seine dunklen Adleraugen fixierten erst Klaus, dann Oliver.

»Das war die Rechtsmedizin. In der Vagina des Opfers wurde eine Notiz gefunden.«

Steuermarks Worte hingen wie eine unheilvolle Wolke im Raum. Sekundenlang sagte niemand etwas.

Oliver fand als Erster seine Sprache wieder.

»Sie meinen einen Zettel in der Scheide?«

Steuermark nickte.

»Das ist ja fürchterlich.« Oliver versuchte, die Bilder, die in ihm hochkamen, wegzuschieben. Er mochte sich die Qualen der Frau nicht vorstellen.

»Wurde sie vergewaltigt?«

Steuermark schüttelte den Kopf. »Ist noch nicht bestätigt, aber eher unwahrscheinlich.«

»Und was ist das für eine Notiz?«

Steuermark nahm wortlos einen Stift zur Hand und schrieb ein paar Zahlen auf ein Blatt Papier. Daraufhin drehte er es zu Oliver und Klaus herum.

»*18-10-2017-02*« Oliver las die Ziffernfolge laut vor. »Was soll das bedeuten?«

Steuermark zuckte mit den Achseln. »Im ersten Moment dachte ich, es könnte sich um ein Datum handeln. Aber die letzten beiden Ziffern stören.«

»Achtzehnter Oktober in diesem Jahr«, murmelte Oliver und fragte sich gleichzeitig, was diese Zahlen bedeuten könnten. Stellten sie vielleicht einen Code dar, der in Buchstaben umgewandelt eine Botschaft ergab? War es die Kombination für einen Safe oder ein Bankkonto? Oder handelte es sich um etwas ganz anderes? Er starrte auf die letzten beiden Ziffern und musste plötzlich an einen Zähler denken. Sein Pulsschlag beschleunigte sich und er tippte alarmiert auf die Stelle.

»Vielleicht steht die *02* ja für Opfer Nummer zwei.«

Die ohnehin schon erhitzte Luft im Raum begann augenblicklich zu pulsieren. Steuermark räusperte sich. Immerhin schien er seine cholerische Phase überwunden zu haben.

»Zweistellig«, stieß er einsilbig hervor und rieb sich angespannt den Nacken. »Nicht nur, dass wir es möglicherweise mit zwei Opfern zu tun haben. Wenn es tatsächlich ein

Zähler ist, dann reicht die Spanne theoretisch von eins bis neunundneunzig.«

Klaus, der immer noch zusammengesunken auf seinem Stuhl saß, richtete sich ruckartig auf.

»Das ist alles vollkommen verrückt. Was sollte ein Datum, wenn es denn eines ist, überhaupt bedeuten? Wir haben Anfang Juli. Bis zum achtzehnten Oktober sind es dreieinhalb Monate hin. Was soll denn genau an diesem Tag passieren? Die Frau ist doch jetzt schon tot, oder gibt es dann ein weiteres Opfer oder explodiert irgendwo eine Bombe? Aber das ergibt gar keinen Sinn.«

Damit hatte Klaus recht. Sinn ergab das alles nicht. Jedoch musste die Nachricht dem Täter etwas bedeuten, dachte Oliver. Was sagte ein Datum in der Zukunft aus? War überhaupt ein Tag im Oktober gemeint oder verbarg sich hinter diesem Zahlencode womöglich eine ganz andere Botschaft?

»Ich denke, wir sollten uns die Nachricht persönlich ansehen. Ich will wissen, auf welchem Papier und mit welchem Stift die Zahlen geschrieben wurden.« Er sprang auf und spürte ein Kribbeln in seinen Fingerspitzen. »Dann mal los«, erwiderte Steuermark und winkte sie mit einer Handgeste aus seinem Büro. »Bis heute Abend will ich erste Ergebnisse. Versuchen Sie herauszufinden, was dieser verdammte Code zu bedeuten hat, und tauchen Sie hier ja nicht mit einer weiteren Leiche auf.«

* * *

Lina hockte auf ihrem Bett. Die Arme um die Knie geschlungen, wippte sie mit dem Oberkörper vor und zurück. Die Bewegung beruhigte sie, allerdings nur ein wenig, denn noch immer bebte ihr ganzer Körper bei dem Gedanken an Samuels Zettel. Die komplette Nacht hatte sie wach gelegen und sich pausenlos gefragt, ob sie sich vielleicht geirrt hatte. Oder ob Samuel aus Versehen eine falsche Hausnummer notiert hatte. Nach zwanzig unbeantworteten WhatsApp-Nachrichten an ihn und ebenso vielen erfolglosen Anrufen war sie irgendwann völlig erschöpft eingeschlafen. Nur gut, dass ihre Mutter die ganze Nacht gearbeitet hatte und momentan im Tiefschlaf lag. So bekam sie von all dem nicht das Geringste mit. Auch nicht davon, dass Lina gerade die erste Schulstunde verpasste. Ihr Handy vibrierte und sie griff hoffnungsvoll danach. Doch ein Blick auf das Display genügte, um den Kloß in ihrem Hals zu vergrößern. Die Nachricht kam nicht von Samuel, sondern von Charlotte.

»Wo steckst du? Gleich fängt die zweite Stunde an.«

Lina schob das Telefon beiseite. Warum bloß meldete sich Samuel nicht bei ihr? Wasserstoffblondi kam ihr in den Sinn, und im selben Augenblick überschwemmte sie eine Welle der Übelkeit. Was fand er nur an dieser künstlichen Tussi? Lina schoss hoch und rannte zur Toilette. Der Gedanke an Vanessa brachte ihren Magen in Aufruhr. Sie beugte sich über die Schüssel und übergab sich. Verdammt. Hoffentlich wurde sie nicht krank. Vielleicht hatte sie die Zuckerwatte nicht vertragen oder die Achterbahnfahrt, von der ihr immer noch ein wenig schwindelig war. Mühsam richtete sie sich auf und betrachtete ihr blasses und verschwitztes Gesicht im Spiegel. Der Stress der letzten Tage hatte sie deutlich schmaler werden lassen. Ihre Stupsnase trat scharf hervor, die Lippen hatten jede Farbe verloren und ihre grünen Augen blickten sie stumpf an. Trotzdem gehörte sie zweifellos zu den attraktiven Mädchen ihrer Schulklasse. Sie spritzte sich ein wenig Wasser auf die Wangen und verzog die Lippen zu einem Schmollmund. Sie fand nicht, dass Vanessa hübscher aussah als sie. Was sah Samuel nur in diesem Flittchen?

An der Haustür schrillte die Klingel. Rasch griff Lina zu einem Handtuch und trocknete sich ab. Sie hechtete zur Haustür, damit der Postbote – oder wer auch immer davor stand – nicht noch einmal klingelte. Ihre Mutter durfte auf keinen Fall aufwachen. Die geschwänzte Unterrichtsstunde würde ihr mindestens eine Woche Hausarrest einbringen. Das ging gar nicht. Sie riss die Tür auf und erstarrte sofort.

»Hi, Baby. Tut mir leid, dass ich nicht zurückgerufen habe, aber ich wollte dich lieber sehen.«

Samuel grinste verwegen und Linas Herz machte einen gewaltigen Satz. Er sah so verdammt gut aus. Ihre Knie gaben nach, doch sie ließ sich nichts anmerken und legte nur den Zeigefinger auf den Mund.

»Pst. Sei leise. Meine Mutter schläft.«

Samuel nickte und machte einen Schritt auf sie zu.

»Wie geht´s dir, Baby?«, flüsterte er und umfasste ihre Taille.

Die Berührung schoss wie ein Elektroschock durch sie hindurch. Unfähig zu sprechen, lotste sie Samuel in ihr Zimmer und schloss die Tür. Samuels Hände lagen immer noch auf ihren Hüften. Obwohl sie sich unendlich nach seiner Nähe gesehnt hatte, schob sie seine Finger weg. Vor ihren Augen tanzte seine Notiz. Die Adresse, die er notiert hatte.

»Du hattest mir eine Lösung versprochen«, entfuhr es ihr, und auf einmal schossen ihr Tränen in die Augen.

»Na klar, Baby.« Samuel ignorierte ihre Abwehrhaltung und nahm ihr Gesicht in seine Hände. Er sah sie lange an. »Ich würde alles für dich tun.«

Lina traute ihren Ohren nicht. Was sagte er da? Wollte er wieder mit ihr zusammen sein? Sie schluckte und wischte ganz schnell eine Träne aus dem Augenwinkel.

»Die Adresse ...«, stotterte sie und brach ab, weil sie ein Geräusch im Flur hörte. Ein Geräusch, das nichts Gutes verhieß. Schritte, die ihre Mutter ankündigten, die offenbar doch durch die Türklingel aufgewacht war.

»Lina?«

Mist. Lina zuckte zusammen, sie begab sich mit wenigen Schritten ans andere Ende ihres Zimmers und schuf so mindestens zwei Meter Abstand zu Samuel. Die Tür sprang auf und ihre Mutter erschien auf der Schwelle.

»Lina?« Ihr Tonfall wurde automatisch eine Spur schärfer. Sie starrte Samuel an. Eine tiefe Falte grub sich in ihre Stirn. Die Luft im Zimmer gefror zu Eis. Lina war zum Bersten angespannt. Sie wusste, was jetzt kam. Ein riesengroßes Donnerwetter. Sie kannte die Miene ihrer Mutter nur zu gut. Es begann mit dieser Falte über der Nasenwurzel. Nur eine Vertiefung, die sich jedoch wie eine Lawine aus Dominosteinen losbrach und nicht mehr zu stoppen war, sobald der erste Stein fiel. Und dieser Stein fiel dieses Mal nicht. Nein, er krachte. Das Gesicht ihrer Mutter verwandelte sich im Bruchteil einer Sekunde zu einer Grimasse, die selbst Hollywood-Helden in Schockstarre versetzt hätte. Mit offenem Mund sah Lina mit an, wie ihre Mutter Samuel am Kragen packte und aus ihrem Zimmer schleifte. Samuel brachte kein einziges Wort hervor. Sein Mund öffnete und schloss sich wieder. Er wirkte fast wie ein großer Fisch an Land, der das Zappeln verlernt hatte. Brav machte er einen Schritt vor den anderen und sah sich nicht einmal mehr nach Lina um. Das Nächste, was Lina hörte, war das Knallen der Haustür. *Wumm*. Noch bevor sie überhaupt zu einer Reaktion fähig war, stand ihre Mutter erneut im Türrahmen und starrte sie wütend an.

»Warum verdammt noch einmal bist du nicht in der Schule?«

In Linas Ohren begann es zu rauschen. Ihre Mutter wütete wie ein Maschinengewehr, doch Lina verstand nicht ein Wort. Alles, was sie noch wahrnahm, ließ sich mit einem einzigen Begriff umschreiben: Panik.

* * *

Der Geruch nach Desinfektionsmittel und Tod kroch in jede von Olivers Zellen und krallte sich an ihnen fest. Oliver mochte die kalten Räume der Rechtsmedizin nicht. Das schale Neonlicht zusammen mit den Edelstahltischen und den Instrumenten, die wie Folterwerkzeuge aussahen, erzeugte eine Gänsehaut auf seinem Körper. Die Mentholsalbe, die er vorausschauend unter der Nase aufgetragen hatte, konnte den Geruch nicht wirklich mildern. Stattdessen brannte sie und fraß ihm Löcher in die Haut. Klaus, der neben ihm stand und seine Taschen nach der Lesebrille durchsuchte, war eine Spur blasser geworden. So wie er vermied Klaus die Besuche in der Rechtsmedizin, so gut es ging, und stürzte sich lieber auf die schriftlichen Berichte. Einen Leichenfundort aufzusuchen, gehörte ohnehin zu den schlimmen Dingen in Olivers Alltag als Kriminalkommissar. Aber in einem Autopsiesaal zu erleben, dass das ganze Leben aus nichts weiter als einem Haufen Haut, Fleisch und Knochen bestand, konnte einen noch mehr mitnehmen. Und nichts anderes schien Dr. Hans Pankalla, ein grau melierter, stämmiger Mann in dunkelgrünem Kittel, in der Frau auf dem Obduktionstisch vor sich zu sehen. Routiniert entnahm er die Organe aus der Bauchhöhle, legte sie auf eine Waage und anschließend in eine glänzende Schale, als stünden sie wie beim Metzgermeister zum Verkauf. Sein Gesicht wirkte dabei nicht etwa schockiert oder wenigstens betroffen. Nein, er sah hoch konzentriert und sogar ein wenig zufrieden aus.

Oliver wusste, dass ein Rechtsmediziner die Dinge mit Abstand betrachten musste. Es durfte bei seiner Arbeit keine höhere moralische Instanz geben, die ihn emotional durcheinanderbrachte und so womöglich für Fehler sorgte. Trotzdem wünschte er sich manchmal zumindest einen Seufzer oder irgendetwas, was darauf hindeutete, dass das, was da auf dem Tisch lag, einmal eine lebendige Frau gewesen war.

»Die inneren Organe weisen eindeutige Anzeichen von Exsikkose auf«, diktierte Dr. Pankalla und legte einen roten Klumpen in die offene Körperhöhle zurück. Dann wandte er sich Oliver und Klaus zu und sagte:

»Die Notiz finden Sie dort auf dem Tisch. Mein Assistent hat bereits alles abfotografiert. Was mich übrigens irritiert hat, ist, dass es keinerlei sexuellen Kontakt gab. Zumindest konnte ich weder Spuren von Sperma noch Hautirritationen feststellen. Der Täter hat lediglich diesen Zettel in die Scheide des Opfers eingeführt.«

»Woran ist sie gestorben?«, wollte Oliver wissen.

»Multiorganversagen durch fortgeschrittene Exsikkose. Sie ist verdurstet. Ich schätze, dass sie fünf Tage lang keinen einzigen Tropfen Wasser zu sich genommen hat und dehydriert ist.« Er deutete auf den Leichnam. »Sehen Sie die bräunlichen Verfärbungen der Haut? Wenn man länger nichts trinkt, dann kommt es zu einem Nierenversagen. Je nach Außentemperatur nach einem Zeitraum zwischen zwei und drei Tagen. Unsere Tote lag in einem kühlen Keller und dehydrierte deshalb langsamer. Die Nieren können wegen des Flüssigkeitsmangels nicht mehr entwässern. Giftstoffe werden nicht ausgeschieden. Harnstoff und Harnsäure verbleiben im Körper. Die Haut verfärbt sich, beginnt zu jucken und fängt an, nach Urin zu riechen. Durch die fortschreitende Vergiftung kommt es zu Bewusstseinsstörungen, schließlich fällt man ins Koma. Durch das Nierenversagen steigt die Kaliumkonzentration im Blut lebensbedrohlich an. Das Herz versagt, so wie alle anderen Organe. Deshalb sprechen wir letztendlich von einem Multiorganversagen. Verdursten ist ein sehr langsamer und leidensvoller Tod.« Dr. Pankalla streifte die Gummihandschuhe ab und warf Oliver einen prüfenden Blick zu. »Aber Sie sind ja eigentlich wegen der Notiz hergekommen. Sie müssen der restlichen Obduktion nicht beiwohnen. Das Opfer wurde weder misshandelt noch sexuell missbraucht. Es gab also im Grunde keine Gewalteinwirkung. Sie wurde eingemauert und dann ohne ausreichend Nahrung und Flüssigkeit allein gelassen. Die Schwellungen, die abgebrochenen Fingernägel und sämtliche andere Verletzungen sind auf Befreiungsversuche zurückzuführen.«

Oliver schluckte und spürte dabei ein Kratzen im Hals. Dr. Pankallas Ausführungen hatten einen Film in seinem Kopf in Gang gesetzt. Er sah sich selbst – als einsamen Reisenden mitten in der Wüste. Die Vorstellung war schrecklich.

»Was ist mit den weißen Rückständen in der Trinkflasche?«, fragte er und leckte sich mit der Zunge über die plötzlich rauen Lippen.

Dr. Pankalla griff nach der Akte und blätterte darin. »Es handelt sich um Rückstände von Speisesalz. Der Täter hatte also offenkundig vor, sein Opfer verdursten zu lassen, und wollte diesen Prozess noch beschleunigen. Sie kennen doch die Geschichten von Piraten auf hoher See, denen das Trinkwasser ausgegangen ist?«

Oliver schluckte und hatte plötzlich das Gefühl, seine Kehle wäre ausgetrocknet.

Dr. Pankalla zog die Augenbrauen hoch. »Irgendwann, wenn Sie vor lauter Durst fast den Verstand verlieren, sehen Sie auf das Meer hinaus und denken darüber nach, das Meerwasser zu trinken. Doch das ist genau das Falsche, denn die Nieren müssen das Salz wieder ausscheiden. Je mehr Salz, desto mehr Flüssigkeit wird dafür benötigt. Der Natriumgehalt von Meerwasser ist so hoch, dass Sie viel mehr Wasser brauchen als vorher. Sie verdursten also schneller, wenn Sie Salzwasser trinken.« Pankalla verzog das Gesicht und legte die Akte zurück. Dann nahm er die Plastiktüte zur Hand, die das vielleicht zwei mal fünf Zentimeter große Papierstück enthielt. »Das ist die Notiz aus der Vagina des Opfers.«

Oliver betrachtete die Zahlen und stellte fest, dass Steuermark sowohl die Zahlen als auch die Bindestriche detailgetreu notiert hatte.

»Haben Sie eine Idee, wofür die Ziffern stehen könnten?«, fragte er und drückte Klaus die Tüte in die Hand.

Dr. Pankalla schüttelte den Kopf. »Nein. Ich habe mir schon den Kopf darüber zerbrochen und sogar im Internet recherchiert. Wenn man in die Suchmaschine *18-10-2017-02* eingibt, erscheint lediglich eine Kalenderangabe. Ich hätte nur eine Erklärung.« Pankalla machte eine kurze Pause und zeigte dann auf die vorletzte Ziffer. »Wenn dort statt der Null eine Vier stände, wäre es die Wochennummer. Der achtzehnte Oktober dieses Jahres liegt in der zweiundvierzigsten Kalenderwoche. Vielleicht hat der Täter sich verschrieben.«

Oliver starrte auf die Zahl. »Hm«, brummte er leise. »Was für Papier wurde verwendet?«

»Wir müssen den Laborbericht abwarten. Ich gehe aber davon aus, dass es sich um normales Kopierpapier handelt. Es ist nicht besonders dick, und Sie sehen ja, wie stark es angegriffen ist. Geschrieben wurde vermutlich mit einem Kugelschreiber. Durch die Feuchtigkeit in der Vagina und die fortschreitende Verwesung ist die Schrift ein wenig zerlaufen.«

»Das heißt also, wir werden über diesen Zettel nicht auf den Täter schließen können«, stellte Klaus fest und hielt die Tüte ins Licht. »Er hat eine Schere benutzt, um das Papier zu schneiden. Schade, dass kein Blutfleck drauf ist. Er hätte sich ja verletzen können. Wann ist die Notiz eigentlich in die Frau eingeführt worden?«

»Auf alle Fälle bevor sie eingemauert wurde. Laut Spurensicherung wurde die Wand nur ein Mal verschlossen«, erwiderte Dr. Pankalla.

»Aber dafür müsste er das Opfer betäubt haben«, warf Oliver ein. »Das hätte ja niemand freiwillig mitgemacht, jedenfalls nicht ohne Gegenwehr. Selbst wenn sie gefesselt wurde, wären Spuren an ihren Handgelenken sichtbar.«

»Wie gesagt, ich konnte keinerlei Spuren von Gewaltanwendung nachweisen. Wir müssen den Laborbericht mit den Blutergebnissen abwarten. Aber ich warne Sie vor. Es ist durchaus möglich, dass ein Betäubungsmittel nach ein paar Tagen nicht mehr nachweisbar ist.«

»Warum hat das Opfer den Zettel in seiner Scheide eigentlich nicht bemerkt?«, fiel Oliver plötzlich ein.

»Die Vagina besteht aus nervenarmem Gewebe. Ansonsten würde keine Frau eine Geburt aushalten«, erklärte Dr. Pankalla. »Während der Menstruation benutzen

Millionen Frauen Tampons, keine von ihnen spürt den Wattebausch.«

In Olivers Kopf ratterte es. Er versuchte, die losen Enden zusammenzufügen. Sie hatten es definitiv mit einem oder vielleicht mehreren gut organisierten Tätern zu tun, denn um jemanden unbemerkt einzumauern, musste ein geeigneter Keller gefunden werden. Das erforderte Ortskenntnisse und eine genaue Planung. Dasselbe galt für die fehlenden Abwehrspuren. Einen Menschen zu überwältigen, ohne dass er in irgendeiner Form Gegenwehr leistete, bedeutete vorausschauendes Denken. Denn wenn der Täter sein Opfer betäuben wollte, musste er auf eine geeignete Gelegenheit warten. Womöglich waren dem Ganzen wochenlange Beobachtungen vorausgegangen. Aus diesen Gründen glaubte Oliver auch nicht, dass der Täter sich bei seiner Notiz verschrieben hatte. Der Killer verfolgte ein klares Ziel. Er musste die Botschaft nur begreifen. Zu allem Überfluss begann sein Handy zu klingeln. Die Puzzleteile in seinem Kopf wirbelten wild durcheinander. Trotzdem hob er sofort ab.

»Bergmann«, meldete er sich und spürte, wie ein Stromschlag durch seine Adern schoss, während er der Stimme in der Leitung lauschte. Benommen legte er auf. Dr. Pankalla und Klaus starrten ihn alarmiert an.

»Sie haben eine neue Leiche gefunden«, erklärte Oliver tonlos.

VII

VOR FÜNFHUNDERT JAHREN

»Was habt Ihr hier zu suchen?«, zischte Bastian und packte Clemens am Kragen seines langen Mantels. Der Ziegelmeister wand sich unter seinem eisernen Griff, doch Bastian ließ nicht locker.

»Wie seid Ihr hier hereingekommen?«, fragte er und stieß Clemens in den Schatten einer Mauer, damit sie im hellen Mondlicht nicht gesehen wurden. Sie durften auf keinen Fall entdeckt werden. Katharina von Weinfels wäre fuchsteufelswild, wenn sie gleich zwei Männer mitten in der Nacht ohne Erlaubnis auf dem Klostergelände erwischte. Er würde nie wieder Zugang zum Kloster erhalten und Brunhildes Verschwinden bliebe auch für immer ungeklärt.

»Pst«, zischte Bastian, als Clemens erneut versuchte, sich aus seiner Umklammerung zu winden. »Antwortet mir gefälligst.«

»Was soll ich hier schon suchen?«, erwiderte Clemens zerknirscht. »Ich will Brunhilde finden. Vielleicht steckt sie in Schwierigkeiten.«

»Und wie seid Ihr ins Kloster gelangt? Das große Tor ist verschlossen.«

Obwohl es stockdunkel war, konnte Bastian ein Grinsen auf Clemens' Gesicht ausmachen.

»Glaubt Ihr etwa, Ihr seid der Einzige, der in der Lage ist, Brunhildes Wege nachzuvollziehen?« Er verstummte, als genösse er Bastians Unkenntnis.

»Haltet mich besser nicht zum Narren. Sagt mir, wie Ihr hier hereingekommen seid.« Bastian verstärkte seinen Griff und ignorierte Clemens' Keuchen.

Es dauerte eine Weile, aber schließlich begann der Ziegelmeister zu sprechen: »Durch die Katakomben. Es gibt einen geheimen Zugang am großen Tor vorbei.«

Bastian ließ Clemens los. Der Mann stöhnte leise und rieb sich die Schulter.

»Wo liegt der Eingang?«

»Gleich dort drüben.«

»Zeigt ihn mir.« Bastian stieß Clemens vor sich her. Der Ziegelmeister bewegte sich auf die Klostermauer zu und blieb vor einem schmalen Gebäude stehen.

»Da drin.« Clemens schob die schwere Holztür auf. »Das ist eine der Vorratskammern des Klosters. Im Boden befindet sich eine Falltür.«

Bastian kniff die Augen zusammen. Er sah rein gar nichts. Es war viel zu dunkel und er hatte keine Fackel dabei. Er trat ein und untersuchte den Boden.

»Unter dem Schrank«, erklärte Clemens und rückte das Möbelstück beiseite. Blind tastete Bastian über die Holzdielen und fand einen Eisenring. Gerade als er an ihm ziehen wollte, hörte er, wie Ottilia nach ihm rief. Die Nonne wartete wahrscheinlich die ganze Zeit an der Hauptpforte auf ihn und wunderte sich, weshalb er dort immer noch nicht aufgetaucht war.

»Bastian Mühlenberg, warum ...« Ottilia erschien mit einer Fackel im Türrahmen. Sie stockte, als sie Clemens erblickte. »Du lieber Himmel, was will dieser Mann denn hier?« Ottilias Blick heftete sich auf Bastian. »Ihr habt ihn doch nicht etwa ins Kloster gelassen?«

Sie drehte sich und hielt Clemens die Fackel so nah vor das Gesicht, dass dieser einen Schritt zurückwich.

»Ich verlange eine Erklärung!«

Clemens blickte unruhig hin und her. Plötzlich stieß er Ottilia zur Seite und rannte los. Die Nonne geriet kurz aus dem Gleichgewicht, verfolgte den Ziegelmeister dann jedoch mit erstaunlichem Tempo.

»Bleibt stehen«, keifte sie und zerrte an Clemens' Mantel.

Der Ziegelmeister riss sich los. Ottilia folgte ihm. Bastian, der die Szene staunend beobachtete, stürmte hinterher.

Ottilia holte auf und zog abermals an Clemens' Ärmel. Dieses Mal stolperte er und landete unsanft auf dem Boden. Die Nonne strauchelte ebenfalls und stürzte auf den Ziegelmeister. Sie stieß einen kurzen unterdrückten Schrei aus.

»Lasst mich los«, krächzte er und schob Ottilia zur Seite. Die Nonne war völlig außer Atem und schnaufte bedenklich.

Bastian eilte ihr zu Hilfe. Er ergriff sie und zog sie hoch. Dann wandte er sich an Clemens, der mühsam aufgestanden war. »Seid Ihr von Sinnen?«, schimpfte er und hielt ihn fest. »Warum lauft Ihr weg? Wollt Ihr das ganze Kloster aufwecken?«

»Sie wird mich an die Oberin verraten«, schnaufte Clemens. »Sie hasst mich, so wie alle Männer. Dabei wäre ich gut zu Brunhilde gewesen. Aber das will sie nicht sehen.« Er schlug Bastians Hand weg und taumelte rückwärts.

»Ihr seid ein Narr«, zischte Ottilia und baute sich vor Clemens auf. »Brunhilde gehört Gott. Ihr könnt sie niemals haben.«

Bastian sprang mit einem Satz zwischen die beiden. Beschwichtigend hob er die Hände und stutzte. Unter seinen Füßen ruckelte es merkwürdig. Der Boden unter ihnen gab nach. Erst ganz langsam, dann rasend schnell. Bastian spürte, wie er das Gleichgewicht verlor. Die Erde öffnete sich, Steine polterten in die Tiefe. Sie fielen zu dritt in ein großes schwarzes Loch, das sie allesamt verschluckte. Bastian schlug hart in der Tiefe auf. Ein Stein donnerte gegen seine Schläfe. Benommen rollte er sich zur Seite, um Schutz zu suchen. Von oben rieselten Erde und Gestein auf ihn herab. Seine linke Hand pochte vor Schmerzen. Die Luft bestand aus Sand und Staub. Er keuchte und richtete sich vorsichtig auf. Dann beugte er die Finger, glücklicherweise waren sie nicht gebrochen. Auch sonst schien er bis auf wenige Kratzer unversehrt zu sein. Er blinzelte und erkannte nach und nach ein paar Umrisse.

»Ottilia? Seid Ihr verletzt?«

Bastian tastete sich durch die Dunkelheit und stieß auf eine Hand. Jemand stöhnte.

»Nein, ich glaube nicht. Wo sind wir?« Ottilia ließ sich von Bastian aufhelfen und klopfte die staubige Tracht ab.

»In einem Kellerloch, verdammt«, polterte Clemens, der sich ebenfalls wieder aufgerappelt hatte. »Davon gibt es hier massenhaft. Viele sind ungenutzt und zugemauert. Wir sind in die Baustelle gelaufen, an der ich und meine Gesellen gestern noch gearbeitet haben.«

Ottilia stieß ein leises Gebet aus, als sie Clemens fluchen hörte.

Plötzlich wurde es von oben heller. Bastian blickte auf und sah eine Fackel am Rande der Öffnung.

»Hallo? Was macht Ihr da unten?« Angelia hielt die Fackel tiefer und schlug sich erschrocken die Hand vor den Mund. »Seid Ihr verletzt?« Sie streckte ihren Arm nach Ottilia aus.

»Nein. Aber vielleicht holt Ihr eine Leiter, damit wir hier herauskommen. Dieses Loch hat keinen Ausgang.« Ottilia hatte sich offenbar schnell von dem Sturz erholt. Sie schien wieder ganz die Alte zu sein, denn nicht nur ihr resoluter Tonfall war zurückgekehrt. Sie stand kerzengerade in der Grube, als wäre das selbstverständlich. Dass es mitten in der Nacht war, beeindruckte Ottilia im Augenblick anscheinend genauso wenig wie die Tatsache, dass sie auf den Trümmern einer Baustelle verharrte, zusammen mit zwei Männern. Angelias Gesichtsausdruck entgleiste für einen winzigen Moment, dann verschwand sie ohne ein weiteres Wort, um kurz darauf mit der Leiter zurückzukehren. Bastian ließ den anderen beiden den Vortritt. Er wunderte sich über das Loch, das sich so unerwartet aufgetan hatte. Doch es war einfach zu dunkel, um etwas zu erkennen. Zügig kletterte er ebenfalls hinauf.

»Ihr kehrt zurück auf Euer Nachtlager, und wehe, wenn ich Euch beim Tratschen erwische. Ihr habt nichts gehört und nichts gesehen!« Ottilia hob drohend den Zeigefinger. Angelia nickte und entfernte sich eilenden Schrittes.

»Und Ihr beide verschwindet jetzt ebenfalls. Morgen in der Frühe sprechen wir weiter.« Sie warf Clemens einen düsteren Blick zu. »Und Ihr wagt Euch ja nicht noch einmal mitten in der Nacht hierher!« Sie fuchtelte mit ihrer dünnen Faust vor seiner Nase. »Na los, bewegt Euch. Ich öffne das Tor.«

»Niemand verschwindet von hier!«

Die eisige Stimme verhieß nichts Gutes. Bastian brauchte sich nicht umzudrehen. Der Tonfall ging ihm durch Mark und Bein. Katharina von Weinfels war aufgewacht.

* * *

Brunhilde träumte. Dabei schlief sie überhaupt nicht. Sie war in eine Art Benommenheit gefallen und fantasierte mit offenen Augen. Dinge flogen an ihr vorbei, die sie begehrte wie nie zuvor in ihrem Leben. Sie sah Landschaften, deren Grün so satt strahlte, dass ihre Augen schmerzten. Ringsherum gab es herrliche, sprudelnde Quellen. Das Wasser rauschte in ihren Ohren. Das kühle Nass durchströmte sie und befeuchtete ihren ausgedörrten Körper. Für einen Moment verschaffte die Vorstellung ihr Erleichterung. Doch sobald sie sich daran festhielt, holte die Wirklichkeit sie ein. Dann sah sie nichts als Ziegelsteine in der Dunkelheit. Egal, wohin sie sich wandte, überall umgab sie Mauerwerk. Sie konnte es riechen, fühlen und inzwischen auch schmecken. Ihre Zunge hatte sich in ein vertrocknetes pelziges Wesen verwandelt. Sooft sie auch versuchte, noch ein wenig Flüssigkeit aus ihren Wangen zu quetschen, es gelang ihr nicht. Sie hatte ihr Gefängnis wieder und wieder nach Trinkbarem abgesucht, sogar Wände und Boden abgeleckt, jedoch ohne Erfolg. Es gab nicht einen Tropfen Wasser. Sie würde verdursten, wenn ihr nicht bald etwas einfiele.

»Dorothea?«, rief Brunhilde, obwohl sie seit geraumer Zeit keine Antwort mehr erhalten hatte. Sie überlegte, wie viele Tage Dorothea schon ohne Wasser lebte. Sie wusste es nicht, denn sie hatte jedes Zeitgefühl verloren und war nicht einmal imstande, zu sagen, ob es Tag oder Nacht war. Sie wusste nicht, wie lange sie ohne Flüssigkeit durchhalten konnte. Ob Dorothea überhaupt noch am Leben war?

Brunhilde rief abermals ihren Namen. Diesmal lauter. Ihre eigenen Gedärme rumorten wie zu einer Antwort. Ansonsten verschluckte die Stille ihre Stimme. Immerhin hatte sie Angelias Stimme wieder gehört. Das war allerdings länger her. Aber wenn Brunhilde jeden Morgen den Gesang ihrer Klosterschwester gehört hatte, dann konnten höchstens zwei Tage vergangen sein. *Zwei Tage*. Wieso fühlte sie sich nach so kurzer Zeit nur derartig schwach? Sie seufzte und schob diese Gedanken beiseite. Jammern half nichts. Stattdessen sollte sie sich lieber an die Arbeit machen. Brunhilde kroch über den Boden, zu der Seite ihres Gefängnisses, an der die Wand frisch verfugt war. Dorothea hatte ihr die Stelle beschrieben. Sie musste lediglich ihrer Nase folgen. Der Kalkmörtel stank unverkennbar. Sie grub einen Finger tief in die Rille, die sie bereits mühsam in den Kalk gekratzt hatte. Es war eine quälende Arbeit, doch Brunhilde wollte einfach nicht aufgeben. Noch nicht. Sie hatte viel gebetet und hoffte, dass ihre Zeit noch nicht gekommen war. Resignieren konnte sie später. Erst einmal wollte sie nichts unversucht lassen. So schwer es auch fiel. Sobald sie aufhörte, nach einem Ausweg zu suchen, hatte sie verloren. Dann würde sie sterben. Sie konnte den Tod schon spüren. Er schwebte wie eine Wolke aus Finsternis über ihr, erstickte ihre Hoffnung und nährte ihre Verzweiflung. Sie durfte sich davon nicht beeindrucken lassen. Sie wusste, dass der Tod auch hinter ihren sehnsüchtigen Träumereien steckte. Er lockte sie mit Bildern eines vermeintlichen Paradieses, voller Speis und Trank. Doch Brunhilde kämpfte dagegen an. Sie durfte sich nicht in Versuchung führen lassen. Gott stellte sie auf eine harte Probe. Wenn sie lange genug durchhielt, würde er ihr das Leben schenken. Daran glaubte sie felsenfest.

Ein Stich schoss mitten durch ihr Herz. Es war der Zweifel, der sie sofort innehalten ließ. Hatte Dorothea nicht auch an ihr Überleben geglaubt? Hatte sie nicht ebenfalls den Mörtel aus den Fugen gekratzt und trotzdem hatte sich kein einziger Stein gelöst? Warum folgte sie demselben Weg? Dorotheas Anstrengungen waren offenbar vergebens gewesen. Ansonsten würde sie ja ihre Stimme hören. Oder war ihre Leidensgenossin aus der Zelle gekrochen, ohne an sie zu denken? Brunhildes Finger krallte sich erneut in die Vertiefung und holte ein größeres Mörtelstück heraus. Sie schlug gegen den Stein, der ließ sich jedoch nicht lockern. Sie machte sich weiter an der Fuge zu schaffen, bis ihr die Fingerkuppe so sehr schmerzte, dass sie aufhören musste. Verzweifelt schob sie den Zeigefinger in den Mund und stöhnte vor Leid. Die Fingerspitze bestand fast nur noch aus rohem Fleisch. Brunhilde glaubte, sogar den Knochen zu schmecken. Ihr wurde übel. Kraftlos sank sie zusammen und blieb einfach liegen.

* * *

Katharina von Weinfels starrte Bastian feindselig an. Trotzdem war dieser Blick nichts im Vergleich zu der Miene, die sie bei Clemens' Anblick aufgesetzt hatte. Von diesem Mann hielt sie offenbar nicht das Geringste.

»Erlaubt mir, nach Brunhilde zu suchen«, bat Bastian erneut. Er wiederholte sein Anliegen schon zum dritten Mal. Nachdem die Oberin sie im Klosterhof gestellt hatte, waren sie in die Haupthalle des Klosters gegangen. Es brannte eine mickrige Fackel, deren knisternde Flamme nur notdürftig Licht spendete.

»Ich will zuerst wissen, was hier genau vorgefallen ist.« Katharinas Stimme klang zwar ruhig, doch die Wut in ihren Augen entging Bastian nicht.

»Wir haben Brunhilde gesucht«, warf Clemens eifrig ein. Er fürchtete offenbar die Folgen seines Eindringens. Wenn Katharina von Weinfels ihn des Klosters verwies, verlor er einen wichtigen Auftrag für seine Ziegelei. »Ich weiß, dass wir nur bei Tage Zutritt zum Kloster haben, aber die Sache hat mir einfach keine Ruhe gelassen. Ich musste irgendetwas tun.«

»Und da sucht Ihr ausgerechnet in meinem Kloster? Wenn Brunhilde hier wäre, hätten wir Bastian Mühlenberg nicht um Hilfe gebeten.« Die Oberin musterte Clemens durchdringend. Dann hob sie die Augenbrauen. »Lieber Himmel. Ihr seid der Mann, mit dem Brunhilde fortgehen wollte.«

»Nein«, stotterte Clemens wenig glaubwürdig und lief knallrot an.

»Schweigt! Ich erkenne Eure Lügen an der Nasenspitze. Sie glüht wie Euer Ziegelofen.« Katharina von Weinfels warf Bastian einen vorwurfsvollen Blick zu. »Und diesen Eindringling wolltet Ihr schützen? Warum habt Ihr mir seinen Namen nicht gleich verraten?«

Bastian zuckte mit den Schultern. »Ich will seinen Ruf nicht schädigen. Er ist auf die Ziegelarbeiten im Kloster angewiesen.«

Die Oberin stieß einen scharfen Laut aus. »Er ist der einzige Ziegelmeister in Zons. Da fragt man sich, wer hier auf wen angewiesen ist. Oder glaubt Ihr etwa, das Kloster verfügt über so viele Gulden, dass wir den Ziegelmeister aus Neuss oder einer anderen Stadt entlohnen könnten? Ich hielt Euch für klüger, Bastian Mühlenberg.«

»Hört doch«, erwiderte Bastian. »Ich will nur Brunhilde finden. Ich weiß, dass sie Euch am Herzen liegt, und nach allem, was ich bisher herausgefunden habe, führte ihr Weg in jener Nacht zurück in Euer Kloster.«

Katharina von Weinfels kniff die Lippen zusammen. Ein Schatten huschte über ihre Miene, als sie mit den Achseln zuckte. »Nun gut. Da Ihr ohnehin nicht aufgeben werdet, sei Euch der Zugang zu unserem Kloster weiterhin gestattet. Ihr dürft mit den Nonnen sprechen, aber ich will über jedes Wort informiert sein.«

Bastian nickte erfreut und die Oberin fuhr fort: »Trotzdem muss ich wissen, wie Ihr des Nachts in unser Kloster gelangt seid.«

Ottilia zuckte unmerklich zusammen. Sofort wurde sie von Katharina von Weinfels fixiert und erntete einen tadelnden Blick. »Ihr steckt also dahinter, Schwester Ottilia? Was ist bloß in Euch gefahren?«

Ottilia senkte schuldbewusst das Haupt, doch in ihren Augen blitzte Trotz auf. »Ich habe nur Bastian Mühlenberg hereingelassen. Er hat Schwester Angelia befragt.« Sie fuhr herum und richtete ihren knochigen Finger anklagend auf Clemens. »Von dem da wusste ich allerdings nichts!«

Clemens schoss die Zornesröte ins Gesicht. Er machte einen Schritt auf Ottilia zu und stemmte die Hände in die Hüften. »Was habt Ihr eigentlich gegen mich? Warum stellt Ihr mich als Eindringling hin? Ich arbeite täglich in Eurem Kloster. Was macht es für einen Unterschied, ob es Tag oder Nacht ist? Ihr seid es doch, die das Kloster nicht im Griff hat und noch nicht einmal alle Eingänge kennt!«

»Wovon um Himmels willen sprecht Ihr da?«, fuhr Katharina von Weinfels dazwischen und stellte sich schützend vor Ottilia.

Bastian zog Clemens an der Schulter zurück und bedeutete ihm zu schweigen. »Es gibt einen Geheimzugang zu Eurem Kloster, den man über eine der Vorratskammern erreicht. Clemens kennt diesen Weg.«

Katharina von Weinfels hatte sichtlich Mühe, die Fassung zu wahren. Sie starrte Clemens an. Als dieser ihrem Blick standhielt, nickte sie schließlich.

»Zeigt mir diesen Eingang!« Sie stürmte voran. Bastian ergriff die Fackel und lief, gefolgt von Clemens und Ottilia, hinterher.

»Da vorne gleich neben der Mauer ist es«, rief er und leuchtete der Oberin den Weg. Die Tür zur Vorratskammer stand noch offen. Der Schrank, den Clemens zuvor weggeschoben hatte, lenkte den Blick sofort auf die Falltür im Boden. Katharina von Weinfels sog ungläubig die Luft ein.

»Er hat tatsächlich nicht gelogen.« Sie bückte sich, griff nach dem Eisenring und zog an der Falltür. Knarrend öffnete sie sich und schlug krachend auf der anderen Seite zu Boden.

»Leuchtet mir«, forderte sie Bastian auf.

Eine hölzerne Treppe führte von der Kammer aus tief hinab ins Erdreich.

»Ich kann es nicht fassen«, flüsterte Katharina heiser und nahm die erste Stufe. Das Holz knarrte unter ihrem Gewicht. Bastian folgte ihr auf den Fuß. Ein muffiger Geruch schlug ihnen entgegen.

»Ich habe schon viel erlebt, aber so etwas wäre mir in meinen schlechtesten Träumen nicht untergekommen«, sagte die Oberin, als sie das Ende der Treppe erreichten und in ein unterirdisches Gewölbe gelangten.

»Wo sind wir hier?«, fragte sie und wartete, bis Ottilia und Clemens ebenfalls hinabgestiegen waren.

Bastian sah sich mit klopfendem Herzen um. Er kannte das Labyrinth unter Zons, doch er war davon ausgegangen, dass es nur zwei Zugänge gab. Einer von ihnen befand sich an der südlichen Stadtmauer. Diesen Zugang hatte er vor langer Zeit verschlossen, denn er führte von außen unter der Stadtmauer hindurch nach Zons hinein und stellte somit ein Sicherheitsrisiko dar. Nur Pfarrer Johannes und sein bester Freund Wernhart wussten davon. Einen weiteren Zugang gab es von den Katakomben der St.-Martinus-Kirche aus. Doch über diesen wachte Pfarrer Johannes, und noch nicht einmal Wernhart ahnte, dass dieser Geheimgang existierte. Im Leben wäre Bastian nicht eingefallen, dass es weitere Zugänge zum Labyrinth geben könnte. Eine dunkle Ahnung beschlich ihn und klammerte sich fest um sein Herz. Was, wenn Brunhilde sich hier unten verlaufen hatte? Womöglich fände sie nie wieder hinaus. Spätestens in wenigen Tagen wäre sie verdurstet, und ihr Fleisch wäre ein Festschmaus für die Ratten, die hier ihr Unwesen trieben.

»Es gibt ein paar miteinander verbundene Kellergewölbe«, log Bastian, der die Existenz des Labyrinthes auf keinen Fall preisgeben wollte. »Wo seid Ihr entlanggelaufen, Clemens?«

Der Ziegelmeister deutete in den Hauptgang. »Immer geradeaus. Der Gang endet an der Burgmauer, die an den Juddeturm grenzt.«

»Also in der Grünwaldstraße.« Bastian dachte nach. »Das wäre genau der Weg, den man vom Südtor aus nehmen müsste, um ins Kloster zu gelangen. Sehen wir nach.« Er ging voraus, die Fackel immer noch in der Hand. Der Gang war erstaunlich breit. Viel breiter, als er es in Erinnerung hatte.

Rechts und links gingen schmalere Gänge ab, die er vorerst ignorierte. Vielleicht konnte er am nächsten Tag ein paar Stadtsoldaten mit der Suche nach Brunhilde beauftragen. Mit ein wenig Glück lebte sie noch. Sie war erst seit zwei Tagen verschwunden. Die Chancen standen noch gut.

»Wer hat Euch von diesem Gang erzählt, Meister Clemens?«, fragte Bastian.

»Wenn ich Euch das sage, dann wird die Oberin sie bestrafen. Aus diesem Grund möchte ich lieber schweigen.«

»Ich bitte Euch, Clemens Weidenhammer. Ihr wollt doch jetzt nicht ernsthaft den Ehrenmann spielen. Das hättet Ihr Euch besser überlegen sollen, bevor Ihr Brunhilde zur Sünde überredet habt. Also gebt den Namen derjenigen gefälligst preis«, forderte Katharina von Weinfels empört.

»Ich kann mir auch so denken, wer es gewesen ist. Sprechen wir vielleicht von Margaretha?« Die Oberin blieb abrupt stehen und sah Clemens streng an.

»Jetzt stellt Euch nicht so an. Die Mädchen teilen das Nachtlager miteinander. In den letzten Tagen flüsterten sie ununterbrochen und störten beinahe jedes Gebet mit ihrem unaufhörlichen Geplapper.«

Clemens rollte mit den Augen, nickte jedoch schließlich. »Bitte bestraft sie nicht noch mehr. Sie wollte Brunhilde doch nur helfen.«

»Indem sie das arme Mädchen von Gott losreißen wollte?« Ottilia schüttelte fassungslos den Kopf und bekreuzigte sich. »Die Sitten verrohen immer mehr. Lernt Ihr beim Gebet und bei der Predigt von Pfarrer Johannes denn überhaupt nicht, wie sich ein anständiger Christenmensch zu benehmen hat? Wie konntet Ihr Brunhilde das nur antun? Sie wollte Gott ihr Herz schenken und ganz ihm gehören!« Ottilia wirkte tief enttäuscht. »Ich hätte nie gedacht, dass sie sich heimlich aus dem Kloster schleicht. Schon gar nicht, um sich mit jemandem wie Euch zu treffen.«

Katharina von Weinfels legte ihr beschwichtigend die Hand auf die Schulter. »Beruhigt Euch, Schwester Ottilia. Nicht jedes Herz unserer Schützlinge ist so rein und unverdorben, wie ihr Äußeres uns glauben machen will. Sie sind alle auf der Suche nach einer Zuflucht, aber nur wenige sind auch bereit, dafür Opfer zu bringen. Der Preis, den Gott verlangt, ist hoch.«

Ottilia nickte betroffen. »Ich habe Brunhilde wohl nicht richtig eingeschätzt.«

»Ich habe sie nicht entehrt, falls Ihr das befürchtet. Ich wollte sie zu meinem Weib machen.« Clemens' Stimme brach. »Aber sie hat mich abgewiesen. Ich habe sie unter einem falschen Vorwand aus dem Kloster gelockt. Bitte verzeiht mir.«

»Das sieht Euch ähnlich«, sagte Ottilia verbittert. »Wie viele von unseren Mädchen wolltet Ihr denn eigentlich ehelichen? Ich ...«

»Schweigt!«, fuhr die Oberin dazwischen. Ihr Zeigefinger erhob sich drohend vor Ottilias Gesicht. »Genug jetzt. Wir müssen den Eingang finden und Schlimmeres verhindern.«

Irgendetwas an ihrem Tonfall ließ Bastian aufhorchen. Hütete Katharina von Weinfels ein Geheimnis? Unwillkürlich schoss ihm Angelias Äußerung durch den Kopf, mit dem er bisher nichts hatte anfangen können. *Wir bekommen manchmal Besuch vom Teufel.* Meinte sie damit vielleicht den Ziegelmeister? Trieb dieser sich womöglich des Öfteren nachts im Kloster herum? Er betrachtete Clemens und verwarf den Gedanken wieder. Nein. Er selbst war ihm in den Wald gefolgt und hatte mit eigenen Augen gesehen, wie verzweifelt Clemens nach Brunhilde suchte. Bastian konnte sich nicht vorstellen, dass im Herzen des Ziegelmeisters gleichzeitig mehrere Mädchen Platz fanden. Ohne dass er es wollte, erschien Annas Gesicht vor seinem inneren Auge. Er schluckte.

»Die Oberin hat recht. Lasst uns weitergehen«, erklärte er und setzte sich wieder in Bewegung. Diesmal liefen sie ohne Unterbrechung weiter, bis sie schließlich den Ausgang über eine in den Fels gehauene Treppe erreichten. Schnaufend erklommen sie die Stufen und traten nicht weit vom Juddeturm ins Freie. Die Sterne leuchteten hell über ihren Köpfen. Sämtliche Wolken waren verschwunden. Die Luft roch nach Sommer und umfing sie mit angenehmer Nachtkühle.

»So einfach ist es also, aus dem Kloster zu gelangen, und wir hatten keine Ahnung«, stellte Katharina von Weinfels verdrossen fest. Ottilia erwiderte nichts, sondern schüttelte nur ungläubig den Kopf.

»Wir sollten diesen Eingang gleich morgen verschließen. Ihr seid mir dafür verantwortlich, Ziegelmeister.« Die Oberin wartete nicht auf eine Antwort und fuhr unmittelbar fort: »Ihr, Ottilia, müsst herausfinden, wer alles davon wusste.«

»Und ich werde mit meinen Männern die Gewölbe durchkämmen. Vielleicht können wir Brunhilde irgendwo da unten finden«, erklärte Bastian.

Die Oberin nickte geistesabwesend. »Zeit, zu Bett zu gehen«, erwiderte sie nur und wollte sich gerade abwenden, als ein lauter Ruf durch die Nacht hallte.

Reinhold von der Stadtwache näherte sich vom Ende der Straße. Er kam wie vom Teufel gejagt auf sie zugerannt und blieb völlig außer Atem vor Bastian stehen.

»Endlich habe ich Euch gefunden.« Er schnaufte und konnte nicht sofort weitersprechen.

Bastian war nicht sicher, ob er überhaupt hören wollte,

was Reinhold zu berichten hatte. Ihm schwante nichts Gutes, und er behielt recht. Als Reinhold fortfuhr, war klar, dass es eine lange Nacht werden würde.

»Angelia schickt mich. Im Kloster haben sie eine Tote entdeckt. Das müsst Ihr Euch ansehen.«

VIII

GEGENWART

»Meinst du, die neue Leiche hat etwas mit unserem ersten Fall zu tun?«, murmelte Klaus, während er die E-Mails auf seinem Smartphone studierte.

Oliver saß am Steuer und lenkte den Dienstwagen in die Schloßstraße von Zons. Er fuhr an dem flatternden Absperrband vor dem Haus der Büttners auf der linken Straßenseite vorbei und bog nach rechts in die Grünwaldstraße ab. Der Juddeturm streckte sich wie ein Riese in den blauen Sommerhimmel. Olivers Blick blieb unwillkürlich am Fuß des massigen Turmes hängen. Jedes Mal, wenn er an diese Stelle kam, musste er an das elf Meter tiefe Verlies denken, das sich hinter den fast zwei Meter dicken Steinmauern verbarg. Im Mittelalter diente der Turm als Gefängnis. Das Verlies im unteren Bereich war nur über eine schmale Luke im Boden zu erreichen, wodurch jeder Fluchtversuch unmöglich gemacht wurde. Emily hatte viel über dieses Gefängnis recherchiert. Verurteilte, die einmal dort gelandet waren, überlebten diese Umstände oft nicht sonderlich lange. Oliver hatte den Turm nur ein einziges Mal besichtigt. Er würde den muffigen Geruch, der nach all den Jahrhunderten immer noch von Schweiß und Blut geschwängert schien, nie vergessen. Er trat aufs Gas, nur um sofort bremsen zu müssen, denn sein Weg führte durch eine Großbaustelle. Das ehemalige Bürgerhaus und die Feuerwache waren abgerissen worden. Ein neues, modernes Gebäude für das Kreisarchiv sollte an ihrer Stelle entstehen. Er fuhr geradeaus auf den Streifenpolizisten zu, der vor dem Tiefgarageneingang stand, und ließ die Seitenscheibe herunter.

»Können wir da noch reinfahren?«, fragte er, denn auf der linken Seite versperrte ein Baustellenschild die Einfahrt.

Der Polizist nickte. »Ja, ist kein Problem. Sie müssen durch die komplette Garage bis ganz ans Ende. Dort sehen Sie die Absperrbänder. Der Fundort befindet sich unter dem ehemaligen Klostergelände.« Er deutete mit dem Finger auf den Parkplatz neben der Tiefgarage, auf dem jedoch wegen der Bauarbeiten kein einziges Auto stand.

»Ist kein schöner Anblick«, fügte der Polizist noch leise hinzu und trat dann zur Seite, damit Oliver weiterfahren konnte.

»Ich habe noch nie eine Leiche gesehen, deren Anblick schön war«, spottete Klaus, nachdem Oliver die Seitenscheibe wieder hochgefahren hatte. »Steuermark reißt uns bestimmt den Kopf ab, weil wir mit einer neuen Leiche statt eines Mörders zurückkommen.«

Oliver zuckte mit der Schulter. Ihm war es egal, ob Steuermark sich aufregte oder nicht. Sie hatten schließlich nichts falsch gemacht. Er parkte vor dem Absperrband und bemerkte sofort den aufgerissenen Boden, in dem sich ein schwarzes Loch auftat.

»Dann schraub deinen Kopf schon mal fest. Sieht so aus,

als ob die Tote genau wie die Leiche bei den Büttners im Keller liegen würde.«

Klaus stöhnte und stieg aus. Er knallte die Autotür zu und schimpfte: »Ich habe wirklich keinen Bedarf, heute noch mal von Steuermark rund gemacht zu werden. Diese schlechte Stimmung schlägt mir allmählich auf den Magen.« Er schlurfte Oliver hinterher, der bereits am Rand der Öffnung stand und mit einer Taschenlampe hineinleuchtete.

»Du meine Güte. Wie tief geht es da bloß runter?«

»Vier Meter«, rief Ingrid Scholten, die in den Lichtkegel trat und sie blinzelnd ansah. »Wurde ja Zeit, dass Sie eintreffen. Ich habe extra nichts angerührt. Sie können die Leiter dort drüben nehmen oder außen herumgehen.« Sie deutete nach rechts, und Oliver stellte erstaunt fest, dass es noch einen weiteren Durchbruch im Boden gab. Er entschied sich für den kürzeren Weg.

»Hoffentlich ist dieser Betonboden am Ende kein Schweizer Käse«, bemerkte Klaus und sprach damit Olivers Befürchtungen laut aus. »Wie kann denn der Boden derartig porös sein?« Murrend folgte er Oliver und kletterte nach ihm zögerlich die Leiter hinunter.

»Keine Sorge«, beruhigte ihn Ingrid Scholten, die wie immer perfekt aussah. Sie trug eine Bluse, die keine einzige Falte zeigte. Ihre Aufmachung wurde nur durch die weißen Plastik-Schuhüberzieher und die Gummihandschuhe gestört. Doch auch so würde niemand an ihrer Kompetenz als Leiterin der Spurensicherung zweifeln. Ihrer Seriosität konnten diese störenden Details nicht das Geringste anhaben.

»Die Statiker haben sich die Schäden bereits angesehen. Der Abbruch des alten Gebäudes hat den Untergrund destabilisiert und deshalb ist der Betonboden der Tiefgarage um ein paar Zentimeter abgesackt. Die Decke ist aber stabil. Solange nicht ausgerechnet heute ein Erdbeben einsetzt, sollten wir absolut sicher sein.« Sie lächelte zuversichtlich, dann jedoch wurde ihre Miene ernst. »Ich fürchte allerdings, ich habe keine guten Nachrichten für Sie.«

Oliver seufzte. »Gibt es eine Verbindung zum Fall im Haus der Büttners?«

Scholten zuckte mit der Schulter. »Ich kann es zwar noch nicht bestätigen, aber ich befürchte es. Die Auffindesituation ist verdammt ähnlich. Kommen Sie mit.«

Scholten führte sie durch einen schmalen Gang. Oliver musste den Kopf einziehen.

»Die Kellergewölbe, die im Mittelalter angelegt wurden, sind fast alle miteinander verbunden. Es ist wie in einem verdammten Labyrinth hier unten. Meine Leute haben den Weg markiert, damit niemand verloren geht.« Scholten deutete auf einen gelben Streifen, der auf den Boden geklebt war.

»Wer hat die Tote denn gefunden?«

»Ein Bauarbeiter. Er hat sich während der Arbeitszeit davongestohlen, um heimlich Bier zu trinken.«

»Wo ist er jetzt?«

»Soweit ich weiß, sitzt er in einem der Streifenwagen.« Scholten stoppte. »Hier ist es.«

»Wo?« Oliver sah nichts. Sie hatten mitten im Gang vor einer roten Ziegelsteinmauer gehalten. Scholten zeigte auf einen Spalt in der Mauer, und Oliver begriff. Er beugte sich vor und schaute hindurch.

»Verdammt«, zischte er und machte Platz für Klaus. »Hat Ihr Team zufälligerweise einen Hammer dabei?«

»Nein, aber ich habe mir diesen hier von der Baustelle besorgt.« Ingrid Scholten grinste und trat zur Seite. Ein

Vorschlaghammer lehnte hinter ihr an der Wand. »Wie gesagt, ich habe extra nichts angerührt. Meine Leute haben bereits alles, was erreichbar war, fotografiert. Jetzt lassen Sie mal Ihre Muskeln spielen, Herr Kommissar.«

Das ließ Oliver sich nicht zweimal sagen. Er nahm den Hammer und schlug zu. Das dicke Mauerwerk hielt seinen Schlägen trotzig stand. Oliver schwitzte bereits, als endlich ein größeres Stück herausbrach. Er holte erneut aus und schlug einen passablen Durchgang in die Mauer. Sie warteten eine Weile, bis sich der aufgewirbelte Staub gelegt hatte, und stiegen dann in den vielleicht zwei mal drei Meter großen Keller. Die Ähnlichkeit zum ersten Fundort ließ sich nicht von der Hand weisen. Vor ihnen lag eine weibliche Leiche. Schon auf den ersten Blick bemerkte Oliver die abgebrochenen Fingernägel. Die Augen standen halb offen, ihr starrer, vorwurfsvoller Blick traf ihn unvorbereitet. Er schluckte und musterte die Tote weiter. Der Unterkiefer hing schlaff herunter, es sah aus, als würde die Tote schreien. Und das hatte sie vor ihrem Ableben mit Sicherheit getan. Niemand starb einfach so – ohne dagegen anzukämpfen. Schon gar nicht, wenn er sich – und Oliver sah keine offenkundigen Verletzungen – im Vollbesitz seiner körperlichen und vermutlich auch geistigen Kräfte befand. Wenigstens gab es hier unten keine Fliegen.

»Die Verwesung ist wesentlich weiter vorangeschritten als beim ersten Opfer«, stellte er fest und stöhnte. »Ich bin gespannt auf die Obduktion. Mein Gefühl sagt mir, dass wir auch bei ihr einen Zettel mit einer Nummer in der Scheide finden, und die letzten beiden Ziffern sind wahrscheinlich eine Null und eine Eins.«

»Ich befürchte das ebenfalls«, erwiderte Ingrid Scholten

und ging in die Hocke, um die Tote genauer unter die Lupe zu nehmen.

»Vielleicht sollte ich Steuermark sofort Bescheid geben, dass wir es mit einem Serientäter zu tun haben«, schlug Klaus vor. »Dann hat er etwas Zeit, die Situation zu verarbeiten, und bis wir wieder ins Büro kommen, hat er sich womöglich beruhigt.«

Scholten lachte auf. »Wovon träumen Sie denn nachts? Die Leidenschaft gehört zu Hans wie ein Deckel auf jeden Topf.«

Oliver starrte die Leiterin der Spurensicherung überrascht an. In ihren Augen bemerkte er ein verdächtiges Leuchten.

»Jetzt sagen Sie mir bitte nicht, dass Sie für unseren Chef schwärmen.« Oliver hatte das Gefühl, seine Stimme sei plötzlich belegt.

Scholten lachte lauter. »Bergmann, Ihre Fantasie geht mit Ihnen durch. Ich bin in einem Alter, in dem man etwas mehr Beständigkeit der brennenden Leidenschaft vorzieht. Aber stellen Sie sich vor, ich war auch einmal jung und Ihr Chef ebenfalls.« Sie machte eine kurze Pause und zog bedeutungsvoll die Augenbrauen in die Höhe. »Er war durchaus attraktiv, als junger Mann«, fügte sie hinzu und wieder strahlten ihre Augen.

Oliver kratzte sich verlegen hinterm Ohr. Er kannte Ingrid Scholten bereits so lange und betrachtete sie nun schon als gute Freundin. Aber offenbar hatte auch sie ihre Geheimnisse. Er beschloss, das Thema lieber nicht zu vertiefen. Scholten war mit einem Chemiker verheiratet, einem sehr netten Menschen, wie Oliver fand. Die beiden hatten eine erwachsene Tochter. Die Vorstellung, da könnte einmal etwas zwischen Scholten und Steuermark gelaufen sein, widerstrebte ihm. Er wusste selbst nicht genau, warum eigentlich.

»Auf was schätzen Sie das Alter der Toten?«, fragte er, um abzulenken. »Ich tippe auf irgendetwas zwischen fünfundzwanzig und dreißig.«

Ingrid Scholten schmunzelte immer noch versonnen. Sie nickte und fuhr damit fort, die Taschen der Toten zu durchsuchen. »Leider kann ich auch dieses Mal keine Ausweispapiere finden.« Sie drehte sich um und leuchtete die Kellerzelle aus. Der Strahl ihrer Taschenlampe huschte über eine dünne Matratze, die auf der anderen Seite lag.

»Was ist denn das?« Sie runzelte die Stirn und richtete den Lichtstrahl auf den Rand der Matratze.

Oliver war eine Sekunde schneller da als Scholten. Seine Augen hatten das Objekt sofort erfasst. Er wusste bereits, worum es sich handelte, noch bevor sein Mund die Worte dafür formen konnte. Schwungvoll hob er die Matratze an.

»Ein Skelett«, antwortete er fassungslos.

»Die arme Frau.« Scholten leuchtete mehrmals zwischen der Toten an der Wand und den Knochen hin und her.

»Sie hat die Matratze über das Skelett gelegt, weil sie vermutlich diesen Anblick nicht ertragen konnte.«

»Es war doch stockdunkel«, warf Klaus ein. »Sie konnte überhaupt nichts sehen.«

»Aber fühlen. Schauen Sie. Der Handknochen beispielsweise liegt neben dem Fuß. Die Lage des Skelettes ist verändert worden. Das Opfer ist vielleicht darauf gestoßen und hat die Matratze auf das Gerippe geschoben, damit es verschwindet.« Sie seufzte. »Ich hätte das vermutlich auch getan.«

»Hier liegt eine alte Bibel. Die scheint genauso zerfallen zu sein wie die erste.« Klaus steckte seinen Fund in eine Asservatentüte, ohne das Buch aufzuklappen. »Hier liegt so etwas wie ein schwarzer Umhang, das deutet wieder auf eine Nonne hin. Wir müssen den Anthropologen erneut hinzuziehen.«

»Haben Sie ein Datum gesehen?«, fragte Scholten, doch Klaus schüttelte den Kopf.

»Das ist etwas für Ihr Labor. Wenn ich den Einband aufschlage, zerbröselt er unter meinen Fingern.« Er bückte sich und hob eine silberne Kette auf. »Auf dem Kreuzanhänger ist jedenfalls wieder die Jahreszahl 1497 eingraviert. Das war wohl ein schlechtes Jahr für Ordensschwestern in Zons.« Er ließ das Schmuckstück in eine leere Tüte fallen.

In Olivers Kopf ratterte es. Der ganze Fundort wirkte wie ein einziges Déjà-vu. Er fragte sich, woher der oder die Täter eigentlich wussten, dass uralte Nonnen in den Gewölben tief unter Zons begraben lagen. Oder handelte es sich um einen bloßen Zufall? Schließlich befand sich das Skelett diesmal nicht im Nachbarkeller, falls es überhaupt einen gab. Sein Blick wanderte über die Wände. Eine frisch verfugte Mauer hatte er gerade eingerissen. Oliver stieg durch die staubige Öffnung nach draußen und klopfte die Wand rechts und links des Verlieses ab. Leider konnte er nicht feststellen, ob sich dahinter Hohlräume befanden. Sein Klopfen beantworteten die Steine mit dem immer gleichen dumpfen Geräusch. Er hörte keinerlei Widerhall. Aber vielleicht täuschte er sich auch. Einen Moment lang überlegte er, mit dem Vorschlaghammer nachzusehen, doch er ließ es bleiben. Womöglich zerstörte er wichtige Spuren. Es wäre besser, wenn die Spurensicherung Bohrungen zwischen die Steine setzte, um dann mit einer Endoskopkamera hindurchzuschauen. Auf den ersten Blick konnte er jedenfalls keine weiteren frischen Fugen entdecken.

Ob es einen Zusammenhang zwischen den Frauenleichen und den Skeletten gab? Vielleicht waren sie irgendwie miteinander verwandt? Oder handelte es sich bei den beiden Frauen womöglich ebenfalls um Nonnen? Er würde die umliegenden Klöster abtelefonieren. Wenn er richtiglag, dann suchten sie einen Täter, der es auf Ordensfrauen abgesehen hatte. Falls es überhaupt ein Einzeltäter war. Doch Serienmörder arbeiteten in der Regel allein, denn sie wollten über alles die Kontrolle behalten. Aber es gab wie immer auch Ausnahmen.

»Wie ist der Täter überhaupt hierhergekommen?«, fragte er und sah sich weiter um. »Und warum ist der Bauarbeiter bis hier hinunter gekrochen, nur um Bier zu trinken? Ist das nicht merkwürdig?«

Klaus lugte durch den Mauerdurchbruch und nickte. »Du hast recht. Wir sollten den Mann sofort befragen.«

* * *

Lina bewegte sich wie ein Zombie. Ihre Schuhsohlen quietschten auf dem grauen Linoleumbelag des Schulflures. Sie fühlte sich betäubt. Der Streit mit ihrer Mutter war der schlimmste ihres Lebens gewesen. Dabei war ihre Mutter nicht einmal ausgerastet. Ganz im Gegenteil. Sie hatte seltsam ruhig im Türrahmen des Zimmers gestanden und einfach nur fürchterlich enttäuscht ausgesehen. Mit Wut und Geschrei hätte Lina umgehen können, aber diese bohrende Stille hatte sich in jede Faser ihres Körpers gefressen. Ihre Mutter hatte mit großen traurigen Augen durch sie hindurchgesehen. Irgendwann fixierte sie einen imaginären Punkt an der Wand, irgendwo über ihrem Kopf, als wäre Lina gar nicht anwesend. Und dann fing sie an zu erklären, dass die Schule und ein ordentlicher Abschluss Linas einzige Chance auf ein gutes Leben seien. Dass sie es selbst in der Hand hätte, ob aus ihr etwas werden würde. Dass niemand sie zu Bestnoten in der Schule zwingen könne, dass sie von innen heraus die Kraft aufbringen musste. Dann hatte sich ihre Mutter einfach umgedreht und war wieder ins Bett gegangen.

Lina hatte noch eine halbe Stunde auf ihrem Bett gesessen, unschlüssig, was sie als Nächstes tun sollte. Als ihr nichts einfiel, machte sie sich fertig, stieg aufs Rad und fuhr zur Schule. Wo wollte sie auch sonst hin? Sie hatte keine Ahnung, wo Samuel sich herumtrieb. Auf ihre Anrufe reagierte er nicht. Wie immer. Er spielte mit ihr. Das war Lina inzwischen klar. Trotzdem griff sie nach jedem Häppchen, das er ihr zuwarf. *Ich würde alles für dich tun.* Sein Satz schwirrte durch ihren Kopf und machte sie schwindelig. Es wäre viel besser, er würde klar Stellung beziehen. Sie oder Wasserstoffblondi. Aber nicht dieses ständige Hin und Her. Wenn er alles für sie tun würde, warum drückte er dann jeden ihrer Anrufe weg? Weiterhin hatten sie ein Problem, das irgendwie aus der Welt geschafft werden musste. Es gab viele Lösungen, aber eine davon musste endlich her. Sie musste mit Samuel darüber sprechen. Doch wie, wenn er sich ständig verdünnisierte?

In der Schule war er auch nicht. Im Grunde genommen hatte sie das auch gar nicht erwartet.

»Willst du reden?« Charlotte sah sie besorgt an. »Wir haben nur noch eine Stunde. Lass uns danach zu mir gehen. Okay?«

Lina nickte mechanisch. Sie wusste nicht mehr, was sie eigentlich wollte. Charlotte konnte ihr nicht helfen. Oder vielleicht doch? Sollte sie ihre Freundin einweihen? Aber was würde Charlotte dann von ihr halten? So etwas würde ihrer besten Freundin garantiert nicht passieren. Das geschah nur

Schlampen und Mädchen, die sich auf böse Jungs wie Samuel einließen. Lina schlurfte neben Charlotte her und setzte sich wortlos ins Klassenzimmer. Der Mathematiklehrer, ein hagerer, junger Mann mit Pickeln und Brille, schrieb bereits wirre Zahlenreihen an die Tafel. Lina hasste diese Übungen. Egal, ob Lückentexte in Deutsch, Englisch oder Mathe. Sie mochte keine Lücken. Ihre Gedanken schweiften ab. Sie musste an ihre Zukunft denken. Ihre Mutter hatte vollkommen recht. Sie sollte die Dinge selbst in die Hand nehmen. Sie brauchte weder Samuel noch Charlotte dazu. Die Klingel schrillte, in diesem Moment begann die letzte Stunde, und ihre Mitschüler verstummten augenblicklich. Vielleicht lag das daran, dass jeder Schüler den Schulschluss herbeisehnte. Herr Maier holte immer jede verlorene Minute akribisch nach. Draußen strahlte die Sonne bei fünfundzwanzig Grad. Niemand wollte nur eine Sekunde länger als nötig im stickigen Klassenzimmer verbringen. Also schafften es sogar die größten Quatschköpfe, den Mund zu halten.

Wie von selbst griff Lina zum Stift und kritzelte ein paar Zahlen auf ein leeres Blatt. Eins und eins macht zwei und noch eins ergibt drei. Sie starrte die Zahlen an und merkte überhaupt nicht, wie schnell die Stunde verging. Die Schulklingel schrillte erneut. Alle Schüler um sie herum sprangen auf und packten eilig ihre Sachen zusammen. Lina kam es vor, als hätte sie einen Zeitsprung erlebt. Sie hatte keine Ahnung, was in den letzten vierzig Minuten geschehen war. Aber sie wusste, was sie jetzt tun musste.

»Tut mir leid, Charlotte. Ich habe noch etwas zu erledigen. Ich rufe dich später an.« Lina rannte aus dem Klassenzimmer und aus der Schule. Sie sprang auf ihr Fahrrad und raste los.

Atemlos erreichte Lina ihr Ziel, das doch viel weiter weg

lag, als sie gedacht hatte. Mit der U-Bahn wäre sie sicherlich schneller gewesen, aber das war jetzt ohnehin egal. Zwar wusste sie noch immer nicht, ob Samuel sich möglicherweise mit der Adresse auf seinem Zettel geirrt hatte, aber sie hatte während der Mathematikstunde eine Entscheidung gefällt. Eine, die ihr nicht leichtfiel, jedoch trotzdem die bestmögliche Option für ihre Zukunft darstellte. Sie stellte das Fahrrad ab und ging in das Gebäude hinein. Unsicher trat sie vor ein großes Schild und starrte die Schlange an, deren gespaltene Zunge ihr unheimlich erschien. »Dritte Etage«, las sie laut und ging zum Fahrstuhl. Sie zögerte zwei oder drei Sekunden und drückte dann den Knopf. Die Türen öffneten sich lautlos und Lina stieg ein. In ihrem Bauch rumorte es, als sie wieder ausstieg und in einen auf Hochglanz polierten Flur mit Marmorboden kam. An der Anmeldung saß eine Frau, die nicht viel älter war als Lina. Sie wirkte nett. Also fasste Lina all ihren Mut zusammen und trat an den Tresen.

»Ich bräuchte einen Termin«, erklärte sie und hielt gespannt den Atem an. Doch als die Frau routinemäßig ein Formular auf den Tresen legte, als sei Linas Ankunft nichts Besonderes, entspannte sie sich ein wenig.

»Füllen Sie bitte diesen Fragebogen aus und warten Sie einen Moment. Sie haben Glück, heute ist nicht viel los und wir können Sie gleich drannehmen.«

Lina brachte ein verkrampftes Lächeln zustande und füllte das Formular aus. Gerade als sie sich setzen wollte, klingelte ihr Handy. Samuel rief an. Ihr Puls schoss in schwindelerregende Höhen. Rette mich, dachte Lina und hob ab.

»Hi, Samuel«, grüßte sie und ließ ihn gar nicht erst zu Wort kommen. »Ich bin bei dieser Adresse. Du weißt schon, die von deinem Zettel. Also falls du dich nicht geirrt hast. Wir können aber auch zuerst darüber reden. Das wäre vielleicht besser.« Sie stockte, weil sie viel zu viel plapperte und doch viel lieber Samuels Meinung hören wollte.

»Baby. Du machst das alles völlig richtig. Die Adresse ist super. Vanessa war auch schon mal da und alles lief wie am Schnürchen.« Er machte eine kurze Pause, und Lina befürchtete, er würde einfach auflegen. Aber dann sprach er weiter: »Ich gebe dir natürlich das Geld. Mach dir also darum keine Sorgen. Wenn du es hinter dir hast, gehen wir ganz toll essen, okay? Ich muss jetzt leider Schluss machen. Gib mir Bescheid, wie es gelaufen ist.« Er legte auf. Lina ließ das Telefon fallen, als hätte sie sich verbrannt. Zu viele Gedanken auf einmal schossen ihr durch den Kopf. Samuel hatte sich also doch nicht geirrt. Er wollte, dass sie hierher ging. Er hatte keine Lösung für sie. Jedenfalls keine, bei der eine höhere Zahl als zwei herauskam. Sie legte die Hand auf den Bauch und strich darüber. Dann sprang sie ganz plötzlich auf und rannte zum Ausgang. Gerade als sie im Flur war, knisterte es im Lautsprecher, und eine Stimme rief: »Lina Neumann, bitte in Sprechzimmer drei.«

Lina blieb wie vom Donner gerührt stehen und starrte auf die Drei an der Tür gegenüber. Eins und eins und noch eine Eins. Welche Ironie, dass sie ausgerechnet in Zimmer Nummer drei gerufen wurde. Etwas in ihr zerbrach. Sie schluckte und ging auf die Tür zu. Geistesabwesend drückte sie die Klinke herunter.

»Guten Tag, Frau Neumann? Wie kann ich Ihnen helfen?«

* * *

Oliver betrachtete den kleinen, stämmigen Mann, der nervös zwischen ihm und Klaus hin und her schaute.

»Hören Sie, ich habe die Polizei gerufen. Sie verdächtigen mich doch nicht etwa?« Jano Woźniak kniff die Lippen zu einem schmalen Strich zusammen.

»Nein. Natürlich nicht. Aber wir müssen genau wissen, wie Sie auf die Tote gestoßen sind und ob Sie vielleicht irgendetwas Besonderes gehört oder gesehen haben.« Oliver gab sich Mühe, mit seiner Stimme dem polnischen Bauarbeiter, der ein fast aktzentloses Deutsch beherrschte, so viel Vertrauen wie möglich zu vermitteln. Der schien jedoch nicht darauf anzuspringen. Seine Hände zitterten auffällig.

»Ja, also, ich brauchte einfach ein Bier. Unser Chef ist sehr streng.« Er blickte sich um, als könne der Baustellenleiter wie ein Geist aus der Luft erscheinen, und begann zu flüstern: »Es ist nicht erlaubt. Wir hatten vor ein paar Monaten einen Unfall auf der Baustelle wegen Trunkenheit. Seitdem werden wir jeden Morgen kontrolliert. Deshalb habe ich die Tiefgarage ausgesucht. Dort ist fast alles abgesperrt. Ich dachte, da unten im Technikraum findet mich kein Mensch.«

Das hat sich der Mörder bestimmt genauso gedacht, fuhr es Oliver durch den Kopf. Er hatte zusammen mit Klaus sämtliche Zugänge überprüft, auch jenen über dem Technikraum. Dieser führte von der Baustelle aus über eine steinerne Treppe in einen Nebeneingang zur Tiefgarage.

»Und warum sind Sie nicht dortgeblieben? Der Technikraum befindet sich ja gleich am Fuß der Treppe.«

Jano Woźniak zuckte mit den Achseln. »Ich weiß auch nicht. Vielleicht war ich neugierig. Jedenfalls bin ich einfach weitergegangen, und dann habe ich diesen Spalt gesehen, aus dem es schrecklich gestunken hat.« Er spuckte aus und schüttelte sich bei der Erinnerung. »Ich habe nachgesehen, und da lag diese Frau. Ich wusste sofort, dass sie tot ist. Da habe ich die Polizei informiert. Das ist alles.«

»Und waren Sie vorher schon einmal da unten? Sie arbeiten doch bereits seit einem Jahr auf dieser Baustelle.« Die Frage kam von Klaus, der sich unaufhörlich Notizen machte.

Woźniak schüttelte den Kopf. »Nein. Bisher bin ich immer nur bis zum Technikraum gegangen. Wie gesagt, ich habe keine Ahnung, weshalb es heute anders war.«

Oliver musterte den Mann kritisch, konnte jedoch keine Ungereimtheiten feststellen. Warum sollte Woźniak lügen? Er hätte die Polizei ja nicht rufen müssen. Es wären Monate, wenn nicht Jahre vergangen, bis jemand anderes durch Zufall auf die Leiche gestoßen wäre.

»Gibt es Kollegen, die ihre Pausen wie Sie in der Tiefgarage verbringen?«

Die Frage war Woźniak sichtbar unangenehm. Er kratzte sich am Hals und stotterte bei seiner Antwort: »Pe-Peter und Frank sind ab und zu mitgekommen.«

Oliver ließ sich die Kontaktdaten der beiden Kollegen geben.

»Und sonst noch wer?«

Der polnische Bauarbeiter schüttelte den Kopf. »Nicht dass ich wüsste. Wenn jeder diesen Ort kennen würde, wäre es ja kein Geheimnis mehr. Wie gesagt, unser Chef ist streng.«

»Haben Sie in letzter Zeit Fremde in der Nähe der Tiefgarage beobachtet?«

»Hier laufen ständig Menschen herum. Touristen, die an Stadtführungen teilnehmen, Anwohner, Besucher ...« Woźniak hob abwehrend die Hände. »Trotzdem, ich habe nichts mit der Toten zu tun.«

Oliver nickte frustriert. Er glaubte dem Mann.

»Warten Sie«, sagte Woźniak plötzlich. »Ein Mann war mehrmals hier. Ist immer in so einem schwarzen SUV herumgefahren und ewig im Auto sitzen geblieben. Ich habe mich gefragt, was er so lange in seinem Wagen macht.«

»Und wann war das?«, fragte Oliver neugierig.

»Ist mehr als zwei Wochen her. Seitdem ist er jedenfalls nie wieder aufgetaucht.«

»Und wie sah der Mann aus? Können Sie ihn beschreiben?«

Woźniak verzog das Gesicht. »Schwierig. Wie gesagt, der Kerl ist nicht einmal ausgestiegen. Er hatte dunkle, kurze Haare und einen Bart. Ich schätze sein Alter so auf um die dreißig. Zur Größe oder zu den Klamotten kann ich nichts sagen.«

»Und erinnern Sie sich vielleicht an das Nummernschild oder wenigstens den Wagentyp?«

Der Mann zuckte mit den Schultern. »Darauf habe ich nicht geachtet. Ich denke, es war ein schwarzer Jeep.«

Immerhin etwas, dachte Oliver. Sein Handy klingelte und er erkannte augenblicklich die Nummer der Rechtsmedizin. Er hatte die Tote sofort abtransportieren lassen. In seinen Fingerspitzen kribbelte es, als er abhob.

»Sie hatten recht«, erklärte Dr. Pankalla ohne Umschweife. »Wir haben in der Scheide des Opfers eine Notiz gefunden.«

»Warten Sie«, unterbrach Oliver und winkte Klaus heran. An Jano Woźniak gewandt sagte er: »Ich danke Ihnen. Sie können jetzt gehen. Falls Ihnen noch etwas einfällt, rufen Sie mich bitte an.« Er drückte dem Mann seine Visitenkarte in die Hand und wartete, bis sich Woźniak außer Hörweite befand. Dann stellte er das Handy auf laut und bat den Rechtsmediziner, fortzufahren.

»Es handelt sich zwar um eine völlig andere Ziffernfolge, aber sie wurde auch auf herkömmliches Kopierpapier geschrieben. Die Handschrift ist identisch. Wir haben es mit demselben Verfasser zu tun. Des Weiteren kann ich bestätigen, dass das heute gefundene Opfer seit mindestens zwei, maximal drei Wochen tot ist. Die Frau starb also zuerst, ungefähr eine Woche vor der Toten aus der Schloßstraße.« Dr. Pankalla seufzte laut am anderen Ende der Leitung. Das Geräusch elektrisierte Oliver, der unbedingt die Ziffernfolge auf der Notiz erfahren wollte.

»*09-08-2017-01*«, diktierte der Rechtsmediziner endlich, und Oliver schrieb akribisch mit. Seine Augen analysierten den Code, der das Blut in seinen Adern gefrieren ließ. Er klebte regelrecht an den letzten beiden Ziffern: *01*.

»Verdammt. Wir haben es wahrscheinlich doch mit einem Zähler zu tun«, stieß er aus. »Lieber Himmel, was meint der Täter nur damit?« Oliver graute vor der Wahrheit. Bisher hatte er noch Hoffnung gehabt, aber die schien immer weiter zu schwinden. In Anbetracht des Todeszeitpunkts lag der Schluss durchaus nahe, dass die *01* für Opfer Nummer eins stand. Warum die Frauen in dieser Reihenfolge getötet wurden, war völlig unklar. Heute hatten sie jedenfalls das erste Opfer des Killers gefunden. Das zweite war bereits obduziert. Wenn der Täter mit dieser Geschwindigkeit weitermachte und alle zwei Wochen eine Frau tötete, dann gab es spätestens in der nächsten Woche ein weiteres Opfer. Sofern es nicht schon längst zu spät war.

Klaus stand blass neben ihm und sprach eine weitere unangenehme Wahrheit aus: »Die ersten Ziffern stellen ziemlich sicher ein Datum dar.« Er tippte mit dem Stift darauf. »Der neunte August ist schon in gut fünf Wochen!« Er starrte Oliver an und brachte kein Wort mehr heraus. Sein Adamsapfel hüpfte unruhig auf und ab. Er brauchte nicht weiterzusprechen, denn Oliver wusste auch so, was er sagen wollte. Es war durchaus möglich, dass sich der Killer für diesen Tag etwas ganz Besonderes ausgedacht hatte. An diesem Tag könnte etwas geschehen. Vermutlich etwas Schlimmes. Es gab im Grunde nur zwei Menschen, die den Killer aufhalten konnten. Sein Partner und er selbst.

»Wir schnappen den Mistkerl«, stieß er hervor. Durch sein Herz ging ein Ruck, schließlich war er nicht halb so zuversichtlich, wie seine Stimme klang.

IX

VOR FÜNFHUNDERT JAHREN

Der Anblick gehörte zu den schaurigsten, die Bastian je untergekommen waren. Schuld daran waren nicht die verkrümmten Finger, die unter einem Haufen aus Ziegelsteinen und Erde hervorlugten. Es hatte vielmehr mit der Tatsache zu tun, dass er diese Hand in seiner eigenen gehalten hatte. Er erinnerte sich an die grauenhafte Kälte, die von dem toten Fleisch ausgegangen war, und daran, dass er geglaubt hatte, es handele sich um Ottilias Finger. Er erschauderte. Die Vorstellung, eine Tote angefasst zu haben, spülte eine Welle der Übelkeit in seinen Magen. Er starrte auf die abgebrochenen Fingernägel, die schwarz und blutverkrustet unter seiner Fackel zu sehen waren. Er räumte die Steine beiseite. Noch immer bedeckten Erde und Schmutz das Gesicht, sodass er die Tote nicht erkennen konnte. Lediglich die Nonnentracht wies darauf hin, dass es sich um eine Frau handelte. Bastian bekreuzigte sich und blickte nach oben, zum Rand der Grube, in die er mit dem Ziegelmeister Clemens und der Nonne Ottilia gefallen war. Reinhold, sein Mann von der Stadtwache, schüttelte sich.

Bastian sah weiter zu Katharina von Weinfels, die neben ihm stand, genau wie Ottilia und Clemens. Ansonsten wartete dort oben noch Angelia, die die Tote entdeckt hatte, als sie die Leiter wieder aus der Grube hieven wollte. Angelia hatte sofort die Stadtwache informiert.

Jetzt starrten sie alle gebannt auf den leblosen Körper. Ein jeder von ihnen fürchtete, dass es Brunhilde war, die hier unten den Tod gefunden hatte.

Bastian befreite das Gesicht zunächst von der Erde. Dann nahm er ein Leinentuch zur Hand und wischte den Schmutz weg, so gut es ging.

»Helft mir hinabzusteigen«, forderte die Oberin Reinhold auf. »Ich kann sonst nichts erkennen.« Mühsam kletterte sie auf der wackeligen Leiter hinunter.

Sie stellte sich neben Bastian und beugte sich über das Gesicht der Toten.

»Das ist Irmgard«, stieß sie schockiert aus und bekreuzigte sich. »Ich dachte, das Mädchen wäre längst zu seiner Familie zurückgekehrt. Du lieber Himmel. Stattdessen liegt das arme Kind die ganze Zeit hier begraben.« Katharina von Weinfels atmete schwer. Sie schwankte verdächtig.

»Setzt Euch besser«, riet Bastian und stützte die Oberin. Sie ließ sich auf einen Gesteinsbrocken nieder und schlug die Hände vor das Gesicht. »Ich verstehe gar nicht, wie das passieren konnte. Wir haben nichts von ihrer Familie gehört. Die hätten doch nach ihr suchen müssen.«

Bastian runzelte die Stirn. »Wussten sie denn überhaupt, dass Irmgard zurückkehren wollte?«

»Ja, natürlich. Ich habe ihnen eine Nachricht zukommen lassen.«

»Aber Ihr habt keine Antwort darauf erhalten, oder doch?«

Katharina von Weinfels sah Bastian erstaunt an. »Eine Reaktion war nicht nötig. Sie hätte nirgendwo sonst hingekonnt. Wir treffen mit den Familien stets die Vereinbarung, dass ihr Kind zurückgeschickt wird, falls es nicht zum Leben in unserem Kloster berufen ist. Die Familien müssen es wieder aufnehmen.«

»Und Irmgard war nicht geeignet? Warum?«

»Ach, Bastian Mühlenberg. Ihr stellt so viele Fragen«, stöhnte die Oberin. »Wir können nicht jedem Mädchen ein neues Zuhause in diesen Mauern geben. Unsere Mittel sind begrenzt. Nur wenige bestehen Gottes Prüfungen. Irmgard gehörte nicht zu den Auserwählten. Sie tanzte bereits kurz nach ihrer Ankunft aus der Reihe. Hat heimlich Brot aus der Küche gestohlen und den Burschen in der Stadt schöne Augen gemacht.«

Bastian nickte. Er kannte die strengen Regeln des Ordens, und er wunderte sich immer wieder darüber, warum manche Mädchen, denen ohnehin jegliche Lebensperspektive fehlte, sich nicht an die Klostervorschriften hielten. Ein Verweis aus dem Kloster, zurück zu den Eltern, bedeutete für viele ein Leben in bitterster Armut und in Schmach. Fand sich über kurz oder lang kein Ehemann, wurden viele einfach davongejagt. Sie endeten als Bettlerin auf der Straße oder, schlimmer noch, als Dirne im Freudenhaus. Bastian befreite die Tote von der restlichen Erde und brachte den verkrümmten Körper in eine einigermaßen gerade Linie. Gleich am nächsten Morgen würde er den Zonser Arzt Josef Hesemann bitten, den Leichnam zu begutachten. Da die herabgestürzte Decke sämtliche Knochen in Irmgards Leib gebrochen hatte, war die Feststellung der Todesursache wahrscheinlich fast unmöglich. Bastian betrachtete das Mädchen nachdenklich. Ob es genauso wie Brunhilde den geheimen Gang benutzt hatte? Vielleicht existierte ein weiterer Zugang zum Labyrinth. Das Kloster war verwinkelt, es wäre durchaus denkbar.

Er leuchtete die Umgebung mit seiner Fackel ab. Auf dem Boden entdeckte er einen leeren Trinkschlauch und schmutziges Stroh. Die Wände des Kellers schienen intakt. Erst jetzt fiel ihm auf, dass es gar keine Tür gab. Er musterte die Wände von oben bis unten und grübelte. Wie war Irmgard in einen verschlossenen Raum gelangt, der ringsum aus Ziegelsteinen bestand? Bastian sah weder Fenster noch Türen oder einen Spalt im Mauerwerk. Er klopfte mit einem Stein gegen die Wände, und sogleich kamen ihm Irmgards Fingernägel oder besser das, was davon übrig geblieben war, in den Sinn. Bastian ging in die Hocke und untersuchte die kalten Hände, die zahlreiche Verletzungen aufwiesen. Verfärbte Schwellungen und Risse in der Haut, die tief ins Fleisch gingen, wechselten sich ab. Er betrachtete Irmgard genauer und stellte fest, dass sie keine Schuhe trug. Unter den herabgefallenen Steinen fand er ein klobiges Exemplar, das für die Nonnen dieses Klosters typisch war. Der Absatz war völlig zerfetzt.

»Sie hat mit ihrem Schuh gegen die Wände geschlagen, um sich zu befreien«, murmelte er und warf Katharina von Weinfels einen fragenden Blick zu. »Sie wurde hier unten eingesperrt.«

»In einen Keller aus roten Ziegelsteinen«, ergänzte die Oberin und sah hoch zu Clemens Weidenhammer, der blass am Rande des Durchbruchs stand.

»Ich habe damit nichts zu tun.« Der Ziegelmeister hob abwehrend die Hände. Doch es war zu spät. Bastian hatte sich bereits nach oben gehievt und Clemens gepackt.

»Der frühere Durchgang ist erst vor Kurzem zugemauert worden. Ich kann den Mörtel immer noch riechen. Es sind

Eure Ziegelsteine, die Irmgard den Ausgang versperrt haben. Ihr werdet die Nacht im Juddeturm verbringen, und morgen redet Ihr, oder ich zerre Euch persönlich vor den Henker.«

* * *

Bastian träumte unruhig. Er irrte durch das unterirdische Labyrinth von Zons. Düstere Gänge zogen ihn tief hinab unter die Erde. Das Licht seiner Fackel tanzte über die schwarzen Wände und verwandelte die Schatten in gruselige Grimassen, die ihn verhöhnten. Bastian rannte schneller. Schweiß lief ihm übers Gesicht und die Luft wurde knapp, aber er blieb nicht stehen. Die Wände flogen an ihm vorbei. Plötzlich baute sich aus dem Nichts eine rote Ziegelwand vor ihm auf und er prallte mit voller Wucht dagegen. Hastig machte er kehrt, um in die andere Richtung zu entkommen, doch auch dort versperrten ihm rote Backsteine den Weg. Er wandte sich nach links und dann nach rechts. Die Mauersteine umzingelten ihn. Er war gefangen. Die Schatten verwandelten sich in ein Gesicht. Clemens Weidenhammer grinste ihn böse an. Seine Gesichtszüge verzerrten sich, und gerade in dem Moment, als aus seiner Stirn Hörner wuchsen, hörte er Annas Stimme. Sie zog ihn zurück ins Licht. Jemand kitzelte ihn an der Nasenspitze. Bastian fuhr hoch und blinzelte benommen. Die Sonne hatte ihn geweckt. Schwer atmend wischte er sich den Schweiß von der Stirn und sah zu seinem Weib hinüber. Marie lag nicht mehr im Bett. Aus der Küche hörte er die Kinder schreien. Er seufzte und sprang auf, um in seine Sachen zu schlüpfen. Flüchtig benetzte er das Gesicht mit Wasser und begab sich anschließend zu Marie.

»Ich muss gleich zu Pfarrer Johannes. Wir haben in der

Nacht eine tote Nonne im Kloster entdeckt«, erklärte er und nahm ein Stück Brot.

Marie schlug erschrocken die Hände vors Gesicht. »Das ist ja schrecklich. Im Kloster? Wie konnte das nur geschehen?« Sie bekreuzigte sich. Bastian strich ihr sanft über das Haar.

»Sorgt Euch nicht. Ich muss jetzt los.«

»Kommt nicht wieder so spät nach Hause«, rief Marie ihm hinterher, doch Bastian rannte bereits die Mühlenstraße hinunter. Sein schlechtes Gewissen plagte ihn, denn eigentlich hatte er versprochen, mehr Zeit mit seiner Familie zu verbringen. Allerdings kam immer wieder etwas dazwischen.

Sein Magen knurrte heftig, als er an der Kirche angelangte. Gierig biss er in das Brot und verstaute den Rest unter seinem Wams. Dann betrat er die Kirche, die ob der frühen Morgenstunde noch keinen einzigen Besucher gesehen hatte. Ein rundlicher, kleiner Mann mit rosigen Wangen lief geschäftig zwischen den Bänken entlang. Als er Bastian bemerkte, erstrahlte ein Lächeln auf seinem Gesicht.

»Bastian, was verschafft mir die Ehre zu so früher Stunde? Es freut mich, Euch zu sehen, mein Junge.« Erstaunlich flink bewegte sich Pfarrer Johannes auf Bastian zu und klopfte ihm väterlich auf die Schulter.

»Ich muss dringend mit Euch sprechen, Vater.« Bastian sah sich prüfend um. »Unter vier Augen.«

Johannes verstand und zog Bastian mit sich hinter den Altar. Dort befand sich ein kleiner Nebenraum, in dem der Pfarrer seine Kostbarkeiten aufbewahrte.

»Hier wird uns niemand belauschen«, flüsterte Johannes und schlug die schwere Holztür zu.

Bastian kam gleich zur Sache. »Ich war in der Nacht im Kloster, weil die Nonnenanwärterin Brunhilde verschwunden ist, und habe erfahren, dass es über eine der Vorratskammern einen geheimen Weg aus dem Kloster gibt. Ein Seitenarm führt in das Labyrinth.«

Johannes sah Bastian entgeistert an und bekreuzigte sich.

»Durch diesen Geheimgang ist vermutlich Brunhilde verschwunden. Ich kenne noch mindestens eine weitere Nonne, die von diesem Weg weiß. Es hat sich bis zum Ziegelmeister herumgesprochen.« Bastian erzählte dem Pfarrer von Margaretha, die ihm den Geheimgang verraten hatte, von der toten Irmgard und seinem Verdacht, dass Clemens Weidenhammer dahintersteckte, denn schließlich war sie hinter roten Ziegelsteinen eingemauert worden. Pfarrer Johannes lauschte aufmerksam, ohne ihn ein einziges Mal zu unterbrechen. Allerdings röteten sich seine Wangen zunehmend. Als Bastian fertig war, zeichneten sich tiefe Sorgenfalten auf der Stirn des Pfarrers ab.

»Zuerst müssen wir das Labyrinth versiegeln. Ihr wisst ja, dass dort unten ein großer Schatz des Erzbischofs Friedrich von Saarwerden versteckt ist, den niemand finden darf. Wenn ich Euch richtig verstanden habe, ist der Geheimgang nicht allzu lang. Vielleicht hat ja bisher keiner entdeckt, dass es dort unten noch viel mehr Gänge gibt. Ich hoffe es zumindest. Ihr müsst den Ziegelmeister aus dem Juddeturm holen. Er muss sofort Ziegel brennen, damit der Eingang zugemauert werden kann, am besten mit einer doppelten Mauer. Ich schätze, dass auch Katharina von Weinfels dieser Ansicht ist.«

»Eigentlich wollte ich ihn noch ein wenig in seiner Zelle schmoren lassen. Er streitet jede Beteiligung ab. Vermutlich spricht er sogar die Wahrheit. Trotzdem ist es schon ein merkwürdiger Zufall, dass er mir ständig in die Quere kommt. Außerdem hatte ich vor, mit meinen Männern zuerst weiter nach Brunhilde zu suchen. Bevor der Gang verschlossen wird.«

»Ihr dürft auf keinen Fall Eure Stadtsoldaten einweihen!« Pfarrer Johannes hob warnend den Zeigefinger. »Wir brauchen nicht noch mehr Mitwisser. Nehmt Wernhart und sucht allein nach dem Mädchen. Vermutlich ist Brunhilde längst über alle Berge.« Johannes richtete sich auf und ging zu dem einzigen Schrank in der Kammer. »Helft mir. Ich will einen Blick auf die Karte werfen.«

Sie schoben den schweren Eichenschrank zur Seite, hinter dem sich ein geheimes Fach in der Wand befand. Johannes griff hinein und holte eine zusammengerollte Karte aus Pergament heraus.

»Lasst uns schauen«, murmelte er und fuhr mit dem Zeigefinger über die vielen Linien, die das unterirdische Labyrinth von Zons darstellten. »Hier ist der Juddeturm. Das heißt, dass gleich daneben der geheime Zugang zum Kloster hineinführt.« Er verfolgte die Linie und nickte nachdenklich. Dann pochte er auf eine Stelle unterhalb des Klostergeländes. »Hier muss eine Mauer her und dort am Juddeturm ebenfalls. Danach sollte eigentlich niemand mehr diesen Weg finden.« Er wartete, bis Bastian sich die beiden Punkte eingeprägt hatte, und rollte die Karte wieder zusammen. »Ich denke nicht, dass die Nonnen, die den unterirdischen Weg kennen, das Labyrinth bemerkt haben. Sie waren wahrscheinlich jedes Mal heilfroh, sobald sie den dunklen Gang hinter sich gelassen hatten.«

»Und wenn Brunhilde sich dort unten verlaufen hat?«, warf Bastian ein. »Sie wird sterben ohne Brot und Wasser.«

Pfarrer Johannes rollte die Karte erneut auseinander. »Sie hätte nur hier abbiegen und diesen geraden Gang nehmen müssen, wie mir scheint. Er schlängelt sich gute hundert Fuß durch die Tiefe. Warum sollte sie von diesem Weg abweichen?« Er schüttelte den Kopf. »Außerdem traue ich diesem schüchternen Mädchen keinesfalls so viel Mut zu. Brunhilde saß die wenigen Male, die sie in meiner Kirche betete, wie ein scheues Reh auf der Kirchenbank. Nie und nimmer liefe das Kind da unten allein durch die Finsternis.« Johannes grinste. »Würden wir über Katharina von Weinfels sprechen, wäre ich zugegebenermaßen nicht so sicher. Aber bei Brunhilde lege ich die Hand dafür ins Feuer.«

»Und was ist mit Irmgard? Wie ist sie dort hineingelangt?«

»Ich denke, das hat nichts mit dem Labyrinth und dem Geheimgang aus dem Kloster zu tun. Das gesamte Kloster ist unterkellert. Wer immer sie auf dem Gewissen hat, wollte sie schnell verschwinden lassen. Die meisten Keller werden von den Nonnen nicht benutzt. Es wäre ein perfekter Ort, um eine Leiche zu verstecken.«

Bastian neigte den Kopf. »Das wäre zu leicht, findet Ihr nicht?«

Johannes nickte. »Manchmal liegt die Wahrheit in den einfachen Dingen und so nah, dass man sie nicht sieht.«

Johannes hatte recht. Bastian rieb sich nachdenklich das Kinn. Er musste eins nach dem anderen angehen. Die Gänge zu versiegeln stellte eine leichte Aufgabe dar. Brunhilde zu finden hingegen nicht. Ob es einen Zusammenhang zwischen ihrem Verschwinden und dem Tod von Irmgard gab? In seinem Kopf wirbelten die Gedanken durcheinander. Er musste entscheiden, was als Nächstes zu tun war. Sollte er sich auf die Jagd nach Irmgards Mörder begeben? Wer immer sie eingekerkert hatte, trug die Schuld an ihrem Tod. Oder wäre es richtiger, zuerst nach Brunhilde zu suchen, die vielleicht noch lebte und womöglich in großer Gefahr schwebte?

Mit ein wenig Glück konnte sie gerettet werden. Bastian seufzte.

»Ich werde Euren Wünschen nachkommen«, erklärte er schließlich. »Der Ziegler soll sich gemeinsam mit dem Maurermeister um den Geheimgang kümmern. Einer meiner Männer wird ihn dabei auf Schritt und Tritt bewachen. Sollte er versuchen zu fliehen, werfe ich ihn allerdings sofort zurück ins Verlies. Außerdem werde ich Josef Hesemann bitten, die Leiche von Irmgard zu begutachten. Und währenddessen suche ich mit Wernhart nach Brunhilde und ergründe den Gang, solange er noch nicht verschlossen ist.«

»Ich danke Euch«, sagte Pfarrer Johannes und verstaute die Karte wieder im Geheimfach. Bastian half ihm, den Schrank davorzuschieben. »Bevor Ihr Euch auf den Weg macht, möchte ich Euch noch eine Sache mitgeben. Manchmal lassen sich Nonnen freiwillig einmauern, um Gott näher zu sein. Habt Ihr daran schon einmal gedacht? Vielleicht ist Irmgard ganz ohne Zwang in dem Keller gelandet.«

Bastian schüttelte den Kopf. »Nein. Das kann ich nicht glauben. Außerdem hätte Katharina von Weinfels dann doch etwas gesagt.« Plötzlich kam ihm das seltsame Verhalten der Oberin wieder in den Sinn. In der Nacht hatte er das Gefühl gehabt, dass sie etwas verheimlichte. Allerdings hatte er das auf den Ziegelmeister bezogen. Ob er am Ende falschlag? Er setzte noch eine Aufgabe auf seine Liste. Er würde jede Nonne des Klosters befragen. Irgendetwas stimmte dort nicht.

* * *

Brunhilde gab nicht auf, auch wenn sie inzwischen so schwach war, dass sie kaum noch die Arme heben konnte.

Ihre Fingerkuppen schmerzten unerträglich. Es war unmöglich, noch länger in der Fuge zu kratzen. Deshalb hatte sie wieder begonnen, mit ihrem Schuh aus grobem, festem Leder gegen die Steine zu schlagen. Leider rührte sich kein einziger. Die verdammten Ziegel wackelten nicht ein bisschen, obwohl sie sich seit Stunden abmühte. Nicht aufgeben, spornte sie sich still an. Immerhin hatte sie ein wenig Flüssigkeit aufnehmen können. Es war wie ein Wunder gewesen. Brunhilde nahm es als Gottes Zeichen. Als sie ohnmächtig zu Boden gesunken war, wollte sie nie wieder aufwachen. Dem Tode nahe spürte sie mit einem Male ein Pochen an der Stirn. Erst glaubte sie, es handele sich um den Tod, der anklopfte, um ihre Seele mit sich fortzunehmen. Doch dann wurde ihr bewusst, dass Wassertropfen auf ihre Stirn fielen. Sie rutschte ein Stückchen, öffnete den Mund und glaubte sich beinahe wie im Paradies. Ihre verdorrten Schleimhäute sogen jeden noch so kleinen Tropfen auf. Langsam kam sie wieder zu Sinnen, und sobald sie sich kräftig genug fühlte, stand sie auf und machte sich abermals an den Steinen zu schaffen. Natürlich war ihr Körper weiterhin sehr geschwächt und aus der Decke fiel nicht besonders viel Wasser herab. Zwischen den einzelnen Tropfen verging eine schiere Ewigkeit, aber sie konnte ihren Durst wenigstens ein wenig lindern.

Etwas knackte unvermittelt. Sie betastete die Stelle an der Mauer, an der sie arbeitete. Ihre Finger fuhren über die Fugen, doch da war nichts anders. Erneut knackte es, und sie drehte sich erschrocken um, denn das Geräusch kam von hinten. Jemand war in ihrer Zelle. Es raschelte. Brunhilde versuchte, irgendetwas zu erkennen, aber es war stockduster. Sie konnte die eigene Hand vor Augen nicht sehen. Wieder raschelte es, und plötzlich wusste sie, was da war. Sie schrie auf, denn sie hasste Ratten und Mäuse. Doch dann obsiegte ihr Überlebenstrieb. Auf einmal verschwand die Angst. Ein Kribbeln erfasste ihren gesamten Körper. Sie sah ihren Großvater neben sich, der sie als Kind das eine oder andere Mal mit in den Wald genommen hatte. Wilderei war verboten, aber ihre Familie hatte noch nie Reichtum besessen, und so war es gang und gäbe, dass die Männer in den Wäldern nach Essbarem jagten. Sie ging in die Hocke und spitzte die Ohren. Da war es wieder. Sie hörte, wie ein paar Mäuse am Stroh knabberten. Der Hunger hatte Brunhilde auch schon dazu getrieben, doch die Halme waren so trocken, dass sie keinen einzigen hinunterbekam. Sie pirschte sich näher heran. So nahe, dass sie die Tiere beinahe spürte. Die Mäuse saßen in der Ecke. Blitzschnell warf sie sich auf sie. Unter ihr quietschte es. Die Tiere stoben davon, doch eine Maus schlug ihre spitzen, kleinen Zähne in Brunhildes Unterschenkel. Sie hatte noch den Schuh in der Hand und drosch einfach zu. Die Maus wimmerte. Brunhilde schrie triumphierend, ja geradezu tierisch auf. Sie riss das lebende Tier an sich und biss ohne jede Hemmung hinein. Noch nie hatte ihr etwas so gut geschmeckt. Daran änderte auch das haarige Fell nichts. Sie spuckte es einfach aus und labte sich an dem lauwarmen Fleisch. Brunhilde ließ nichts übrig als Fell und Knochen. Seit sie in dieses Loch eingesperrt worden war, hatte sie sich nicht mehr so gut gefühlt wie in diesem Augenblick. So gerne hätte sie Dorothea etwas abgegeben. Sie vermisste ihre Stimme und trauerte um ihre Zellennachbarin, die vermutlich direkt hinter der Wand verdurstet war.

Ganz plötzlich kam Brunhilde ein neuer Gedanke. Wie waren die Mäuse in ihr Gefängnis gelangt? Es musste eine Ritze geben oder vielleicht sogar einen losen Stein. Sofort machte sie sich auf die Suche. Zwar hatte sie bereits alle

Wände mehrfach abgetastet, aber dieses Mal ging sie noch gründlicher vor. Sie begann in der untersten Reihe und befühlte jeden einzelnen Stein und jede Fuge. Nachdem sie erneut am Anfang angelangt war, fuhr sie mit der darüber liegenden Ziegelsteinreihe fort. Mäuse konnten klettern und springen, sogar ziemlich hoch. Sie hatte des Öfteren Bekanntschaft mit diesen Tieren gemacht.

Endlich fand sie einen Spalt zwischen den Steinen. Sie freute sich über ihren Erfolg und lehnte sich glücklich gegen die Mauer. Immer wieder fuhr sie mit den ramponierten Fingerspitzen über den losen Ziegel, der ihr bisher nicht aufgefallen war. Dabei lag die Lücke gar nicht weit von der Stelle entfernt, die sie seit Tagen bearbeitete. Doch ihr jetziger Fund war viel besser. Der Ziegelstein war zersplittert, die lockere untere Hälfte ließ sich einfach nach hinten stoßen und fiel polternd auf der anderen Seite der Mauer herab. Brunhilde fühlte sich so überglücklich, dass sie sogleich eine weitere Idee hatte. Sie nahm den leeren Krug und warf ihn zu Boden. Warum nur war sie nicht viel eher darauf gekommen? Sie hatte mit den Fingerspitzen in den Fugen gekratzt, dabei hätte sie auch gleich die festen Tonscherben nutzen können. Hastig machte sie sich an die Arbeit. Ihr neues Werkzeug funktionierte hervorragend. Beinahe mühelos löste sie den Mörtel aus der Ritze und brach ein weiteres Stückchen des Steins heraus. Sie streckte übermütig die Hand durch den Spalt und spürte einen feinen Luftstrom auf der anderen Seite. Freiheit, dachte sie und malte sich aus, wie es wäre, wenn sie hindurchkriechen konnte. Sie zog den Arm zurück und stockte. Verflucht. Ihre Hand hing fest. Brunhilde zerrte wie verrückt. Wenn sie hineingekommen war, dann musste sie die Hand auch wieder herausbekommen. Doch die Öffnung schien schmaler geworden zu sein. Brunhilde keuchte und zerrte mit aller Kraft. So lange, bis ihr Handrücken blutig gekratzt war und schmerzte. Sie zog an der Hand, drehte sie in alle möglichen Winkel, um sich zu befreien. Aber nichts wollte funktionieren. Verzweiflung überfiel sie. Doch sooft sie es auch versuchte, ihre Hand steckte fest.

* * *

»Ich hätte nie gedacht, dass ich noch einmal an einen solch unheimlichen Ort zurückkehren müsste«, stöhnte Wernhart und hielt die Fackel nach unten. Er hatte bereits die ersten Stufen durch die Falltür in der Vorratskammer des Klosters genommen. »Wie tief geht es denn hinunter?«, fragte er missmutig.

Bastian wusste, dass sein Freund die Dunkelheit hasste, vor allem wenn er sich dazu noch in einen unterirdischen Tunnel begeben musste.

»Jetzt geh schon. Es ist halb so schlimm«, versprach er und versetzte Wernhart einen Stups. »Du musst immerhin den Kopf nicht einziehen so wie ich.« Wernharts Körpergröße erreichte ein stattliches Maß, aber im Vergleich zu Bastian wirkte er nahezu klein. Er überragte ihn mindestens um einen halben Kopf. Zudem war Wernhart zwar kräftig gebaut, aber seine Muskeln waren nichts im Vergleich zu Bastians, der unverkennbar der Sohn eines Müllers war. Seine breiten Schultern konnten jeden noch so schweren Mehlsack mühelos stemmen. Er passte kaum durch den schmalen Treppengang und musste den Kopf auch dann weiter einziehen, als sie im unterirdischen Geheimgang angelangt waren, der in die Stadt hinausführte. Während sie hier unten nach Brunhilde suchten, brannte Clemens neue

Ziegelsteine, und Josef Hesemann begutachtete Irmgards Leiche.

»Ich schlage vor, dass wir zuerst bis zum Ausgang gehen und dann systematisch jede Abbiegung kontrollieren. Reinhold hat gesehen, wie Brunhilde in jener Nacht in Richtung Kloster gelaufen ist. Demzufolge hat sie den Eingang am Juddeturm erreicht. Es muss ihr also etwas auf diesem kurzen Wegstück geschehen sein.«

»Aber haben nicht Margaretha und auch Angelia gesagt, dass Brunhilde die Nacht auf ihrem Lager verbracht hat? Warum suchen wir nicht zuerst das Kloster nach ihr ab? Vielleicht liegt sie wie Irmgard in einem unbenutzten Kellergewölbe und ist längst tot«, warf Wernhart ein, der sich sichtlich unwohl fühlte.

Bastian biss sich nachdenklich auf die Unterlippe. Wernharts Einwand war nicht von der Hand zu weisen. Andererseits erinnerte er sich an Katharina von Weinfels' Worte. Die Oberin ging nicht davon aus, dass Brunhilde in der Nacht ihres Verschwindens auf ihrem Lager gelegen hatte. Entweder log die Oberin oder Margaretha und Angelia sprachen die Unwahrheit. Bastian wollte sich aber besser nicht auf die Äußerungen der Nonnen verlassen, da vertraute er schon lieber auf Reinhold. Sein Mann von der Stadtwache war absolut zuverlässig. Außerdem hatten die beiden jungen Nonnen wirres Zeug geredet, vom Teufel, der des Nachts zu Besuch kam. Das Kloster war ein heiliger Ort, warum sollte der Teufel es darauf abgesehen haben? Was konnte Bastian da überhaupt glauben?

»Ich verstehe dich«, sagte er deshalb zu Wernhart. »Vielleicht liegst du sogar richtig. Aber ich halte es für das Beste, wenn wir dort starten, wo Reinhold Brunhilde zuletzt gesehen hat. Wir sollten uns ein eigenes Urteil bilden.«

Bastian ging voraus. Der Gang war recht schmal. Mit ausgebreiteten Armen konnte er die Wände auf beiden Seiten berühren. Zügig schritt er voran und blieb vor einer in den Fels gehauenen Treppe stehen, die nach oben führte.

»Von da oben ist es nicht mehr weit bis zum Juddeturm«, erklärte Bastian. »Wir versuchen jetzt, Brunhildes Weg nachzuvollziehen.«

Gesagt, getan. Langsam arbeiteten sie sich vor und leuchteten währenddessen jeden Nebengang ab. Die meisten endeten bereits nach einigen Metern. Es existierten weit weniger Verzweigungen, als Bastian angenommen hatte. Das erleichterte die Suche erheblich. Schon nach kurzer Zeit waren sie die Hälfte der Strecke abgeschritten. Bastian rief ab und an Brunhildes Namen, jedoch ohne eine Reaktion zu erhalten. Dann gelangten sie zu dem Abschnitt, den Bastian zusammen mit Pfarrer Johannes auf der Karte betrachtet hatte.

»Dieser Weg führt ins Labyrinth«, flüsterte Bastian.

Wernhart zog eine Grimasse und ließ Bastian abermals den Vortritt.

»Wie weit wollen wir gehen?«, fragte er, nachdem sie eine Weile unterwegs waren.

Bastian zuckte mit den Schultern. »Ich weiß nicht. Pfarrer Johannes konnte sich nicht einmal vorstellen, dass sie diesen Gang überhaupt betreten hat.« Er seufzte. »Wir gehen noch ein paar Schritte und rufen nach ihr. Wenn sie nicht antwortet, kehren wir um.«

Sie erreichten eine Kreuzung, deren Nebenarme so eng waren, dass Bastian nur schwer hindurchgepasst hätte.

»Brunhilde«, brüllte er aus vollem Hals und lauschte seinem Ruf, der sich durch die Wirren des Labyrinths fortpflanzte und etliche Male wiederholte, bevor er schließlich irgendwo in der Dunkelheit verebbte. Er versuchte es noch einmal. Ohne Erfolg. Schweigend marschierten sie zurück, begleitet von den tanzenden Lichtern ihrer Fackeln und von dem Gefühl, versagt zu haben. Sie erreichten den Hauptgang und fanden eine weitere Abzweigung.

»Reinhold hat doch gar nicht gesehen, ob Brunhilde tatsächlich diesen Gang benutzt hat«, sagte Wernhart plötzlich und zerriss damit das Schweigen, das sich wie ein kalter Mantel um sie gelegt hatte.

»Das stimmt. Er hat nur beobachtet, dass sie Richtung Kloster gerannt ist. Sie könnte natürlich auch irgendwo in Zons untergetaucht sein. Doch das hätten wir inzwischen mitbekommen. Es gibt immer Zeugen, die Dinge sehen, die eigentlich im Verborgenen bleiben sollten.«

Wernhart griff plötzlich Bastian an der Schulter und zog ihn zurück.

»Halt an, Bastian. Dort vorne ist irgendetwas.«

Bastian erblickte etwas Schwarzes, das in der Wand steckte. Er hielt die Fackel höher und fixierte den Gegenstand.

»Du meine Güte«, stieß Wernhart hinter ihm aus. »Sieh doch, das sind Finger. Sie bewegen sich.«

X

GEGENWART

Bastian, dachte Anna und glaubte im ersten Augenblick, zu träumen. Er stand vor ihr mit diesem verwegenen Lächeln auf den Lippen und den dunkelbraunen Augen, in deren Tiefe sie zu versinken drohte. Die Kleidung, die er trug, erinnerte Anna an das Gemälde, das sie im Stadtarchiv entdeckt hatte und auf dem Bastian Mühlenberg mit seiner Ehefrau Marie zu sehen war. Sie ging einen Schritt auf ihn zu und bewunderte das Ambiente, das er für den heutigen Abend geschaffen hatte. Kerzen brannten in Leuchtern an den Wänden und auf dem Tisch, der für zwei Personen eingedeckt war.

»Ich habe dir ein Candle-Light-Dinner versprochen«, sagte er und nahm ihre Hand, um sie zu ihrem Platz zu führen.

Die alten Mauern versetzten Anna tatsächlich für einen Moment ins Mittelalter. Der Saal auf der Burg Friedestrom kam ihr vor wie eine Zeitreisemaschine. Selbst der Kuss, den er ihr auf die Wange drückte, fühlte sich an, als käme er von Bastian. Anna schloss die Augen und hielt diesen Augenblick fest. Seine Lippen berührten ihren Mund. Er küsste sie. Anna ließ sich fallen, doch dann bemerkte sie ihren Irrtum. Maximilian Reuschenberg war nicht Bastian Mühlenberg. Und er sollte es auch nicht sein. Er war einer seiner Nachfahren. Sie wollte nicht, dass er sich für sie wie Bastian anzog, weil er wusste, dass sie für ihn schwärmte. Sein Kuss fühlte sich anders an als Bastians Küsse in ihren Träumen. Dieser Raum war nicht echt. Und selbst wenn, Bastian hatte nie auf der Burg gelebt. Er hätte sie nie in dieses Zimmer eingeladen. Verflixt. Maximilian musste ein Vermögen ausgegeben haben. Die Raummiete, der Caterer, die Dekoration – alles nur, um eine Wirklichkeit vorzutäuschen, die es nicht gab. Ob Maximilian spürte, dass Anna noch immer von Bastian träumte und dass diesem Mann für immer ein Teil ihres Herzens gehören würde? Natürlich war das dumm, töricht und maßlos naiv. Anna war Bankerin. Rational, sachlich, faktenorientiert. Sie öffnete die Augen und starrte in Maximilians blondes Haar. Er hatte es länger wachsen lassen. Das fiel ihr heute Abend zum ersten Mal richtig auf, denn er hatte es anders gekämmt als sonst. Verflucht, was sollte sie jetzt nur tun? Sie waren doch bisher glücklich gewesen. Anna wollte eine aufrichtige Bindung zu Maximilian. Darüber hatte sie lange genug nachgedacht. Sie wollte keinen Ersatz für Bastian Mühlenberg. Sie wollte einen Mann aus Fleisch und Blut, keinen Geist aus der Vergangenheit, der nur nachts zur Realität werden konnte. Sie würde Bastian immer lieben, aber sie lebte im Hier und Jetzt, und sie hatte nur dieses eine Leben. Die Zeit schritt unaufhörlich voran. Sie konnte genauso wenig zurück, wie Bastian vorausgehen konnte. Was auch immer es war, was sie so tief miteinander verband, es war auf ihre Träume begrenzt.

Unwillkürlich stieß sie Maximilian von sich.

»Ich kann das nicht«, erklärte Anna und wandte sich ab. »Weshalb ziehst du dich so an wie er?« Sie fühlte Ärger in sich aufsteigen. Sie konnte ihn nicht länger ansehen und stürmte zum Fenster, um in den Schlosspark hinauszusehen.

»Das tut mir leid. Ich dachte, du würdest es mögen.« Maximilian stotterte. »Ich weiß, dass ich nicht Bastian bin.«

Anna fuhr herum. »Und warum tust du dann so? Sieh dich doch an. Die Haare, die Kleidung, dieses mittelalterliche Spektakel. Willst du, dass ich ihn küsse oder dich?«

»Du meine Güte, Anna. Wenn ich geahnt hätte, wie dich das aufregt, hätte ich es sein lassen.« In Maximilians Augen zerbrach etwas. »Ich wollte einfach nur einen schönen Abend mit dir verbringen und dachte, du freust dich«, sagte er leise.

Eine unangenehme Stille breitete sich zwischen ihnen aus. Anna wusste nicht, was sie sagen sollte. Am liebsten wäre sie weggelaufen. Aber damit würde sie alles bloß schlimmer machen und außerdem wäre es nicht fair. Maximilian hatte sich so viel Mühe gegeben.

»Hör zu, Anna. Ich liebe dich. Wenn mich deine Verbindung zu Bastian Mühlenberg stören würde und ich eifersüchtig wäre, dann täte ich alles, um dich möglichst wenig an ihn zu erinnern. Aber er ist nun mal mein Vorfahre und das Schicksal hat uns beide zusammengeführt. Ich habe mich auf den ersten Blick in dich verliebt, bevor ich überhaupt wusste, wer du bist.«

Letzteres konnte Anna für sich selbst nicht bestätigen. Sie hatte ihn sofort erkannt. Seine Ähnlichkeit mit Bastian Mühlenberg hatte sie in eine regelrechte Schockstarre versetzt. Sie war verwirrt gewesen. Sie war es bis heute. Sie wusste nicht mehr, was richtig und was falsch war. Sie wusste nur eines: Maximilian sollte er selbst bleiben. Er konnte

Bastian nicht ersetzen. Niemand konnte das. Der Gedanke tat weh, doch es war die Wahrheit. Hatte sie überhaupt ein Recht darauf, mit Maximilian zusammen zu sein? Oder sollte sie ihn gehen lassen, damit er eine Frau fand, die seine Gefühle ohne Wenn und Aber erwiderte? Eine dicke Träne kullerte über ihre Wange.

»Vielleicht sollten wir eine kleine Auszeit nehmen«, flüsterte sie heiser.

»Nein. Nein. Nein.« Maximilian war sofort bei ihr und hob sie hoch, als wäre sie eine Feder. »Ich kann nicht ohne dich sein. Ich habe ein Leben lang auf dich gewartet. Es gibt keine andere Frau, die ich lieben könnte wie dich.«

Anna schluckte und wollte etwas erwidern, doch er schloss die Tür ab. Er presste seinen Mund auf ihren und zwang sie sanft, aber unerbittlich, die Lippen zu öffnen. Seine Zunge erkundete sie. Er hielt sie immer noch in den Armen und drückte sie mit seinem Körper gegen die Wand. Seine Hände glitten unter ihr T-Shirt und umschlossen fest ihre Brüste. So fest, dass es im ersten Moment schmerzte.

»Ich lasse dich nicht gehen«, wiederholte er und schob ihren Rock hoch. Er war in ihr, bevor Anna protestieren konnte. Er stieß so leidenschaftlich in sie hinein, dass sie es auch gar nicht mehr wollte. Seine Berührungen raubten ihr die Sinne. Sie war zu keinem klaren Gedanken mehr fähig. Er nahm sie zärtlich. Zeigte ihr, dass sie ihm gehörte und sonst niemandem. Er ließ sich Zeit, bis sie seinen Namen rief. Immer und immer wieder, bis sie an nichts mehr anderes als an ihn denken konnte und erschöpft in seine Arme sank.

»Du gehörst mir«, flüsterte er rau, und Anna wusste, dass das die Wahrheit war. Sie lächelte glücklich und schloss die Augen.

* * *

»Stopp!«, rief Oliver und kroch fast in den Monitor von Klaus' Computer hinein. »Ich will den letzten Eintrag noch einmal sehen.«

Klaus klickte auf einen Pfeil, und das Bild einer Frau erschien erneut. Oliver blätterte im Obduktionsbericht und blieb an einer Stelle stehen.

»Hier ist es«, triumphierte er und las vor: »Das Opfer hat ein auffälliges Muttermal am Hals auf der rechten Seite. Größe circa zwei mal zwei Zentimeter. Dunkelbraun.«

»Aber die Haare sind blond. Wir suchen doch nach einer Brünetten«, warf Klaus ein und klickte sich weiter durch die Vermisstendatei, die sie seit gut einer Stunde durchforsteten. Zuvor hatten sie Woźniaks Kollegen von der Baustelle befragt. Der Tag war inzwischen weit vorangeschritten.

»Ich glaube nicht, dass wir noch eine zweite Vermisste mit einem solchen Muttermal finden.« Oliver riss Klaus die Maus aus der Hand und sprang zurück zur Blondine. »Außerdem könnten die Haare gefärbt sein. Wir wissen ja nicht, wie alt dieses Foto ist.« Er pochte mit dem Zeigefinger auf das Muttermal. »Ich werde das Foto Dr. Pankalla schicken. Er soll das Muttermal mit dem von unserem neuen Opfer vergleichen. Ich wette, das ist sie.«

Klaus murmelte mürrisch vor sich hin. Er erinnerte Oliver an ein trotziges Kleinkind, bis er endlich den Mund aufbekam und deutlicher sprach: »Wir hätten diesen Bauarbeiter festsetzen sollen. Dann könnten wir Steuermark wenigstens einen Verdächtigen vorführen. Er war ja offensichtlich der Einzige, der sich in letzter Zeit in der Tiefgarage herumgetrieben hat, und außerdem konnte er kein Alibi vorweisen.«

»Quatsch. Du weißt genauso gut wie ich, dass der Kerl nicht annähernd so viel Intelligenz besitzt, die nötig wäre, um zwei Frauen auf diese Art und Weise zu ermorden. Der Täter muss wochenlang im Voraus geplant haben. Denk nur an das Haus der Büttners. Er hat sich genau den Zeitpunkt ausgesucht, an dem das Gebäude leer stand.«

Klaus zuckte mit den Achseln. »Das könnte genauso gut ein Zufall sein. Er ist jedenfalls handwerklich begabt und in der Lage, einen Kellereingang ruckzuck zuzumauern.«

»Aber dann hätte er doch nicht die Polizei verständigt. Oder traust du ihm zu, dass er ein falsches Spiel mit uns treibt?«

Klaus verdrehte die Augen. Offenkundig zweifelte er ebenfalls an Jano Woźniaks schauspielerischen Fähigkeiten.

»Und was ist mit seinen beiden Kollegen? Nur einer hat ein Alibi, weil er die letzten vier Wochen mit einem Bandscheibenvorfall im Krankenhaus lag. Der andere aber könnte theoretisch lügen.« Klaus zog eine Ausweiskopie von Marcel Steinhof aus dem Papierstapel, der sich auf seinem Schreibtisch türmte. Beide Handwerker hatten behauptet, dass Jano Woźniak ihnen zwar von der Tiefgarage erzählt hätte, sie jedoch nie ins Untergeschoss gegangen wären. Marcel Steinhof hatte im Gegensatz zu seinem erkrankten Kollegen in den letzten beiden Monaten nicht einen Tag auf der Baustelle gefehlt. Diese Angaben waren offiziell vom Bauleiter bestätigt worden.

Oliver nahm Klaus die Ausweiskopie aus der Hand und betrachtete das Bild des Mannes, der bei der Befragung extrem scheu gewirkt hatte. Marcel Steinhof war dreiunddreißig Jahre alt und mit seiner ersten Baufirma pleitegegangen. Seitdem heuerte er auf Großbaustellen an. Er lebte in einer Mietwohnung in Stürzelberg, hatte keine Vorstrafen, aber drei Punkte in Flensburg. Polizeilich war er nur ein Mal wegen einer Kneipenschlägerei in Erscheinung getreten. Ansonsten hatte der Mann eine weiße Weste. Oliver musterte das Foto, als könne er aus Steinhofs Gesicht die Antworten auf seine Fragen ablesen. Sein Blick wanderte über das Blatt und blieb an der Adresse hängen. Wo hatte er diesen Straßennamen schon einmal gelesen? Er kratzte sich am Kinn und dachte nach. Es wollte ihm nicht mehr einfallen.

Klaus fuhr unterdessen mit dem Finger über den Bildschirm und malte das Muttermal am Hals der Vermissten nach. Oliver wollte ihn gerade fragen, ob er seine Vermutung nicht teilte, als er den Straßennamen entdeckte.

»Das gibt es doch gar nicht. Die wohnen beide in der Bahnstraße. Dieselbe Hausnummer.« Er sprang auf. »Das kann kein Zufall sein.« Oliver druckte das Foto der vermissten Frau aus und schnappte sich die Unterlagen. »Ich fahre sofort in die Rechtsmedizin. Wenn es sich bei unserem Opfer tatsächlich um Nadine Barth handelt, dann haben wir endlich einen ersten Anhaltspunkt. Bisher tappen wir doch völlig im Dunkeln. Du kannst ihren Namen ja schon einmal durch sämtliche Datenbanken jagen und gucken, was du über sie herausfindest.«

Keine halbe Stunde später starrte Oliver auf ein blank poliertes Edelstahlfach im Kühlraum der Rechtsmedizin und spürte, wie sich seine Nackenhaare aufstellten. Es quietschte kalt, als Dr. Pankalla die Bahre herauszog und den Leichensack öffnete.

»Die Pigmentierung des Muttermals ist einzigartig«, erklärte er und drehte den Kopf der Toten so, dass er eine bessere Sicht hatte. »Das Mal ist großflächig, der Rand ist glatt und oberhalb der Mitte befinden sich zwei beinahe schwarze Punkte.« Er sah auf und nickte Oliver zu. »Gute

Arbeit, Bergmann. Wir können davon ausgehen, dass es sich bei der Toten um Nadine Barth handelt. Das Alter passt und auch der Zeitpunkt ihres Verschwindens. Sie ist vor drei Wochen verschollen, wie Sie sagen, und ich habe geschätzt, dass sie vor etwa vierzehn Tagen gestorben ist, nachdem sie ungefähr fünf Tage lang kein Wasser bekam. Wer hat sie denn als vermisst gemeldet? Ihre Eltern?«

Oliver sah in seiner Akte nach. »Nein. Die Vermisstenmeldung stammt von einer Freundin.« Er runzelte die Stirn. »Eine gewisse Karolin Drechsler, wohnhaft in der Bahnstraße in Stürzelberg.« Es durchfuhr ihn eiskalt. Er las die Adresse noch einmal. Dieselbe Straße, in der Nadine Barth und Marcel Steinhof wohnten. Dann holte er sein Smartphone aus der Tasche und tippte den Namen in den Browser seines Handys ein.

»Mist«, fluchte er, als er feststellte, dass er in der Leichenhalle keinen Empfang hatte. »Kann ich Ihren Computer benutzen?«

»Selbstverständlich. Folgen Sie mir.« Dr. Pankalla verschloss den Leichensack und schob die Tote zurück in die Kühlbox. Anschließend geleitete er Oliver in sein Büro, das sich eine Etage höher befand.

»Wonach suchen Sie?«, fragte der Rechtsmediziner und öffnete den Internetbrowser.

»Nach der Frau, die Nadine Barth als vermisst gemeldet hat«, erklärte Oliver und tippte die Daten ein. Sofort erschien das Bild ihres Facebook-Profils.

»Das gibt es doch gar nicht«, stieß Dr. Pankalla aus und griff unverzüglich nach einer Akte auf seinem Tisch. »Das ist das erste Opfer aus der Schloßstraße.«

Oliver musterte abwechselnd das Foto auf dem Computerbildschirm und die Nahaufnahme vom Gesicht der ersten

Toten. Es gab keinen Zweifel. Die Freundin, die Nadine Barth als vermisst gemeldet hatte, hatte ungefähr eine Woche später dasselbe Schicksal ereilt. Es handelte sich um Karolin Drechsler. Oliver wurde gleichzeitig heiß und kalt. Aber trotz dieser erschreckenden Nachricht war es ein Fortschritt für die Ermittlungen. Sie kannten jetzt die Namen der beiden Opfer – und nicht nur das. Die beiden waren Freundinnen, die auch noch in derselben Straße, lediglich ein paar Häuser voneinander entfernt, wohnten. In Olivers Fingerspitzen kribbelte es. Ein untrügliches Zeichen dafür, dass es in diesem Fall endlich voranging.

»Volltreffer«, sagte er und klickte auf das Facebook-Profil, das leider für Fremde nicht zugänglich war. Er konnte lediglich das Profilbild sehen. Oliver versuchte es bei Nadine Barth, doch auch sie hatte ihre Privatsphäre geschützt. »Übrigens habe ich heute Morgen den Laborbericht von Karolin Drechsler erhalten. Es wurden keine Betäubungsmittel in ihrem Blut gefunden. Auch kein Alkohol oder irgendwelche Drogen. Ihrem Blutbild nach zu urteilen war sie eine vollkommen gesunde junge Frau.«

»Können Sie sich denn die fehlenden Abwehrspuren erklären?«, fragte Oliver, enttäuscht von diesem Ergebnis. Er hatte insgeheim auf weitere Anhaltspunkte gehofft.

»Wie schon gesagt, nach ein paar Tagen sind die meisten Mittel nicht mehr nachweisbar. Wenn der Täter den Frauen beispielsweise K.-o.-Tropfen verabreicht hat, dann ist der Nachweis in Blut und Urin nur innerhalb von zwölf Stunden möglich. Da die Tropfen schnell wirken und leicht zu besorgen sind, tippe ich sogar darauf. Chloroform hält nicht so lange an, und unser Täter brauchte ja Zeit, um die Frauen einzumauern.«

Das leuchtete Oliver ein, auch wenn es ihn nicht weiterbrachte. »Gibt es sonst noch irgendwelche Neuigkeiten?«

Dr. Pankalla schüttelte den Kopf. »Leider nein. Diese beiden Frauen sind durch fortgeschrittene Exsikkose gestorben, also schlicht verdurstet. Es gab keinen Sexualkontakt, auch schwere Gewalteinwirkung ist nicht erkennbar. Sämtliche Verletzungen stammen von den Bemühungen der Opfer, sich zu befreien. Der Zettel mit dem Zahlencode wurde nicht tief in die Vagina eingeführt, sodass das leicht mithilfe eines Fingers und ohne jegliche Instrumente möglich war. Es gibt keine Spuren von fremder DNS, nichts, was uns auch nur im Geringsten einen Hinweis auf den Täter geben könnte.«

Oliver nickte. Einen Anhaltspunkt hatten sie jetzt immerhin, denn nicht nur die beiden Opfer hatten in der Bahnstraße gewohnt, sondern auch Marcel Steinhof wohnte dort. Den würde er sich mit Klaus gleich noch einmal vorknöpfen. Er bedankte sich bei Dr. Pankalla, der so schnell wie möglich DNS-Tests für die endgültige Identitätsfeststellung durchführen wollte. Die Spurensicherung würde spätestens am nächsten Tag in den Wohnungen der beiden Frauen genetisches Material sicherstellen. Oliver hatte jedoch keinerlei Zweifel, dass es sich bei dem Opfer mit der Nummer eins um Nadine Barth und bei Nummer zwei um Karolin Drechsler handelte.

* * *

Lina rutschte unruhig auf ihrem Stuhl hin und her. Plötzlich war sie unsicher, ob sie das Richtige tat.

»Sie wirken nervös. Wollen wir vielleicht einen neuen Termin ausmachen und Sie denken in der Zwischenzeit noch einmal über den Eingriff nach? Es eilt ja schließlich bisher nicht.« Dr. Schweitzer musterte sie besorgt.

Lina schüttelte entschlossen den Kopf. »Nein. Es ist nur … Also ich habe Angst, dass es wehtun könnte.«

»Darüber brauchen Sie sich keine Sorgen zu machen. Der Eingriff ist absolut schmerzfrei. Er findet unter örtlicher Betäubung statt, und anschließend geben wir Ihnen natürlich ein Schmerzmittel mit.«

Lina mochte Dr. Schweitzer. Seine Stimme wirkte so beruhigend. Plötzlich stellte sie sich vor, er wäre ihr Vater. Genauso hätte sie ihn sich gewünscht. Nicht so, wie ihre Mutter ihn beschrieb, als egoistischen Typen, der sie beide im Stich gelassen hatte.

»Und niemand erfährt etwas davon?«, fragte sie, obwohl sie die Antwort kannte. Schon vor ein paar Tagen, als sie völlig verwirrt gewesen war, hatte sie sich von einer dieser offiziellen Stellen beraten lassen. Sie hatte eine Bescheinigung erhalten, die Dr. Schweitzer sofort und mit einem zufriedenen Gesichtsausdruck in ihre Patientenakte geschoben hatte.

»Natürlich nicht. Sie sind fast achtzehn Jahre alt. Es ist alleine Ihre Entscheidung. Es geht auch Ihre Eltern nichts an, wenn Sie das nicht wollen.«

»Okay.« Lina nickte und brachte ein klägliches Lächeln zustande. Sie wusste selbst nicht, was eigentlich mit ihr los war. In ihrem Bauch regte sich etwas, und unwillkürlich strich sie mit der Hand darüber.

»Hören Sie, ich weiß, dass das nicht leicht ist. Aber aus jahrelanger Erfahrung kann ich Ihnen nur raten, es möglichst schnell hinter sich zu bringen. Sie sind noch jung. Ein Kind würde Ihr Leben komplett auf den Kopf stellen. Der Eingriff ist völlig harmlos und Sie können jederzeit wieder schwanger werden. Niemand wird es mitbekommen, und danach wird alles so sein, als wäre nie etwas gewesen.«

Lina nickte gedankenverloren. Sie wusste, dass Dr. Schweitzer recht hatte. Allein der Gedanke an die Reaktion ihrer Mutter ließ sie schwindeln. Diesen Fehltritt würde sie ihr nie verzeihen. Vielleicht müsste sie sogar ausziehen, damit die Nachbarn diese *Schande* nicht mitbekämen. Wie oft jammerte Linas Mutter darüber, wie schwer sie es als alleinerziehende Mutter hätte. Da konnte Lina doch nicht auch noch mit einem Baby ankommen. Trotzdem fragte sie sich immer wieder, ob es ein Junge oder ein Mädchen war. Ob der Junge wie Samuel aussehen würde. Wie es wäre, eine Familie zu haben, also eine richtige mit Mutter, Vater und Kind. Warum bloß wollte Samuel davon überhaupt nichts wissen? Wenn alles erledigt war, ja, dann würde er sie zum Essen ausführen. Ob er das nur gesagt hatte, damit sie das Problem endlich aus der Welt schaffte? Sie seufzte und machte sich klar, dass sie Samuel nie dazu bewegen konnte, zu seiner Vaterschaft zu stehen. Doch da sogar Wasserstoffblondi es getan hatte, blieb ihr nichts anderes übrig. Sie wollte sich schließlich mit dem Baby nicht vollends ins Abseits schießen. Was würden die Lehrer sagen? Und was erst ihre beste Freundin Charlotte, die nicht die geringste Ahnung hatte? Am Ende würde sie alles verlieren und völlig allein dastehen. Auf Samuel konnte sie nicht hoffen.

»Okay. Dann können wir anfangen«, sagte sie mit neuer Entschlossenheit und ließ sich von Dr. Schweitzer zu einem gynäkologischen Stuhl führen.

* * *

Er fühlte sich müde. Der Tag hatte ihm jede Menge unerwartete Arbeit beschert, aber das gehörte zu seinem Job. Er verbrachte den Großteil seiner Zeit mit anderen Menschen und nicht isoliert wie ein Schriftsteller vor seinem Laptop. Seine Tätigkeit ließ sich deshalb nie bis ins letzte Detail im Voraus berechnen, obwohl ihm immer sehr viel daran lag, einen Plan zu haben. Doch Pläne konnten sich ändern, denn Menschen waren in den meisten Fällen von Emotionen gesteuert. Sie nahmen sich Dinge vor, die sie im nächsten Augenblick abbrachen, oder sie hatten spontan eine neue Idee. Wenn es nach ihm ginge, gäbe es diese Änderungen nicht, aber er war nur ein Dienstleister und musste Vorgaben umsetzen. Umso mehr gefielen ihm deshalb seine eigenen Pläne, denen er in seiner Freizeit nachging. Er konnte es gar nicht erwarten, in seine Wohnung zu kommen. Er schloss die Haustür auf, hastete die Treppen hinauf und rannte ohne Umwege ins Schlafzimmer, um endlich seine Liste an der Wand zu betrachten. Er hatte die Namen so groß geschrieben, dass er sie sogar vom Bett aus bequem lesen konnte. Natürlich kannte er jede Zeile auswendig. Wenn es nötig war, betete er sie selbst im Schlaf mühelos und fehlerfrei herunter. Trotzdem liebte er es, die Namen auf der Liste immer wieder laut vorzulesen. Dabei sog er jeden Buchstaben in sich hinein. Das verschaffte ihm eine unglaubliche Genugtuung. Weil er wusste, welches Schicksal jeder einzelnen Person auf seiner Liste bevorstand, und er genoss die Vorstellung von ihren Qualen. Zuerst kam die Benommenheit, gleich nach dem Aufwachen. Sobald diese verschwand, trat eine Phase der Besserung ein. Eine Zeitspanne, in der es Hoffnung gab, aber die hielt nicht lange an. Denn im Anschluss daran folgte die Erkenntnis. Manche konnten die Tatsachen länger leugnen als andere. Er kannte Lügner, die sich selbst hinters Licht führten. Doch auch bei ihnen setzte sich irgendwann die Wahrheit durch. Sie tröpfelte ins Unterbewusstsein und wuchs unaufhörlich wie ein Unkraut, das sich mit keinem Mittel aufhalten ließ. Die Wahrheit schmerzte den Menschen am meisten. Das wusste er aus eigener Erfahrung. Die Wahrheit war unbarmherzig und grausam. Sie trug keine Maske, war nicht schön verpackt und nahm auch keinerlei Rücksicht. Sie ließ sich weder ausradieren noch rückgängig machen. Alles, was blieb, war der Schmerz.

Er schreckte hoch, weil die Erinnerungsapp sein Smartphone vibrieren ließ und ihn daran erinnerte, dass er noch viel zu tun hatte. Kerzengerade setzte er sich an seinen Schreibtisch, zog Gummihandschuhe über und schnitt ein makelloses Rechteck aus einem Blatt Papier. Dann nahm er einen Kugelschreiber zur Hand und schrieb etwas darauf:

19-10-2017-03

Nummer drei, dachte er und lächelte. Alles im Leben hatte einen Preis, und Nummer drei würde diesen nun bald bezahlen.

* * *

»Nein. Wir warten«, sagte Oliver und ließ Marcel Steinhof, der gerade die Haustür aufschloss, nicht aus den Augen. Der Mann schien es eilig zu haben. Er stieß die Tür auf und stürmte in den Treppenaufgang, als ginge es um sein Leben.

»Glaubst du, er zieht nur kurz seine Arbeitsklamotten aus und marschiert dann los, um Opfer Nummer drei einzumauern?«, fragte Klaus ironisch und zog die Autotür wieder zu.

»Keine Ahnung«, brummte Oliver und sah zu, wie die Haustür hinter Steinhof ins Schloss fiel. Er zählte im Geist dessen fiktive Schritte und stoppte bei dreißig, denn Steinhofs Wohnung lag in der dritten Etage. Da es draußen noch hell war, hoffte er nicht darauf, dass Steinhof das Licht anmachte. Er starrte auf die nackten Fenster und suchte nach einer Bewegung. Doch die Scheiben spiegelten bloß den blauen Sommerhimmel wider und schotteten so die Bewohner des Mehrfamilienhauses vor neugierigen Blicken ab.

Es vergingen rund zwanzig Minuten, in denen sich absolut nichts tat. Klaus rutschte unruhig auf dem Beifahrersitz hin und her. Nach weiteren fünfzehn Minuten fing er an zu murren.

»Wie lange willst du noch auf die Scheiben starren, Oliver? Steinhof hat Feierabend. Der hat den ganzen Tag auf der Baustelle geschuftet. Glaubst du ernsthaft, dass der heute Abend auch nur einen Fuß vor die Tür setzt? Der liegt gemütlich auf seiner Couch, futtert wahrscheinlich gerade eine Tiefkühlpizza und kippt sich ein kühles Bier hinter die Binde, während wir hier unten auf dem Trockenen sitzen.« Er schluckte schwer, sodass sein großer Adamsapfel auffällig hüpfte. »Lass uns klingeln und den Mann fragen, warum er uns angelogen hat. Er kann uns schließlich nicht weismachen, dass er Nadine Barth nicht kannte. Sie wohnte nicht mal drei Meter von ihm entfernt auf derselben Etage.«

»Also gut.« Oliver sah ein, dass es wenig Sinn hatte, länger zu warten. Er sprang aus dem Wagen. »Und du hast wirklich nichts weiter über Nadine Barth in Erfahrung bringen können?«

Klaus schüttelte den Kopf und bewegte sich in Richtung Haustür. »Wie gesagt, sie ist ein unbeschriebenes Blatt. Hat noch nicht mal Punkte in Flensburg und zahlt ihre Rechnungen pünktlich. Sie war ein Einzelkind und die Eltern sind vor drei Jahren bei einem Autounfall ums Leben gekommen. Deshalb wurde sie auch von ihrer Freundin Karolin Drechsler als vermisst gemeldet.«

»Und was ist mit Karolin Drechsler? Warum vermisst sie eigentlich niemand? Sie ist ja schließlich auch seit über einer Woche verschwunden.«

»Ich habe lange mit ihrer Mutter gesprochen. Karolin wollte zwei Wochen Urlaub auf Sylt machen. Der Kontakt zwischen den beiden war eher unregelmäßig. Martina Drechsler hätte sicherlich noch ein paar Tage abgewartet, bevor sie sich ernsthafte Sorgen gemacht hätte.«

»Kannte die Mutter Nadine Barth, die Freundin ihrer Tochter?«

»Nicht persönlich. Aber sie wusste, dass sie die beste Freundin ihrer Tochter war. Karolin hat immer viel über Nadine erzählt. Sie haben zusammen einen Yogakurs besucht, doch ich habe noch nicht herausgefunden, wo. Hartmut Meier vom Rechercheteam kümmert sich darum.«

Oliver nickte und wollte gerade auf den Klingelknopf drücken, als sein Handy losging. Der Anruf kam aus der forensischen Anthropologie.

»Doktor Aßmann hier. Wir sind gerade stark in ein großes Forschungsprojekt eingespannt. Deshalb hatte ich leider noch keine Zeit, mir das zweite Skelett genauer anzusehen, aber ich muss Ihnen unbedingt etwas Wichtiges zum ersten Fund mitteilen.«

Oliver drückte das Handy stärker ans Ohr.

»Ich habe einen versteinerten Fötus im Becken der Toten entdeckt.«

»Was?« Oliver verstand nicht sofort.

»Die Nonne war schwanger.«

XI

VOR FÜNFHUNDERT JAHREN

»Was ist nur in dich gefahren?« Bastian fuhr herum und grinste Wernhart an. »Das ist keine Hand, sondern eine verdorrte Wurzel, die aus der Felswand ragt.«

Wernhart stieß hörbar den Atem aus. »Tut mir leid. Ich dachte, da bewegen sich ein paar menschliche Finger.« Er schob sich an Bastian vorbei und hielt seine Fackel dicht an die Stelle. »Puh. Das hat wirklich überhaupt keine Ähnlichkeit mit einer Hand.« Er rieb sich müde die Augen. »Adelheit schläft in letzter Zeit nicht gut. Das Kind kommt bald und sie wälzt sich jede Nacht hin und her. Ich bekomme einfach nicht genug Schlaf.«

Bastians Grinsen verbreiterte sich. »Warte mal ab, bis dein Kind auf der Welt ist, dann wirst du dich nach dieser Zeit zurücksehnen.« Er klopfte Wernhart auf die Schulter. »Lass uns weitersuchen. Vielleicht finden wir Brunhilde doch noch.«

Sie durchkämmten einen weiteren Seitenarm, der vom Hauptgang abging. Allerdings war es nur eine Sackgasse.

Bastian fragte sich, was sich der Erzbischof beim Errichten der Stadt dabei gedacht hatte oder ob es sich hierbei um Überreste der vorherigen Siedlung handelte, aber eine Antwort darauf würde er wohl nicht einmal von Pfarrer Johannes erhalten. Müde liefen sie den Hauptgang entlang, bis sie wieder an der Falltür zur Vorratskammer des Klosters anlangten ohne jede Spur von Brunhilde. Wernhart kletterte die Treppe zur Vorratskammer als Erster hinauf, Bastian folgte ihm.

»Was machen wir nun?«, fragte Wernhart und sah Bastian ratlos an.

»Zuerst soll der Ziegelmeister mit dem Maurer diese Stelle verschließen und anschließend das andere Ende. Wir durchsuchen als Nächstes das Kloster. Vielleicht finden wir Brunhilde hier oben. Irgendwo muss sie schließlich sein.«

Draußen polterte etwas, und Bastian zuckte zusammen. Er riss die Tür der Vorratskammer auf und erblickte den Gesellen des Ziegelmeisters, der einen Krug umgestoßen hatte und davonrannte.

»Bleibt stehen«, brüllte Bastian und war mit wenigen Schritten bei dem Burschen. »Was habt Ihr hier zu suchen?«

»Nichts.« Der Bursche stotterte und senkte den Blick.

Bastian packte ihn an den Schultern und schüttelte ihn.

»Ich habe Anton gesucht und dachte, er wäre in der Vorratskammer. Lasst mich los.« Oswald stieß Bastian den Ellenbogen in die Seite, erreichte damit jedoch nur das Gegenteil. Bastian verstärkte seinen Griff.

»Was sollte Clemens' Lehrjunge denn hier wollen? Etwa die Nonnen bestehlen?«

»Nein. Bestimmt nicht. Ich dachte nur, ich hätte seine Stimme gehört. Bitte lasst mich gehen.«

Bastian betrachtete Oswald und bemerkte roten Ziegelstaub auf seiner Kleidung. Das war nicht verwunderlich, doch die hellen Mörtelflecken, die sich an seiner Hose befanden, machten ihn stutzig.

»Habt Ihr heute schon an der Mauer gearbeitet?«, fragte Bastian misstrauisch und strich mit dem Daumen über einen der Flecken. Der Mörtel war staubtrocken und bröselte unter seinen Fingern. Demzufolge musste Oswald bereits vor längerer Zeit mit dem Werkstoff in Berührung gekommen sein.

Wie zur Bestätigung schüttelte Oswald den Kopf und erklärte: »Der Maurer kommt erst am Nachmittag. Wir schaffen bis dahin die Ziegelsteine herbei.«

»Und wieso klebt so viel Mörtel an Eurer Hose? Sieht aus, als hättet Ihr den ganzen Tag lang gemauert«, sagte Wernhart, der herangekommen war und offenkundig dasselbe dachte.

Oswald hob die Schultern. »Keine Ahnung. Ich arbeite oft mit dem Maurermeister zusammen. Die Tätigkeit ist nicht gerade die sauberste.« Der Geselle sah an sich hinunter und lief dabei knallrot an.

»Irmgard wurde unter der Baustelle Eures Meisters eingemauert. Ist es da nicht merkwürdig, dass ausgerechnet an Eurer Hose getrockneter Mörtel klebt?« Bastian sprach extra laut und der drohende Unterton in seiner Stimme verfehlte seine Wirkung nicht. Oswald ruderte nervös mit den Armen in der Luft.

»Ich habe doch nur Anton gesucht. Bitte. Ich habe nichts mit Irmgards Tod zu tun.«

»Wo habt Ihr denn die Abende der letzten Woche verbracht?«

Oswalds Augen weiteten sich. »Ich ... ich war auf meinem

Lager in der Ziegelei und habe geschlafen. Die Arbeit ist anstrengend.«

»Und kann das irgendwer bezeugen?« Bastian kam der Geselle ziemlich verdächtig vor. Er beherrschte das notwendige Handwerk und hätte die Gelegenheit gehabt. Fehlte nur noch ein Motiv.

»Ich«, rief Anton, der Lehrjunge, der aus dem Nichts zu kommen schien. »Wir haben unser Lager gleich nebeneinander und verbringen fast jeden Abend zusammen.«

»Fast?«, fragte Wernhart und zog die Augenbrauen hoch. »Wie war es denn in der letzten Woche?«

»Jeden Abend. Ich schwöre es«, bekräftigte Anton.

»Soweit ich mich erinnere, bist du erst seit zwei Wochen Lehrbursche beim Ziegelmeister. Wenn du von fast jedem Abend sprichst, an welchem Abend wart ihr dann nicht zusammen?« Bastian konnte sich glasklar an Clemens' Worte erinnern, der den schmächtigen Burschen bisher nur nicht hinausgeworfen hatte, weil sein Vater ein hohes Lehrgeld für ihn zahlte.

Anton kratzte sich hinterm Ohr. »Ich muss nachdenken. Es waren nur zwei Abende, an denen Oswald in die Schenke gegangen ist. Das muss am letzten Sonntag und dann am Donnerstag davor gewesen sein.«

Bastian machte sich eine Notiz. Es gab also zwei Abende, die Oswald nicht in der Ziegelei verbracht hatte.

»Nennt mir den Namen der Schenke. Ich werde mit dem Wirt sprechen.«

Oswald stotterte: »Ich war im Hafen in der Schenke *zum goldenen Anker*. Aber es war sehr voll. Was ist, wenn der Wirt sich an mich nicht erinnern kann?«

»Dann habt Ihr ein Problem«, stellte Bastian fest und musterte Oswald. Er war um die achtzehn Jahre alt, kräftig gebaut, und in seinem Blick lag etwas Verschlagenes. Er fragte sich, ob dieser Bursche Irmgard auf dem Gewissen haben könnte und ob er ebenfalls hinter Brunhildes Verschwinden steckte.

»Wie gut kanntet Ihr Irmgard und Brunhilde?«, wollte er deshalb wissen.

»Nicht besonders gut«, stotterte Oswald, dem offenbar langsam dämmerte, dass er ernsthafte Schwierigkeiten bekam. »Ich habe sie nur ein paarmal mit den anderen Nonnen gesehen. Wir arbeiten ja hier im Kloster, da bleibt das nicht aus.«

»Und Ihr habt nie mit einer von ihnen gesprochen?«, bohrte Bastian weiter.

Oswald schüttelte energisch den Kopf.

»Da ist er!« Katharina von Weinfels kam auf sie zugestürmt. Ihr langer Zeigefinger richtete sich anklagend auf Oswald. »Er hat Margaretha bedrängt. Ihr müsst ihn einkerkern, Bastian Mühlenberg. Dieser Bursche schleicht ständig um meine Mädchen herum. Ich habe sie alle befragt, und nicht wenige haben Oswald bezichtigt, sie angestarrt zu haben.« Sie blieb vor dem Gesellen stehen und musterte ihn scharf. »Ich hatte erst Euren Meister in Verdacht. Aber inzwischen ist mir klar geworden, dass Ihr noch weitaus mehr von der Wollust verdorben seid. Ich sehe es an Eurem Blick.«

Oswald zuckte zusammen und hob abwehrend die Hände. »Ich habe keine von ihnen angerührt«, stotterte er.

»Und was ist mit Margaretha? Ihr habt sie zu Tode erschreckt.«

Oswald schwieg betroffen. Nach einer Weile öffnete er den Mund und holte tief Luft.

»Ich wollte mich nur nach ihrem Wohlergehen erkundigen. Sie hat mich nicht erkannt. Es war dunkel und dann hat die Furcht sie übermannt.«

Bastian traute seinen Ohren nicht. Konnte in diesem Kloster eigentlich jeder ein und aus gehen, wie es ihm gerade beliebte?

»Was geht hier vor sich?« Bastian spürte, wie er langsam die Geduld verlor.

»Nun, das ist ganz einfach«, hob die Oberin an. »Dieser Zieglergeselle hat sich nachts ins Kloster geschlichen, genau wie sein Meister. Ich bin froh, wenn dieser unselige Gang endlich zugemauert ist. Hier geht es schlimmer zu als in einem Taubenschlag. Heute Nacht werden Ottilia und Angelia Wache halten. Niemand kommt hier mehr ungesehen herein oder hinaus.«

»Ich kann Euch zwei meiner Männer zur Seite stellen«, bot Bastian an. Aber Katharina von Weinfels winkte ab. »Das überlasse ich lieber meinen treuesten Nonnen. Nehmt es mir nicht übel, Bastian, doch Ihr seid ebenso heimlich wie diese beiden Ziegler in meinem Kloster herumgeschlichen.«

»Ottilia hat mich durch die Hauptpforte eingelassen. Ich bin nicht wie ein Dieb durch die Erde gekrochen«, erklärte Bastian. Die Oberin bedachte ihn gleichwohl mit einem eisigen Blick. Er verzog das Gesicht, verkniff sich jedoch Widerworte. Er wollte Brunhilde finden und Irmgards Mörder. Also wandte er sich an Oswald und kam nicht umhin, erneut auf die Mörtelflecken an seiner Hose zu starren.

»Wie seid Ihr ins Kloster gelangt?«, fragte er und beobachtete Oswalds Reaktion dabei genau. Wieder blinzelte der Bursche wie verrückt und errötete.

»Ich bin meinem Meister gefolgt. Er war ziemlich niedergeschlagen wegen Brunhildes Verschwinden und wollte deshalb noch einmal zum Kloster. Ich ahnte, dass Margaretha in Schwierigkeiten steckt.«

»Ihr seid Clemens durch den Geheimgang hinterhergelaufen?«

Oswald nickte.

»Kanntet Ihr diesen Weg schon vorher?« Bastian wollte eine Lüge in Oswalds Gesicht entdecken, aber dieses Mal blickte ihm der Bursche geradewegs in die Augen.

»Ich hatte keine Ahnung. Es war stockdunkel da unten, denn ich hatte keine Fackel dabei. Ich habe mich gefürchtet«, erklärte er und senkte die Stimme. »Nur wegen Margaretha habe ich diesen düsteren Tunnel auf mich genommen.«

Bastian grübelte. Hatte Oswald nicht am Anfang behauptet, er wäre auf der Suche nach Anton gewesen? Das erschien nun in einem ganz anderen Licht. Die neue Begründung kaufte er dem Gesellen nicht ab.

»Also habt Ihr vorhin gelogen. Ihr seid überhaupt nicht wegen Anton hierhergekommen, sondern wolltet den Geheimgang benutzen. Warum?«

Oswald starrte Bastian entgeistert an. »Ich … ich habe mein Messer dort unten verloren. Es ist ein Geschenk meines Vaters und ich wollte es suchen.«

Ein Messer, ausgerechnet! Bastian mochte sich gar nicht ausmalen, was Oswald damit alles anstellen konnte.

»Ihr seid ein Lügner«, knurrte er wütend und packte den Burschen.

* * *

Ihre Hand schmerzte unbeschreiblich. Aber wenigstens spürte Brunhilde dadurch, dass sie noch lebte. Hochmut kam vor dem Fall. Hätte sie nicht übermütig die Finger durch den viel zu schmalen Spalt geschoben, würde sie nicht seit Stunden in dieser verfluchten Mauer feststecken. Die Gelenke waren stark angeschwollen, sodass sie nicht vor und zurück kam. Leider erreichte sie nun auch nicht mehr die wenigen, aber lebensrettenden Wassertropfen, die von der Decke in ihrer Zelle fielen. Selbst die Tonscherben, mit denen sie die Fuge ausgekratzt hatte, schienen unerreichbar. Doch sie brauchte ein Werkzeug, sonst war sie verloren. Brunhilde streckte den Fuß aus, so weit es ging. Irgendwo in der Dunkelheit musste die Tonscherbe liegen, die sie vorher benutzt hatte. Sie fuhr mit dem großen Zeh über den Boden und tastete. Nichts. Sie probierte es noch einmal. Mit aller Kraft dehnte sie sich, machte sich so lang, dass sämtliche Sehnen schmerzten. Etwas klimperte. Die Hoffnung gab ihr neue Energie. Mit der Zehenspitze berührte sie das rettende Werkzeug. Sie schrie und zerrte an ihrer verletzten Hand, um näher heranzukommen. Es schien ein ganz und gar hoffnungsloses Unterfangen, aber sie gab nicht auf und erwischte endlich die Ecke eines Tonstückes. Es schabte quälend langsam über den Boden. Brunhilde atmete konzentriert aus und streckte sich. Ihre Sehnen drohten zu reißen, doch wenn sie leben wollte, benötigte sie diese Scherbe.

Sie fuhr fort, bis sie völlig entkräftet zusammensackte. Aber nur für kurze Zeit. Das Ziel so klar vor Augen, ging es plötzlich wesentlich leichter. Sie triumphierte, als sie endlich das rettende Tonstück greifen konnte. Nun kämpfte sie gegen die Zeit. Sie kratzte den Mörtel unter ihrer feststeckenden Hand aus. Wenn sie schnell genug vorankam, konnte sie sich vielleicht befreien, bevor sie verdurstete. Ein Windzug fuhr auf der anderen Seite der Mauer über ihren geschwollenen Handrücken. Etwas knallte. Aber Brunhilde hörte gar nicht hin. Sie war viel zu sehr mit ihrem Überlebenskampf beschäftigt.

* * *

»Ist das denn wirklich nötig? Ihr zerstört alles, was die Ziegler in den letzten Wochen aufgebaut haben. Wie soll ich je die Gulden für die Reparatur aufbringen?« Katharina von Weinfels lief am Rand der Kellergrube, in der sie die tote Irmgard gefunden hatten, auf und ab und betrachtete Bastian missmutig.

»Ich will wissen, was sich hinter dieser verfluchten Mauer befindet.« Bastian hatte sich einen schweren Hammer besorgt und schlug mit aller Kraft zu. Die roten Ziegelsteine zersprangen vor seinen Augen und wirbelten eine Menge Staub auf. Doch die Wand hielt trotz des heftigen Schlages stand. Er hatte sich die Decke, durch die er zusammen mit Clemens und Ottilia eingebrochen war, genau angesehen. Irmgard musste auf einem anderen Weg in das Verlies gelangt sein. Aber er sah nichts als Ziegelwände ringsum, keine Tür und auch kein Fenster. Irgendwo musste es dennoch hinausgehen, hinter einer dieser Mauern musste es einen Gang oder wenigstens ein weiteres Gewölbe geben. Und wer auch immer Irmgard eingemauert hatte, war von dort gekommen.

Er spannte alle Muskeln an. *Krach*. Die Mauer bröckelte.

Nach zwei weiteren Schlägen konnte Bastian sich durch die Ziegelsteine vorarbeiten und durch die Öffnung in einen düsteren Gang blicken.

»Könnt Ihr mir die Fackel geben?«, bat er Katharina von Weinfels.

»Was habt Ihr entdeckt?«

»Begleitet mich. Dann seht Ihr es mit eigenen Augen.« Bastian bot der Oberin seine Hand an und half der dünnen Frau, die Leiter hinab in den Keller zu steigen.

»Puh.« Katharina von Weinfels wedelte mit den Händen. »Es ist so staubig.« Sie hustete und hielt sich ein Tuch vor Mund und Nase.

Bastian leuchtete mit der Fackel und kletterte in den Gang, der sich vor ihnen auftat. Der flackernde Feuerschein erhellte die Wände. Nach wenigen Metern schon erkannte er eine Abzweigung.

»Wo führt dieser Durchgang hin?«, fragte die Oberin und schüttelte den Kopf. »Ich wusste, dass sich unter dem Kloster eine Vielzahl von Kellergewölben und Gängen befindet. Aber so schlimm hätte ich es mir nicht vorgestellt. Ein Wunder, dass nicht schon viel früher jemand durch den Boden eingebrochen ist.«

»Seid Ihr vielleicht im Besitz eines Wegeplans?« Bastian arbeitete sich vor und zog den Kopf ein, weil der Gang sehr niedrig war.

»Es gibt keine Aufzeichnungen über irgendwelche Keller. Soweit ich weiß, sind die einzelnen Gewölbe im Laufe der Zeit entstanden. Je nachdem, wie viel Geld in der Klosterkasse war, wurden die Gebäude mit oder ohne Keller errichtet. Und manchmal rissen die Nonnen zerfallene Häuser ein, jedoch ohne die Gewölbe darunter mit Erde aufzufüllen. Deshalb seid Ihr an dieser Stelle eingebrochen. Dort stand vor Jahren eine Scheune, die allerdings einem Brand zum Opfer gefallen ist. Seitdem lagern wir unsere Vorräte in Steinhäusern. Das ist sicherer.«

Bastian stoppte, weil der Gang nicht weiterführte. Vor ihnen befand sich eine Mauer aus schweren Basaltsteinen, die vermutlich so alt war wie die Stadtanlage selbst. Er hob den Blick und erkannte eine Falltür in der Decke, die er mühelos mit einer Hand aufdrücken konnte. Er gab Katharina von Weinfels die Fackel und zog sich hoch.

»Was ist dort oben?«, fragte die Oberin ungeduldig.

»Gebt mir das Feuer. Es ist stockdunkel.« Bastian leuchtete das fensterlose Zimmer aus. Er sah ein paar Holztruhen und Kisten, ansonsten schien es ungenutzt. Eine schwere Holztür war offenkundig der einzige Zugang. Er drückte die Klinke herunter, doch die Tür war verschlossen und gab auch keinen Zentimeter nach, als er sich mit aller Kraft gegen sie stemmte.

»Und?«, hörte er die Oberin abermals rufen. »Habt Ihr was entdeckt?«

»Noch nichts.«

Bastian nahm Anlauf und warf sich mit seinem ganzen Gewicht gegen die Tür. Krachend sprang sie auf, und er landete unsanft auf dem Boden. Licht blendete ihn, und er blinzelte ein paarmal, bis er die Umgebung wahrnahm.

»Ist etwas passiert? So redet doch endlich!«

Er sah sich um und erblickte ordentlich zurechtgemachte Strohlager. An der Wand hingen dunkle Gewänder, die klassische Nonnentracht, und ein großes silbernes Kreuz. Ebenso fanden sich die passenden Schuhe in einer Reihe auf dem Boden. Bastian war allein in dem Gemach, er ging zurück zur Bodentür und kletterte hinab, um Katharina von Weinfels heraufzuhelfen.

Oben angekommen hastete sie durch die aufgebrochene Tür und blieb wie angewurzelt stehen.

»Du liebe Güte. Das ist das Schlafgemach unserer Anwärterinnen.«

* * *

Wernhart mühte sich mit Oswald ab. Der Mann bewegte sich, als hätte er bereits ein halbes Jahrhundert auf dem Buckel.

»Jetzt lauft schon, Bursche«, befahl er und leuchtete den Boden des unterirdischen Ganges ab. Bastian hatte ihn gebeten, nach Oswalds Messer zu suchen. Aber bisher waren sie kaum drei Fuß weit gekommen. Der Geselle des Ziegelmeisters zitterte am ganzen Leib.

»Hört mir zu, Wernhart. Ich bin unschuldig. So glaubt mir doch bitte.« Oswald sank zu Boden und klammerte sich um sein Bein. Im ersten Moment widerte ihn Oswalds Unterwürfigkeit an. So benahm sich kein Mann, dachte er.

Aber auch kein kaltblütiger Mörder.

»Steht auf, Oswald. Ihr habt Bastian Mühlenberg angelogen und damit seinen Zorn auf Euch gezogen. Warum habt Ihr das getan?«

Das Zittern des Burschen verstärkte sich, doch er ließ sich von Wernhart hochziehen. »Mein Meister würde mich totprügeln, wenn er wüsste, dass ich ihm mitten in der Nacht gefolgt bin. Er glaubt, dass niemand etwas von ihm und Brunhilde mitbekommen hat. Dabei weiß sogar Anton davon. Clemens spricht im Schlaf. Sein Lager ist gleich neben unserem. Er hat in den letzten Nächten nur noch von Brunhilde gesprochen. Er wollte sie unbedingt zum Weib.«

Wernhart bekam Mitleid mit dem Burschen. Er hatte von Bastian gehört, wie rau der Ziegelmeister mit seinen Gesellen umging. Falls Oswald in Ungnade fiel, würde er hinausfliegen und vermutlich nie selbst zum Meister werden. Das wäre für einen Mann seines Standes womöglich der Untergang. Es war nicht leicht, eine solche Stellung zu erreichen, und wenn jemandem ein schlechter Ruf vorauseilte, verbesserten sich die Chancen nicht gerade. Trotzdem hätte Oswald nicht lügen dürfen. Bastian hätte seine Nöte sicher verstanden und würde Oswalds Worte für sich behalten.

»Hört, Bursche. Wir suchen zuerst Euer Messer. Anschließend sehen wir weiter.« Wernhart klopfte ihm aufmunternd auf die Schulter und schob ihn vorwärts.

»Ich habe es erst ganz zum Schluss verloren. Ich erinnere mich noch, wie es klirrend zu Boden fiel. Es war ein Wunder, dass der Meister mich nicht bemerkt hat.« Oswald blieb stehen und bückte sich.

»Habt Ihr es?«, fragte Wernhart.

Oswald antwortete nicht. Er hockte still am Boden. Wernhart näherte sich, um herauszufinden, was er entdeckt hatte. Doch bevor er etwas erkennen konnte, fuhr Oswald herum und hielt ihm eine Messerklinge an die Kehle.

»Verdammt, Oswald. Was soll das?«, fluchte Wernhart und funkelte ihn böse an. Plötzlich glaubte er, etwas Bösartiges im Blick des Zieglergesellen zu sehen. Oswald rührte sich nicht und presste ihm die Klinge noch fester gegen die Kehle. Warme Flüssigkeit lief ihm über Hals und Brust, aber er blieb ruhig und sah Oswald fest in die Augen.

»Ihr nehmt sofort die Klinge herunter«, knurrte er und zählte innerlich bis drei. Dann sprang er rückwärts und riss gleichzeitig die Arme hoch. Das Messer erwischte ihn am Unterarm und ritzte ihn tief ins Fleisch. Doch Wernhart gehörte zu den kampferprobten Stadtsoldaten von Zons. Eine Fleischwunde konnte ihn nicht aufhalten. Blitzgeschwind trat er Oswald vor die Brust. Der Zieglergeselle taumelte rückwärts und rang nach Luft. Das Messer fiel ihm aus der Hand. Wernhart stürzte sich darauf und steckte es in den Gürtel seiner Hose. Dann griff er Oswald am Hemd und zerrte ihn hoch.

»Das war es, Freundchen. Ihr gehört in den Juddeturm,

und vorher verratet Ihr mir, wo Brunhilde ist, oder ich schlitze Euch mit Eurem eigenen Messer die Kehle auf.«

* * *

»Und was ist das für ein Raum?«, fragte Bastian und wies mit dem Kinn zu der kleineren Kammer, durch die sie in das Schlafgemach der Anwärterinnen gelangt waren.

Katharina von Weinfels sah ihn kreidebleich an. »Ich weiß es nicht«, gestand sie und wischte sich fahrig ein paar Schweißperlen von der Stirn. »Diese Tür war schon immer da und verschlossen, seit ich denken kann. Ehrlich gesagt habe ich mir nie Gedanken darüber gemacht, was sich dahinter verbergen könnte.«

Bastian runzelte die Stirn. Er war nicht sicher, ob er den Worten der Oberin glauben sollte.

»Aber die Tür zu diesem Nebenraum kann Euch doch nicht entgangen sein. Wolltet Ihr nicht wissen, was sich dahinter befindet?«

Katharina von Weinfels ließ die Schultern sinken. »Die Mauern dieses Klosters sind über einhundert Jahre alt. Es gibt hier einige verschlossene Türen, hinter die keine Menschenseele schaut. Dieses Türschloss erschien mir recht stabil, und zudem erweckte es nie den Eindruck, als würde es je geöffnet werden. Es gibt keinen Schlüssel dazu, und bis heute dachte ich, niemand schafft es jemals, diesen Eisenbeschlag einfach aufzubrechen.« Ihr Blick blieb an seinen Oberarmen hängen. Sie seufzte. »Ihr habt mich eines Besseren belehrt.«

»Aber es muss ein Schlüssel existieren«, widersprach Bastian und fuhr mit dem Daumen über das schwere Metall. »Seht doch, das Eisen ist frisch geölt, und außerdem liegt hinter dieser Tür der einzige Zugang zu dem Keller, in den Irmgard eingemauert wurde.« Er tat einen Schritt zurück in die Abstellkammer und bückte sich. »Seht Ihr dieses Pulver? Wenn Ihr mich fragt, hat hier jemand einen Eimer mit Kalk entlanggetragen.«

»Das kann ich nicht glauben. Wer sollte denn einen Schlüssel haben? Davon müsste ich wissen. Schließlich bin ich die Oberin dieses Klosters!« Katharina von Weinfels ging ungläubig in die Hocke, wischte über die hellen Flecken und rieb den feinen Staub zwischen ihren Fingerkuppen. »Aber ich muss Euch recht geben. Das ist Kalk.«

»Denkt nach. Wer könnte diesen Schlüssel besitzen? Wer immer es ist, er hat möglicherweise Brunhilde in seiner Gewalt und Irmgard auf dem Gewissen.«

Er stieg durch die Bodenluke hinunter und lief durch den Gang zurück. Dabei leuchtete er mit der Fackel die Wände ab. Sie schienen uralt und unberührt. Spinnennetze hingen in den Ritzen, der Boden starrte vor Schutt und Staub, trotzdem prüfte Bastian jede Fuge. Ein Stückchen vor dem eingebrochenen Keller hielt er an. Er blähte die Nasenflügel und roch etwas Unverkennbares. Leicht säuerlich und irgendwie staubig. Frischer Mörtel. Bastian kniff die Augen zusammen und fuhr mit den Fingern über die Rillen zwischen den Ziegelsteinen. Der Mörtel war nur unbedeutend feuchter als ringsum, aber ganz sicher nicht so frisch wie der von Irmgards Kellerverlies, das nur wenige Schritte weiter entfernt lag. Von dort holte Bastian den großen Hammer.

»Ist dort jemand? Brunhilde?«, brüllte er.

Keine Antwort.

»Haltet die Fackel«, bat er die Oberin und schlug kräftig zu. Wieder brauchte er nicht lange, bis die Wand einbrach.

Staub wirbelte umher und legte sich auf seine Schleimhäute. Doch es lag noch etwas anderes in der Luft. Eine dunkle Note, die ihm trotz der sommerlichen Temperaturen eine Gänsehaut bescherte. Bastian hämmerte so lange, bis die Öffnung breit genug war. Dann nahm er die Fackel und stieg mit donnerndem Herzen durch die Öffnung.

Zuerst sah er nichts als Staub. Aber nach und nach sanken die Körnchen zu Boden und gaben schemenhaft die Umgebung frei. Zu seiner Linken lehnte eine regungslose Gestalt zusammengesunken an der Wand. Bastian stürzte auf sie zu und starrte entsetzt in die leeren Augen einer toten Nonne. Hinter ihm schrie Katharina von Weinfels auf. Ihr Geschrei schwoll zu einem unheilvollen Kreischen an.

»Ist das Brunhilde?«, krächzte Bastian, denn er kannte ihr Gesicht nicht. Aber seine Worte erreichten die Oberin nicht mehr. Ihre Schreie wollten einfach kein Ende nehmen.

XII

GEGENWART

Oliver hechtete die Stufen hinauf bis zur Wohnung von Marcel Steinhof. Pizzaduft schlug ihm entgegen und sein Magen knurrte automatisch.

»Ich habe es dir ja gleich gesagt«, keuchte Klaus hinter ihm und leckte sich über die Lippen. »Der Kerl macht es sich auf seiner Couch gemütlich, während wir kurz vor dem Verhungern sind.«

Oliver verdrehte die Augen und blieb auf dem Treppenabsatz stehen. Unauffällig warf er einen Blick auf das Klingelschild von Nadine Barths Wohnung. Es war gut lesbar neben der Tür angebracht. Die fetten schwarzen Buchstaben auf weißem Grund ließen kaum Zweifel daran, dass Steinhof seine Nachbarin kannte. Die Recherchen hatten ergeben, dass beide seit mehr als drei Jahren hier wohnten. Steinhof würde einen guten Grund vorbringen müssen, wenn er sie vom Gegenteil überzeugen wollte.

»Wir möchten Ihnen gerne noch ein paar Fragen stellen«, hob Oliver an, als die Tür aufging.

»Aber ich habe doch bereits alles gesagt, was ich weiß.«

Steinhof, ein groß gewachsener, kräftiger Mann, zog überrascht die Augenbrauen hoch.

»Dürfen wir reinkommen?«, fragte Oliver, ohne auf die Bedenken des Mannes einzugehen.

Steinhof machte einen Schritt zur Seite und ließ Oliver und Klaus eintreten. Die Wohnung schien nicht sonderlich groß, obwohl sie mindestens über drei Zimmer verfügte. Der quadratische Flur wirkte nackt, denn bis auf einen Kleiderständer und ein paar Schuhe gab es nichts darin, weder Schränke noch Bilder oder sonstige Gegenstände. Oliver bemerkte eine schmale Tür, die vermutlich ins Bad führte. Daneben lag die Küche, das konnte er riechen. Der Pizzaduft aus dem Ofen versetzte seinen Magen erneut in Aufruhr. Auf der anderen Seite gingen zwei Türen ab. Die zum Wohnzimmer stand offen. Oliver ging direkt zur Couch und nahm Platz. Eine geöffnete Bierflasche fiel ihm ins Auge, und er hatte Mühe, Klaus' besserwisserischen Blick zu ignorieren.

»Kann ich Ihnen etwas zu trinken anbieten?« Steinhof lehnte unschlüssig im Türrahmen und nestelte an seinen Hosentaschen herum.

Oliver starrte die Bierflasche an und schüttelte dann den Kopf.

»Nein, aber danke für das Angebot.«

Klaus lehnte ebenfalls ab. Marcel Steinhof nahm zögernd auf dem Sessel gegenüber von Oliver Platz.

»Worum geht es denn?«, fragte er und senkte den Blick.

Oliver zog sein Notizbuch hervor und blätterte darin. »Sie haben angegeben, Nadine Barth nicht zu kennen. Ist das richtig?«

Steinhofs Blick huschte nervös über den Boden. Er zuckte mit den Achseln und schwieg.

Oliver wiederholte seine Frage nicht, sondern wartete ab.

Schweigen fiel den meisten Menschen unglaublich schwer. Kaum jemand hielt die Spannung lange aus. Er beobachtete den schüchternen Mann, in dessen Kopf es offenbar intensiv arbeitete, denn seine Gesichtsfarbe wechselte langsam zu rot. Schließlich sah er auf.

»Sie wohnt nebenan.«

»Ach«, erwiderte Oliver und runzelte die Stirn. »Dürfen wir erfahren, warum Sie uns das nicht gleich gesagt haben?«

»Ich kann das nicht erklären. Sie würden es nicht verstehen.«

Jetzt übernahm Klaus das Wort. »Das kommt auf einen Versuch an. Denn wenn wir ihr Verhalten nicht nachvollziehen können, stehen Sie auf unserer Liste der Verdächtigen ganz oben.«

Steinhofs Augen weiteten sich für den Bruchteil einer Sekunde, doch dann hatte er sich wieder unter Kontrolle.

»Okay, ich sage es Ihnen. Nadine ist oder vielmehr war meine Exfreundin.« Seine Stimme klang auf einmal erstaunlich ruhig, allerdings nahm Oliver auch einen aggressiven Unterton wahr. »Wir sind nicht gerade im Guten auseinandergegangen, und seither ist sie für mich Luft. Verdammt ...« Steinhof schlug die Hände vors Gesicht und schüttelte den Kopf. »Hören Sie, es tut mir leid. Was hätte ich denn machen sollen? Sie ist meine Ex und wird ausgerechnet auf der Baustelle, auf der ich jeden Tag arbeite, tot aufgefunden. Da braucht man ja nur eins und eins zusammenzuzählen. Verdammt. Ich hatte einfach Angst.«

»Und da haben Sie beschlossen, so zu tun, als kennen Sie Nadine Barth nicht?«, fragte Oliver fassungslos. »Und Sie konnten sich nicht denken, dass wir herausfinden, dass Sie Tür an Tür mit ihr wohnen? Halten Sie uns für völlig unterbelichtet?« Den letzten Satz konnte er sich nicht verkneifen.

Er biss sich auf die Unterlippe, damit ihm nicht noch mehr herausrutschte. Marcel Steinhof war nicht nur ein schamloser Lügner, sondern auch überaus dämlich. Oder wollte er sie mit seiner Aussage hinters Licht führen? Oliver starrte Steinhof grimmig an. In seinem Blick lag etwas Hinterlistiges, und die Schüchternheit, die er ausstrahlte, passte überhaupt nicht zu dieser dreisten Lüge.

»Ich dachte, Sie schnappen den Täter in der Zwischenzeit. Wäre ich sofort mit der Wahrheit herausgerückt, hätten Sie vermutlich gar nicht erst mit der Suche begonnen.«

Oliver klappte die Kinnlade herunter. Der Mann schaffte es doch tatsächlich, seine Unverschämtheiten noch zu steigern. Er ballte die Faust und versuchte, Ruhe zu bewahren, obwohl er dem Kerl am liebsten an die Gurgel gesprungen wäre. Flüchtig schaute er zu Klaus hinüber. Dessen Miene sagte mehr als tausend Worte. Sein Partner stand kurz vor der Explosion. Selbst Steuermark konnte nicht viel grimmiger gucken als Klaus in diesem Augenblick.

»Ich schlage vor, dass Sie uns mit Ihren Vermutungen verschonen und wir stattdessen mit den Fakten beginnen.« Olivers Stimme vibrierte verdächtig. »Seit wann wohnen Sie hier und in welchem Zeitraum waren Sie mit Nadine Barth zusammen?«

»Ich bin vor dreieinhalb Jahren eingezogen. In der Nachbarwohnung lebte zu diesem Zeitpunkt noch eine ältere Dame, die jedoch nach ein paar Wochen auszog. Nadine mietete die Wohnung und ungefähr zwei Monate später wurden wir ein Paar. Ich dachte, es sei Liebe auf den ersten Blick.« Er verzog das Gesicht, als hätte er in eine saure Zitrone gebissen. »Aber da lag ich gewaltig daneben. Nach etwa einem Jahr fand ich heraus, dass sie mich mit ihrem

Yogalehrer betrügt. Seitdem ist diese Frau für mich Geschichte.«

In Olivers Kopf ratterte es. »Das ist jetzt zwei Jahre her. Wie war Ihr Kontakt seit der Trennung? Sie sind sich doch sicherlich des Öfteren begegnet.«

Steinhof schnaufte abfällig. »Wie gesagt, diese Frau ist für mich nichts als Luft. Ich habe peinlich genau darauf geachtet, ihr nicht mehr über den Weg zu laufen. Dieses Miststück hatte keine zweite Chance verdient.«

»Heißt das, sie wollte zu Ihnen zurück?«

Steinhof schüttelte den Kopf. »Keine Ahnung. Ich habe seit diesem August vor zwei Jahren weder ein Wort mit ihr gesprochen noch sind wir uns je wieder begegnet.«

Das konnte Oliver sich nun wirklich nicht vorstellen. »Es gab doch bestimmt zufällige Aufeinandertreffen. Immerhin wohnen Sie gewissermaßen Tür an Tür.«

»Wo denken Sie hin? Ich habe alles getan, um Nadine aus meinem Leben zu streichen. Ich kannte ihre Arbeitszeiten. Sie hat an der Grundschule unterrichtet. Ich verließ jeden Tag früher als sie das Haus und kam auch erst weit nach ihr zurück.«

»Und abends oder am Wochenende gab es keinen Kontakt?«, bohrte Oliver weiter.

Steinhof verneinte. »Ich schaue jedes Mal, bevor ich die Wohnung verlasse, durch den Türspion.«

Oliver glaubte dem Mann kein Wort. »Warum sind Sie denn nicht einfach ausgezogen?«

Steinhof antwortete nicht, sondern zuckte nur mit den Achseln. Oliver reimte sich seinen Teil zusammen. Marcel Steinhof überließ nichts dem Zufall. Er beobachtete seine Umgebung ebenso wie Nadine Barth äußerst gründlich. Dieser Mann kannte mit Sicherheit alle ihre Gewohnheiten. Er wäre niemals von hier weggezogen, weil er dann die Kontrolle über seine Ex verloren hätte. Solche Charakterzüge fanden sich auch bei klassischen Serientätern. Oliver dachte kurz darüber nach, den Mann sofort festzunehmen. Allerdings genügten die Indizien nicht annähernd. Steuermark würde ihn einen Kopf kürzer machen. Also führte er die Befragung fort.

»Was ist mit Karolin Drechsler. Die kennen Sie doch bestimmt auch.« Oliver erwähnte bewusst nicht, dass Nadine Barths beste Freundin ebenfalls tot war.

Steinhof verdrehte die Augen und nickte. »Karolin ist ihre Freundin, schon seit der Schulzeit.«

»Wann haben Sie Karolin zuletzt gesehen?«

»Das ist Ewigkeiten her. Seitdem mit Nadine Schluss ist, jedenfalls nicht mehr.«

Oliver musterte den Mann. Es war unmöglich, zu erkennen, ob er log.

»Die Spurensicherung wird morgen früh in Nadine Barths Wohnung sein. Dürften sich meine Kollegen auch bei Ihnen umschauen?«

Marcel Steinhof sah Oliver misstrauisch an. Dann schüttelte er den Kopf. »Ich will mir erst mal einen Anwalt suchen.«

Nichts anderes hatte Oliver erwartet. Mit diesem Kerl stimmte etwas nicht. Er kannte beide Opfer, er log und im Fall von Nadine Barth hatte er zudem ein Motiv. Oliver bedankte sich. Fürs Erste hatten sie genug in Erfahrung gebracht. Steinhof hatte sich auf Nummer eins der Verdächtigenliste katapultiert.

Als er mit Klaus wieder im Dienstwagen saß, ging ihm eine weitere Sache durch den Kopf.

»Kannst du dir auch vorstellen, mit welchem Hass Marcel

Steinhof diese Notizen in seine Opfer hineingeschoben hat? Ich sehe es beinahe vor mir. Und so wie er seine Ex hasst, hat er bei ihrer besten Freundin sicherlich keine Ausnahme gemacht. Die Verachtung für Nadine Barth konnte ich jedenfalls aus jedem seiner Worte hören.«

Klaus wiegte nachdenklich den Kopf. »Ich würde es ihm auch zutrauen. Allerdings frage ich mich die ganze Zeit, was dieses Datum auf der Notiz bedeutet. Hat Steinhof nicht gerade gesagt, er hätte seine Ex zuletzt im August vor zwei Jahren gesehen? Dann könnte der neunte August ja so etwas wie ein Jahrestag sein.«

Oliver horchte auf. »Ein Jahrestag? Das wäre dann schon der dritte. Vielleicht gab es einen Auslöser. Womöglich hatten sie für diesen Tag etwas ganz Besonderes geplant, wollten zum Beispiel eine große Reise machen, sich verloben oder gar heiraten. Dann hätte dieses Datum eine sehr emotionale Bedeutung für den Täter. Wir müssen diesen Kerl unbedingt im Auge behalten.«

* * *

Lina lag in ihrem Bett, die Knie angezogen. In ihr pulsierte es, als steckte dieses Leben noch in ihr. Die ganze Nacht hatte sie von dem Baby geträumt. Ihrem Baby, das die gesamte Zeit über jämmerlich geweint hatte. Sie hatte es auf dem Gewissen. Sie war dafür verantwortlich, dass dieses Leben nun für immer ausgelöscht war. Könnte sie jemals mit dieser Schuld zurechtkommen? Würde sie je wieder ein Kind auf der Straße sehen können, ohne an ihr eigenes zu denken und ihre Entscheidung zu bereuen? Was konnte denn diese unschuldige Seele dafür, dass sie dumm genug gewesen war, es ohne

Verhütung mit Samuel zu treiben? Sie hatte doch gewusst, was passieren konnte.

Warme Flüssigkeit floss aus ihrem Inneren und kitzelte sie zwischen den Beinen. Dr. Schweitzer hatte ihr erklärt, dass es nach dem Eingriff zu Blutungen kommen konnte. Er hatte ihr allerdings nicht gesagt, dass diese beinahe so heftig waren wie ihre Periode. Jeder Tropfen fühlte sich an, als würde ein weiterer Teil ihres Babys aus ihr hinausgespült werden. Sie hatte es aus ihrem warmen, fürsorglichen Inneren verstoßen. Lina stellte sich vor, wie der winzige Körper jetzt in einem Mülleimer aus kaltem Edelstahl lag und fror. Niemand kümmerte sich mehr darum. Irgendwann landete ihr Baby auf einer Deponie zusammen mit anderen unschuldigen Seelen, die in einem Augenblick der Unachtsamkeit entstanden waren. Ihre Erzeuger amüsierten sich in diesem Moment, sie rasten auf einen erneuten hormonellen Höhepunkt zu, der kurz darauf das Todesurteil für das Leben bedeutete, das ungewollt daraus entsprang und das wieder aus der Welt geschafft werden musste. Wie hatte sie nur so herzlos sein können? Lina stellte sich vor, dass ihre Mutter sie ebenfalls abgetrieben hätte. Wie es wäre, gar nicht zu existieren. Ob es dem Baby wehgetan hatte? Ob sie es im Himmel wiedersehen würde? Ob es ihr verzeihen könnte? Dicke Tränen liefen über ihre Wange, doch Lina wischte sie nicht weg. Sie wollte nicht noch mehr von dem zerstören, was aus ihr kam.

Der Wecker klingelte, in vierzig Minuten begann die erste Stunde. Lina schob eine Schmerztablette in den Mund und schluckte. Dann erhob sie sich langsam und spürte, wie eine heiße Welle aus Blut ihren Körper verließ. Selbst als sie auf der Toilette saß, tropfte es unaufhörlich.

»Ich muss los. Dein Schulbrot steht auf dem Küchentisch.« Linas Mutter riss die Tür auf. »Bist du krank? Du siehst so blass aus.«

Sie legte ihr die Hand auf die Stirn und schimpfte: »Du musst mal eher ins Bett gehen. Dir fehlt Schlaf.« Dann drückte sie ihr einen Kuss auf die Wange und verschwand eilig aus dem Bad.

Wenigstens ahnte sie nichts von Linas abgebrochener Schwangerschaft. Wenn alles glatt lief, würde sie nie etwas von ihrem schlimmen Fehler erfahren. Lina wartete, bis die Wohnungstür ins Schloss fiel. Dann drehte sie das Radio laut auf und stieg unter die Dusche. Bei fast vierzig Grad wusch sie die gesamte Schande von sich ab. Ihre Haut leuchtete krebsrot, als sie aus der Dusche stieg und in den Spiegel sah. Trotzdem nahm sie ein Handtuch und rubbelte sich kräftig trocken. Ihre Haut brannte, doch sie hatte es nicht anders verdient.

Mit einem flauen Gefühl im Magen zog sie sich an und fuhr mit dem Rad in die Schule. Trotz des Eingriffes fühlte sie immer noch Übelkeit in sich aufsteigen. Die Schwangerschaftshormone kursierten weiter in ihrem Blut, als wäre nichts geschehen. Es würde ein paar Tage dauern, bis ihr Körper begriff, dass man ihr Baby herausgesaugt hatte und dass es nichts mehr gab, was versorgt werden musste.

Lina bemerkte in dem Gewimmel von Fahrrädern ein Modell mit Kinderanhänger. Schnell fuhr sie zur anderen Seite des Abstellplatzes und schob ihr Rad in einen Ständer. Sie war spät dran. Fast alle Schüler waren längst in ihren Klassen. Trotzdem sah sie sich nach Charlotte um, die ebenfalls mit dem Fahrrad kam und bei der sie sich gar nicht mehr gemeldet hatte. Lina stöhnte, als statt ihrer Freundin Wasserstoffblondi auftauchte. Vanessa hatte ihr gerade noch gefehlt. Blitzschnell drehte sie sich weg und ging in die

Hocke. Sie tat so, als gäbe es Probleme mit ihrem Fahrradschloss. Während sie mit dem Schlüssel hantierte, hörte sie, wie Vanessas Handy klingelte. Das war gut so. Auf keinen Fall wollte Lina auch nur ein Wort mit dieser dummen Kuh sprechen. Und wenn es bloß ein einsilbiger Morgengruß wäre. Sie konnte Wasserstoffblondi auf den Tod nicht ausstehen.

»Oh, ich bin total aufgeregt, Samuel. Holst du mich dann so gegen acht Uhr ab? … Ich dich auch, Darling.«

In Lina loderte es. Samuel. Natürlich, Wasserstoffblondi konnte er schon am frühen Morgen anrufen. Warum nicht sie? Wollte er nicht wissen, wie es ihr ging? Sie hatte sich schließlich einem nicht ganz risikofreien Eingriff unterzogen, um das Produkt seiner Lust wieder loszuwerden. Stattdessen rief er diese Schlampe an, um sie am Abend einzuladen. *Darling*, klang es in ihren Ohren. Wie konnte er sich nur so nennen lassen? Das war echt billig. In Lina explodierte die Wut. Wasserstoffblondi hier, Wasserstoffblondi dort.

»He«, rief sie und sprang auf.

Vanessas Augen weiteten sich.

»Oh, Lina«, sagte sie abfällig und wollte sich gerade abwenden, als Lina Anlauf nahm und ihr den Weg versperrte.

»Was willst du?« Wasserstoffblondi verzog das Gesicht, als hätte sie es mit einem lästigen Hündchen zu tun. »Geh schon zur Seite.«

Ungerührt blieb Lina stehen und hinderte Vanessa am Weitergehen.

»Du warst also auch bereits im Düsseldorfer Hafen zur Behandlung?«, stieß sie hervor und hoffte, dass ihre Worte Vanessa tief ins Herz trafen.

Doch Blondi starrte sie an, ohne eine Miene zu verziehen.

»Es ist genau so, wie Samuel immer sagt. Bei dir kapiert

man nie, was du eigentlich willst.« Sie hob die Arme und stieß Lina gegen die Brust. »Geh zur Seite!«

Lina hielt stand. »Wie war es denn, als Doktor Schweitzer dir zwischen die Beine gegriffen hat?«

Endlich zeigte Vanessa eine Reaktion. Ihre Lippen verzogen sich zu zwei schmalen Strichen.

»Denkst du vielleicht, ich hätte keine Ahnung von Verhütung, oder was? Sehe ich denn so dämlich aus wie du? Was meinst du, wie Samuel sich gefühlt hat, nachdem du ihn rumgekriegt hast? Glaubst du ernsthaft, ein Baby würde ihn zu dir zurückbringen?« Vanessa rümpfte die Nase.

In Lina brodelte es. Es war eine Sache, wenn sie selbst jemandem von dem Baby erzählte, aber dass Samuel es ausgerechnet Vanessa auf die Nase binden musste, ohne sie zu fragen, machte sie richtig wütend. Das durfte einfach nicht wahr sein. Und zudem schien Vanessa gar nicht bei Dr. Schweitzer gewesen zu sein. Sie hatte anscheinend nie eine Abtreibung gehabt. Von wegen bei ihr sei alles super verlaufen. Samuel hatte Lina von vorn bis hinten verarscht. Er und die blöde Gans. Linas Faust schoss so schnell in Vanessas Gesicht, dass sie es selbst erst registrierte, als das Nasenbein knirschte. Sie schlug wieder und wieder auf Wasserstoffblondi ein und konnte einfach nicht aufhören. Vanessa wich zurück, löste sich irgendwann aus ihrer Umklammerung und rannte an den Fahrrädern vorbei. Kurz vor dem Ende der Überdachung stolperte sie und fiel direkt vor dem Fahrrad mit dem Kinderanhänger zu Boden.

Lina jagte hinterher und riss Vanessa an den Haaren hoch. Kreischend landete ihre Konkurrentin im Anhänger. Lina wusste nicht, wie ihr geschah. Sie handelte wie ein ferngesteuerter Roboter. Ihre Augen registrierten einen Gurt, ihre Hände griffen danach und wickelten ihn einmal um den

Wagen, sodass die zappelnde, dumme Gans gefesselt war. Plötzlich fielen Lina die vielen Schwellungen in Vanessas Gesicht auf. Aus ihrer Nase tropfte es rot. Wasserstoffblondi sah aus wie ein Crashtest-Dummy, der mit Schwung gegen eine Wand gedonnert war. So durfte Vanessa auf keinen Fall in die Schule gehen. Wenn sie Lina verpetzte, dann war ihr ein Schulverweis so gut wie sicher. Und ihre Mutter würde platzen.

»Hör auf zu kreischen!«, zischte sie und hielt Vanessa den Mund zu. Auf einmal hatte sie ihren leichten Sommerschal in der Hand. Den Schal stopfte sie Vanessa in den Mund. Endlich Stille. Wasserstoffblondi glotzte sie mit aufgerissenen Augen an.

»Na, wer ist jetzt dämlich?« Lina schubste Vanessa noch ein Stückchen tiefer in den Anhänger und zog den Spanngurt fest. Aus dem Augenwinkel bemerkte sie eine Bewegung. Verdammt. Sie musste hier weg.

Glücklicherweise war das Fahrrad nicht angeschlossen. Wie fremdgesteuert riss Lina es aus der Halterung und fuhr davon. Es ging erstaunlich leicht. Die dürre Vanessa wog kaum mehr als ein größeres Kind. Lina sah sich nicht um und steuerte atemlos auf den Feldweg zu, der hinter der Schule begann und an den Wald grenzte. Niemand sollte sie sehen. Nicht so lange, bis die Dinge mit Wasserstoffblondi geklärt waren.

* * *

Manchmal waren Planänderungen wie ein Geschenk des Himmels. Sie tauchten einfach auf, ohne Vorankündigung und eröffneten Chancen, die er sich vorher nie erträumt hätte. Genauso erging es ihm in diesem Moment, als er im

Auto durch die Straßen kurvte. Eben noch hatte er nervös auf die Uhr geschaut und an seiner eigenen Planung herumgemäkelt, die nicht genügend Puffer enthielt und deshalb leicht wie ein Kartenhaus zusammenbrechen konnte. Den morgendlichen Stau in den Straßen hatte er unterschätzt. Irgendwie dachte er immer, dass inzwischen die meisten Menschen mit öffentlichen Verkehrsmitteln zur Arbeit fuhren. Doch die Autolawinen straften ihn Lügen, und er befürchtete schon, seinen Plan verschieben zu müssen. Aber jetzt schien plötzlich alles kinderleicht. Er grinste. Brachte denn heutzutage niemand mehr jungen Mädchen bei, nicht allein im Wald zu spazieren? Dort lauerten Gefahren. Nicht nur von wilden Tieren oder Fallen, die von Jägern ausgelegt wurden. Nein. Es gab auch Triebtäter, die es auf ein stilles, entlegenes Plätzchen abgesehen hatten und die im Dickicht der Wanderwege auf ihre Chance warteten. Und es gab Menschen wie ihn. Menschen, die wussten, dass man eine Gelegenheit beim Schopfe packt. Er lenkte sein Auto an eine gut geschützte Stelle und beobachtete sein nächstes Opfer, das ahnungslos auf ihn zulief. Eigentlich mochte er keine Gewalt. Der Anblick von Blut ließ seine Knie weich werden. Doch dieses Mal ging es nicht anders. Eine bessere Möglichkeit würde er ganz sicher nicht bekommen. Also holte er aus und schlug zu.

* * *

»Steinhof ist gerade auf der Baustelle angekommen. Keine Besonderheiten. Ich fahre heute Mittag noch einmal vorbei und berichte dir.«

»Danke, Thomas«, sagte Oliver und nahm müde einen großen Schluck Kaffee. Die Morgensonne schien durchs

Fenster, doch er beachtete sie nicht. Seine Gedanken kreisten unaufhörlich um den Fall. Tatsächlich hatte sich Steinhof seit gestern nicht ungewöhnlich verhalten. Oliver hatte einen befreundeten Polizisten aus Zons gebeten, ab und an ein Auge auf den Verdächtigen zu werfen. Für eine offizielle Überwachung lagen nicht genug Beweise vor, und außerdem war Steuermark extrem knauserig, was das Budget anging. Ohne klare Beweise rückte er mit Sicherheit keinen Cent heraus. Selbst wenn die Spurensicherung in den nächsten Stunden DNS-Spuren von Marcel Steinhof in den Wohnungen der beiden Opfer nachwies, brächte es sie nicht unmittelbar weiter. Sie müssten schon Blutspuren von Nadine Barth oder Karolin Drechsler in Steinhofs Wohnung finden. Doch sein Anwalt würde eine Durchsuchung bei dieser dünnen Beweislage mit Leichtigkeit verhindern. Kein Richter dieser Welt wäre bereit, nur auf Basis von ein paar Indizien einen Durchsuchungsbeschluss zu genehmigen. Sie brauchten Zeugen, jemanden, der Steinhof in der Tiefgarage oder sogar im Haus der Büttners gesehen hatte. Ein ganzer Trupp Polizeibeamte befragte derzeit die Nachbarschaft. Klaus nahm sich parallel den Bauleiter noch einmal vor, während Oliver sich am Küchentisch durch die Akten wühlte. Er hatte sie gestern Abend mit nach Hause genommen für den Fall, dass er nachts nicht schlafen konnte. In seinem Kopf tickten unaufhörlich die Zahlen *01* und *02*. Es waren Zeitbomben. Er ahnte, dass es nicht bei diesen Zahlen bleiben würde. Und da war noch etwas, womit er überhaupt nicht zurechtkam. Warum zum Teufel mauerte der Täter seine Opfer zusammen mit alten Gerippen ein? Welchen Sinn sollte das haben? Oliver hatte die umliegenden Klöster abgeklappert. Es schien keine Verbindung zwischen den beiden Opfern und den kirchlichen Einrichtungen zu geben.

In den Klosterregistern fanden sich weder Namen von Angehörigen noch von irgendwelchen Vorfahren.

Alle Fäden führten derzeit bei Steinhof zusammen. Vielleicht sollte Oliver sich überhaupt nicht mit diesen Knochenfunden beschäftigen, aber Emily hatte ihn gebeten, noch zu bleiben, und er wollte sie nicht enttäuschen. Außerdem glaubte sie, dass ihre Recherchen ihm weiterhelfen könnten.

Sie stapelte einen riesigen Haufen Papier vor ihm auf. Er biss nervös in sein Frühstück, ein dünnes Toastbrot mit Salami, und nahm sich vor, so bald wie möglich den Yogalehrer zu befragen, der eine Affäre mit Nadine Barth gehabt hatte. Allzu viel Zeit blieb ihm nicht mehr, denn es gab viel zu tun und er musste gleich los. Doch er sah Emilys Augen leuchten und zögerte. Es war vermutlich klüger, seine Terminplanung vorläufig für sich zu behalten.

»Ich habe mir Gedanken gemacht«, erklärte sie und strahlte ihn an. »Aber vorher müssen wir noch einen Termin finden. Anna und Maximilian haben uns zum Essen eingeladen. Bestimmt fragt er sie bald, ob sie zusammenziehen wollen. Ist das nicht aufregend? Wie passt es dir nächste Woche Samstag?«

Oliver nickte und brachte immerhin ein verkrampftes Lächeln zustande, während es *tick, tick, tick* in seinem Kopf machte.

»Im Mittelalter gab es alle möglichen Bestrafungen. Zum Beispiel Rädern, Ertränken, Sieden in heißem Wasser oder Öl, Verbrennen auf dem Scheiterhaufen, Vierteilen oder Pfählen.« Sie machte eine bedeutungsvolle Pause. »Und weißt du, wie Nonnen oft bestraft wurden?«

Oliver schüttelte den Kopf.

»Sie wurden bei lebendigem Leib eingemauert. Es gab aber auch die sogenannten Inklusinnen. Diese Nonnen haben sich freiwillig einschließen lassen, weil sie Gott näher sein wollten, indem sie sich von der Außenwelt abschieden. Allerdings wurden sie weiterhin über ein kleines Fenster mit Nahrung versorgt. Sobald sie verschieden waren, mauerte man die Öffnung zu. In vielen Klostermauern werden noch heute menschliche Überreste vermutet. Hildegard von Bingen ist eines der berühmtesten Beispiele. Sie verbrachte dreieinhalb Jahrzehnte als Eingemauerte oder Inklusin im Kloster auf dem Disibodenberg. Erst mit zweiundvierzig Jahren beendete sie die Klausur.«

Oliver nippte weiter an seinem Kaffee. »Und wie war das in Zons? Haben wir es mit einem Verrückten zu tun, der Frauen mit mittelalterlichen Methoden bestrafen will? Und wenn ja, für was?«

Emily nickte. »Die Methode des freiwilligen Einmauerns hatte ihre größte Verbreitung zwischen dem zehnten und zwölften Jahrhundert. Zons wurde erst viel später, Ende des vierzehnten Jahrhunderts, errichtet. Das war über zweihundert Jahre danach. Ich habe nicht einen einzigen Satz über eingemauerte Nonnen oder Inklusinnen in Zons gefunden. Es müsste sich in deinem Fall also tatsächlich um Bestrafungen handeln.«

»Und gibt es dazu irgendwelche Aufzeichnungen? Wenn unser Täter mittelalterliche Methoden anwendet, muss er sein Wissen ja irgendwo herhaben.«

Emily lächelte. »Ich dachte mir, dass du danach fragst. Es gibt nur sehr wenige historische Quellen. Aber ich kenne einen Experten aus dem Kloster Knechtsteden. Er könnte dir womöglich weiterhelfen. Er ist dort Lehrer an der katholischen Privatschule.«

Oliver kannte das Gymnasium, es genoss in der Region einen sehr guten Ruf. Doch er überlegte, ob er im Augenblick die Zeit für ein solches Gespräch aufbringen konnte. Es brannte ihm unter den Nägeln, endlich diesen Yogalehrer zu befragen. Er musste einen Killer stoppen, bevor es weitere Tote zu beklagen gab, und da brachte ihn die Vergangenheit nicht unbedingt voran.

»Ich danke dir, mein Schatz. Sobald ich kann, gehe ich der Sache nach. Vielleicht kann dein Experte ja mit den Fundorten etwas anfangen.« So richtig glaubte er zwar selbst nicht, was er da gerade sagte. Doch Emily hatte sich seinetwegen viel Mühe gegeben. Er gab ihr einen Kuss.

»Ich muss jetzt los.« Oliver schnappte seine Sachen. An der Tür drehte er sich noch einmal um.

»Wofür wurden diese Nonnen damals eigentlich bestraft?«

»Was?« Emily war schon wieder in ihre eigenen Unterlagen vertieft.

»Na ja, was haben die Nonnen getan? Warum wurden sie eingemauert?«

»Sie haben in der Regel gegen das Keuschheitsgelübde verstoßen.«

Etwas klingelte in Olivers Kopf. Er konnte den Gedanken jedoch nicht greifen. Nachdenklich zog er die Tür zu. Als Nächstes war der Yogalehrer dran.

XIII

VOR FÜNFHUNDERT JAHREN

»Gertrudis. O nein!« Katharina von Weinfels schlang die Arme um den schlaffen, stinkenden Körper und wiegte den Leichnam, als wäre er ein schlafendes Kind. »Meine arme Gertrudis. Ich dachte, du hättest uns verraten und wärst fortgelaufen wie die anderen dummen Gänse. Aber das bist du gar nicht.« Sie schluchzte. »Du warst die ganze Zeit hier. Mitten unter uns. Und ich habe dich verflucht, obwohl du nichts Unrechtes getan hast.«

Bastian stand völlig erstarrt da. Er wusste nicht recht, wie er mit dem Gefühlsausbruch der sonst so strengen Oberin umgehen sollte. Im Leben hätte er sich nicht träumen lassen, Katharina jemals dermaßen verzweifelt und zerbrechlich zu sehen. Bisher hatte er angenommen, die Oberin hätte ein Herz aus Stein.

»Sie ist meine leibliche Schwester.« Katharina sah Bastian mit rot geweinten Augen an. »Jemand hat meine herzallerliebste Schwester ermordet. Findet ihn, Bastian Mühlenberg. Ich gebe Euch alles, was Ihr dazu benötigt. Dreht jeden Stein in diesem Kloster um. Schlagt jede Wand ein, wie es Euch beliebt. Aber schafft mir dieses Ungeheuer herbei. Ich will ihn viergeteilt und siedend in einem großen Kupferkrug sehen!«

Endlich konnte Bastian sich wieder rühren. Sein Herz brannte vor Mitgefühl.

»Ich werde Euch ihren Mörder bringen. Das schwöre ich.« Er zog die Oberin von der übel riechenden Leiche weg. Er hatte keine Ahnung, wie lange Katharinas Schwester schon in diesem Verlies lag. Der Verfall allerdings schien so weit fortgeschritten, dass es bereits mehrere Wochen sein mussten. Behutsam half er der Oberin, durch die Maueröffnung hinauszuklettern.

»Vielleicht setzt Ihr Euch besser«, schlug er vor. Er brachte sie den ganzen Weg zurück nach oben und in eine kleine Kapelle, wo Katharina auf einer hölzernen Bank Platz nahm.

»Ich muss von Euch ganz genau wissen, wer in den letzten Wochen Euer Kloster besucht hat. Wenn wir Brunhilde noch retten und den Mörder Eurer Schwester finden wollen, müssen wir jeden befragen, den Ihr mir nennt.«

Katharina bekreuzigte sich und starrte unablässig auf die Jesusfigur, die über dem Altar hing. Erst nach einer Weile begann sie zu sprechen: »Soviel ich weiß, nur Ihr selbst, die drei Ziegler Clemens, Oswald und Anton und die beiden Maurer Gustav und Hermann.«

»Und seit wann war Eure Schwester Gertrudis fort?«, fragte Bastian weiter, während er die Namen der Maurer in sein Notizbuch eintrug. Er kannte Gustav und Hermann gut. Die beiden Brüder hatten das Handwerk ihres Vaters übernommen. Er konnte sich nicht vorstellen, dass sie für den Tod zweier Nonnen verantwortlich waren.

»Gertrudis verschwand auf den Tag genau vier Wochen

nach Ostersonntag. Ich erinnere mich in allen Einzelheiten daran. Es war schrecklich, als ich ihr leeres Nachtlager entdeckte. Wir standen uns sehr nahe. Aber schon mit Anbruch des Frühlings hatte sie sich verändert. Gertrudis war auf einmal so schweigsam, betete unablässig, und sie hat sich mir einfach nicht mehr anvertraut. Dabei ahnte ich doch, dass ihr etwas auf der Seele lastet. Als sie fort war, dachte ich, sie wäre mit einem Mann durchgebrannt.« Katharina seufzte. »Wisst Ihr, Bastian, Gertrudis war viele Jahre jünger als ich. Eine wunderschöne Frau, der die Männer trotz ihrer Nonnentracht bei jeder noch so kleinen Besorgung auf dem Markt hinterherblickten. Sie nahm das Klosterleben und ihre Bestimmung nicht sonderlich ernst. Im Grunde habe ich mich im ersten Moment überhaupt nicht gewundert, dass sie fortging. Ich hatte es längst erwartet, deshalb habe ich sie auch nicht gesucht.«

»Ich verstehe«, erwiderte Bastian und versuchte, sich das Bild der lebenden Gertrudis ins Gedächtnis zu rufen. Es wollte ihm nicht gelingen. Wahrscheinlich hatte er Katharinas Schwester nie zu Gesicht bekommen. Das war nicht weiter ungewöhnlich. Es gab viele Nonnen im Kloster, die der Außenwelt völlig unbekannt waren. Sie schotteten sich bewusst ab und wollten im Verborgenen leben. Andererseits wunderte er sich, denn wenn sie von solch außergewöhnlicher Schönheit war, wie die Oberin es beschrieb, hätte er doch sicherlich von ihr gehört. Seine Stadtsoldaten nahmen in diesen Dingen nicht unbedingt ein Blatt vor den Mund. Es geschah nicht selten, dass einer seiner Männer für eine Ordensfrau entbrannte.

»Und Euch ist in den Tagen vor ihrem Verschwinden nichts Außergewöhnliches aufgefallen? Vielleicht ein Unbekannter in Klosternähe, der Eure Nonnen beobachtet hat, oder dergleichen?«

Katharina von Weinfels schüttelte den Kopf. »Nein, ich habe nichts bemerkt. Bis auf Gertrudis' Verhalten schien alles wie immer.«

»Und Oswald? Ist der um Eure Schwester herumgeschlichen?«

Die Oberin hob abwehrend die Hände. »Nein, der hatte immer nur Augen für Margaretha. Wie er sie ständig angesehen hat ...«

Die Oberin winkte ab. »Im Wesentlichen hat er Margaretha ununterbrochen hinterhergeschaut, sobald sie ihm über den Weg lief.«

Die Beobachtungen der Oberin halfen Bastian nicht sonderlich weiter. Er seufzte und musste an Brunhilde denken, die dringend seine Hilfe brauchte, falls es nicht längst zu spät war. Er musste sie finden. Wenn er den Täter stellte, konnte er sie womöglich noch retten.

»Wir müssen uns also auf die Personen konzentrieren, die zur mutmaßlichen Zeit im Kloster zugegen waren. Bleiben daher nur die Maurer und die Ziegler übrig, denn die haben immer wieder bei Euch zu tun«, schlussfolgerte er und unterstrich die Namen Oswald und Clemens. Die beiden erschienen ihm verdächtig, an erster Stelle Oswald. Bastian klappte ratlos sein Notizbuch zu, wickelte die Feder wieder in das Ledertuch und steckte beides unter sein Wams.

»Erlaubt Ihr, dass Reinhold mit ein paar weiteren Stadtsoldaten das Kloster nach Brunhilde durchsucht?«, fragte Bastian, der in der Zwischenzeit die anderen Spuren verfolgen wollte.

Die Oberin nickte gedankenverloren.

* * *

Josef Hesemann wippte auf den Fersen und betrachtete die gelbliche Flüssigkeit in dem Glaskolben. Der Innenhof seines Hauses war sonnendurchflutet, doch auch die frische Luft konnte den Geruch des Todes nicht überdecken. Der Gestank war einer der Gründe, warum Josefs Weib und seine kleine Tochter den Hof nicht betreten durften.

»Der Harn ist trübe und riecht süßlich«, stellte er fest, tauchte die Fingerspitze in die Flüssigkeit und leckte anschließend daran.

»Hm. Ich denke, Irmgard war schwanger.« Er setzte das Gefäß ab und sah zu Bastian. »Viel Urin konnte ich ihrer Blase nicht mehr entnehmen. Irmgard ist verdurstet und ihre Verwesung schreitet schnell fort. Doch die Zeichen sind eindeutig.«

Er tastete den Unterbauch des Leichnams ab und schob eine lange Nadel zwischen den Oberschenkeln hinein. »Die Symptome entsprechen haargenau denen, die Konrad von Megenberg in seinem Buch beschrieben hat.« Er deutete mit dem Kopf Richtung Tisch, auf dem ein dicker ledergebundener Band lag. »Der Muttermund ist so fest verschlossen, dass die Nadelspitze nicht eindringen kann.«

Bastian unterdrückte ein Aufstoßen. Die Methoden des Arztes lösten Übelkeit in ihm aus. Er wollte lieber nicht länger zusehen und warf stattdessen einen Blick auf das Buch. Fünfzehn Kennzeichen von Schwangerschaft hatte der Gelehrte aufgeführt. Bastian klappte den Buchdeckel zu und las den Titel. *Das Buch von den natürlichen Dingen* hatte der Autor bereits vor einhundertfünfzig Jahren verfasst. Es schien wertvoll und war reichlich mit aufwendigen Bildern illustriert. Der Text umfasste nicht nur medizinisches Wissen, sondern auch Abhandlungen zu Planeten und Elementen sowie zur Ordnung der Tiere. Während er durch die Seiten blätterte, ratterte es in seinem Kopf. Eine schwangere Nonne wäre ein Skandal für das Kloster.

»Seid Ihr sicher?«, fragte er vorsichtshalber nach.

»Ja. Es wuchs definitiv ein Kind in ihrem Leib heran. Schon seit geraumer Weile, es wäre bald ans Licht gekommen.«

»Und sie ist verdurstet?«

Josef nickte. »Ich vermute es, denn ihr Körper weist keine Verletzungen auf, bis auf Kratzer an den Händen und blutige Fingerkuppen, weil die Nägel komplett abgebrochen sind. Sie hat versucht, sich zu befreien, denke ich. Es muss ein sehr langsamer und qualvoller Tod gewesen sein.«

»Und was ist mit Gertrudis?« Bastian hatte ihren Leichnam neben Irmgards aufbahren lassen. Der Gestank der beiden Leichen vernebelte ihm regelrecht die Sinne.

Josef verzog das Gesicht. »Diese Frau ist seit mindestens einem Monat tot. Harn finden wir in diesem Körper mit Sicherheit nicht mehr.« Er zog das Leinentuch beiseite und musterte die Leiche. »Leider ist das Fleisch so stark verwest, dass ich auch keine eindeutigen Verletzungen mehr feststellen kann.« Er hob eine Hand hoch, die fast nur noch aus Knochen bestand. »Da hatten die Ratten ein Festmahl.«

»Könnt Ihr denn gar nicht herausfinden, ob auch sie guter Hoffnung war? Vielleicht ist das ja der Grund, warum sie eingemauert wurden. Nonnen, die gegen das Keuschheitsgelübde verstoßen haben, werden seit jeher bestraft.«

»Nun ja. Da gebe ich Euch recht. Aber in vielen Fällen schließt man sie einfach nur aus der Klostergemeinschaft aus. Außerdem hättet Ihr es doch von Katharina von Weinfels erfahren, falls diese Strafe verhängt worden wäre. Ich kenne ein paar Inklusen, die freiwillig in einem Verlies hausen, um Gott näher zu sein. Aber ihnen wird Nahrung und das Nötigste durch ein Fenster gereicht. Außerdem gelten einige als weise Frauen, deren Rat äußerst geschätzt wird.« Josef schüttelte den Kopf. »Wenn Ihr mich fragt, reden wir hier zweifellos von Mord. Derjenige, der diese armen Geschöpfe hinter einer Ziegelmauer ohne Wasser und Brot eingesperrt hat, der wollte sie still und heimlich beseitigen. Vielleicht war es ja der Vater des Ungeborenen, der Mutter und Kind auf leichte Weise loswerden wollte? Immerhin musste er sich bei dieser Methode die Hände nicht schmutzig machen.« Josef zog die Augenbrauen hoch.

»Ich kann Gertrudis' Inneres in Augenschein nehmen. Falls sie guter Hoffnung war und das Ungeborene schon groß genug, sehe ich es vielleicht.« Er griff zu einem frisch gewetzten Messer und platzierte einen Schnitt quer über den Unterbauch. Schwarzes, klumpiges Blut quoll heraus. Josef schien weder der Geruch noch der Anblick zu beeindrucken. Er hantierte ruhig mit der scharfen Klinge und wühlte in den aufgeblähten Eingeweiden. Nach einer Weile schüttelte er den Kopf.

»Tut mir leid, Bastian. Ich kann kein Ungeborenes finden. Das bedeutet jedoch nicht, dass Gertrudis nicht schwanger war. Der Zerfall ist einfach zu weit fortgeschritten.« Er stopfte die Gedärme zurück in die Bauchhöhle, spülte sich die blutigen Unterarme in einer Wasserschüssel ab und griff dann nach einem Zwirnsfaden, um die Bauchdecke mit ein paar schnellen Stichen zu schließen.

Angelias Worte fielen Bastian unvermittelt ein. *Wir*

bekommen manchmal Besuch vom Teufel, hatte sie geflüstert. Ob sich jemand des Nachts ins Kloster schlich und die Nonnen zur Unzucht zwang? Doch müssten das die anderen Schwestern nicht mitbekommen? Schließlich schlief keine allein, sie waren mindestens zu dritt in ihren Gemächern. Andererseits hatte Gertrudis als leibliche Schwester der Oberin sicherlich zu den besser gestellten Nonnen gehört und vermutlich eine eigene Zelle besessen. Nur Anwärterinnen, Novizinnen und junge Nonnen schliefen eng zusammengepfercht in gemeinsamen Schlafgemächern.

»Wir müssten herausfinden, wer der Vater von Irmgards ungeborenem Kind ist«, murmelte Bastian und sah Josef an, der jedoch sofort den Kopf schüttelte.

»Das ist unmöglich«, sagte er und hob bedauernd die Schultern.

Bastian dachte an Oswald. Ob er sich vielleicht an Irmgard vergangen und sie dann eingesperrt hatte, um das Missgeschick aus der Welt zu schaffen?

»Bastian!« Wernhart stand urplötzlich in der Tür und hielt sich im selben Augenblick die Nase zu.

»Puh.« Er schüttelte sich. »Ich muss mit dir sprechen. Oswald hat mich mit einem Messer angegriffen, und ich habe ihn in den Juddeturm gesperrt. Der Mistkerl weigert sich standhaft, zu erzählen, was er mit Brunhilde angestellt hat.« Wernharts Augen blieben an Josefs blutigen Händen hängen. »Können wir vielleicht draußen weitersprechen, Bastian? Dieser Gestank …«

»Schon gut.« Bastian nickte Josef zu. »Ich komme sofort wieder zurück.« Dann folgte er Wernhart vor die Tür und machte einen tiefen Atemzug. Endlich Luft, die nicht wie der Tod stank.

Wernhart berichtete, wie er mit Oswald den Geheimgang des Klosters abgesucht hatte und von ihm angegriffen worden war.

»Natürlich habe ich Oswald sofort entwaffnet. Der Bursche besitzt keinerlei Erfahrung im Umgang mit Waffen, aber er hat Dreck am Stecken. Ich könnte schwören, dass er hinter Brunhildes Verschwinden und Irmgards Tod steckt.«

»Was sagt er denn zu seiner Verteidigung?«, fragte Bastian.

»Er jammert immer nur über seinen Meister. Dass der ihn rauswirft, wenn er erfährt, dass Oswald ihn verfolgt hat.«

Bastian nickte. »Ich sage dir jetzt etwas, was zunächst unter uns bleiben muss.«

Wernhart sah Bastian erstaunt an.

»Wir haben Gertrudis, die leibliche Schwester der Oberin, tot aufgefunden. Josef hat sich beide Leichen angeschaut. Irmgard war guter Hoffnung und Gertrudis womöglich auch.«

»Was?« Wernhart bekreuzigte sich. »Sie waren Nonnen!«

»Ich weiß. Josef vermutet, dass der Vater der Ungeborenen der Täter ist. Es kommen also auf alle Fälle die Ziegler und die Maurerbrüder in Betracht. Wir müssen herausfinden, wer sonst noch Zugang zum Kloster hatte. Katharina von Weinfels behauptet, es gäbe außer den genannten keine weiteren Personen, die infrage kommen. Doch sie hatte ja gar keine wirkliche Kontrolle. Jeder, der den Geheimgang kennt, hätte sich Zugang verschaffen können. Außerdem habe ich in einem Abstellraum neben dem Schlafgemach der Nonnen Kalkspuren entdeckt. Der Raum war angeblich seit eh und je verschlossen. Die Oberin besitzt keinen Schlüssel.«

Wernharts Augen wurden immer größer. Dann zog er etwas aus seinem Wams und zeigte es Bastian.

»Könnte es vielleicht dieser Schlüssel sein?«

»Wo habt Ihr den her?«

»Aus Oswalds Hosentasche.«

* * *

Brunhilde stöhnte vor Anstrengung. Der Mauerstein unter ihrer Hand lockerte sich endlich, wenn auch kaum spürbar. Vielleicht fühlte sie nur das Zittern ihrer Finger, die sich um die Tonscherbe krampften. Sie vollführte seit einer ganzen Weile immer dieselbe Bewegung. Sie kratzte die Fuge entlang, von oben nach unten. Ihre Muskeln schmerzten schon jedes Mal, bevor sie die Scherbe überhaupt wieder am oberen Punkt ansetzte. Doch Brunhilde machte weiter. Es war ihre einzige Chance, und sie wollte leben. Die Freiheit war greifbar. Ihre linke Hand, die immer noch feststeckte, fühlte sich inzwischen doppelt so groß an.

Endlich platzte ein weiteres Stück Mörtel heraus. Brunhilde hörte es knirschen. Sofort kratzte sie fester. Feiner Staub kitzelte sie in der Nase. Sie drehte die Scherbe ein wenig, es knackste in der Fuge und ein neues Stückchen brach heraus. Der Mörtel bröckelte. Sie jubelte innerlich vor Glück, schöpfte einen Moment lang Kraft und kratzte weiter. So lange, bis sich der Ziegelstein löste und krachend herunterfiel, als sie ihn nach hinten drückte. Brunhilde zog vorsichtig die linke Hand heraus und wimmerte vor Schmerzen. Sie war so froh, ihren Übermut nicht mit dem Leben bezahlt zu haben. Erschöpft suchte sie nach der Stelle, an der das Wasser von der Decke tropfte. Sie benetzte ihre Lippen und schlüpfte aus ihrem rechten Schuh. Dann erhob sie sich und schlug mit aller Kraft gegen die Wand. Es war ein berauschendes Gefühl, endlich etwas bewirken zu können. Bei jedem Hieb knirschte es zwischen den Steinen. Es dauerte nicht lange, und der nächste Ziegelstein krachte zu Boden. Brunhilde keuchte atemlos, gönnte sich jedoch keine Pause, bis der nächste Stein nachgab. Ein muffiger Luftzug strömte ihr in die Nase, doch sie wagte nicht, Hand oder gar Gesicht durch den inzwischen großen Spalt zu stecken. Diesen Fehler würde sie nicht wiederholen.

Erst als die Lücke in der Mauer so groß war, dass sie sich gefahrlos hindurchzwängen konnte, hörte sie auf. Glücklich, jedoch völlig erschöpft ließ sie sich noch in ihrer Zelle gleich neben der Öffnung gegen die Wand sinken. Die Augen fielen ihr zu, und sie beschloss, sich ein wenig auszuruhen. Brunhilde war weiterhin umgeben von Dunkelheit; sie brauchte Kraft, wenn sie sich nicht verlaufen wollte.

Doch kurz darauf schreckte sie hoch. Ein Windzug fuhr durch ihr Haar. Dann hörte sie Schritte. Brunhilde erstarrte. Ganz vorsichtig lugte sie durch die Maueröffnung hinaus und erspähte einen langen Tunnel, an dessen Ende ein kleines Licht schien. Eine Fackel, die immer näher kam. Brunhilde kniff die Augen zusammen und erkannte schließlich eine Gestalt in langem, dunklem Gewand, die die Fackel trug. Panik breitete sich ruckartig in ihr aus. Barfuß wie sie war, kroch sie aus ihrem Gefängnis und rannte in die entgegengesetzte Richtung davon.

* * *

»Dieser Schlüssel gehört mir nicht. Ich schwöre es bei meinem Leben«, beteuerte Oswald tränenüberströmt.

»Euer Leben ist sowieso nicht mehr viel wert«, knurrte Bastian und schüttelte den Zieglergesellen. »Dieser Schlüssel öffnet eine Tür zum Schlafgemach der Nonnen. Wollt Ihr mich zum Narren halten?«

Oswald schüttelte den Kopf.

»Wo ist Brunhilde? Wir fragen Euch das jetzt zum allerletzten Mal. Morgen schon könnt Ihr die Fragen des Schöffen beantworten, und glaubt mir, das wird weit weniger angenehm. Noch könnt Ihr alles zugeben und vielleicht sogar Brunhilde das Leben retten. Das könnte den Richter milder stimmen.«

»Ich habe nichts getan«, jammerte Oswald.

»Ihr seid ein Lügner. Wie soll denn dieser Schlüssel in Eure Hosentasche geraten sein? Verdammt noch mal, redet endlich!« Wernhart ging dem Gesellen wütend an die Gurgel. »Ihr habt mindestens zwei Frauen auf dem Gewissen. Habt Euch nachts ins Kloster geschlichen und sie geschändet. Und als Eure Sünde sichtbar wurde, habt Ihr sie beiseitegeschafft.«

»Ich weiß nicht, wie dieser Schlüssel in meine Tasche gekommen ist. Jemand hat ihn mir zugesteckt. Vielleicht wart Ihr es ja oder mein Meister.« Oswald sah Wernhart trotzig an.

»Das glaubt Ihr doch wohl selbst nicht.« Wernhart verpasste dem Mann eine schallende Ohrfeige. »Redet endlich!«

Aber Oswald schwieg. Sein Blick wirkte mit einem Mal entrückt. Er sah auf einen Punkt am Boden und fing an, mit dem Oberkörper vor und zurück zu schaukeln.

»Wie kommen die frischen Mörtelspuren an Eure Hose? Und warum habt Ihr Wernhart angegriffen, wenn Ihr unschuldig seid? Verflucht, jetzt redet endlich – oder wollt Ihr, dass Brunhilde stirbt?«, fragte Bastian. Doch er bekam keine Antwort mehr. Oswald hatte sich völlig in sich zurückgezogen. Die Stadtsoldaten hatten inzwischen ganz Zons nach dem Mädchen durchkämmt, genauso wie das Kloster und die umliegenden Bauernhöfe. Niemand hatte sie gesehen. Frustriert wandte Bastian sich von Oswald ab. Der Kerl würde nichts verraten.

»Bringt ihn zurück in seine Zelle und gebt ihm einen Krug Wasser«, forderte Bastian einen seiner Männer auf, die den Ausgang bewachten. Sie befanden sich im Obergeschoss des Juddeturms, in einem Raum, in dem Gefangene zu ihren Missetaten befragt wurden.

»Eine Nonne bittet Euch zu sprechen«, meldete ein anderer Soldat. »Sie wartet unten.«

Bastian stieg die steilen Turmstufen hinab und begrüßte Margaretha, die nervös auf und ab ging.

»Was führt Euch zu mir?« Er nickte ihr aufmunternd zu.

Die Nonne übergab ihm ein zusammengerolltes Stück Pergament. »Die Oberin hat die Namen aller Nonnen und Mädchen aufgeführt, die in den letzten zwölf Monaten aus dem Kloster verschwunden sind.«

Bastian studierte die fünf Namen, die auf dem Pergament standen. Zwei der Frauen lebten nicht mehr. Außer Brunhilde waren auch noch Dorothea und Kunigunde verschwunden.

»Habt Ihr von den Familien etwas über ihren Verbleib erfahren?«

»Sie sind nie nach Hause gekommen. Katharina von Weinfels hat extra einen Boten ausgesandt, um nachzufragen.« Margaretha hob den Blick und sah Bastian aus großen Augen an. »Glaubt Ihr, dass sie ebenfalls tot sind? Eingesperrt in einem Verlies unter unseren Füßen?« Tränen rollten über ihre Wangen, und Bastian war einen Augenblick lang versucht, sie in den Arm zu nehmen. Ihre Verletzlichkeit erinnerte ihn plötzlich an Anna. Doch er besann sich rechtzeitig.

»Ich versuche es herauszufinden. Könnt Ihr mir sagen, seit wann sie verschwunden sind?«

»Dorothea ist erst seit zehn Tagen weg und Kunigunde seit mehr als sechs Monaten.«

»Ist Oswald Euch eigentlich jemals zu nahe getreten?«, fragte Bastian weiter.

Margaretha schüttelte entsetzt den Kopf. »Nein. Das würde er niemals tun. Er hält stets den angemessenen Abstand ein. Sowohl zu mir als auch zu allen anderen.«

Bastian runzelte die Stirn. Margarethas Worte passten nicht zu dem Mann, der in diesem Augenblick genau unter ihnen im Verlies schmorte.

»Und Irmgard? Hat er sich ihr unsittlich genähert?« Bastian dachte daran, dass die tote Nonne ein Ungeborenes in ihrem Leib getragen hatte.

»Irmgard hat Oswald links liegen lassen.« Sie zögerte einen Moment und flüsterte dann: »Ich vertraue die nächsten Worte nur Euch an: Irmgards Herz war für Clemens entflammt. Doch seit Brunhilde zu uns ins Kloster kam, hatte der Ziegelmeister nur noch Augen für sie. Ich denke, das hat Irmgard das Herz gebrochen. Wir hatten geglaubt, dass sie deshalb verschwunden ist.«

Bastian horchte auf. Das hatte er bisher nicht gewusst. Ob am Ende doch der Ziegelmeister hinter den Morden steckte? Hatte er Irmgard beiseitegeschafft, um freie Bahn bei Brunhilde zu haben? Aber warum war dann jetzt Brunhilde verschwunden? Hatte er sie aus Wut über ihre Zurückweisung getötet? Und wieso musste Gertrudis sterben? Bastian hatte sich in der Stadt umgehört. Die Schwester der Oberin war liebreizend anzusehen, allerdings unnahbar gewesen.

Kaum jemand hatte je ein Wort mit ihr gewechselt, wenn sie auf dem Markt Besorgungen erledigte.

»Was könnt Ihr mir von Gertrudis berichten?«

Margaretha zuckte mit den Achseln. »Was soll ich über sie berichten? Sie hat sich nicht sonderlich viel aus dem Klosterleben gemacht und genoss verschiedene Privilegien. Sie schlief in einer eigenen Kammer und bekam meist mehr zu essen als wir anderen. Mit den Zieglern und Maurern hat sie sich genauso wenig abgegeben wie mit uns.«

Bastian befragte Margaretha noch zu Dorothea und Kunigunde, jedoch ohne brauchbare Hinweise zu erhalten.

»Woher wusstet Ihr von dem geheimen Ausgang?«

Margaretha errötete und senkte den Blick. »Verratet es bitte nicht der Oberin.« Sie sah wieder auf, Bastian nickte zum Einverständnis.

»Kunigunde hat ihn mir kurz vor ihrem Verschwinden gezeigt.«

»Und woher wusste sie davon? Hat sie es Euch erzählt?«

»Nein. Das war ihr Geheimnis. Ich hätte auch niemals jemandem von dem Ausgang erzählen dürfen. Dann wäre Brunhilde noch bei uns und Dorothea wahrscheinlich auch.« Margaretha schluchzte. »Ich hoffe, Ihr findet sie.«

»Eine Frage muss ich Euch noch einmal stellen, bevor Ihr geht. Was hat Angelia in jener Nacht gemeint, als sie sagte, der Teufel komme manchmal zu Besuch?«

»Könnt Ihr Angelia nicht selbst danach fragen?«, hauchte Margaretha kaum hörbar.

»Ich darf keine weitere Zeit verlieren, wenn ich Brunhilde, Dorothea und vielleicht auch Kunigunde retten will. Bitte helft mir doch.« Bastian sah Margaretha lange an. Schließlich nickte sie.

»Es ist eher ein schlechter Traum, der die eine oder

andere von uns manchmal befällt. Wenn es der Teufel wäre, hätte er uns längst geholt oder wäre in uns gefahren. Das weiß ich.« Margaretha bekreuzigte sich. »Er kommt nur, wenn wir tief schlafen. Dann befühlt er uns den Bauch und steckt uns einen Finger zwischen die Beine. Zu mir kam er noch nie. Aber Angelia wurde heimgesucht.«

»Und wer noch?«

»Irmgard hatte diesen Traum ebenfalls, aber auch andere, die noch bei uns sind.« Sie zählte ein paar Namen auf, die Bastian in seinem Buch notierte.

»Ich begleite Euch zurück, wenn Ihr wollt«, schlug er dann vor und wartete Margarethas Antwort gar nicht erst ab. Die Vorgänge im Kloster kamen ihm unheimlich vor. Er fragte sich, ob dieser Ort irgendwie verflucht war. Vielleicht handelte es sich ja tatsächlich nicht um einen Traum, sondern doch um den Leibhaftigen. Was, wenn das Böse sich in den Klostermauern eingenistet hatte? Dort, wo Licht ist, ist auch Schatten, predigte Pfarrer Johannes immer. Ob er seinen Ziehvater um Rat bitten sollte?

Schweigend ging er neben Margaretha her, bis sie am großen Klostertor anlangten. Er sah zu, wie sie hineinging, und wartete, bis die Pforte hinter ihr wieder fest geschlossen war. Dann begab er sich zu der Stelle neben dem Juddeturm, wo der Geheimgang aus dem Kloster ins Freie führte und umgekehrt. Clemens, sein Lehrjunge Anton und die beiden Maurerbrüder Gustav und Hermann schufteten mit hochroten Köpfen, während Reinhold daneben stand und Löcher in die Luft starrte. Die Dämmerung hielt inzwischen Einzug und tauchte Zons in ein rötliches, warmes Licht.

»Habt Ihr den Zugang in der Vorratskammer zugemauert?«, fragte Bastian und stellte enttäuscht fest, dass die Arbeiten noch nicht weit vorangeschritten waren.

Clemens verzog das Gesicht. »Ja, wir sind gerade fertig geworden. Aus dem Kloster gelangt niemand mehr hinaus. Jedenfalls nicht über den Tunnel. Aber ich befürchte, diesen Zugang hier werden wir heute nicht mehr schaffen. Ihr habt meinen Gesellen weggesperrt und er fehlt uns bei der Arbeit.« Clemens streckte sich und rieb müde den Rücken.

»Hat er denn überhaupt Dreck am Stecken?« Clemens sah ihn fragend an.

Doch Bastian reagierte zurückhaltend mit seiner Auskunft, schließlich erschien ihm der Ziegelmeister nicht weniger verdächtig.

»Warum habt Ihr mir nicht erzählt, dass Ihr ein Auge auf Irmgard geworfen hattet?«

Clemens stotterte: »Das ist lange her. Sie … sie war nicht die Richtige, jedenfalls nicht mehr, seit ich Brunhilde erblickt hatte. Ihr Antlitz hat mich sofort verzaubert. Ich wollte nur noch sie.«

»Und was hat Irmgard davon gehalten?«, fragte Bastian streng.

Clemens blickte sich um und gab Anton ein Zeichen, sich zu entfernen. »Müssen wir das vor meinem Lehrjungen besprechen?«

Bastian wippte vor dem Ziegelmeister auf und ab. »Mir ist es völlig egal, wer uns zuhört. Ich habe nichts zu verbergen. Ihr jedenfalls seid offenbar hinter Nonnen her wie der Teufel hinter dem Weihwasser. Schämt Ihr Euch denn gar nicht?«

»Hört zu«, krächzte Clemens und zog Bastian mit sich außer Hörweite der Maurerbrüder. »Ich habe Irmgard eine Menge Gulden zum Ausgleich angeboten. Doch sie wollte das Geld nicht. Ich habe sogar mit einer Kräuterfrau gesprochen und einen Trank besorgt, der die Schwangerschaft ungeschehen gemacht hätte. Sie war mir dankbar dafür, und zwei Tage später verschwand sie plötzlich ohne ein weiteres Wort. Ich dachte, sie hatte es für das Beste gehalten, irgendwo in der Ferne neu anzufangen.«

Bastian spürte Wut in sich hochkochen. »Warum habt Ihr mir das nicht sofort gesagt, schon als Irmgards Leiche gefunden wurde?«

Clemens stöhnte. »Da hattet Ihr mich doch bereits verdächtigt. Erst wegen Brunhilde und dann auch wegen Irmgard, nur weil sie hinter roten Ziegelsteinen eingemauert war. Das wäre nicht gerade der passende Moment gewesen. Außerdem habe ich diesen Mädchen schließlich nichts zuleide getan.«

»Was wichtig ist und was nicht, das entscheide immer noch ich«, rief Bastian hitzig. »Findet Ihr es nicht langsam merkwürdig, dass Eure Wege regelrecht von Leichen gepflastert sind? Es liegt nahe, dass Ihr etwas mit diesen Morden zu tun habt!« Ihr und Euer Geselle Oswald, fügte Bastian in Gedanken hinzu. Er würde den beiden schon auf die Schliche kommen. Reinhold würde Clemens die ganze Nacht auf den Fersen bleiben. Egal, was dieser Mann im Schilde führte, sie fänden es heraus.

»Wisst Ihr was? Mauert diesen Zugang doch selbst zu. Ich habe für heute genug geschuftet und genieße jetzt meinen wohlverdienten Nachtschlaf.« Clemens wandte sich beleidigt ab.

»Anton«, brüllte er. »Schluss für heute.«

Ohne sich noch einmal umzudrehen, trottete er mit seinem Lehrjungen von dannen. Reinhold folgte ihnen dicht auf den Fersen.

»Wie sieht es aus?«, fragte Bastian die Maurer Gustav und Hermann. »Könnt Ihr diesen Eingang heute noch verschließen? Ich kann zwei oder drei Leute bitten, mitzuhelfen.«

Die Brüder sahen sich betroffen an. »Tut uns leid, Bastian. Aber die Ziegel reichen nicht aus. Clemens muss morgen neue Steine brennen, sonst können wir nicht weitermachen. Die Mauer reicht höchstens bis zur Hüfte. Da kommt jeder drüber. Und außerdem habt Ihr doch verlangt, eine zweite Mauer zur Sicherheit einzuziehen, damit auch wirklich niemand mehr hineingelangt.«

Bastian stöhnte zermürbt. Die Mauern sollten doppelt so dick sein wie üblich und in zwei Reihen sowohl oberhalb als auch unterhalb der Treppe gezogen werden. So hatte es Pfarrer Johannes vorgeschlagen. Ansonsten wäre ein Mauerdurchbruch mit ein paar Hammerschlägen ein Leichtes gewesen. Es hatte keinen Sinn, an dieser Stelle zu sparen. Die letzten Tage liefen einfach nicht rund. Ständig stand ihm irgendetwas im Weg.

»Die Maueranlage wäre auch mit allen drei Zieglern heute nicht mehr fertig geworden. Wir haben ja gerade erst angefangen und die Sonne geht bereits unter.« Gustav schlug ihm aufmunternd die Hand auf die Schulter. »Tut mir leid, mein Freund. Gleich morgen machen wir weiter. Versprochen.«

Bastian verabschiedete die beiden verdrossen und dachte kurz daran, Pfarrer Johannes aufzusuchen. Er entfernte sich ein paar Schritte, blieb dann jedoch stehen. Der Gang war zwar von der Klosterseite her geschlossen, aber vielleicht war es trotzdem klüger, heute Nacht persönlich Wache zu halten. Schließlich gab es einen Zugang zum Labyrinth, und Johannes wollte um jeden Preis vermeiden, dass dieser entdeckt wurde. Und sollte tatsächlich wieder jemand versuchen, über den Geheimgang ins Kloster zu gelangen, könnte er ihn sogleich dingfest machen.

Also ging er zurück und setzte sich in den dunklen Gang.

Nach einer Weile zündete er seine Fackel an. Immerhin war die Sommernacht mild, sodass er kaum fröstelte. Die ganze Zeit grübelte er über die eingemauerten Nonnen und fragte sich, ob auch Brunhilde dieses Schicksal erlitten hatte. Am liebsten hätte er weiter nach Brunhilde gesucht, doch er wusste nicht mehr, wo noch. Sie war einfach wie vom Erdboden verschluckt. Bastian blätterte durch sein Notizbuch und ging die Fälle Schritt für Schritt durch. Als er erneut zu dem Schluss kam, dass Oswald oder Clemens dahinterstecken mussten, vernahm er ein Geräusch, das tief aus dem Inneren des Geheimganges zu ihm drang. Bastian fehlten die Worte, um es zu beschreiben. Er hörte eine Mischung aus Schnaufen und Stampfen, das zu seinem Entsetzen eigentlich nur vom Leibhaftigen persönlich stammen konnte.

Blitzschnell löschte er das Feuer und presste sich gegen die Wand. Ein Teil von ihm wollte davonlaufen, doch sein Mut war stärker. Bastian hielt den Atem an und griff nach seinem Schwert. Wer immer aus dem Dunkel auftauchte, würde seine scharfe Klinge zu spüren bekommen. Immer deutlicher hörte er, dass sich Schritte näherten. Merkwürdigerweise ähnelten sie nun eher einem Tapsen als einem Stampfen. Ob der Teufel auf Zehenspitzen daherschlich? Hatte er ihn womöglich längst bemerkt? Angst kroch in Bastian hoch, doch er rührte sich nicht. Auch nicht, als das Geräusch direkt neben ihm war. Etwas streifte ihn am Ärmel und huschte an ihm vorbei. Ein merkwürdiges, gequältes Röcheln durchdrang die Luft. Bastian löste sich von der Wand und schlich hinterher. Er riss die Augen auf, als die Gestalt am Eingang stehen blieb. Durch das Mondlicht hob sie sich jetzt als schwarze Silhouette vom Rest der Umgebung ab, die zu Bastians Erleichterung keine Hörner auf dem Kopf trug. Er hob das Schwert und sprang. Sein linker Arm schloss sich um den Hals des Unbekannten und die rechte Hand führte die Klinge direkt an seine Kehle. Ein erstickter, dünner Schrei ließ ihn innehalten. Erst jetzt fiel ihm auf, dass die Gestalt viel kleiner war als er. Bastian lockerte den Griff und wankte rückwärts. Er konnte nicht glauben, wen er vor sich hatte.

XIV

GEGENWART

»Shanti, shanti, shanti«, sang Dominik Kaden mit tiefem Bass und geschlossenen Augen. Oliver musterte ihn erstaunt. Er hatte einen völlig anderen Männertyp erwartet. Yogalehrer waren in seiner Vorstellung eher feingliedrig, doch hinter der Glaswand saß ein durchtrainierter Hüne. Mit sichtbarem Sixpack ausgestattet. Unwillkürlich verglich er Kadens Erscheinung mit Steinhof, denn sie ähnelten sich, auch wenn sie völlig unterschiedlichen Berufen nachgingen.

Er entdeckte unter den circa fünfzehn Anwesenden gerade einmal zwei männliche Teilnehmer. Die Gruppe wirkte homogen, sämtliche Bewegungen waren gleichgeschaltet, selbst das Kopfnicken zum Abschluss erfolgte vollkommen synchron. Dann löste sich der Kurs langsam auf. Dominik Kaden blieb mit verschränkten Beinen auf dem Boden sitzen und fixierte Oliver mit durchdringendem Blick.

Er holte seinen Dienstausweis aus der Tasche und hielt ihn sichtbar für Kaden hinter der Scheibe hoch.

Kaden winkte ihn herein und erhob sich. Er beäugte Olivers Ausweis in aller Gründlichkeit.

»Sie sind von der Kriminalpolizei? Ich hoffe, es ist nichts Schlimmes passiert.«

»Leider doch. Zwei Ihrer Kursteilnehmerinnen sind einem Gewaltverbrechen zum Opfer gefallen. Dürfte ich Ihnen einige Fragen stellen?«

»Du lieber Himmel. Das ist ja schrecklich. Kommen Sie.« Dominik Kaden bedeutete Oliver, ihm zu folgen. Er verließ den Kursraum und führte ihn zu einem Büro am anderen Ende des Ganges.

»Möchten Sie vielleicht einen Tee oder Wasser?«, fragte er und goss gleichzeitig dampfenden Tee aus einer Thermoskanne in eine Tasse, die er von einem kleinen Regal genommen hatte. Als Oliver nickte, reichte Kaden ihm die Tasse.

»Um wen geht es denn?«

»Es handelt sich um Nadine Barth und Karolin Drechsler. Können Sie mir sagen, wann Sie die beiden zuletzt gesehen haben?«

»Nadine? Karolin? O nein.« Kaden wurde blass und sank auf seinen Bürostuhl. »Was ist denn passiert?«

»Ich kann Ihnen leider keine Details nennen. Beide wurden vor ein paar Tagen tot aufgefunden.«

Dominik Kaden starrte Oliver an. Das Entsetzen stand ihm auf die Stirn geschrieben. Er brachte kein Wort mehr heraus.

»Vielleicht können Sie mir erst einmal beantworten, wann Sie die beiden zum letzten Mal gesehen haben«, fuhr Oliver behutsam fort. Er wusste, dass Todesnachrichten selbst bei nur flüchtig Bekannten einen Schockzustand auslösen konnten, erst recht, wenn es sich um einen gewaltsamen Tod handelte. Und sofern Marcel Steinhof in diesem Punkt die Wahrheit gesagt hatte, waren Dominik Kaden und Nadine Barth weit mehr als nur oberflächliche Bekannte in einem Lehrer-Schüler-Verhältnis gewesen.

»Das war vor zweieinhalb Wochen. Karolin wollte Urlaub machen, und ich dachte, Nadine hätte keine Lust, alleine zu kommen.«

»Wann haben sich die beiden denn in Ihrem Yogastudio angemeldet und wie häufig waren sie hier?«

Kaden erhob sich taumelnd und öffnete einen Schrank, aus dem er einen Aktenordner hervorzog.

»Sie haben sich zusammen vor gut drei Jahren angemeldet und kamen regelmäßig meist montags und freitags in meinen Abendkurs. Ich ...« Er stockte und klappte die Akte zu. »Und ich muss Ihnen etwas sagen.« Kadens Blick wanderte unsicher über den Schreibtisch, und als er weitersprach, zitterte seine Stimme: »Nadine und ich waren einige Monate zusammen.«

Oliver atmete innerlich auf. Wenigstens sagte Kaden die Wahrheit, und zwar ohne dass er ihm alles aus der Nase ziehen musste.

»Ihr damaliger Freund war ziemlich sauer deswegen«, fuhr Dominik Kaden fort. »Er hat ihr einige Male vor dem Yogastudio aufgelauert und sie bedroht.« Er kratzte sich am Hinterkopf. »Wie hieß dieser Kerl gleich noch mal? Ich glaube Martin oder so.«

»Vielleicht Marcel Steinhof?«

Kaden sah Oliver erstaunt an. »Ja, genau. Er hat Nadine ziemlich übel mitgespielt. Sie stand kurz davor, umzuziehen, weil er gleich nebenan lebt. Wir haben uns heftig gestritten, er ist sogar auf mich losgegangen und dann verabschiedete er sich für ein Jahr ins Ausland. Hat irgendwo auf einer

Baustelle angeheuert. Danach hatte Nadine Ruhe.« Er zuckte mit den Achseln. »Das lag sicher auch daran, dass es zwischen uns beiden nicht lange funktioniert hat.«

Oliver erinnerte sich an die Kneipenschlägerei, die in Steinhofs Akte vermerkt war. Steinhof neigte, entgegen seinem ersten Erscheinungsbild, offenbar zu ziemlicher Aggressivität.

»Sie nahm trotz der Trennung weiter an Ihren Yogakursen teil?«

Kaden nickte. »Ja, mit Karolin, sie kommen immer … kamen immer zusammen. Die hat übrigens auch was mit Marcel gehabt.«

»Was?« Oliver horchte auf. »Mit Marcel Steinhof?«

»Ja. Deswegen musste Nadine dann auch keine Angst mehr vor ihm haben. Als er aus dem Ausland zurückkam und mit Karolin anbändelte, verlor er jegliches Interesse an Nadine. Wir haben stundenlang auf Karolin eingeredet, damit sie die Finger von diesem Kerl lässt. Aber es war hoffnungslos. Sie wollte nicht hören.«

Oliver verschlug es für einen Augenblick die Sprache. In seinem Kopf ratterte es. Schon wieder hatte Steinhof nicht die ganze Wahrheit gesagt, und nicht nur das. Jetzt gab es höchstwahrscheinlich auch ein Motiv für den Mord an Karolin.

»Wie lange waren die beiden denn zusammen?«

»Nicht lange, ein paar Wochen höchstens. Karolin war am Boden zerstört. Marcel hat sie wegen einer anderen verlassen.«

Oliver dachte nach. So eindeutig schien die Lage doch nicht zu sein. Trotzdem war Steinhof mehr als verdächtig. Oliver bedankte sich und schritt langsam zur Tür. Er musste dringend mit Steuermark sprechen. Dominik Kadens

Aussage sollte für einen Durchsuchungsbeschluss reichen. Zwei tote Frauen, die beide eine Beziehung mit dem Verdächtigen hatten, die dieser wiederholt unter den Teppich zu kehren versuchte, waren ein gehöriges Verdachtsmoment. Oliver drehte sich noch einmal zu Kaden um. Irgendetwas störte ihn dann doch an dem Yogalehrer. Das Gespräch war viel zu glatt verlaufen. Diesen Punkt behielt er im Hinterkopf.

* * *

»Was hast du mit Vanessa angestellt? Bist du jetzt völlig durchgeknallt?« Samuels Augen funkelten böse. So böse, dass Lina es tatsächlich mit der Angst zu tun bekam.

»Gar nichts«, log sie und drückte sich gegen ihren Spind im Schulflur. Sie schaffte es sogar, ihm dabei fest in die Augen zu blicken. Überhaupt erschien ihr Samuel plötzlich in einem anderen Licht. Es kam ihr vor, als hätte ihr Wutausbruch den rosaroten Schleier, durch den sie ihn immer gesehen hatte, weggerissen. Samuel sah zwar nach wie vor verwegen aus, aber irgendwie auch ungepflegt. Wahrscheinlich hatte er heute noch nicht einmal geduscht. Vielleicht hatte er sogar in seinen Klamotten geschlafen, so zerknittert, wie sie aussahen. Sein Atem roch schlecht. Das war ihr vorher nie aufgefallen. Die Zähne wirkten stumpf und gelblich. Dabei rauchte Samuel gar nicht. Am schlimmsten fand Lina die schwarzen Ränder unter seinen Fingernägeln. Hatte sie sich je von diesem Kerl anfassen lassen?

»Ich habe euch gestern am Fahrradständer gesehen. Ihr habt gestritten und seitdem geht Vanessa nicht mehr ans Telefon. Du sagst mir jetzt gefälligst, was los ist. Was hast du ihr erzählt?«

»Keine Ahnung«, wich Lina trotzig aus. Das Letzte, was sie Samuel erzählen würde, war von ihrem Ausflug in den Wald. Sollte er doch selbst nach Wasserstoffblondi suchen. Sie würde ihm ganz bestimmt nicht dabei helfen. Er hatte ihr viel zu sehr wehgetan. Noch immer hatte er sich nicht nach dem Eingriff erkundigt. Es schien ihn in keiner Weise zu interessieren. Es hätte ja auch etwas schiefgehen können. Er konnte nicht einmal wissen, ob sie überhaupt hingegangen war. Doch diese Frage stellte Samuel nicht. Er war offenbar so von sich überzeugt, dass er nicht im Mindesten daran zweifelte. Dabei könnte Lina ein wenig Trost vertragen. Noch immer nagte das schlechte Gewissen an ihr. Die Tatsache, dass sie ein unschuldiges Leben ausgelöscht hatte. Ganz im Gegenteil zu Vanessa. Die war alles andere als unbefleckt.

»Lass mich einfach in Ruhe«, sagte sie und wandte sich von Samuel ab. Das fiel ihr nicht annähernd so schwer, wie sie immer vermutet hatte. Er lief ihr nicht einmal hinterher. Nichts anderes hatte Lina erwartet. Er würde schon sehen, was er davon hatte. So dumm, wie er glaubte, war sie nicht.

* * *

»Nichts.« Ingrid Scholten schüttelte bedauernd den Kopf. »Es tut mir leid, aber ich habe alles mehrfach abgesucht, weil ich es selbst nicht glauben konnte.«

Oliver seufzte. Marcel Steinhof erschien ihm wie eine glitschige Kröte, die er einfach nicht zu fassen bekam. Es hatte über einen Tag gedauert, bis endlich der Durchsuchungsbeschluss vorlag. Nun wirbelten sie in Steinhofs Wohnung herum und fanden nichts. Kein Blut der beiden Opfer oder sonstige Hinweise. Weder heimliche Notizen noch Werkzeuge, die für das Einmauern nötig gewesen wären. Oliver hatte Steinhofs Konto und sämtliche Einkaufsbelege gesichtet. Kein Mörtel, keine Ziegelsteine. Sie hatten die Kellerräume nach Material durchsucht, das Steinhof vielleicht von der Baustelle abgezweigt hatte. Nichts. Der Baustellenleiter war mit ihnen die Bestandslisten durchgegangen, aber die roten Ziegelsteine von den Tatorten kamen definitiv nicht von der Baustelle. Es fanden sich auch keine Pläne oder Aufzeichnungen über Keller in Zons. Irgendwie musste Steinhof die Kellerräume schließlich ausfindig gemacht haben. Die Überprüfung des Internetverlaufes brachte ebenfalls nichts. Er hatte sich weder für Baustoffe noch für mittelalterliche Foltermethoden oder Einmauerungen interessiert. Selbst die einschlägigen Immobilienseiten, auf denen unter anderem das Haus der Büttners angeboten wurde, hatte Steinhof nie besucht. Es war wie verhext. Sie konnten einfach keinen handfesten Beweis gegen den Mann finden.

Die Durchsuchung der Wohnungen von Nadine Barth und Karolin Drechsler verlief ebenso im Sande. Es gab keine Anrufe, E-Mails oder Chats in der letzten Zeit und weder Nachbarn noch Kollegen, die sie mit Steinhof oder anderen auffälligen Personen zusammen gesehen hatten.

Oliver rieb sich verzweifelt die Schläfen.

»Wir übersehen etwas«, murmelte er müde.

»Ich wüsste nicht, was.« Ingrid Scholten streifte die Gummihandschuhe ab und warf sie in eine Abfalltüte. »Wir haben wirklich jeden Stein umgedreht. Hier ist einfach nichts. Hat denn die Überwachung bisher irgendwelche Erkenntnisse gebracht?«

Oliver schüttelte den Kopf. »Steinhof verlässt morgens das Haus, fährt zur Baustelle und endet nach der Arbeit vor dem Fernseher auf seiner Couch, bis er gegen dreiundzwanzig Uhr ins Bett geht.«

»Ich denke, Steinhof weiß genau, was er tut. Der hat das alles schon vor Wochen eingefädelt«, sagte Klaus, der vor einem Bücherregal im Wohnzimmer stand und die einzelnen Titel durchging. »Er konnte sich doch ausrechnen, dass wir irgendwann seine Wohnung filzen. Er hat den ganzen Kram irgendwo anders hingeschleppt. Wir müssen nur herausfinden, wohin.«

»Was ist denn mit seiner Mutter?«, fragte Oliver. »Die war nicht sonderlich kooperativ. Könnte er dort etwas versteckt haben?«

»Wäre möglich. Aber dafür kriegen wir garantiert keinen Durchsuchungsbeschluss.« Klaus winkte ab.

»Ich könnte Thomas bitten, ab und zu mal bei seiner Mutter vorbeizufahren. Vielleicht fällt ihm etwas auf«, schlug Oliver vor. Insgeheim überlegte er, wie er in ihr Haus gelangen könnte, wenn sie nicht da war. Das wäre illegal, aber ihm fiel langsam nichts mehr ein. Irgendwie mussten sie Steinhof festnageln.

»Und falls es Steinhof gar nicht war?«, warf Ingrid Scholten ein.

Olivers Laune sank auf einen neuerlichen Tiefpunkt. »Dann stehen wir komplett ohne Ansatz da. Bis jetzt spricht alles für Steinhof als Täter. Er hatte ein Motiv, die Möglichkeiten, ist bereits gewalttätig geworden und zudem hat er uns nachweislich angelogen.« Aber natürlich durfte Oliver diese Variante nicht außer Acht lassen. Womöglich gab es zwischen den beiden Opfern eine andere Gemeinsamkeit, die sie bisher übersahen. Irgendetwas musste ihnen schließlich entgangen sein. Ansonsten wäre Steinhof längst überführt. Verdammt. Sie schienen so dicht dran gewesen zu sein.

»Wir haben jetzt das Umfeld der Opfer und des Verdächtigen komplett durchleuchtet. Vielleicht müssen wir noch einmal einen Schritt zurück machen und überlegen, wie der Täter auf die Kellergewölbe gestoßen ist. Steinhof hatte Zugang zur Tiefgarage, so viel ist klar. Aber wie ist er auf den Keller der Büttners gekommen und warum befanden sich die Skelette dieser Nonnen aus dem Mittelalter in unmittelbarer Nähe? Folgt unser Mann einem bestimmten Ritual oder sind die Skelette reiner Zufall? Wenn er nicht auf Immobilienseiten oder Zeitungsanzeigen auf das leer stehende Haus der Büttners gestoßen ist, dann muss er es auf einem anderen Weg herausgefunden haben. Auf welchem Weg kann er sich Kenntnis über die historischen Kelleranlagen verschafft haben? An diesem Punkt müssen wir noch einmal ansetzen.«

»Aber es gibt doch keine Aufzeichnungen über irgendwelche Keller in Zons. Hartmut Meier hat extra im Kreisarchiv recherchiert«, erwiderte Klaus. »Wir sollten Steinhof in die Mangel nehmen. Es ihm so ungemütlich wie möglich machen. Dann wird er früher oder später schon mit der Wahrheit herausrücken.«

»Das sollten wir tun. Am besten reden wir mit ihm, wenn er müde von der Arbeit kommt.« Oliver rieb sich die Hände. »Was die Ziffernfolge auf den Notizzetteln angeht, sind wir auch keinen Schritt weiter. Es könnte sich um ein Datum und einen Zähler handeln. Es wäre ebenso möglich, dass der Täter etwas ganz anderes damit meint.« Zuerst waren sie davon ausgegangen, sie könnten Jahrestage darstellen. Im Fall von Nadine Barth wäre das auch fast hingekommen. Theoretisch passte der dritte Jahrestag als Kennlerndatum zwischen ihr und Steinhof. Der achtzehnte Oktober, der auf dem Zettel von Karolin Drechsler notiert war, lag hingegen nur zwei Monate hinter dem ersten Datum. Die Affäre mit

Karolin begann allerdings über ein Jahr später. Damit schieden Jahrestage, die Steinhof und seine Exfreundinnen betrafen, als Erklärung aus. Oliver seufzte. Sie drehten sich im Kreis. Zu allem Übel klingelte auch noch sein Telefon. Dr. Aßmann aus der forensischen Anthropologie rief an.

»Es tut mir leid, dass die Untersuchung des zweiten Skelettes so lange gedauert hat. Die Überreste waren wesentlich stärker zerfallen, wir haben ewig gebraucht, jeden Knochen wieder an die richtige Stelle zu setzen. Außerdem fehlen etliche Skelettteile, die im Laufe der Jahrhunderte vermutlich von Tieren verschleppt wurden. Wie beim ersten Fund gibt es keine Brüche oder erkennbare Anzeichen von starker Gewalteinwirkung. Wir haben einige Knochen gefunden, die menschlichen Ursprungs sind, jedoch zunächst nicht ins Bild passten. Es ist ein wenig gruselig …« Aßmann holte tief Luft, bevor er weitersprach. »Ich habe es extra von einem versierten Kollegen gegenchecken lassen, aber wir sind uns einig. Die zweite Frau hat entweder kurz vor oder nach ihrer Einmauerung ein Kind geboren, darauf lässt die Größe der Knochen schließen.«

Etwas schrillte in Olivers Kopf. Ein Gedanke, den er bisher nicht hatte greifen können.

»Danke«, sagte er und legte auf. »Klaus, ich muss jetzt einer bestimmten Sache nachgehen. Könntest du in der Zwischenzeit die Zahlencodes noch einmal googeln? Versuche es doch mal mit Daten aus der Vergangenheit. Fang am besten mit dem fünfzehnten Jahrhundert an.«

* * *

Er löschte nach jeder Benutzung den Browserverlauf. Inzwischen gehörte es zur Routine. Seit er vor Jahren einen Artikel zum Datenschutz gelesen hatte und ihm plötzlich klar geworden war, wie gläsern jeder Internetnutzer ist. Nicht nur die angeklickten Seiten wurden registriert, auf die Festplatte wurden Cookies gesetzt, manchmal auch Super-Cookies, die sich nicht einfach über den Browser löschen ließen. Wenn man Pech hatte, infizierte sich der Computer mit irgendwelchen Trojanern, die die Festplatte ausspionierten oder sogar Accounts sperrten, die nur gegen ein überhöhtes Entgelt wieder freigeschaltet wurden. Seitdem agierte er vorsichtig, bewegte sich kaum noch über seinen eigenen Computer im Internet. Die meisten Dinge notierte er auf Papier. Das war zwar altmodisch, aber sicher. Außerdem ähnelte das Schreiben mit einem Stift aus seiner Sicht einem Handwerk. Er erschuf etwas, indem er die Tinte aufs Papier brachte. Das waren keine digitalen Zeichen, die irgendwo virtuell in einer Cloud lagen und sich seiner Vorstellungskraft entzogen. Zeichen, die jederzeit durch einen simplen Klick oder Tastaturbefehl gelöscht werden konnten. Nein, er mochte es, handwerklich tätig zu sein. Die körperliche Arbeit entschleunigte ihn. Er versank regelrecht wie während einer Meditation. Seine Finger vollführten einen schwungvollen Bogen für die nächste *0*. Darauf folgte eine kantige Ziffer, die *4*. Er lächelte, als ihm bewusst wurde, wie weit er bereits vorangeschritten war.

* * *

Keine zwanzig Minuten später parkte er vor dem Kloster Knechtsteden. Oliver hatte sich an Emilys Recherche erinnert. Sie ging davon aus, dass die Nonnen damals zur Strafe eingemauert worden waren, weil es im späten Mittelalter kaum noch freiwillige Inklusionen gab. Emily vermutete, dass die Nonnen gegen ihr Keuschheitsgelübde verstoßen hatten. Ein wenig ärgerte sich Oliver, dass er nicht selbst und viel eher darauf gekommen war. Schließlich hatte Dr. Aßmann ihm schon vor Tagen mitgeteilt, dass die Nonne aus dem Keller der Büttners schwanger gewesen war. Dasselbe galt für die zweite Nonne. Ob Steinhof seine untreue Exfreundin ebenfalls bestrafen wollte? Das passte aus Olivers Sicht ziemlich gut zusammen. Nur bei Karolin Drechsler blieb er unsicher. Aber womöglich hatte auch sie ihren damaligen Freund hintergangen.

Olivers Kopf rauchte. Er wollte unbedingt mit dem Experten sprechen, den Emily ihm empfohlen hatte. Vielleicht brachte ihn das Gespräch auf neue Gedanken, die er bisher nicht auf der Agenda hatte. Er überquerte den weitläufigen Parkplatz und betrachtete das Gebäude des Norbert-Gymnasiums, das im Gegensatz zum eigentlichen Kloster ein unansehnlicher Plattenbau war. Oliver marschierte ohne Umwege ins Lehrerzimmer und erkundigte sich nach Michael Limbach, der an der Schule Religion und Geschichte unterrichtete. Sofort kam ein großer Mann mit Vollbart und Brille auf Oliver zu und lotste ihn in das Besprechungszimmer nebenan.

»Was kann ich für Sie tun?«, fragte Limbach und gab Oliver ungefragt ein Glas Wasser.

Oliver stellte sich kurz vor und erklärte die Situation, wobei er Michael Limbach ausgiebig musterte. Der Lehrer glich eher einem Pfarrer. Seine Sprechweise war sehr ruhig. Die an den Schläfen ergrauten Haare verschafften ihm Autorität.

»Wir haben neben den beiden Mordopfern menschliche Skelette aus dem späten Mittelalter entdeckt. Die Kleidungsreste und andere Gegenstände, die wir am Tatort gefunden haben, deuten darauf hin, dass es sich hierbei um Nonnen handelte. Sie wurden damals in Kellergewölbe unter dem ehemaligen Klostergelände in Zons eingemauert. Man sagte mir, dass Sie sich mit dieser Materie auskennen. Ist das richtig?«

Limbach nickte. »Diese Methode wurde im Mittelalter recht häufig angewandt. Es gab die freiwillige Klausur, aber auch viele Strafen, die wir heute als bestialisch bezeichnen würden. Ich habe etliche Bücher zu diesem Thema verfasst. Was genau interessiert Sie denn daran?«

»Ich möchte wissen, ob es Aufzeichnungen zu eingemauerten Nonnen in Zons oder zu den unter der Stadt befindlichen Kelleranlagen gibt.«

Limbach runzelte die Stirn. »Zons wurde erst Ende des vierzehnten Jahrhunderts errichtet. Meines Wissens gab es dort keine Einmauerungen. Die Inklusion oder das freiwillige Sich-Wegschließen unterlag im frühen Mittelalter strengen Regeln. Von der Öffentlichkeit wurde dieses Ritual im Rahmen einer liturgischen Feier begangen, die einem symbolischen Begräbnis gleichkam. Von dem Moment der Einschließung an waren die Nonnen für die Außenwelt gestorben. Sie warteten in ihrer Zelle auf den Tod, damit ihr Weg zur Auferstehung vollendet wurde. Meist wurde dieses Ritual von hohen Geistlichen begleitet, die der Inklusin auch die letzte Ölung gaben. Ich bin mir ziemlich sicher, dass die Oberin des Klosters solche herausragenden Ereignisse in ihren Büchern dokumentiert hätte. Aber für Zons existieren meines Erachtens solche Aufzeichnungen nicht. Vermutlich weil im Spätmittelalter kaum noch Inklusionen stattfanden. Für andere Klöster gibt es reichlich Informationen zu diesen Ritualen. In unserer Bibliothek verwahren wir Dokumente zu diesem Thema.«

»Und was ist mit den Kellergewölben? Gibt es alte Pläne oder Skizzen hierzu? Wir fragen uns nämlich, wie der Täter auf die Hohlräume gestoßen ist.«

Michael Limbach schüttelte den Kopf. »Ich wäre Ihnen gerne behilflich, doch das Labyrinth, das unter Zons vermutet wird, ist eines der am besten gehüteten Geheimnisse unserer Zeit. Ich würde mein Leben für einen solchen Plan geben. Aber ich verstehe natürlich, dass Sie diesen Killer finden müssen. Haben Sie schon einmal darüber nachgedacht, dass es ein reiner Zufall sein könnte?«

»Ja, das habe ich. Anderseits kann ich das nicht mehr richtig glauben. Der Täter muss sich intensiv mit den Kellergewölben auseinandergesetzt haben. Er wollte schließlich nicht, dass seine Opfer entdeckt oder womöglich gerettet werden. Wieso gibt es denn überhaupt eingemauerte Nonnen, wenn es gar keine Inklusionsrituale gab?«

»Bestrafungen wurden in der Regel nicht dokumentiert. Insbesondere dann nicht, wenn es um die Vertuschung einer Schande ging. Waren die Nonnen möglicherweise schwanger?«

»Ja, alle beide.«

»Die Einmauerung unkeuscher Nonnen kam durchaus vor. Eine Schwangerschaft hätte den Ruf eines jeden Klosters ruiniert.«

»Wir vermuten, dass der Täter sich intensiv mit dieser Methode beschäftigt hat. Ich müsste wissen, wer sich in letzter Zeit Bücher, Zeitschriften oder Ähnliches zu diesem Thema ausgeliehen hat. Es wäre wichtig.« Die Tatsache, dass der Täter sogar noch mit Salzwasser nachgeholfen hatte, um seine Opfer schneller zu töten, ließ Oliver lieber weg.

»Selbstverständlich unterstütze ich Sie. Ich habe übrigens selbst schon einmal einen Artikel zu diesem Thema veröffentlicht.« Limbach lächelte stolz. Dann schien ihm Olivers Bitte wieder einzufallen. »Ich kann Ihnen gerne eine Liste zusenden, aus der hervorgeht, wer in den letzten Monaten Material über dieses Thema ausgeliehen hat.«

Oliver verzog das Gesicht. »Ehrlich gesagt bräuchte ich die Liste sofort.«

Limbach sah ihn überrascht an und zuckte anschließend mit den Achseln. »Also schön. Dann kommen Sie mit. Gehen wir direkt in die Bibliothek.«

»Warten Sie. Sagen Ihnen diese Zahlen etwas?« Oliver legte Limbach die Zifferncodes vor, die sie bei den Toten entdeckt hatten.

Limbach warf einen flüchtigen Blick darauf. »Ich habe keine Idee«, erwiderte er und winkte Oliver, damit er ihm folgte.

»Die Bibliothek befindet sich in einem anderen Gebäudeteil. Viel Zeit bleibt mir nicht mehr, meine nächste Stunde beginnt bald.« Michael Limbach legte einen Zahn zu und führte Oliver durch die verwinkelte Schule, bis sie an einer gläsernen Feuerschutztür ankamen. Dahinter standen neben der Tür auf einem Schild die Öffnungszeiten der Bibliothek.

»Wir haben inzwischen auf Computer umgestellt«, erklärte Limbach, nachdem er hinter dem Anmeldetresen Platz genommen hatte. Die Bibliothek war menschenleer, Oliver sah weder Personal noch Schüler. Während Limbach auf der Tastatur herumklimperte, sah Oliver sich um. Auch die Bibliothek hatte optisch nicht viel mit dem Kloster zu tun. Die spartanische Einrichtung bestand aus überalterten Tischen und wackligen Holzstühlen, die zwischen hohen, schmucklosen Regalen standen. Oliver machte ein paar Schritte und blieb vor dem Schild *Lehrerbereich* stehen, hinter dem sich zahlreiche Schreibtische mit Namensschildern befanden. Er ging zu Limbachs Schreibtisch. Der Artikel, von dem Michael Limbach gerade gesprochen hatte, und ein paar Zeitungsausschnitte zu Bauarbeiten in Zons fielen ihm ins Auge. Interessiert überflog er Limbachs Ausführungen zum Thema Inklusion. Ob Marcel Steinbach diesen Artikel gelesen hatte? Das könnte der Grund sein, warum sie auf seinem PC keine Internetrecherchen zu diesem Thema gefunden hatten. Der Artikel war recht umfangreich und enthielt am Ende etliche Quellenangaben. Steinhof wäre also ganz ohne Internet ausgekommen.

»Darf ich hiervon eine Kopie haben?«, fragte Oliver und wedelte mit Limbachs Zeitungsartikel.

»Gerne. Hier sind die Ausleihen über Inklusionen oder Nonnen aus den letzten sechs Monaten.«

Oliver überprüfte sofort die wenigen Namen auf der Liste. Leider fand er Marcel Steinhof nicht darunter.

* * *

»Hast du die Zahlencodes gegoogelt?«, fragte Oliver, als er wieder im Büro ankam. Klaus saß vor seinem Computer und schüttelte geistesabwesend den Kopf.

»Da war nichts zu finden. Keine großen historischen Ereignisse oder sonstige Übereinstimmungen.«

»Was machst du da?« Oliver legte Klaus den Zeitungsausschnitt von Michael Limbach vor die Nase. »Steinhof könnte diesen Artikel gelesen haben. Vermutlich ist sein Computer deshalb sauber.«

Klaus schob den Artikel beiseite und antwortete: »Die Spurensicherung hat bei Nadine Barth ein Fotoalbum sichergestellt. Steinhofs Fingerabdrücke sind darauf. Ich weiß, er war mit ihr befreundet gewesen und hatte freien Zugriff.

Somit ist das keine Überraschung. Aber ich bin die Fotos einfach mal durchgegangen. Sieh mal, was ich gefunden habe.«

Oliver beugte sich über Klaus' Schulter. Sein Partner vergrößerte einen Ausschnitt der eingescannten Seiten auf dem Bildschirm.

»Das ist der Yogalehrer – ach, und daneben Steinhof«, stellte er fest. »Der hat mir erzählt, dass er sich mit Marcel Steinhof gestritten hätte, als der Nadine Barth belästigt hatte.« Oliver musterte die beiden Männer, die lachend an einem Kneipentisch saßen und sich zuprosteten. »Das sieht mir allerdings überhaupt nicht nach Auseinandersetzungen aus.«

»Nein«, erwiderte Klaus. »Die haben sich offenbar ganz gut verstanden.« Er tippte auf Karolin Drechsler, die neben Steinhof saß und sich an seine Schulter schmiegte. »Macht auch nicht den Eindruck, als hätten Dominik Kaden oder Nadine Barth versucht, Karolin von Steinhof fernzuhalten. Sieht mir ehrlich gesagt eher nach einem ausgelassenen Partyabend zweier Paare aus.«

Oliver wurde heiß. Die Wut schnürte ihm regelrecht die Kehle zu. »Lügt denn hier verdammt noch mal jeder, mit dem wir sprechen?« Er zerrte sein Notizbuch aus der Tasche und öffnete die Seite, auf der er das Gespräch mit Dominik Kaden festgehalten hatte. »Hier steht es schwarz auf weiß. Dieser Yogalehrer hat doch tatsächlich behauptet, er hätte mehrere Gespräche mit Karolin Drechsler geführt, damit sie sich nicht auf Steinhof einlässt. Von wann ist denn dieses Foto?«

»Da steht kein Datum dran«, erwiderte Klaus.

»Ist auch egal«, brummte Oliver. »Der Kerl erschien mir sowieso zu glatt. Den schnappe ich mir.«

Er sprang auf und wollte zur Tür laufen, stockte jedoch, weil sein Handy lautstark klingelte.

»Bergmann«, meldete er sich schlecht gelaunt.

»In Zons wurde schon wieder ein Skelett in einem Keller entdeckt.« Die Kollegin von der Einsatzzentrale gab ihm die Adresse durch.

»Verdammt«, fluchte Oliver und legte auf.

* * *

»Das ist ein einziger Albtraum.« Oliver fühlte sich wie ein Gefangener in einer endlosen Zeitschleife, der morgens aufwachte und feststellte, dass jeder Tag gleich begann und sich permanent wiederholte. Vor ihnen lag ein altes Skelett, halb bedeckt von einer löchrigen, stark zersetzten Nonnentracht.

»Ich habe nichts damit zu tun«, jammerte Marcel Steinhof im Hintergrund. Klaus hielt ihn mit Fragen in Schach.

Sie befanden sich wieder in der Tiefgarage. Diesmal am anderen Ende. Bei Bauarbeiten in diesem Abschnitt war eine Tür entdeckt worden, die auf keinem Plan ersichtlich gewesen war. Der Baustellenleiter hatte die Stahltür aufbrechen lassen. Dahinter lagen weitere Kellergewölbe. Die meisten standen leer, bis auf eins, das die menschlichen Überreste einer dritten Nonne beherbergte. Oliver starrte auf den bräunlichen Schädel, der ihn aus leeren Augenhöhlen anstarrte und eigentlich nichts Menschliches mehr an sich hatte. Trotzdem trocknete seine Kehle schlagartig aus.

»Schreiben Sie sie auf, und zwar vollständig!«

Oliver hörte nur mit halbem Ohr hin. Sein Partner setzte Steinhof unter Druck, damit er die Namen und Kontaktdaten all seiner weiblichen Bekannten notierte und dazu den jeweiligen Status der Beziehung. Sie wollten das Leben von Steinhof in allen Einzelheiten auseinandernehmen, um ihn endlich dingfest zu machen.

»Ich will meinen Anwalt sprechen«, zeterte Steinhof kleinlaut.

Oliver wäre ihm am liebsten an die Gurgel gesprungen, aber sie hatten sich aufgeteilt. Klaus quetschte Steinhof aus und er wollte den Fundort untersuchen. Ingrid Scholten hockte unweit von ihnen am Fundort und fotografierte die Tote oder das, was von ihr übrig war. Brustkorb, Wirbelsäule und Becken hingen halbwegs zusammen. Die Gliedmaßen und der Schädel lagen losgelöst auf dem Boden.

»Wenn Sie mich fragen, wird Doktor Aßmann zum selben Ergebnis wie bei den ersten beiden Skeletten kommen. Keine sichtbaren Verletzungen, deshalb ist es wahrscheinlich nicht möglich, die Todesursache festzustellen.« Ingrid Scholten deutete auf das Becken. »Versteinerte Reste eines Fötus. Ich schätze, nicht älter als fünf Monate.«

»Alles ist wieder ähnlich«, murmelte Oliver und begutachtete die Fugen und Steine in den Wänden. Auf der rechten Seite wurde er fündig. Den Vorschlaghammer hielt er bereits in den Händen.

»Achtung«, warnte er Scholten, damit sie nicht von herumfliegenden Steinbrocken getroffen wurde, und schlug kraftvoll gegen die rote Ziegelsteinmauer. Schon nach drei Schlägen verpestete der Gestank von Fäkalien und Tod die Luft. Oliver hatte erst eine kleine Scharte in die Wand geschlagen, doch als der Durchbruch fertig war, konnte er kaum noch einatmen. Der Geruch war unerträglich. Mit dem roten Staub von den Ziegelsteinen ergab er ein widerliches Gemisch, das sich wie ein Reibeisen auf seine Schleimhäute setzte. Scholten, die eigentlich hartgesotten war, hielt sich ein Tuch vor Mund und Nase. Oliver hingegen arbeitete weiter und ertrug den Gestank. Schlimmer konnte es sowieso nicht mehr kommen. Drei tote Frauen in nur wenigen Tagen. Und die Uhr tickte wahrscheinlich unaufhörlich weiter, während sie permanent im Dunkeln tappten und dem Killer hinterherliefen, der ihnen immer einen Schritt voraus war. Oliver konnte sich nicht erinnern, jemals derartig frustriert gewesen zu sein. Es kostete ihn ungeheuerliche Mühe, Steinhof nicht durch diesen Durchgang zu zerren und ihn mit der Toten zu konfrontieren. Anhand der Reaktion würden sie vielleicht herausfinden, ob dieser Mistkerl der Täter war. Doch solch eine Maßnahme hätte nur den Fundort kontaminiert. Jede DNS-Spur von Steinhof wäre nach dieser Aktion entwertet.

Er atmete nicht durch die Nase und trat vorsichtig durch die Öffnung. Der Lichtstrahl seiner Taschenlampe fand sofort das Ziel und haftete auf einer toten Frau, die auf dem Rücken ausgestreckt auf dem Boden lag. Sie trug einen kurzen Rock, ein T-Shirt und High Heels. Die langen blonden Haare breiteten sich wie Wellen auf dem Untergrund aus. Ein paar Blätter und Schmutz hingen im Haar. Im Gegensatz zu den beiden ersten Opfern waren die Fingernägel nicht abgebrochen. Doch dafür sah das Gesicht ziemlich mitgenommen aus. Die Unterlippe war aufgeplatzt. Unter der Nase befand sich verkrustetes schwarzes Blut. Das linke Auge wirkte geschwollen.

»Sie passt nicht ins Bild«, stellte Oliver fest. Es war das Erste, was ihm an der Leiche auffiel. Er sah sich um und entdeckte die Wasserflasche. Oliver blinzelte zweimal.

»Die Flasche ist noch voll.«

»Dann ist sie wohl nicht verdurstet.« Ingrid Scholten hockte sich neben den Leichnam und zog an der Haut des

Handrückens. »Sieht trotzdem nach Dehydrierung aus.« Sie leuchtete die Tote mit ihrer Lampe ab und drehte vorsichtig ihren Kopf.

»Das Brot hat sie auch nicht angerührt. Wie kann das sein?«

»Ich schätze, das konnte sie nicht«, erwiderte Scholten und streckte die mit einem Gummihandschuh geschützten Finger in die Luft. Sie waren blutverschmiert. »Die Platzwunde am Hinterkopf könnte eine Erklärung dafür sein.«

»Dann war sie bereits tot oder vielleicht auch ohnmächtig, als sie hier eingemauert wurde. Unser Killer verliert die Kontrolle.« Oliver deutete auf den kurzen Rock und fragte: »Müssen wir auf die Rechtsmedizin warten oder könnten Sie mal nachschauen?«

Ingrid Scholten schob den Stoff hoch und nestelte mit einer Pinzette an der Unterhose des Opfers. Es dauerte nicht lange, und sie zog einen kleinen Zettel hervor. Mit donnerndem Herzen sah Oliver zu, wie Scholten das Papier auseinanderfaltete.

»*19-10-2017-03*«, las die Leiterin der Spurensicherung vor.

Olivers Magen verkrampfte sich zu einem Haufen spitzer Steine. *01, 02, 03* geisterte es durch seinen Kopf. Es hörte einfach nicht auf. Wie aus dem Nichts fiel ihm mit einem Mal auf, dass der neunzehnte Oktober 2017 – falls es sich überhaupt um Datum handelte – exakt einen Tag hinter dem Termin auf der Notiz des zuerst aufgefundenen Opfers lag.

XV

VOR FÜNFHUNDERT JAHREN

Dunkle Locken, so schön wie er sie nur von einer Frau kannte, wehten in der zugigen Nachtluft. Er konnte das Gesicht nicht sehen, doch ihre Gestalt erinnerte ihn schmerzhaft an Anna. Bastian schob sein Schwert zurück in die Scheide und ging auf die Frau zu, die kaum mehr wog als eine Feder. Sie schwankte und er fing sie mit Leichtigkeit auf. Ihr Gesicht wandte sich dem Mond zu. Für einen wundervollen Moment wollte er, dass es Anna war, die so weich in seinen Armen lag. Sein Herz raste so wild, dass er zu keinem klaren Gedanken fähig war. Doch dann schlug das Mädchen die Augen auf. Die Enttäuschung übermannte ihn augenblicklich. Blau, war alles, was er denken konnte. Blaue Augen, kein strahlendes Grün. Annas Augen leuchteten wie Smaragde. Das Mädchen in seinen Armen hingegen sah ihn mit wolkenverhangenem, stumpfem Blau an. Er legte es behutsam ab.

»Brunhilde?«, fragte er sanft.

Das Mädchen krächzte unverständlich, nickte jedoch.

»Wasser.«

Jetzt verstand Bastian und sah sich um. Wo sollte er auf die Schnelle etwas Trinkbares herbekommen? Es war mitten in der Nacht, und außerdem wollte er nicht, dass Brunhilde entdeckt wurde. Er war immer noch auf der Jagd nach einem Mörder. Sein Blick blieb am Kreuz der Kirche hängen, das wie ein helfender Hinweis in den Himmel zeigte. Pfarrer Johannes konnte schweigen. Entschlossen hob er Brunhilde hoch und trug sie den gesamten Weg. Er donnerte die Faust gegen die Tür des Nebenhauses, in dem der Pfarrer wohnte.

Ein verschlafenes rundes Gesicht erschien im Türrahmen.

»Bastian? Um Himmels willen! Wer ist das?«

»Pst.« Bastian blickte sich prüfend um. »Das ist Brunhilde. Sie braucht dringend Wasser.«

»Kommt herein.« Johannes lotste Bastian zu seinem Bett. »Legt sie hierher. Sie ist ja völlig entkräftet.«

Brunhilde krächzte und versuchte, etwas zu sagen, doch der Pfarrer hob sofort den Zeigefinger. »Schweigt! Ihr müsst trinken und Kraft schöpfen. Dann könnt Ihr reden.«

Pfarrer Johannes verschwand und kam kurz darauf mit einem Becher und einem Krug Wasser wieder.

Brunhilde stürzte sich gierig auf das Wasser. Sie leerte zwei Becher und wollte gerade den dritten nehmen, als Pfarrer Johannes sie mahnte: »Ihr müsst langsamer trinken, ansonsten spuckt Ihr alles wieder aus.« Er hob den Becher in die Höhe und wartete, bis sich Brunhildes Atem verlangsamte. Dann gab er ihr erneut zu trinken. Gehorsam schluckte das Mädchen die Flüssigkeit nun behäbiger hinunter.

Bastian übte sich in Geduld. Er dufte Brunhilde nicht überfordern. Sie war sehr geschwächt und eine Ohnmacht nützte ihm nichts. Am liebsten hätte er sie mit Fragen durchlöchert, stattdessen musterte er sie gründlich. Sämtliche Fingernägel waren abgebrochen, die Kuppen darunter blutig. Die linke Hand war zudem stark angeschwollen. Auf dem Handrücken prangten tiefe, blutverkrustete Kratzer, die unbedingt versorgt werden mussten. Zu groß wäre ansonsten die Gefahr von Wundbrand.

»Der Teufel ist dort unten«, flüsterte Brunhilde plötzlich. »Ich habe ihn gesehen, er schritt mit dem Höllenfeuer in der Hand durch die Dunkelheit.«

Bastian sah Pfarrer Johannes verwirrt an.

»Der Teufel braucht kein Feuer, um in der Dunkelheit zu sehen. Er ist die Dunkelheit und durchdringt sie.« Pfarrer Johannes sprach ruhig und legte Brunhilde eine Hand auf die Stirn. »Wen also habt Ihr dort unten gesehen?«

»Da war jemand, als ich endlich die Mauer eingerissen hatte und hinauskonnte. Er kam auf mich zu. Ich bin um mein Leben gerannt.« Sie legte die Hände auf den Bauch. »Und um das meines Kindes.«

Bastian traute seinen Ohren nicht. »Ihr seid guter Hoffnung?«

Brunhilde nickte.

»Das war der Grund, warum ich ins Kloster ging. Ich hatte gehofft, Gott würde es wieder wegnehmen. Aber es wächst und wächst. Ich kann es genau spüren.« Sie deutete auf ihren geschwollenen Bauch, der Bastian vorher gar nicht aufgefallen war.

»Ist Clemens der Vater?«

Brunhilde schüttelte den Kopf. »Nein. Es wuchs bereits, als ich vor ein paar Wochen ins Kloster kam. Es …« Sie flüsterte nun: »Es war jemand, dessen Name nie wieder über meine Lippen kommen wird. Ich wollte nicht in Schande leben und hatte gehofft, dass Gott mir hilft, wenn ich mich ihm ganz hingebe. Aber natürlich war das ein Irrtum von mir. Nur Jungfrauen steht das Privileg zu, sich Christus anzuverloben. Ich wäre niemals eine Nonne geworden mit einem Kind in meinem Bauch.« Sie senkte traurig den Kopf. »Clemens weiß nichts davon. Er hat mich gebeten, sein Weib zu werden, aber ich wollte ihn nicht hinters Licht führen und ein Kind gebären, das nicht seines ist. Deshalb bin ich weggelaufen und dann habe ich einen Schlag gespürt und bin erst in einem dunklen Verlies wieder aufgewacht.«

Es hatte also doch jemand auf schwangere Nonnen abgesehen, schlussfolgerte Bastian. Aber wenn es nicht der Vater der ungeborenen Kinder war, wer könnte sonst dahinterstecken? Wer hatte einen Nutzen davon?

»Dorothea«, stammelte Brunhilde plötzlich. »Habt Ihr sie gesehen?«

Bastian schüttelte den Kopf. »Sie ist verschwunden. Schon Tage vor Euch.«

Brunhilde nickte. »Das weiß ich doch. Sie war gleich neben mir eingesperrt. Direkt unter der Kapelle. Jeden Morgen habe ich Angelia vor dem Gebet singen hören. Sie hat eine engelgleiche Stimme ...«

»Wo, sagtet Ihr?«, unterbrach Bastian. »Wo wart Ihr eingesperrt?«

Brunhilde sah ihn mit großen Augen an. »Unter der Kapelle. Aber niemand hörte unsere Rufe. Wir haben geschrien, geklopft und getrampelt, dennoch hat es nichts genützt.«

»Und Ihr sagt, da unten war jemand, als Ihr entkommen seid?« Bastian hing an Brunhildes Lippen, während er auf ihre Antwort wartete.

»Ganz sicher«, bestätigte sie schließlich. »Ich dachte, es wäre der Teufel persönlich.«

»Ich muss los!« Bastian sprang auf. Er hatte eine ungefähre Ahnung, wo Brunhilde eingemauert gewesen war. Unter der Kapelle begann das Labyrinth. Er war auf der Suche nach Brunhilde mit Wernhart in einen Gang vorgedrungen und hatte nach etwa hundertfünfzig Fuß kehrtgemacht. Sie hatten versucht, den Weg der Nonne zu rekonstruieren, und sich nicht vorstellen können, dass sie sich so weit in einen engen, dunklen Gang verirrt haben könnte. Zwar behielten sie damit recht, trotzdem hatte jemand Brunhilde dorthin verschleppt. Und wenn das Mädchen die Wahrheit sprach, befand sich auch Dorothea dort unten. Ein Leben, das Bastian vielleicht noch retten konnte.

Er stürmte los und rannte zurück zum Juddeturm. Atemlos zog er sein Schwert und stieg in den Geheimgang. Nicht nur Dorothea könnte sich hier befinden, auch ein Mörder. Oswald saß im Juddeturm. Clemens stand seit einem Tag unter Bewachung. Reinhold verfolgte ihn auf Schritt und Tritt. Die beiden konnten es also nicht sein. »Wer dann?«, fragte er sich abermals und fand keine Antwort. Es blieben der Lehrbursche Anton, die Maurerbrüder oder Nonnen des Klosters übrig. Keiner wollte so recht passen. Jedenfalls traute Bastian es niemandem von ihnen zu. Er rannte bis zu der Stelle, an der das Labyrinth begann. Es war eine kaum wahrnehmbare Verzweigung in einen sehr schmalen Gang. Bastian zog den Kopf ein und schritt voran. In der einen Hand hielt er die Fackel und in der anderen sein Schwert. Er lauschte in die Dunkelheit hinein, hörte jedoch nur das Schmatzen seines Feuers. Eine unheimliche Stille lag auf dem geheimen Labyrinth. Gewissenhaft zählte er seine Schritte. Der Plan, der Aufschluss über die wirren Gänge gab und sich sicher verschlossen im Geheimfach der Kirche befand, steckte auch in Bastians Kopf. Er wusste, dass er nach ungefähr dreihundert Fuß unter der Kapelle des Klosters angekommen sein musste.

Vorsichtig näherte er sich und entdeckte die Öffnung, die Brunhilde in die Wand gerissen hatte. Er bestaunte die gewaltige Arbeit, hielt kurz die Fackel in das leere Verlies und ging aufmerksam weiter, als er nichts von Bedeutung sah. Bastian musterte die Wand und bemerkte frische Fugen. Sofort rammte er sein Schwert in eine bröselige Stelle und lockerte den Mörtel, so gut es ging. Er griff nach einem Stein und hämmerte damit gegen die Ziegel, die nur langsam nachgaben. Immer wieder blickte er sich prüfend um, doch er war allein.

Bastian hämmerte ohne Unterlass, bis endlich der erste Stein nach hinten rutschte und polternd zu Boden ging. Er entfernte noch zwei weitere Ziegel und hielt sich dann keuchend die Nase zu. Der Gestank des Todes war unverkennbar. Angewidert wandte er sich ab. Er kam zu spät. Schweren Herzens drehte er sich wieder um und steckte seine Fackel durch das Loch in der Mauer, um den Raum dahinter zu erhellen. Dorothea lag mit aufgerissenem Mund auf dem Boden. Neben der ausgestreckten Hand befand sich ein Schuh, mit dem sie vermutlich auf die Wand eingeschlagen hatte. Bastian schluckte schwer und machte sich bittere Vorwürfe. Wäre er mit Wernhart nur die hundertfünfzig Fuß weitergegangen, vielleicht hatte Dorothea zu diesem Zeitpunkt noch gelebt. Wie gelähmt zog Bastian die Fackel heraus und ließ sich traurig gegen die Mauer sinken. Sie hatten zu schnell aufgegeben und einen Fehler gemacht, der nicht bereinigt werden konnte. Dorotheas Blut klebte an seinen und Wernharts Händen. Doch alles Zetern half nichts. Er musste den Mann finden, der dieses Unheil angerichtet hatte. In seinem Kopf arbeitete es. Der Zugang durch die Vorratskammer des Klosters war zugemauert. Über den Eingang am Juddeturm konnte der Täter nicht hineingelangt sein, denn Bastian hatte die halbe Nacht davor Wache gehalten. Außerdem hatte Brunhilde erzählt, dass sie in die andere Richtung davongelaufen war, als sie den Fremden mit der Fackel gesehen hatte. Blieb also nur eine Möglichkeit: Es gab noch einen weiteren Zugang.

Bastian schloss die Augen und rief sich den Wegeplan in Erinnerung. In welche Richtung führte dieser Gang und welches Klostergebäude befand sich darüber? Verflucht, er hatte nicht die leiseste Ahnung. Sein Gedächtnis war offenkundig lückenhaft oder der Plan so kompliziert, dass kein Mensch ihn auswendig kennen konnte. Er sprang auf, nahm Fackel und Schwert und marschierte mit eingezogenem Kopf weiter den niedrigen Gang hinunter. Noch immer herrschte, bis auf das Zischen seines Feuers und den Rhythmus seiner eigenen Schritte, absolute Stille. Gerade als er sich fragte, ob Brunhilde sich womöglich getäuscht hatte, hörte er ein Rascheln. Mit klopfendem Herzen und ausgestreckter Waffe hielt er an. Ein schwarzer Schatten huschte davon. Er hatte eine Ratte aufgeschreckt. Bastian verdrehte die Augen und lief weiter. Der Gang schlängelte sich schier endlos in sämtliche Richtungen. Immerhin gab es keine Abzweigungen, sodass er sich nicht verirren konnte. Hinter der nächsten Windung stand er plötzlich vor einer Wand. Der Gang endete abrupt. Verwundert blickte er sich um. Es musste irgendwo weitergehen, sonst hätte dieser Gang keinen Sinn. Schmutz rieselte ihm von oben auf den Kopf. Bastian sah hoch und hörte gleichzeitig Schritte. Über ihm befand sich eine Falltür. An der Wand entdeckte er Abriebspuren wie von einer hölzernen Leiter, die durch die Öffnung hinabgelassen wurde. Hastig löschte er seine Fackel. Durch die Holzspalten der Falltür schien Licht. Der Gang war auch hier nicht besonders hoch. Bastian konnte die Falltür bequem mit den Händen erreichen. Das Holz knarrte und ein Schatten legte sich über die Ritzen. Jemand stand genau über ihm. Sandkörner rieselten herab in seine Augen, und er blinzelte.

Dann traf er eine blitzschnelle Entscheidung. Er ließ die Arme nach oben schnellen und stieß die Falltür auf. Über ihm schrie eine Frau und landete unsanft auf dem Boden. Bastian sprang hoch und hievte sich aus dem Loch. Er war zügiger auf den Beinen als die schimpfende Nonne, die noch am Boden lag.

»Ottilia?« Bastian starrte die Ordensschwester ungläubig an und blickte sich um. Er befand sich offenkundig in ihrem Schlafgemach. Ein Bett, ein Schrank sowie ein kleiner Tisch mit Holzhocker davor zierten den Raum. An der Wand über dem Schlaflager hing ein großes Holzkreuz. Bastian entdeckte noch etwas, was ihm das Blut in den Adern gefrieren ließ: einen Eimer mit Mörtel, daneben schmutzige Kleidung.

»Ottilia«, wiederholte er tonlos und unfähig zu weiteren Worten. Sein Hirn suchte nach einer einfachen Erklärung, die Ottilia nicht als Mörderin dastehen ließ. Immer wieder kam ihm Oswald in den Sinn, bei dem schließlich der Schlüssel zum Schlafgemach der Nonnen gefunden wurde. Doch eine böse Ahnung ließ sich nicht beiseiteschieben.

Die Nonne richtete sich auf und kam zeternd auf die Füße.

»Bastian Mühlenberg, was habt Ihr in meinem Gemach zu suchen?«

Sein Blick wanderte zu dem Mörteleimer.

Ihre Miene erstarrte zu Eis.

»Erklärt Ihr mir doch, was dieser Eimer in Eurem Gemach zu bedeuten hat«, forderte Bastian. Obwohl die Antwort in ihrem kreidebleichen Gesicht geschrieben stand, schüttelte Ottilia heftig den Kopf.

»Ich habe keine Ahnung. Jemand ... jemand muss ihn hier vergessen haben«, stotterte sie.

Bastian zeigte auf die schmutzige Kleidung. »Ist das nicht Euer Gewand?«

Ottilia nickte. »Ja, schon. Aber das bedeutet doch gar nichts. Verlasst jetzt unverzüglich mein Schlafgemach!«

Bastian zog sein Schwert. »Ich werde nirgendwohin gehen, bevor ich keine ausreichende Erklärung von Euch höre.«

Ottilia öffnete den Mund und schloss ihn sofort wieder. Sie drehte sich um, und Bastian befürchtete schon, sie würde ein Messer ziehen. Doch plötzlich wandte sie sich ihm wieder zu. In ihrem Blick lag eisige Entschlossenheit.

»Diese Mädchen waren unwürdig. Sie waren nicht enthaltsam, so wie unser Herr es fordert. Und außerdem trugen sie die Frucht ihrer Sünden im Leib, dabei sollten sie nur Gott gehören. Sie gaben sich ohne nachzudenken irdischem Vergnügen hin und beschmutzten damit den Ruf unseres ehrwürdigen Klosters. Das konnte ich nicht zulassen! Ihr versteht das, oder?«

Bastian sah Ottilia traurig an. Ausgerechnet ihr hätte er ein solches Verbrechen nicht zugetraut. Er wollte es immer noch nicht wahrhaben. Doch ihr Geständnis, der Eimer mit Mörtel und die Falltür in ihrem Zimmer, die direkt zu dem Gang zu den eingemauerten Schwestern führte, erlaubten keine Zweifel.

»Wie kam Oswald denn an den Schlüssel zum Schlafgemach der Nonnen? Hat er Euch dabei geholfen, die jungen

Schwestern zu überwältigen?« Bastian konnte sich nicht vorstellen, wie Ottilia das allein bewerkstelligt haben wollte. Die Frau wirkte zwar drahtig, war jedoch alt und hager.

»Wie könnt Ihr glauben, dass ich einen solchen Taugenichts in meine Geheimnisse einweihe? Niemand weiß etwas. Ich habe Oswald den Schlüssel lediglich zugesteckt, damit Ihr ihn einsperrt.« Sie deutete auf eine Flasche, die auf dem Tisch stand. »Darin ist ein Schlafmittel. Ich musste sie nur zu einem vertraulichen Gespräch in mein Gemach bitten und ein paar Tropfen in den Trinkbecher geben. Kurze Zeit später waren sie benommen und sind gehorsam die Leiter durch die Falltür hinabgeklettert.« Sie grinste teuflisch. »Aufgewacht sind sie erst wieder, als sie ihrer gerechten Strafe zugeführt waren. Ich habe sie schreien gehört. Je durstiger sie waren, desto unterwürfiger wurden sie. Aber die späte Reue hat ihnen nichts mehr genützt.«

Bastian seufzte. »Aber Brunhilde habt Ihr nicht mit einem Trunk betäubt?«

»Ich habe beobachtet, wie sie durch den Geheimgang verschwand, und gewartet, bis sie wieder zurückkam. Es war nicht besonders schwer, ihr einen Knüppel über den Kopf zu ziehen.« Ottilia sah Bastian aus wässrigen Augen an. »Um sie tut es mir wirklich leid. Sie wollte ihre Sünden wiedergutmachen, aber das ging natürlich nicht. Ich konnte nicht zulassen, dass ihr Bauch dicker und dicker wird und alle es mitbekommen.«

»Woher wusstet Ihr denn von ihrer Schwangerschaft? Brunhilde hat es Euch doch sicher nicht erzählt.« Er verzichtete darauf, Ottilia zu berichten, dass Brunhilde entkommen war.

Ottilia winkte ab. »Nein, sie hat nichts von ihrem kleinen Geheimnis preisgegeben. Genauso wenig wie die anderen.

Manche wussten nicht einmal, dass sie ein Kind im Leibe trugen. Sie waren blass, litten unter Morgenübelkeit und benötigten keine Leinentücher mehr für ihren Monatsfluss. Ich teile diese Tücher aus und merke sofort, wenn jemand überfällig ist.«

Angelias Worte fuhren Bastian durch den Kopf. »Ihr tastet ihnen auch des Nachts zwischen den Beinen? Ihr seid der Teufel, von dem die Mädchen gesprochen haben?« Er schüttelte sich angewidert.

Ottilia grinste. Ihre Miene verwandelte sich in etwas, was Bastian fremd war und was er zutiefst abstoßend empfand. »Ich gab ihnen ein paar Tropfen Schlafmittel in den Abendtrank. Die meisten Mädchen glaubten, sie würden träumen und vom Teufel heimgesucht. Ich musste sichergehen. Es gibt eindeutige Schwangerschaftszeichen, die sich ertasten lassen. Bei Brunhilde habe ich mich sogar aufs Nachtlager gelegt, weil ich wusste, dass Margaretha auf ihre Rückkehr wartet. Sie glaubt bis heute, dass Brunhilde in dieser Nacht neben ihr schlief, obwohl ich weit vor dem Aufwachen ihr Bett gerichtet habe und wieder verschwand.«

»Das war raffiniert von Euch«, gab Bastian leise zu.

Ottilia strahlte. »Gott hat mich mit Klugheit ausgestattet, um den Ruf unseres Klosters in Ehren zu halten.«

»Ihr hättet die Mädchen doch einfach des Klosters verweisen können. Warum musstet Ihr sie auf so grausame Weise quälen?«

Die Alte schüttelte empört den Kopf. »Seid Ihr von Sinnen? Jeder in Zons hätte mitbekommen, dass in unseren Mauern die Unzucht herrscht. Nein, die Mädchen haben genau die Strafe bekommen, die sie verdient haben. Anderenorts ist das durchaus üblich.«

Ottilia schien sich überhaupt keiner Schuld bewusst. Das sah Bastian in ihrem entschlossenen Blick.

»Woher wisst Ihr, wie eine Mauer errichtet wird?« Bastian konnte sich die Antwort beinahe denken, trotzdem wollte er der Vollständigkeit halber die Frage stellen. Ottilia hatte einen Grund. Sie beaufsichtigte die Baustelle im Kloster und kam ungehindert an die notwendigen Ziegelsteine heran. Zudem hatte sie genug Zeit gehabt, den Maurern bei der Arbeit zuzusehen und ihre Technik zu studieren.

Wie erwartet tippte sich Ottilia mit leuchtenden Augen an die Stirn. »Ich habe es mir nur ein paarmal angesehen und dann beherrschte ich diese Arbeit. Schon seit Jahren. Nicht immer hatte das Kloster ausreichend Mittel, um Handwerker zu entlohnen.«

»Was ist mit Kunigunde?« fragte Bastian. »Sie ist seit einem halben Jahr fort.«

Ottilia zuckte mit den Achseln. »Lieber Bastian. Katharina von Weinfels hat Euch eine Liste verschwundener Nonnen aus den letzten zwölf Monaten gegeben. Ihr denkt doch nicht, dass unser Kloster dieses Problem erst neuerdings hat. Seit ich hier bin, tritt es von Zeit zu Zeit auf, und noch nie ist es zu einem offiziellen Ausschluss einer Nonne aus unserer Gemeinschaft gekommen.«

Bastian starrte Ottilia fassungslos an. Vor ihm stand eine Mörderin, die offenkundig seit Jahrzehnten aktiv war.

»Wie viele?«, fragte er tonlos.

Ottilia grinste stolz, zuckte dann jedoch mit den Schultern. »Ich habe nicht gezählt. Meine Aufgabe war es, die Sünderinnen lautlos fortzuschaffen. Kunigunde liegt übrigens direkt neben Dorothea. Ihr könnt sie heraufholen oder ihre Gebeine weiter dort ruhen lassen.«

Bastian hatte genug gehört. Vermutlich hatte Ottilia sehr

viele von den Nonnen, die im Laufe der Jahre das Kloster scheinbar verlassen hatten, auf dem Gewissen.

»Ich muss Euch in den Juddeturm bringen und dem Offizialat übergeben. Das geistliche Gericht des Erzbischofs wird über Euch urteilen«, sagte er tonlos und griff Ottilias Arm.

»Lasst mich los! Was fällt Euch ein. Ich habe nur Gottes Werk verrichtet«, zeterte Ottilia und befreite sich aus Bastians Griff.

»Kommt mit mir und verlasst in Würde dieses Kloster«, bot Bastian ihr an. »In der Verhandlung könnt Ihr gerne Eure Argumente für die Rechtmäßigkeit Eures Handelns vorbringen.«

Ottilia packte den Hocker und schmetterte ihn Bastian gegen die Brust, er hob jedoch rechtzeitig den Arm und wehrte den Angriff ab. Er bekam die Nonne zu fassen und zerrte sie zur Tür hinaus. Ottilia kämpfte mit Händen und Füßen, aber Bastian ließ nicht locker. Ihr Geschrei weckte Katharina von Weinfels, die aufgeregt aus ihrem Schlafgemach kam.

»Was geht hier vor?«, wollte sie wissen und hielt Bastian am Arm fest, um Ottilia zu helfen.

»Sie hat Gertrudis auf dem Gewissen und alle anderen auch. Sie hat es zugegeben. Seht Euch in ihrem Zimmer um. Dort findet Ihr Mörtel, beschmutzte Kleidung und eine Falltür, die zu den Kellern führt.«

Die Oberin ließ Bastian sofort los.

»Sagt, dass das nicht wahr ist!« Kopfschüttelnd stand sie vor Ottilia. »Sagt, dass Ihr Gertrudis nicht dort unten habt sterben lassen.«

»Sie war schwanger! Wolltet Ihr der Welt erklären, wie es dazu kam? Wolltet Ihr wirklich, dass ihre Schande womöglich auf Euer Ansehen abfärbt? Ich habe Euch nur einen Gefallen getan«, kreischte Ottilia.

Katharina holte aus und verpasste der Nonne eine schallende Ohrfeige. »Sie war meine Schwester. Mein Fleisch und Blut. Ich wollte sie nie leiden sehen, schon gar nicht tot.« Sie blickte Ottilia kalt an. »Schafft Sie mir aus den Augen«, sagte sie zu Bastian und rannte zurück in ihre Zelle.

* * *

Eine Woche später

»Ich frage Euch vor Gottes Angesicht: Nehmt Ihr Euren Bräutigam Clemens an als Euren Ehemann und versprecht Ihr, ihm die Treue zu halten in guten und in bösen Tagen, in Gesundheit und Krankheit, und ihn zu lieben, zu achten und zu ehren, bis der Tod Euch scheidet?« Pfarrer Johannes lächelte und nickte Brunhilde zu, die ein kaum hörbares, schüchternes Ja hauchte. Er nahm einen glänzenden Ring und hielt ihn Brunhilde hin.

»Nehmt den Ring, das Zeichen Eurer Liebe und Treue, steckt ihn an die Hand Eures Bräutigams und sprecht: Im Namen des Vaters und des Sohnes und des Heiligen Geistes …«

Brunhilde schob den Ring auf Clemens' Finger und wiederholte des Pfarrers Worte.

Bastian verfolgte die Vermählungszeremonie mit einem Lächeln auf den Lippen. Alles hatte sich letztendlich für Brunhilde zum Guten gewendet. Clemens Weidenhammer nahm sie trotz des ungeborenen Kindes in ihrem Leib als sein Weib und rettete damit Brunhildes Ehre. Sein Gesicht glühte vor Stolz und Liebe. Ihm machte es nichts aus, ein fremdes Kind als sein eigenes anzunehmen. Seine Leidenschaft für Brunhilde brannte viel zu heftig, als dass er sie wegen einer Schändung ablehnte. Brunhilde sprach nach wie vor nicht über den Vater ihres Kindes, aber jeder ging davon aus, dass es kein freiwilliger Akt gewesen war. Pfarrer Johannes hatte sich ohne Zögern bereit erklärt, das Brautpaar zu trauen. Ottilia saß im Juddeturm und wartete auf das Urteil des Offizialats, das vermutlich nicht milde ausfallen würde. Nach wie vor wussten sie nicht genau, wie viele Nonnen sie auf dem Gewissen hatte. Katharina von Weinfels hatte sämtlichen Familien Anfragen zum Wohlergehen ihrer Töchter geschickt, doch die Antworten trudelten nur zögerlich ein. Dorothea und Kunigunde waren wie Gertrudis und Irmgard in einem ordentlichen Grab beigesetzt worden. Noch immer standen die Bewohnerinnen des Klosters unter Schock, denn der Teufel hatte im wahrsten Sinne des Wortes mitten unter ihnen gehaust.

Bastian erhob sich mit seinem Weib und folgte dem Brautpaar nach draußen. Marie gesellte sich zu ein paar Freundinnen. Bastian lehnte sich an einen dicken Baumstamm und nahm das Glück in sich auf, das das frisch vermählte Paar ausstrahlte. Die Liebe baute Brücken, die kaum jemand für möglich hielt. Wer hätte dem stolzen Ziegelmeister solch ein großes Herz zugetraut? Sein Angebot, Brunhilde trotz ihres Makels zum Weib zu nehmen, war alles andere als selbstverständlich. Unvermittelt musste Bastian an Anna denken. Ob es auch für sie eine derartige Brücke geben würde? Schaffte die Liebe es, die Zeit zu überwinden und das Unmögliche möglich zu machen, oder würde er auf ewig dazu verdammt sein, eine Frau zu lieben, die niemals zu ihm gehörte? Er blickte in den Sommerhimmel und sah leichte Schäfchenwolken, die die Glut der Sonne ein wenig abmilderten. Ein lauer Wind zerrte an den Wolken und zauberte immer neue Bilder in den Himmel. Mit einem Mal entdeckte Bastian eine Wolke, die ihn an Annas Lockenschopf erinnerte, und in diesem Moment wurde ihm klar, dass die Liebe alles schaffte, solange er nur fest genug daran glaubte.

XVI

GEGENWART

Die große Zange zerteilte den Brustkorb der Leiche, als bestünde er aus bloßem Wachs. Nur das unangenehme Knirschen verriet die Knochen, die zunächst genau das machten, wofür sie geschaffen worden waren. Sie schützten die darunter liegenden Organe wie Lunge und Herz, wenngleich ihre Kräfte gegen die der Knochenschere keine Chance hatten. Dr. Pankalla setzte das Instrument ein weiteres Mal an, bis er die Rippen endgültig vom Brustbein getrennt hatte.

Die Übelkeit, die bei diesem Anblick in Olivers Magen hochwallte, schien inzwischen sein ständiger Begleiter zu sein. Nachdem der Fundort keine neuen Erkenntnisse brachte, hatten sie beschlossen, die Tote unverzüglich am nächsten Morgen zu obduzieren. Oliver hasste Autopsien, aber in diesem Fall blieben ihm und Klaus wenig Ausflüchte. Sie mussten den Killer stoppen und durften keine Zeit mit dem Warten auf den Autopsiebericht verlieren. Marcel Steinhof lief immer noch frei herum, allerdings hatte er Hans Steuermark überreden können, den Mann dauerhaft zu überwachen. Früher oder später würde er einen Fehler machen, doch Oliver wollte nicht nur abwarten, sondern selbst agieren. Wer wusste denn schon, ob nicht eine weitere Frau unter den Mauern von Zons gerade um ihr Leben rang.

Dr. Pankalla entnahm das Herz. Der blutige Haufen in seiner Hand brachte Oliver auf der Stelle dazu, wegzuschauen. Sein Blick schweifte durch den kühlen Raum, der von Edelstahl und hellen Fliesen dominiert wurde, und blieb an Dr. Pankallas Assistenten hängen, der die Kleidung der Toten durchsuchte. Der junge Mann hielt inne. Er drehte den kurzen Rock auf links und zog eine Karte aus der Innentasche.

»Hier ist ein Ausweis«, verkündete er triumphierend.

Oliver war in zwei Schritten bei ihm und nahm das Dokument an sich.

»Vanessa Bader«, las er vor. »Achtzehn Jahre alt, wohnhaft in Düsseldorf.«

»Düsseldorf?«, fragte Klaus. »Aber das ist ein ganzes Stückchen weiter weg von Zons als Stürzelberg.«

»Diesmal ist so einiges anders«, murmelte Oliver. »Die Nahrung wurde nicht angerührt, die Hände des Opfers sind weitestgehend unversehrt, aber im Gesicht und am Hinterkopf gibt es zahlreiche Verletzungen. Außerdem ist diese Frau wesentlich jünger.« Er kaute nachdenklich auf seiner Unterlippe herum. »Kannst du mal nachsehen, ob Vanessa Bader auf der Liste von Marcel Steinhofs Exfreundinnen steht?«

Klaus zog sofort seine Aufzeichnungen aus der Tasche. »Nein«, sagte er nach einer Weile. »Eine Vanessa Bader ist hier nicht drauf. Das wäre auch alterstechnisch schwierig. Sie war ja vor Kurzem noch minderjährig.«

»Ich glaube kaum, dass sich ein Typ wie Steinhof

darüber den Kopf zerbricht«, erwiderte Oliver. »Aber vielleicht gibt es ja doch eine andere Verbindung zwischen den beiden.«

»Ich rufe Hartmut Meier an. Der soll alles über das Mädchen herausfinden«, schlug Klaus vor und verließ den Raum mit seinem Handy am Ohr.

»Hirnblutung«, erklärte Dr. Pankalla, und Oliver fuhr herum.

»Unser Opfer ist durch einen Schlag auf den Hinterkopf und die daraus resultierende Hirnblutung gestorben. Es sind zwar auch Anzeichen einer Dehydrierung zu erkennen, aber Flüssigkeitsmangel war hier nicht die Todesursache.« Dr. Pankalla zeigte auf die Hände und weitere Prellungen am Oberschenkel der Toten. »Für mich sieht das nach einem Kampf aus. Sie hat sich heftig gewehrt, als der Täter sie schnappte. Das sind Abwehrspuren. Sie ist wahrscheinlich geflüchtet und hat von hinten einen Hieb auf den Kopf bekommen. Das erkennt man am Aufprallwinkel. Ungefähr so.« Der Rechtsmediziner vollführte eine Bewegung, um den Schlag anzudeuten.

»Ich schätze, dass die Verletzung mit einem größeren Stock oder Ast zugefügt wurde. Dafür sprechen auch die Blätter in ihren Haaren. Der Überfall hat also in einem Park, vielleicht sogar einem Wald stattgefunden.« Dr. Pankalla machte eine kurze Pause und ging zu einem Edelstahltisch, auf dem sich Becher und Glaskolben befanden. »Es gibt übrigens wieder keinerlei Anzeichen für einen sexuellen Missbrauch«, erklärte er. »Aber ich habe eine interessante Neuigkeit für Sie.« Er hielt einen dünnen Teststreifen hoch. »Die Analyse des Blutes wird dieses Ergebnis hoffentlich bestätigen. Es sieht so aus, als wäre unser Opfer schwanger gewesen.«

»Was?«, stieß Oliver aus. Schon wieder ein ungeborenes Kind mitten in seinem Fall, fügte er in Gedanken hinzu.

»Können Sie feststellen, wer der Vater ist?«

»Wenn Sie mir eine Blutprobe von ihm beschaffen, dann gerne.«

Oliver dachte fieberhaft nach. Der Mord ähnelte den ersten beiden Fällen, doch diesmal hatte der Täter sein Opfer vor der Einmauerung bewusstlos geschlagen.

»Wann ist der Tod eingetreten?«, fragte er.

»Schätzungsweise vor etwas mehr als einem Tag, maximal vor zwei Tagen. Ich gehe davon aus, dass sie längere Zeit bewusstlos war, vermutlich auch schon, als sie eingemauert wurde. Ansonsten hätten wir sicherlich Kratzer an den Händen und abgebrochene Fingernägel gefunden. Sie hätte bestimmt versucht, sich zu befreien, darauf deuten ja die anderen Abwehrverletzungen hin. Um das zu bestätigen, müssen wir die Laborergebnisse abwarten.«

»Verdammt.« Oliver raufte sich die Haare. »Können Sie tatsächlich ausschließen, dass sie länger als zwei Tage tot ist?«

Dr. Pankalla hob überrascht die Augenbrauen und nickte dann zögerlich. »Also nach dem Zustand der Leiche zu urteilen, denke ich schon. Vor zwei Tagen war sie höchstwahrscheinlich noch am Leben.«

»Danke.« Oliver rannte aus dem Obduktionssaal. Klaus telefonierte immer noch. Als er Oliver bemerkte, legte er auf.

»Was gibt es denn?«

»Marcel Steinhof kann es nicht gewesen sein.«

»Was?«

Oliver marschierte vor Klaus auf und ab. »Vanessa Bader ist keine zwei Tage tot. Seit gestern Morgen wird Steinhof dauerhaft überwacht. Davor hat ein Kollege regelmäßig nach ihm gesehen. Es wäre aufgefallen, wenn Steinhof einen Ausflug zum Beispiel nach Düsseldorf gemacht hätte, um sich das Mädchen zu schnappen und einzumauern. Der Mann hat die letzten Tage von früh bis spät auf der Baustelle zugebracht.«

»Scheiße.« Klaus machte ein betroffenes Gesicht. »Es sprach doch alles für den Mann als Täter.«

Oliver presste frustriert die Lippen aufeinander. »Ich weiß, aber wir übersehen irgendetwas Wichtiges. Die ganze Zeit schon.«

Klaus tippte sich an die Stirn. »Vielleicht hat ja auch dieser Yogalehrer mit den Morden zu tun. Erinnerst du dich an das Partybild? Womöglich stecken er und Steinhof sogar unter einer Decke. Es ist zwar unwahrscheinlich, da Serientäter meist allein agieren, aber nicht ausgeschlossen.«

Oliver grübelte und nickte schließlich. »Okay. Dominik Kaden wollte ich mir sowieso noch mal vorknöpfen. Wir reden mit ihm. Möglicherweise verstrickt er sich ja in Widersprüche.«

* * *

Dominik Kaden saß mit geschlossenen Augen im Schneidersitz auf dem Boden und öffnete den Mund zu einem durchdringenden Om. Der Ton dehnte sich in die Länge und die Kursteilnehmer stiegen nach und nach mit ein. Der Laut erfüllte das Studio und brachte die Luft darin zum Vibrieren. Die Menschen verschmolzen regelrecht zu einer Einheit, das konnte sogar Oliver fühlen, der Yoga und Meditation ansonsten nicht besonders spannend fand. Er favorisierte eher klassische Freizeitaktivitäten wie Fußball oder Boxen.

Doch die Atmosphäre, die durch das simple »Om« entstand, beeindruckte ihn zugegebenermaßen.

Kaden saß noch eine Weile still da, während Oliver und Klaus ihn durch die Scheibe beobachteten. Dann öffnete er die Augen und bedeutete seinen Kursteilnehmern, die Meditation selbstständig weiterzuführen. Geschmeidig erhob Dominik Kaden sich und trat zu ihnen auf den Flur hinaus.

»Haben Sie neue Informationen?«, fragte er mit traurigem Blick.

»Wir haben noch ein paar Fragen an Sie.« Oliver ging nicht auf Kadens Frage ein und begann direkt. Den grimmigen Unterton in seiner Stimme konnte er nicht komplett unterdrücken. Angespannt hielt er Kaden das Foto unter die Nase, das ihn, Steinhof und die beiden ersten Opfer zeigte. »Können Sie uns das vielleicht erklären?«

Dominik Kaden warf einen Blick auf das Bild und sah Oliver anschließend erstaunt an.

»Das bin ich zusammen mit Nadine und Karolin ... und Steinhof.« Den letzten Namen brachte er nur zögerlich hervor. Er blickte Oliver fragend an. »Was wollen Sie denn genau wissen?«

»Zum Beispiel, warum Sie nicht gleich erzählt haben, dass Sie alle vier miteinander befreundet waren. Ich hatte Ihre Aussage so aufgefasst, dass Sie Karolin Drechsler davon abbringen wollten, etwas mit Marcel Steinhof anzufangen. Dieses Foto spiegelt Ihre Schilderung in keinerlei Weise wider. Ganz im Gegenteil.«

»Ach so.« Kaden schien von Olivers Worten nicht sonderlich beeindruckt. »Das war zu Anfang, Nadine und Marcel waren gerade frisch zusammen. Das liegt mindestens drei Jahre zurück. Da wusste ich noch nichts von Marcels aggressiver Ader. Es gab nur diesen einen Abend, weil ich mich danach zurückgezogen habe, wenn Sie verstehen. Ich saß neben Nadine und war sofort total verknallt in sie.«

Oliver starrte Kaden misstrauisch an.

»Ich kann es Ihnen zeigen. Ein Kellner hat das Foto mit meinem Handy gemacht.« Er zog ein Smartphone aus seiner Gesäßtasche und suchte eine Weile. Dann präsentierte er Oliver und Klaus ein Bild. »Sehen Sie, hier steht das Datum. Dieses Foto wurde vor über drei Jahren aufgenommen, seitdem gab es keine weiteren.« Er überließ Oliver das Handy. »Scrollen Sie ruhig durch. Ich sage die Wahrheit.«

Oliver überflog die Fotos: Yogabilder, Landschaftsaufnahmen, Selfies und etliche Bilder von Nadine Barth aus der Zeit, in der sie mit Kaden eine Affäre hatte. Oliver gab ihm das Handy zurück. Er war nicht sicher, ob er Kaden glauben sollte. Fotos waren schließlich manipulierbar.

»Und warum lehnt sich Karolin Drechsler so vertraulich an Steinhof? Es sieht beinahe so aus, als wäre *sie* mit ihm zusammen und nicht Nadine Barth.«

Kaden zuckte mit der Schulter. »Wie gesagt, Karolin war von Anfang an von Marcel fasziniert. Deshalb konnten wir sie später auch nicht von ihm abbringen.«

Oliver neigte den Kopf. Er zweifelte an Kadens Erklärung.

»Wissen Sie was, nehmen Sie das Handy mit und überprüfen Sie es. Ich brauche es heute nicht.« Kaden drückte ihm das Handy wieder in die Hand. »Ich habe keine Lust, wegen Nadine verdächtigt zu werden, okay? Es ist schrecklich genug, dass sie nicht mehr lebt. Sie und Karolin …« Seine Stimme versagte.

Klaus, der Kaden die ganze Zeit still beobachtet hatte, nickte ihm zu. »Tut uns leid. Aber wir müssen Sie trotzdem bitten, sich zur Verfügung zu halten. Vielleicht haben wir noch weitere Fragen an Sie.«

Kaden nickte. »Einverstanden. Jetzt muss ich jedoch zurück in meinen Kurs.«

»Eine Frage hätte ich noch«, warf Oliver ein. »Sagt Ihnen der Name Vanessa Bader etwas?«

Dominik Kaden schüttelte den Kopf. »Nein. Habe ich nie gehört.« Er schlurfte zurück in den Kurs, setzte sich und sang abermals sein lang gezogenes Om. Von der Energie, die er noch vor dem Gespräch ausgestrahlt hatte, war allerdings nichts mehr zu spüren.

* * *

Olivers Finger zitterten. Klaus atmete so schnell, dass sämtliche Farbe aus seinem Gesicht gewichen war. Oliver schloss für einen Moment die Augen, dann drückte er den Klingelknopf. Etwas in ihm wünschte sich, dass niemand zu Hause war, dass sich diese Tür niemals öffnete, damit er die schlechte Nachricht nicht überbringen musste. Aber auch das gehörte zu seinem Job. Sein Blick klebte am Klingelschild. *Familie Bader* stand in fein geschwungenen Linien darauf. Oliver vernahm Schritte hinter der Haustür, er fühlte sich nicht bereit. Was würde er dafür geben, die Zeit anzuhalten. Wenigstens noch einmal zu verschnaufen. Doch die Tür öffnete sich und das hübsche Gesicht einer Vierzigjährigen erschien.

»Sind Sie Frau Bader?«, fragte Oliver und stellte sich und seinen Partner kurz vor, nachdem die Frau genickt hatte. Die Ähnlichkeit mit ihrer Tochter war sowieso nicht von der Hand zu weisen.

»Wir haben schlechte Nachrichten«, fuhr Oliver leise fort. »Dürfen wir hereinkommen?«

Marlene Baders Augen weiteten sich. Sie hatte ihre

Tochter sofort als vermisst gemeldet, als diese zwei Tage zuvor nicht von der Schule zurückgekehrt war. Keiner Mutter konnte man etwas vormachen. Oliver sah es ganz deutlich. Es gab ein unsichtbares Band zwischen Eltern und ihren Kindern. Wenn man es zerschnitt, spürten es die Beteiligten in den meisten Fällen. Im Gesicht von Vanessas Mutter spielten sich alle Gefühle auf einmal ab. Als am schlimmsten empfand Oliver das Sterben der Hoffnung, welche die Frau mit Sicherheit eben noch gehegt hatte. Es verwandelte ihre Augen in etwas Stumpfes. Die Tiefe verschwand aus ihnen. Zwei leere Pupillen starrten ihn an. Mit jedem geliebten Menschen starb auch ein Teil von uns selbst. Oliver schluckte. Er brauchte nichts weiter zu sagen.

»Wie?«, hauchte Marlene Bader tränenüberströmt und warf sich in die Arme ihres Mannes, der herbeigeeilt kam und in dessen Blick dasselbe Licht erlosch, das gerade noch in den Augen seiner Frau gestrahlt hatte.

Oliver erklärte behutsam, was ihnen bekannt war. Das Detail mit der Botschaft in der Vagina ihrer Tochter ließ er weg. Auch die Verletzungen beschrieb er so oberflächlich wie möglich. Vanessas Eltern sollten das unversehrte Bild ihrer Tochter in Erinnerung behalten. Er wollte dieses Andenken keinesfalls zerstören, wenn er schon die Todesnachricht überbringen musste, die das Leben dieser beiden Menschen für immer veränderte. Nichts würde je wieder den dunklen Schleier der Trauer aus ihrem Bewusstsein auslöschen können. Diese Last trügen sie mit sich bis zu ihrem eigenen Tod. Nichts war schlimmer für Eltern, als ihr eigenes Kind zu überleben. Es war ein Bruch im natürlichen Kreislauf des Lebens, der sich nicht verkraften ließ.

»Ihre Tochter war schwanger, und ich wollte Sie fragen,

ob Sie wissen, wer der Vater sein könnte.« Oliver wusste, dass diese Neuigkeit wie eine Bombe einschlagen würde.

»Schwanger?« Marlene Bader schien kurz vor einer Ohnmacht. Dann jedoch verhärteten sich plötzlich ihre Gesichtszüge. »Samuel Probst«, stieß sie aus. »Er war es. Er hat mein Kind auf dem Gewissen.«

»Samuel Probst?«, wiederholte Oliver und machte sich Notizen. »Wer ist das?«

»Ihr Freund. Sie sind seit ein paar Monaten zusammen und gehen in dieselbe Klasse. Er ist nicht gerade ein Musterschüler. Wir waren gegen diese Verbindung.« Vanessas Vater schluchzte. »Hätte sie doch bloß die Finger von diesem Mistkerl gelassen.«

Oliver ließ sich die Adresse von Samuel und die der Schule geben.

»Wir gehen der Sache nach«, versprach er. »Wir werden den Mörder Ihrer Tochter finden.«

* * *

»Nun ja, Samuel gehört zu den verhaltensauffälligen Schülern. Das Jugendamt hat ihn zeitweise betreut und momentan lebt er in einer Pflegefamilie.« Der Schulleiter räusperte sich. »Es gab in der Vergangenheit immer häufiger Schwierigkeiten mit ihm. Er erscheint oft nicht zum Unterricht. Das eine oder andere Mal brachte ihn die Polizei, weil sie ihn herumlungernd auf der Straße aufgegriffen hatten.«

»Ist er jemals gewalttätig geworden?«, wollte Oliver wissen.

Der Schulleiter schüttelte den Kopf.

»Ein paar übliche Schubsereien unter Jungs hat es gegeben. Nichts Außergewöhnliches. Gegenüber Mädchen noch nie. Aber alles bekommen wir natürlich auch nicht mit.«

Die Sekretärin steckte vorsichtig den Kopf zur Tür herein. »Hier ist die Liste mit Vanessas Lehrern.«

Der Schulleiter winkte sie heran.

Sie übergab ihm die Liste und sagte: »Samuel wartet draußen. Soll ich ihn hereinbitten?« Der Schulleiter nickte und sie schwebte beinahe lautlos wieder hinaus. Er schob die Liste über den Schreibtisch zu Oliver, der sie in seiner Hosentasche verschwinden ließ.

Kurz darauf erschien ein junger, hochgeschossener Mann mit Dreitagebart und ungekämmten Haaren. Er trug knallenge Jeans und ein schwarzes T-Shirt, auf dem ein Totenkopf prangte. Oliver fielen dazu die malmenden Kieferknochen auf.

»Samuel. Diese Herren sind von der Kriminalpolizei. Du hast ja sicherlich schon von Vanessa gehört.« Der Direktor räusperte sich. »Ja, also die Herren haben einige Fragen an dich.«

Dieses Mal begann Klaus. Er wartete, bis Samuel sich gesetzt hatte, und wollte erst einmal die üblichen Angaben wie Alter und Wohnsitz von dem Jungen erfahren. Nachdem Samuel sich etwas entspannt hatte, legte Klaus mit kritischeren Fragen nach.

»Wann haben Sie Ihre Freundin das letzte Mal gesehen?«

Samuel schluckte. Für einen Moment dachte Oliver, er würde in Tränen ausbrechen, doch der Junge fasste sich schnell wieder. »Am Fahrradständer vor drei Tagen. Ich habe gesehen, wie Vanessa sich mit Lina gestritten hat. Leider hatte ich es eilig, weil der Unterricht anfing und ich nicht fehlen darf. Mir droht sonst ein Schulverweis.« Er rieb sich kopfschüttelnd die Augen.

»Wenn ich gewusst hätte, dass Lina total durchdreht, wäre ich natürlich hingegangen. Die ist völlig ausgetickt. Ich bin mir sicher, dass es Lina war. Diese Frau ist zu allem fähig.«

»Stopp mal«, unterbrach Oliver den Schüler. »Vielleicht gehen wir einen Punkt nach dem anderen durch. Wer ist Lina?«

»Lina ist meine Ex. Sie will es einfach nicht wahrhaben, dass ich jetzt mit Vanessa zusammen bin. Deshalb hat sie ständig Streit gesucht.«

»Lina Neumann ist eine sehr gute Schülerin gewesen, bis du dich an sie herangemacht hast. Seitdem sind ihre Leistungen deutlich abgesackt«, fuhr der Direktor dazwischen und wandte sich an Oliver. »Hören Sie, diese Schülerin hat ganz sicher nichts mit der Sache zu tun.«

Klaus sah den Schulleiter kopfschüttelnd an. »Wir ermitteln hier in einem Mordfall. Wenn Lina Neumann die Letzte war, die Vanessa Bader gesehen hat, müssen wir sie sofort sprechen.«

Der Schulleiter warf Samuel einen missbilligenden Blick zu und bat seine Sekretärin übers Telefon, das Mädchen zu holen.

»Und haben Sie auch gesehen, ob die Mädchen nach dem Streit in die Schule gegangen sind?«

Samuel schüttelte den Kopf. »Nein. Ich hatte an diesem Morgen Sport. Vanessa und Lina Religionsunterricht. Deshalb ist mir erst viel später aufgefallen, dass Vanessa weg ist.«

»Und Lina?«

»Die war da. Ich habe sie vorgestern zur Rede gestellt. Sie wollte mir nicht verraten, wo Vanessa ist und was sie ihr für einen Blödsinn über mich erzählt hat.«

»Wussten Sie, dass Vanessa Bader schwanger war?«, fragte Klaus.

»Was? Schon wieder?« Samuel seufzte. »Sie hat es einfach nicht gepackt, an ihre Pille zu denken.«

Der Schuldirektor schlug fassungslos die Hand vor den Mund, während es in Olivers Kopf ratterte. Irgendwie tauchten in diesem Fall zu viele Exfreundinnen und Schwangere auf. Er musterte Samuel genauer.

»Sie war schon einmal schwanger von Ihnen?«

Samuel senkte den Kopf. »Ja, es war ein Versehen. Keine große Sache. Sie hat es gleich wegmachen lassen in der sechsten Woche. Das war Mitte Februar.«

»Du meine Güte. Das arme Mädchen ist tot und ich sollte sicherlich nicht darauf herumhacken, aber hättet ihr nicht sicherer verhüten können?« Der Schulleiter hatte seine Sprache wiedergefunden. »Wozu bringen wir euch solche Sachen eigentlich bei?«

Samuel lief knallrot an. »Es war ... es war keine Absicht«, stotterte er und blickte auf den Boden.

Die Tür ging auf und diesmal kam die Sekretärin sofort hereingestürmt.

»Lina Neumann ist nicht da. Ihre Klassenlehrerin hat sie seit gestern nicht mehr gesehen. Ich habe ihre Mutter angerufen und die hat bereits eine Vermisstenanzeige aufgegeben. Die Ärmste ist völlig aufgelöst.«

Es fühlte sich an, als wäre eine Bombe explodiert. In Olivers Ohren rauschte es. Was verdammt passierte hier? Natürlich musste das Verschwinden dieser Lina nichts bedeuten, trotzdem pochte es unangenehm hinter seinen Schläfen. Zwei Frauen waren tot. Sie hatten denselben Freund gehabt. Und mit Vanessa schien sich alles zu wiederholen. Sie war tot, und das Mädchen, das ebenfalls etwas mit ihrem Freund gehabt hatte, war verschwunden. Das konnte doch unmöglich ein Zufall sein. Merkwürdig nur, dass es keine Verbindung zwischen den ersten beiden Opfern und Vanessa und dieser Lina zu geben schien. Sie führten ein komplett anderes Leben. Zum einen handelte es sich um erwachsene Frauen, zum anderen um Schülerinnen. Nachdenklich ruhte Olivers Blick auf Samuel, und er fragte sich, ob der vielleicht doch nicht so unschuldig war, wie er tat. Dann hatte Oliver plötzlich eine Idee.

»Sind Vanessa oder Lina zum Yoga gegangen?«

Samuel starrte ihn mit großen Augen an. »Zum Yoga? Nein. Wieso?«

»Schon gut«, sagte Oliver und klappte sein Notizbuch zu. »Bitte halten Sie sich zur Verfügung, und falls Ihnen etwas einfällt, rufen Sie uns umgehend an.« Er drückte Samuel und dem Schulleiter seine Visitenkarte in die Hand.

* * *

Keine fünfzehn Minuten später standen Oliver und Klaus im Zimmer von Lina Neumann und sahen sich um.

»Ich sage Ihnen, dieser Samuel Probst steckt dahinter. Er hat ihr bestimmt etwas angetan«, verkündete Linas Mutter hysterisch. »Der Kerl war erst vor Kurzem hier. Ich habe ihn hier im Zimmer mit meiner Tochter erwischt und hinausgeworfen. Ständig scharwenzelt er um sie herum. Er ist nicht gut für sie. Ihre Noten sind zurzeit eine echte Katastrophe. Dieser Mistkerl ruiniert ihr die ganze Zukunft.« Sie wischte sich die Tränen von den Wangen. »Bitte finden Sie mein Kind. Bitte.«

Oliver schob der Frau den Schreibtischstuhl hin und bat

sie, sich zu setzen. »Wir tun alles, was in unserer Macht steht. Aber Sie müssen uns helfen. Wann ist Lina verschwunden?«

»Sie ist gestern früh zur Schule, wie immer. Sie hatte das Pausenbrot und ein paar Schulbücher vergessen und ich konnte sie auf ihrem Handy nicht erreichen. Da habe ich in der Schule angerufen, und als sie am Abend immer noch nicht da war, bin ich zur Polizei. Ich weiß, dass etwas Schlimmes passiert ist. Ich kann es spüren. Ich konnte die gesamte Nacht nicht schlafen.« Linas Mutter bebte, und Oliver bat Klaus, ein Glas Wasser zu holen, damit sie sich einigermaßen beruhigte.

»Zu wem hatte Ihre Tochter in letzter Zeit außerdem Kontakt? Hat sie vielleicht jemanden über das Internet kennengelernt?«

»Du liebe Güte. Nein, ich glaube nicht. Schauen Sie selbst nach.« Linas Mutter schaltete den Computer an. »Ich kenne ihr Passwort. Das war unsere Bedingung für die Nutzung des Internets. Ab und zu kontrolliere ich die Seiten, auf denen sie war. Ich habe gestern Abend gleich nachgesehen, aber das scheint alles harmlos zu sein.«

Klaus setzte sich an den Computer und überprüfte den Browserverlauf, während Oliver sich in dem Zimmer umsah, das nicht typischer für einen Teenager hätte sein können. An den Wänden hingen übergroße Poster eines bekannten YouTube-Stars, die Bettwäsche strahlte in mädchenhaftem Rosa, die aufgeräumte Schreibtischschublade enthielt Blöcke und Stifte in ähnlichen Farbtönen. Auf dem Regal türmten sich ein paar vergessene Plüschtiere, ein Puppenhaus stand verstaubt in der Ecke.

»Mit ihrer besten Freundin Charlotte habe ich auch gesprochen. Die hat keine Ahnung, wo sie sein könnte. Sie meint, Lina hätte sich in letzter Zeit merkwürdig benommen und stark von ihr distanziert.« Linas Mutter schluchzte verzweifelt. »Können Sie denn nicht ihr Handy orten?«

Oliver schüttelte den Kopf. »Die Technik ist schon dran, doch es ist ausgeschaltet. Der letzte Ort, an dem sie lokalisiert wurde, ist die Schule.«

»Kann es sein, dass sie vielleicht mit Samuel gefahren ist? Sie ist zwar nicht mehr mit ihm zusammen, aber er hat ein Motorrad.«

»Wir gehen jeder Spur nach«, antwortete Oliver und machte sich über den Papierkorb her. Lina malte offensichtlich gerne. Er holte ein paar zerknüllte Blätter hervor, strich sie glatt und betrachtete die Zeichnungen, die eher in düsteren Tönen gehalten waren.

»Besonders glücklich war Ihre Tochter wohl in letzter Zeit nicht«, stellte Oliver fest und zeigte Linas Mutter die Bilder.

»Ich hatte in den vergangenen Monaten ziemlich viel Stress. Wissen Sie, wir leben alleine und ich mache zurzeit etliche Nachtschichten, damit die Kasse stimmt. Ich hätte mich mehr um Lina kümmern müssen.« Sie schluchzte erneut auf und hielt sich dabei die Hände vors Gesicht.

»Denken Sie nach. Hat Lina irgendetwas erwähnt, was sie beschäftigt?«

Frau Neumann schüttelte verzweifelt den Kopf. Oliver durchsuchte den restlichen Inhalt des Papierkorbes.

»Hatte Ihre Tochter gesundheitliche Probleme?« Er hielt die leere Schachtel eines hochdosierten Schmerzmittels in den Händen.

»Nein«, sagte Linas Mutter und nahm Oliver die Packung aus der Hand. »Ich habe keine Ahnung, wo sie die herhat.«

Oliver kramte weiter und fischte einen Zettel hervor, auf dem eine Adresse in Düsseldorf notiert war. »Sagt Ihnen diese Anschrift etwas? Das müsste im Düsseldorfer Hafen liegen.«

Erneut verneinte Linas Mutter hilflos.

»Hier ist nichts. Ich habe sämtliche Cookies und Downloads überprüft. Am besten, wir lassen noch einmal unseren Computerexperten nachsehen«, vermeldete Klaus.

Oliver drückte ihm den Zettel in die Hand. »Kannst du diese Adresse bitte mal suchen?«

Klaus tippte den Straßennamen und die Hausnummer ein.

»Es gibt da einige Firmen, das ist ein Dienstleistungszentrum«, sagte er und scrollte langsam durch die Suchergebnisse. Oliver ging die einzelnen Namen durch. Unter der Adresse firmierten zwei Anwaltskanzleien, ein Projektentwickler, drei weitere Firmen, mit denen er auf Anhieb nichts anfangen konnte, und eine Klinik, die sich auf Schwangerschaftsunterbrechungen spezialisiert hatte.

»Könnte Lina schwanger sein?«, fragte Oliver und dachte sofort an die Schmerztabletten und an die Vorwürfe, die der Schuldirektor Samuel gegenüber geäußert hatte.

»Nein, wie kommen Sie denn darauf?« Die Augen von Linas Mutter weiteten sich entsetzt. »Das kann ich mir nicht vorstellen.«

Oliver hingegen sah die Sache ziemlich klar. Ein junges Mädchen, aus Versehen schwanger geworden, lässt heimlich eine Abtreibung vornehmen. Das würde auch zu den schweren Schmerzmitteln passen. Die waren verschreibungspflichtig und nicht einfach so in der Apotheke erhältlich. Ein Schwangerschaftsabbruch konnte ganz bestimmt heftige Schmerzen auslösen.

»War Lina in letzter Zeit beim Arzt?«, fragte er sicherheitshalber nach.

»Nein, nicht dass ich wüsste. Im März hatte sie eine grippeartige Erkältung mit hohem Fieber, aber seitdem ist sie gesund.«

»Ich danke Ihnen erst einmal.« Oliver verabschiedete sich und wartete, bis Klaus ebenfalls in den Hausflur trat und die Wohnungstür wieder verschlossen war. »Wir sollten keine Zeit verlieren und uns aufteilen. Vielleicht sprichst du mal mit dieser Charlotte. Wenn sie Linas beste Freundin ist, fällt ihr womöglich doch etwas ein. Ich fahre zu dieser Abtreibungsklinik und versuche herauszufinden, ob Lina dort behandelt wurde. Ruf mich an, sobald du neue Informationen hast. Noch ist das Mädchen keine achtundvierzig Stunden verschwunden. Hoffentlich finden wir sie.«

»Glaubst du denn, diese Lina hat überhaupt etwas mit unseren Fällen zu tun?«, fragte Klaus. »Eventuell ist sie nur durchgebrannt, und wir verschwenden hier unsere Zeit, während ein Serienkiller sich Nummer vier schnappt.«

»Und wenn Lina Neumann die Nummer vier ist? Vanessa Bader war schwanger und hatte eine Abtreibung. In Linas Zimmer entdecken wir die Adresse einer Abtreibungsklinik. So viele Zufälle auf einmal sind schon ungewöhnlich.«

»Das ist deine Interpretation. Das Mädchen könnte genauso gut eine der Anwaltskanzleien kontaktiert haben«, nörgelte Klaus weiter.

Oliver zuckte mit den Achseln. »Vielleicht hast du recht. Wir müssen es herausfinden.«

Klaus und Oliver machten sich auf den Weg, Klaus fuhr zu Linas Freundin Charlotte, Oliver zu der Adresse im Düsseldorfer Hafen.

Die Fahrt nahm kaum mehr als zehn Minuten in Anspruch. Oliver steuerte seinen Dienstwagen auf den Parkplatz, der sich an der Rückseite des modernen

Gebäudes befand. In seinem Kopf kreisten unaufhörlich die Gedanken, die nicht mehr als einzelne Bruchstücke waren. Er musste eine Gemeinsamkeit zwischen den Opfern finden. Eine Verbindung, durch die der Killer auf sie aufmerksam geworden war. Nachdem er nur einen kurzen Blick auf das Türschild geworfen hatte, nahm er zügig das Treppenhaus. Auf den Fahrstuhl wollte er nicht warten. Das Schlangensymbol hatte ihm sofort einen Hinweis auf die Abtreibungsklinik in der dritten Etage gegeben. Oliver kam auf einen Flur mit glänzenden Marmorfliesen und wartete diskret neben der Anmeldung, bis die Empfangsdame hinter dem Tresen den Telefonhörer aufgelegt hatte.

»Oliver Bergmann«, sagte er bloß und zeigte ihr seinen Dienstausweis. »Ich brauche dringend Ihre Mithilfe. Können Sie mir sagen, ob eine gewisse Lina Neumann bei Ihnen war?«

Die Frau blickte ihn nervös an. »Das unterliegt der ärztlichen Schweigepflicht. Ich darf Ihnen leider, wie Sie wissen, keine Auskunft geben. Jedenfalls nicht ohne das Einverständnis der Patientin.« Sie griff erneut zum Telefon. »Ich rufe mal einen Arzt.«

»Danke.« Oliver wartete ungeduldig, bis ein grau melierter Mann in weißem Kittel auf ihn zukam.

»Ich bin Doktor Schweitzer.« Er reichte Oliver die Hand und bat ihn in sein Büro. »Wie kann ich Ihnen helfen?«

»Ich habe weder eine Einverständniserklärung der Patientin noch einen richterlichen Beschluss, der Sie von Ihrer Schweigepflicht entbindet. Aber ich appelliere an Ihre Hilfsbereitschaft, Doktor. Wir ermitteln in einem Mordfall. Drei Frauen sind bereits tot und eine vierte wird vermisst. Ich suche nach einer Verbindung zwischen den Opfern und muss deshalb wissen, ob sie bei Ihnen in Behandlung waren.«

Dr. Schweitzer nickte verständnisvoll, schüttelte dann jedoch bedauernd den Kopf. »Ohne einen entsprechenden Beschluss darf ich nichts sagen. Sie wissen doch selbst, dass ich mich damit strafbar mache.«

»Ich besorge Ihnen diesen Beschluss im Nachgang. Aber bitte helfen Sie mir. Lina Neumann wird seit einem Tag vermisst. Wenn wir sie nicht bald finden, befürchte ich, wird sie sterben. Es geht um Stunden und uns läuft die Zeit davon.«

In Dr. Schweitzers Augen leuchtete etwas auf, als Oliver Linas Namen erwähnte. Er legte ihm den Zettel mit der Adresse hin. »Diesen Zettel habe ich in Linas Zimmer gefunden zusammen mit einer Packung Schmerzmittel. Bitte. Sie müssen einfach nur kurz nicken. Wir müssen dieses Mädchen retten, falls es noch nicht zu spät ist.«

Dr. Schweitzer rührte sich nicht.

Oliver legte ein größeres Blatt neben den Zettel auf den Tisch.

»In der Vagina jedes Opfers steckte eine handschriftliche Notiz, ein Datum oder etwas Ähnliches. Der Name steht jeweils daneben, hier, schauen Sie! Bitte! Ich muss wissen, ob es einen Zusammenhang gibt.«

Dr. Schweitzer schluckte. Noch immer saß er wie angegossen in seinem Stuhl. Er holte kaum merklich Luft und tippte anschließend etwas in seinen Computer. Seine Mundwinkel zuckten. Der Mediziner blickte wieder auf den Zettel und wiederholte den Vorgang. Er starrte auf den Bildschirm und räusperte sich.

»Sie bringen mich in eine äußerst missliche Lage«, sagte er und biss sich auf die Unterlippe. Sein Blick durchbohrte

Oliver. »In zwei Tagen muss ich diesen Beschluss auf meinem Tisch haben.«

Oliver nickte sofort.

»Lina Neumann war erst vor vier Tagen bei mir. Ich habe ihr das Mittel gegen die auftretenden Schmerzen nach dem Schwangerschaftsabbruch verschrieben.« Dr. Schweitzer legte einen Moment die Hand über die Augen, danach tippte er auf das Papier. »Alle drei Frauen hatten einen Abbruch. Das hier sind die errechneten Geburtstermine.«

Oliver starrte Dr. Schweitzer fassungslos an. Diese Information riss ihm den Boden unter den Füßen weg. In seinem Kopf spielte alles verrückt. Es handelte sich also tatsächlich um Termine. Daten, die in der Zukunft lagen und die jetzt einen Sinn ergaben. Darauf wäre Oliver im Leben nicht gekommen.

»Sie sind ein Genie«, rief er. »Himmel, es fällt mir wie Schuppen von den Augen. Das haben wir die ganze Zeit übersehen.« Aufgeregt sprang Oliver vom Stuhl und lief auf und ab. In seinem Hirn tickte es. Drei Tote: Nummer eins, zwei und drei. Lina Neumann könnte Nummer vier werden, wenn ihm nicht sofort etwas einfiel.

»Gab es in Ihrer Klinik mal Probleme mit Abtreibungsgegnern?«, fragte er und überlegte für eine Sekunde, ob der Arzt hinter den Morden stecken könnte. Doch das ergab keinen Sinn; ohne Dr. Schweitzer wären ihm die Zusammenhänge nie klar geworden. Der Arzt hätte sich nur auf seine Schweigepflicht berufen müssen.

Dr. Schweitzer schüttelte den Kopf. »Wir haben uns deshalb eine Adresse etwas außerhalb des Stadtzentrums gesucht und uns in ein Bürogebäude statt in ein Ärztezentrum eingemietet. Wir gehen sehr dezent vor und sind kaum bekannt.«

Oliver grübelte weiter. Er hatte die Verbindung zwischen den Opfern. Möglicherweise handelte es sich um einen Abtreibungsgegner, der irgendwie an die Daten der Opfer gekommen war. Aber wie? Gab es ein Datenleck? Oder beobachtete der Täter die Klinik? Und wie kam er auf die Kellergewölbe? Dieses Problem hatte Oliver immer noch nicht gelöst. Plötzlich schossen ihm Bilder vom Besuch im Kloster Knechtsteden durch den Kopf. Er bedankte sich und stürmte hinaus. Auf dem Weg zu seinem Dienstwagen rief er Hartmut Meier vom Rechercheteam an.

»Haben Sie die Personen auf der Ausleihliste der Knechtstedener Bibliothek durchleuchtet?«

»Ich bin noch dran. Aber bisher bin ich auf nichts Ungewöhnliches gestoßen. Es handelte sich zum Großteil um Frauen.«

»Die können Sie vorerst streichen«, fuhr Oliver dazwischen. »Konzentrieren Sie sich zunächst auf die Männer, und rufen Sie mich an, sobald Sie fertig sind.« Oliver legte auf und probierte es bei Klaus. Doch sein Handy war besetzt. Er stieg in seinen Wagen und drehte den Zündschlüssel um. Ihm war fast etwas schwindlig. Ein neuer Gedanke schoss in ihm hoch. Baustellen. Er hatte eine Sammlung von Artikeln über Baustellen in Zons in der Klosterbibliothek gesehen. Ob der Mörder so auf die Keller stieß? Er musste sich dringend diese Artikel ansehen. Die Freisprechanlage war eingeschaltet, Oliver wählte die Nummer des Knechtstedener Gymnasiums und erkundigte sich nach dem Religionslehrer Michael Limbach.

»Herr Limbach hat heute einen freien Tag«, verkündete die Sekretärin und gab ihm die Privatadresse des Lehrers.

Oliver drückte aufs Gas. Limbach konnte ihm sicher weiterhelfen. Auf die Baustellen hätte er auch gleich kommen können. Jede öffentliche Baumaßnahme wurde vor dem Beginn der Arbeiten durch die Stadt angezeigt. Man musste gar nicht groß recherchieren und hatte mehr als genug Vorbereitungszeit. Nach Feierabend und an den Wochenenden hielt sich meist kein Mensch auf solch einem abgesperrten Gelände auf. Der ideale Ort für ein Verbrechen. Das Haus der Büttners hatte in sämtlichen Immobilienbörsen zum Verkauf gestanden. Ebenfalls eine perfekte Gelegenheit. Blieb nur noch das Rätsel um die toten Nonnen. Woher wusste der Täter davon? Ein Auto hupte, weil er zu langsam fuhr. Seine Augen suchten nach Limbachs Hausnummer. Vor einem Einfamilienhaus bremste er ab. In der Einfahrt stand ein Wagen. Oliver freute sich, Limbach schien zu Hause zu sein. Er parkte hinter ihm, stieg aus und klingelte.

»Kriminalkommissar Bergmann? Was verschafft mir die Ehre?« Michael Limbach ließ Oliver eintreten und wies ihm den Weg ins Wohnzimmer, wo er auf einem Ledersessel Platz nahm und Oliver anbot, sich auf das Sofa zu setzen. Das gesamte Zimmer war angefüllt mit Büchern. Oliver ließ seinen Blick über die Regale schweifen, die in Teilen mit kostbaren Lederbänden gefüllt waren.

»Sammeln Sie Bücher?«, fragte Oliver interessiert und erhob sich wieder, um zu einem Regal zu gehen. Bewundernd fuhr er mit dem Finger über das dunkle Leder, auf dem in der Mitte ein goldenes Kreuz prangte.

»Ich hatte ja schon berichtet, dass ich alles rund um das Thema Religion sammle. Sie stehen da gerade vor einer Sammlung antiker Bibeln. Ist das nicht großartig?« Er gesellte sich zu Oliver und nahm ein Buch heraus. »Diese Bibel hier ist so alt, Jesus könnte sie selbst geschrieben haben. Sie hat mich ein Vermögen gekostet.« Limbach blätterte beinahe zärtlich durch die vergilbten Seiten.

»Wäre es nicht sinnvoller, die Bücher verschlossen und bei beständiger Luftfeuchtigkeit aufzubewahren? Dann wären sie doch sicher besser geschützt.«

»Sie haben recht.« Limbach klappte die Bibel zu. »Aber das Leben ist einfach zu kurz, um auf alles zu verzichten. Es mag in Ihren Ohren merkwürdig klingen, doch ich fühle mich Gott irgendwie ein bisschen näher, wenn ich seine Schriften auch in der Hand halten kann.«

»Sie hatten mir von Ihrem Artikel über eingemauerte Nonnen erzählt. Gab es eigentlich irgendwelche Reaktionen, vielleicht Leserzuschriften darauf?«, wollte Oliver wissen.

Limbach hob erstaunt die Augenbrauen. »Das hätte mich wirklich gefreut. Aber nein. Die meisten Menschen interessieren sich nicht für diese Dinge. Wahrscheinlich hat diesen Artikel kaum jemand gelesen.«

»Wissen Sie«, fuhr Oliver fort, »als wir neulich in der Klosterbibliothek waren, da sind mir auf Ihrem Schreibtisch ein paar Pressemitteilungen über Baustellen in Zons aufgefallen. Könnte ich die Artikel bitte noch einmal sehen?«

In diesem Augenblick ging Olivers Handy los. Es war Hartmut Meier. Oliver entschuldigte sich und ging in den Flur.

»Bergmann«, meldete er sich, gespannt auf die Ergebnisse.

»Ich habe die Frauen weggelassen und auch die Schüler«, erklärte Meier. »Es sind drei männliche Personen übrig. Einer davon ist achtundsiebzig, ein gewisser Wilfried Herrmann. Der kommt vermutlich nicht infrage. Bleiben also zwei Personen, die im fraglichen Zeitraum Bücher über mittelalterliche Einmauerungen und Foltermethoden ausgeliehen haben. Wolfgang Dürer, zweiundvierzig Jahre alt und Maschinentechniker in Dormagen, polizeilich vollkommen unauffällig, verheiratet, zwei Kinder. Und Daniel Balschmidt, fünfunddreißig, ledig, keine Kinder, Computerspezialist bei einer Versicherung in Köln, ebenfalls polizeilich unbekannt.«

»Danke«, sagte Oliver. »Könnten Sie Klaus Gruber verständigen und ihn bitten, die beiden zu befragen? Ich habe im Augenblick noch zu tun.«

»Das mache ich«, erwiderte Meier und legte auf.

Oliver schob das Handy zurück in die Hosentasche und stieß dabei auf ein zusammengefaltetes Blatt Papier. Daran hatte er gar nicht mehr gedacht. Er faltete es auseinander und überflog die Namen von Vanessas Lehrern, die der Schuldirektor ihm gegeben hatte. Bei einem stutzte er. Doch das war gar nicht der Grund, warum er innehielt. In seiner Nase kribbelte es plötzlich. Er sah sich im Flur um. Ein merkwürdiger Geruch zog ihn geradezu magisch an.

»Darf ich mal Ihre Toilette benutzen?«, rief er in Richtung Wohnzimmer, um Zeit zu gewinnen.

»Natürlich. Gleich neben der Haustür, rechte Seite«, antwortete Limbach.

Oliver machte einen Schritt auf das WC zu, drehte dann jedoch um. Der Geruch kam woanders her. Aus einer halb geöffneten Tür. Einem Abstellraum. Etliche Regale mit Konservendosen standen darin. Auf dem Boden stapelten sich drei Wasserkästen, daneben Bier. Doch was Oliver interessierte, war etwas, was sämtliche seiner bisherigen Annahmen völlig über den Haufen warf. Automatisch glitt seine Hand zur Waffe. Er ging vorsichtig in die Hocke und tauchte die Fingerspitze in frischen Mörtel. Der Eimer war zu zwei Dritteln geleert. Über dem Rand hingen Lederhandschuhe, auf denen sich roter Staub abgesetzt hatte. Auch die groben Schuhe in der Ecke waren von einer dünnen rötlichen Staubschicht überzogen. Blitzschnell richtete Oliver sich auf und schlich auf Zehenspitzen zurück. Limbach, ratterte es in seinem Kopf. Er hatte die Baustellenberichte gesammelt. Er kannte sich mit Einmauerungen aus, und dieser Mann war Aushilfslehrer für Religion an der Schule, an der Vanessa Bader lernte und auch Lina Neumann. Plötzlich stand ihm das mögliche Motiv des Täters vor Augen. Limbach als streng religiöser Mensch hielt ganz sicher nicht viel von Abtreibungen. War das ein Grund, zum Serienmörder zu werden, oder ging seine Fantasie gerade mit ihm durch? Oliver umklammerte seine Dienstwaffe und versteckte sie hinter dem Rücken. Lautlos schlich er zum Wohnzimmer und warf einen Blick durch die offene Tür. Augenblicklich stockte ihm der Atem. Überrascht sah er sich um. Limbach war nicht mehr da.

Oliver stürmte ins Zimmer, mit vorgehaltener Waffe, den Finger am Abzug. Wohin war Limbach verschwunden? Fast gleichzeitig bemerkte er die Terrassentür, die nur angelehnt war.

»Herr Limbach?« Oliver riss die Tür auf. Er lief in den Garten, der von einem hohen Zaun eingegrenzt war. In der kurzen Zeit, die er in der Abstellkammer verbracht hatte, konnte Limbach die Strecke nicht geschafft haben. Oliver sah sich um und entdeckte eine Außentreppe, die in den Keller führte. Die Kellertür war nicht verschlossen.

»Herr Limbach, wo stecken Sie?«, rief er in den dunklen Keller und schaltete das Licht ein.

Abgestandene, muffige Luft schlug ihm entgegen, als er ein Stück hineinging. Vor ihm lag eine Waschküche, die offenbar längere Zeit nicht benutzt worden war. Spinnweben hingen von der Decke, alte Bretter und verstaubte Möbel verrotteten vor sich hin. Oliver durchsuchte die Waschküche nach einem Versteck. Als er nichts fand, ging er schnell weiter durch eine Tür gegenüber, die sperrangelweit offen stand. Wieder suchte er nach Licht und machte es an. Die Neonröhren über seinem Kopf knisterten kalt. Der Keller war nicht groß, aber verwinkelt. Rechts lagen zwei Türen. Links registrierte Oliver eine Wand, die neu wirkte. Geradeaus sah er eine dritte Tür. Irgendetwas schabte dahinter über den Boden.

»Herr Limbach?« Oliver richtete die Pistole auf die Tür. »Sind Sie hier drin?«

Keine Antwort.

»Kommen Sie heraus«, forderte Oliver und drückte sich rechts neben der Tür an die Wand. Er zählte bis drei, dann stieß er die Tür auf.

Verdammt. Er stand im Treppenhaus, das hoch ins Erdgeschoss führte. Von dort schien etwas Tageslicht herunter. Er nahm drei Stufen auf einmal und war wieder oben. Die Haustür war offen. Ein Motor startete. Limbach saß in seinem Wagen und versuchte, an Olivers Dienstfahrzeug vorbeizukommen, das hinter ihm parkte. Der Weg war zu schmal. Der Mann saß in der Falle. Oliver sprang die kurze Eingangstreppe hinunter und baute sich vor dem Wagen auf.

»Anhalten!«, befahl Oliver. Er zielte mit der Waffe durch die Windschutzscheibe auf Limbach. Aber der Lehrer hörte nicht. Sein Blick streifte ihn nur flüchtig, sofort konzentrierte sich Limbach wieder auf die Kupplung und legte den Rückwärtsgang ein. Mit ohrenbetäubendem Krachen rammte er Olivers Auto. Zwei Schüsse knallten durch die Luft. Es zischte. Oliver richtete die Waffe abermals auf Limbach, der wie von Sinnen am Lenkrad drehte. Doch zwei Reifen waren platt. Er würde nicht weit kommen. Erneut fummelte

Limbach an der Gangschaltung herum. Der Motor heulte auf und das Auto schoss vorwärts direkt auf Oliver zu. Er schaffte es in der letzten Sekunde, zur Seite zu springen. Trotzdem erwischte ihn der Wagen am Bein. Ein höllischer Schmerz fuhr durch seine Knochen. Oliver schrie auf und stürzte mit vollem Gewicht auf den Rasen. Limbach setzte zurück. Entsetzt begriff Oliver, dass der Mann ihn erneut ins Visier nahm. Hektisch robbte er Richtung Hauseingang zurück. Der Motor hinter ihm kreischte. Schon glaubte er, das Gewicht des Wagens zu spüren, das ihn jede Sekunde unter sich begraben würde. Trotz der Schmerzen sprang er auf und hechtete die Treppe zum Haus hinauf. Der Wagen krachte mit Wucht gegen die unteren Stufen. Oliver rollte sich im allerletzten Moment in den Flur und blieb atemlos liegen.

Draußen ruckelte der Motor. Limbach trat aufs Gas. Die Räder drehten durch. Dann war es plötzlich still. Oliver suchte nach seiner Pistole, die er eben noch in der Hand hatte. Verdammt. Er musste sie verloren haben. Unter Schmerzen versuchte er, sich aufzurichten, stockte aber, als Limbach im Türrahmen erschien.

»Verflucht. Limbach. Was soll das?«, brüllte Oliver, blieb jedoch sitzen.

Die eigene Pistole zielte mitten auf sein Gesicht.

»Hände hoch«, zischte Limbach.

Mechanisch folgte Oliver dem Befehl.

»Los. Die Kellertreppe runter.«

Oliver rührte sich nicht. Standhaft starrte er Limbach an und schüttelte den Kopf.

»Ich schieße«, drohte Limbach.

»Das würde ich lieber nicht tun.« Die Stimme ertönte hinter Limbach, der sofort erstarrte. Klaus hielt ihm die

Pistole an den Hinterkopf und nahm ihm mit der freien Hand Olivers Waffe ab.

»Umdrehen. Gesicht zur Wand.« Routiniert legte er Limbach Handschellen an und kettete ihn an ein Heizungsrohr.

»Verdammt, Oliver. Wie schlimm ist es?« Klaus rief Verstärkung und einen Krankenwagen.

Oliver stöhnte. »Bin ich froh, dass du da bist. Wie bist du darauf gekommen?«

Klaus grinste. »Ich habe mich mit Charlotte unterhalten, Linas Freundin. Irgendwann erwähnte sie Michael Limbach, der bei ihnen an der Schule aushilfsweise Religionsunterricht gibt, und dass Lina ihn wohl sehr mag. Eigentlich wollte ich nur mit ihm sprechen und erfahren, ob Lina sich in letzter Zeit anders als sonst verhalten hat. Doch als ich deinen Wagen und das ramponierte Auto da draußen sah, habe ich schnell eins und eins zusammengezählt.«

Oliver umarmte Klaus. »Ich hab ganz schön in der Klemme gesteckt«, gab er zu. »Du bist genau im richtigen Moment aufgetaucht. Ich glaube, ich weiß, wo Lina ist. Im Keller gibt es eine neue Wand.«

* * *

»Verraten Sie uns verdammt noch mal, wo Sie Lina versteckt haben.« Oliver donnerte die Faust auf den schmalen Tisch im Vernehmungsraum. Die Frau, die sie in Limbachs Keller gefunden hatten, war nicht Lina. Es war Limbachs Exfreundin, die bereits seit drei Wochen tot war. In ihrer Vagina steckte ein Zettel mit einem Geburtstermin im Juli und den Endziffern *00*. Janina Bachmeier war Limbachs erstes Opfer. Sie hatte sich von Limbach getrennt und ohne sein Wissen das gemeinsame Kind abgetrieben. Als er es herausfand, mauerte er sie zur Strafe ein. Er wollte sich in der Abtreibungsklinik über den Eingriff beschweren, zu dem er keine Zustimmung erteilt hatte. Schließlich habe er als Vater auch Rechte. Dort wies man ihn ab. Limbach hatte noch eine ganze Weile im Wartezimmer verharrt. Eigentlich wollte er die Patientenakte seiner Exfreundin einsehen, um herauszufinden, wann der Eingriff vorgenommen worden war. In einem unbemerkten Augenblick schlich er hinter den Tresen, fand jedoch nur einen gesperrten Computer vor. Wütend ließ er einen Stapel Post mitgehen, der in einem Ausgangskorb lag. Darunter befanden sich Mahnschreiben an Patientinnen, die ihre Rechnungen noch nicht beglichen hatten. Limbach verachtete jede Frau aufs Tiefste, die von Gott gegebenes Leben tötete. Hass und Rache brachten ihn zu seinem Entschluss, jede von ihnen ebenfalls zu bestrafen. Er nahm ihr Leben im Ausgleich für jenes, das diese Frauen zerstört hatten. Deshalb schob er jeder von ihnen den Geburtstermin ihrer ungeborenen Kinder in die Vagina und nummerierte zudem seine Opfer wie Trophäen. Die Polizei stieß bei der Hausdurchsuchung noch auf fünfzehn weitere Namen von Frauen, die abgetrieben hatten und die Limbach in gleicher Weise ermorden wollte. Da er in Zons lebte, kannte er jede Baustelle, jedes Bauvorhaben und auch jedes leer stehende Haus wie seine Westentasche. In Limbachs Haus fanden sich zahlreiche Dokumente über das Franziskanerinnenkloster in Zons. Limbach hatte jedes Detail recherchiert. Er wollte die Frauen genau so töten, wie es damals im Mittelalter üblich war.

Während Oliver und Klaus den restlichen Tag damit zugebracht hatten, Limbach zu verhören, war draußen ein ganzer Polizeitrupp auf der Suche nach Lina unterwegs. Aber sie hatten nicht den geringsten Anhaltspunkt über den Verbleib des Mädchens. Keine Zeugen, ein erfolgloser Einsatz der Hundestaffel in der Schule und der Wohnung, selbst die Suche mit Wärmekameras in der Tiefgarage von Zons brachte nichts. Sie waren auf Limbachs Aussage angewiesen, doch der schwieg sich aus.

»Ich habe nichts weiter getan, als diesen Frauen den Weg zu Gott zu ebnen. In aller Stille sollten sie über ihre Sünden nachdenken. Und es ist eine Sünde, von Gott gegebenes Leben zu vernichten«, beharrte Limbach.

»Das haben Sie uns bereits hundertmal erzählt. Wollen Sie tatsächlich, dass das Mädchen stirbt? Lina Neumann ist inzwischen zwei Tage ohne Wasser. Lange wird sie es nicht mehr durchhalten.« Oliver konnte sich nur schwer zurückhalten. Der pochende Schmerz in seinem Unterschenkel, der sich auch mit Schmerztabletten nicht völlig ausschalten ließ, machte ihn keineswegs gelassener. Sein Fuß steckte bis zum Knie in Gips. Ein Knochen war angebrochen.

»Ich führe Lina nur auf den rechten Weg. Sie hat sich mir anvertraut. Sie wollte, dass ich ihr helfe. Und das tue ich jetzt.« In Limbachs Augen leuchtete der Wahnsinn. Der Kerl war verrückt. Und da war noch etwas, was Oliver wirklich Angst machte. Dieser Mann wollte, dass Lina starb. So kamen sie nicht weiter. Von diesem Monster würden sie nie erfahren, in welchem Keller er das arme Mädchen eingemauert hatte. Er gab Klaus ein Zeichen, und sie ließen Limbach allein im Verhörzimmer zurück.

»Lass uns zu Hartmut Meier gehen. Der brütet seit zwei Stunden über Limbachs Unterlagen. Vielleicht ist er inzwischen auf eine Spur gestoßen«, schlug Oliver vor und zog Klaus mit sich.

Hartmut Meier stand vor einer Pinnwand und zeichnete einen roten Kreis auf den Stadtplan von Zons.

»Haben Sie etwas?« Oliver betrachtete interessiert die markierte Stelle.

»Ich bin mir nicht sicher. Es gibt mehrere Varianten. Im Grunde könnte das Opfer überall sein.« Er stöhnte frustriert. »Ich habe über eine Stunde mit dem Baustellenleiter telefoniert, um herauszufinden, wo Limbach es probiert haben könnte.« Er tippte auf einen bläulichen Umriss, den er auf den Stadtplan gezeichnet hatte. »Das ist das ehemalige Franziskanerkloster. Bis auf die Kellergewölbe ist heute nichts mehr davon übrig. Die Bauarbeiten in diesem Abschnitt finden aktuell hier statt. Er deutete auf das Areal der Tiefgarage.

»Aber die Tiefgarage wurde inzwischen vollständig abgesucht. Da kann das Mädchen unmöglich sein.«

Oliver studierte die Markierungen. »Sie denken also, er hat diesmal ein Kellergewölbe unter den Klostermauern ausgesucht?«

Meier nickte. »Das dürfte gemessen an seinem religiösen Hintergrund der beste Ort für ihn sein. Das Haus der Büttners hat er aus meiner Sicht nur gewählt, weil es praktisch war. Das Haus stand mehrere Wochen leer und wurde in jeder Immobilienbörse wie Sauerbier angepriesen. Außerdem waren die Bauarbeiten über dem Kloster zu dieser Zeit noch nicht so weit.«

»Aber dann muss Lina Neumann doch irgendwo unter dieser Tiefgarage stecken.«

Meier zuckte mit den Schultern. »Diese Stelle habe ich ja auch markiert. Doch der Einsatz der Wärmekameras hat nichts ergeben, der Suchtrupp auch nicht, und der Baustellenleiter schwört, dass in den letzten drei Tagen niemand Zutritt hatte.«

Olivers Handy klingelte. Ein Kollege teilte ihm mit, dass die Hundestaffel bereit war.

»Wir müssen los«, sagte Oliver und winkte Klaus mit sich.

* * *

Lina saugte an der Wasserflasche und leckte das Salz ab, obwohl sie wusste, dass es ihr nicht guttat. Zuerst hatte sie vermutet, dass Wasserstoffblondi ihr K.-o.-Tropfen gegeben und sie dann in diesem Keller eingesperrt hatte. So eine Gemeinheit traute sie ihr durchaus zu. Vor allem nach ihrem Streit. Lina hatte Wasserstoffblondi mitten im Wald stehen lassen, ungeachtet der Tatsache, dass Vanessas Nase heftig blutete. Sie hatte den Kinderanhänger abgekoppelt und war einfach davongefahren. Noch immer hörte sie Vanessas Gezeter in ihren Ohren. Sie zweifelte keinen Moment daran, dass sie ihr die Sache heimzahlen würde. Doch irgendwann hatte sie die Taschenlampe auf dem Kellerboden entdeckt und einen Brief, der nicht von Vanessa stammen konnte.

Im ersten Augenblick begriff sie überhaupt nichts. Bis sie den Namen las, der unter dem Text stand. Warum schrieb der Religionslehrer diesen wirren Brief? Aber nach und nach realisierte sie, dass er sie bestrafen wollte. Ja musste, wenn ihre Seele gerettet werden sollte. Lina war nie sonderlich religiös gewesen, doch sie mochte Michael Limbach. Er wusste so viel und er hörte ihr zu. Er verstand sie. Das glaubte sie zumindest. Sie hätte auf ihn hören sollen, als er ihr erklärt hatte, dass man gottgegebenes Leben nicht zerstören durfte. Sie hatte gesündigt und er hatte sie dafür in dieses Loch gesteckt. Da half auch die Taschenlampe nichts, die vermutlich noch leuchten würde, wenn sie längst verdurstet war. Inzwischen erinnerte sie sich auch wieder, wie alles passiert war. Sie hatte sich wie jeden Morgen auf den Weg zur Schule gemacht. Kaum war sie zur Haustür raus, ging sie an ein paar parkenden Autos vorbei. Plötzlich war jemand hinter ihr und presste ein Tuch über ihren Mund und die Nase. Er zerrte sie in ein Auto. Danach war alles dunkel geworden und sie war in diesem Keller wieder zu sich gekommen.

Zuerst hatte sie gekämpft. Sie bemerkte, dass die eine Wand ganz frisch verfugt war, und versuchte, die Fugen zwischen den Steinen herauszukratzen, bis ihre Fingerkuppen wie Feuer brannten. Aber irgendwann sah sie ein, dass sie für ihre Sünden bezahlen musste. Vielleicht war es besser so. Wenn sie starb, wäre sie bei ihrem Baby, das sie rasend vermisste. Das wäre doch das Richtige. Eine Mutter sollte bei ihrem Kind sein. Also legte sie sich auf die Matratze und wartete auf den Tod.

Aber der kam nicht. Ihr Herz schlug und schlug, und sosehr sie sich auch nach dem Ende sehnte, es wollte einfach nicht kommen.

Nach Stunden oder Tagen, sie wusste es nicht, hatte sie dieses dumpfe Grollen gehört, das sich durch die Erde fortpflanzte und die Wände zum Beben brachte. Kantige Steine fielen auf sie herunter. Ihr tat alles weh, sie blutete und sie schrie vor Angst. Die Luft bestand nur noch aus Staub. Die Taschenlampe fiel ihr aus der Hand und verlosch, genauso wie ihr Bewusstsein, als ein größerer Stein ihren Kopf traf. Endlich, dachte sie noch und schwebte hinüber auf die andere Seite dieser Welt.

* * *

Oliver biss die Zähne zusammen und humpelte dem Hundeführer hinterher. Dessen Schäferhund blieb alle paar Meter stehen und schnüffelte aufgeregt. Doch er schlug nicht an. Sie hatten mit den Fundorten der beiden Opfer in der Tiefgarage begonnen. Übereinstimmend waren sie zu der Ansicht gelangt, dass dieser Ort, der direkt unter dem ehemaligen Kloster lag, für Limbach eine besondere Bedeutung hatte. Obwohl bereits ein Polizeisuchtrupp im Einsatz war und auch die Wärmekameras nichts gezeigt hatten, wollten sie es ein weiteres Mal mit der Hundestaffel versuchen. Aber auch sie hatten bisher keinen Erfolg. Die Hoffnung, Lina Neumann rechtzeitig zu finden, schwand dahin. Oliver fühlte sich schwer, wie betäubt. Er zweifelte an sich. Vielleicht hätte er doch noch etwas aus Limbach herausbekommen, wenn er es weiter versucht hätte. Was, wenn das Mädchen starb, weil er eine falsche Entscheidung getroffen hatte? Er schleppte sich weiter, obwohl er es vor Schmerzen kaum noch aushielt. Es war ihm egal. Sie durchsuchten sämtliche Ecken und Verzweigungen der Tiefgarage und jede Verbindung, die es möglicherweise zu anderen Gebäuden gab. Die Hunde schlugen nicht an. Verdammt. Oliver war sich so sicher gewesen. Sie liefen einen weiteren Gang entlang, der in Richtung Juddeturm führte und sich eigentlich nicht mehr unter dem Kloster befand. Er wirkte eher wie eine Baustelle. Steine lagen herum. In einiger Entfernung konnte Oliver das Ende des Ganges ausmachen. Was würden sie tun, wenn sie dort anlangten? Sollten sie zurück ins Revier fahren und Limbach wieder verhören? Er stolperte über einen Stein und blieb atemlos stehen. »Hier ist nichts«, rief der Hundeführer vor ihm und machte kehrt.

Olivers Herz verwandelte sich in einen Eisklumpen. Frustriert stieß er den Mauerstein beiseite, der polternd vor einem größeren Steinhaufen liegen blieb. Er leuchtete mit seiner Lampe und musterte die Wand dahinter.

»Was ist das für ein Spalt?«, fragte er und nahm die obersten Steine beiseite. Im selben Moment begann der Hund zu bellen.

»Wir brauchen sofort Verstärkung«, brüllte er in sein Funkgerät. Er fiel auf die Knie und räumte die Steine weg. Seine nackten Hände brannten, weil er nicht auf die scharfkantigen Steine achtete.

Klaus kam mit einem Vorschlaghammer angelaufen, er hatte oben noch einmal mit dem Baustellenleiter gesprochen.

»Lass mich mal«, sagte er und holte aus. Es dauerte eine gefühlte Ewigkeit, bis die Öffnung endlich groß genug war. Oliver wollte sich hindurchzwängen, doch sein Partner hielt ihn zurück.

»Das schaffst du nicht mit diesem Gipsklumpen am Bein«, sagte er und kroch in den Hohlraum hinter dem frischen Durchbruch. Oliver leuchtete ihm mit der Taschenlampe. Klaus wirkte durch den aufgewirbelten Staub wie eine Geistererscheinung.

»Hier ist sie«, rief Klaus, und Oliver hielt die Sekunden bis zu seinem nächsten Satz kaum aus.

»Sie ist noch am Leben.«

EPILOG

»Es tut mir so leid, dass ich nicht genug Zeit für dich hatte. Aber das wird sich ab sofort ändern«, versprach ihre Mutter und gab ihr einen zärtlichen Kuss auf die Stirn.

Lina lächelte. Sie lag seit gut einer Woche im Krankenhaus. Sie war nicht nur völlig dehydriert gewesen, sondern hatte auch eine Gehirnerschütterung erlitten, als sich durch die Baustellenarbeiten in der Tiefgarage Steine von der Decke gelöst hatten. Die ganze Zeit über fühlte sie Schwindel, fast so, als wäre sie noch schwanger. Wehmütig dachte sie an ihr Baby.

»Wir hätten eine Lösung für alles gefunden. Du kannst mir immer vertrauen.«

Lina nickte. »Ich habe es wegen Samuel getan. Er wollte es.«

»Schon gut. Das Wichtigste ist, dass es dir bald wieder gut geht. Ich habe mir solche Sorgen um dich gemacht.«

»Was passiert jetzt mit Herrn Limbach?«, wollte Lina wissen und richtete sich ein wenig auf.

»Ich denke, er wird nie wieder aus dem Gefängnis kommen. Er hat nicht nur Vanessa, sondern auch drei weitere Frauen auf bestialische Art ermordet. Stell dir vor, die Polizei hat in der Bibliothek des Klosters Knechtsteden uralte Dokumente entdeckt, die es sonst nirgendwo gibt. Die Historiker sind ganz wild darauf. Es handelt sich um die Aufzeichnungen einer Nonne, die im fünfzehnten Jahrhundert des Klosters verwiesen und verbrannt wurde. Ich glaube, sie hieß Ottilia. Sie hat schwangere Mädchen eingemauert und ihre Zellen auf einer Skizze markiert. Man vermutet, dass einige dieser armen Seelen noch immer dort liegen. Dieser verrückte Limbach kannte jedenfalls diese Karte. Auch in deiner Zelle fand sich das Skelett einer unbekannten Nonne. Wie, um Gottes willen, kommt man auf solch eine Idee?«

»Er hat an ihn geglaubt«, erklärte Lina.

»Also an Gott«, fügte sie hinzu. »Ich denke, er wollte mir helfen. Es war dumm, ihm von dem Baby zu erzählen und nicht dir.« Sie dachte an Vanessa, die entgegen ihrer Behauptung doch abgetrieben hatte. Ihr Tod schockierte Lina. Sie hatte Vanessa gehasst, aber den Tod hätte sie ihr nie und nimmer gewünscht.

»Es wäre wirklich besser gewesen, mit mir zu reden«, seufzte Linas Mutter und öffnete ein paar Fotos auf ihrem Smartphone. »Sieh mal, Schatz. Das wird unser neues Zuhause. Wir ziehen weit weg aufs Land.«

Lina betrachtete das hübsche, weiß verputzte Reihenhaus und bewunderte die Blütenpracht des kleinen Gartens, die gemütliche, offene Küche und das Wohnzimmer, das sogar über einen Kamin verfügte.

»Ich werde in meinem neuen Job keine Nachtschichten mehr machen müssen, und der Vermieter hat mir eine

Option eingeräumt, das Haus in ein paar Jahren zu kaufen. Was hältst du davon?« Linas Mutter strahlte.

»Ich werde Samuel nie wiedersehen«, erkannte Lina und nickte schnell, als Enttäuschung in den Augen ihrer Mutter aufblitzte. »Das ist gut so«, fügte sie hinzu und zwang sich zu einem Lächeln.

Und das war es auch. Samuel hatte sich nicht einmal nach ihr erkundigt. Er war ein verdammtes Arschloch. Trotzdem konnte sie ein Schluchzen nicht unterdrücken.

»Wird Gott mir je vergeben für das, was ich getan habe?«, fragte sie mit Tränen in den Augen.

»Ganz bestimmt« erwiderte ihre Mutter und strich ihr übers Haar. »Vor allem aber musst du dir selbst verzeihen.«

Ende

NACHWORT DER AUTORIN

Liebe Leserin, lieber Leser,

ich möchte mich bei Ihnen dafür bedanken, dass Sie meinen Roman gekauft und gelesen haben. Ich hoffe, Ihnen hat die Lektüre gefallen und Sie hatten ein spannendes Leseerlebnis. An dieser Stelle möchte ich insbesondere für die historisch interessierten Leser noch folgende Punkte anmerken:

Die meisten Orte, die ich in meinem Thriller beschreibe, existieren tatsächlich. Die von mir eigenhändig gezeichnete Karte, die Sie ganz vorne im Buch finden, stellt den historischen Stadtkern von Zons dar. Genau so werden Sie die Stadt vorfinden, wenn Sie ihr einen Besuch abstatten. Schauen Sie doch dann einmal in der Tourist-Information gegenüber dem Kreismuseum an der Schloßstraße vorbei. Sie werden dort einen ähnlichen Plan erhalten.

Das Einmauern bei lebendigem Leibe gehörte im Mittelalter

zu den Todesstrafen, die insbesondere bei Höhergestellten verhängt wurde. Sie wurde aber auch bei Nonnen angewendet, die gegen das Keuschheitsgelübde verstießen. Die Einmauerung galt jedoch nicht nur als Strafe, es gab auch Gläubige, die diese Tortur freiwillig antraten, die sogenannten Inklusen. Der Begriff stammt aus dem Lateinischen und bedeutet so viel wie Eingeschlossene.

Die wohl berühmteste Vertreterin von Gläubigen, die sich freiwillig einsperren ließen, ist Hildegard von Bingen (1098 – 1179). Sie verbrachte ganze dreieinhalb Jahrzehnte eingemauert als Inklusin in einer Zelle des Benediktinerklosters Disibodenberg. Erst im Alter von zweiundvierzig Jahren verließ sie ihre Zelle und wurde zu der Universalgelehrten, als die wir sie heute kennen. Natürlich war Hildegard von Bingen nicht die ganze Zeit in einen fensterlosen Raum und ohne Nahrung eingemauert, dennoch waren die Regeln streng.

Vom Zeitpunkt ihrer Inklusenweihe oder dem Einschließungsritual an durften die Nonnen nur noch im Notfall ihre Zelle verlassen. Sie waren für die Welt gestorben und ihre Einschließung war bis zum Tod bindend. Dass Hildegard von Bingen die Befreiung aus ihren Mauern gelang, war zur damaligen Zeit alles andere als selbstverständlich. Sie teilte sich anfangs die Zelle mit ihrer Lehrmeisterin Jutta von Sponheim. In den folgenden Jahren kamen acht weitere Inklusinnen hinzu. Über die Art der Zelle oder auch Klause ist nicht viel bekannt, aber allein die Anzahl der Personen lässt vermuten, dass die Räumlichkeiten sich nicht auf eine kleine Zelle beschränkten.

Erst nach dem Tod ihrer Lehrmeisterin begehrte Hildegard von Bingen gegen die strengen Regeln auf. Von den

Schülerinnen des Klosters wurde sie zur Magistra gewählt. Sie lockerte die Speisebestimmungen, kürzte die Gebets- und Gottesdienstzeiten und wollte sogar ein eigenes Kloster gründen. Es brach ein offener Streit mit den Benediktinermönchen vom Disibodenberg aus. Doch Hildegard von Bingen setzte sich durch und gründete um 1150 ein eigenes Kloster auf dem Rupertsberg, wo sie im Alter von einundachtzig Jahren verstarb.

Das im Roman angeführte *Buch von den natürlichen Dingen* oder *Buch der Natur* von Konrad von Megenberg entstand Mitte des vierzehnten Jahrhunderts. Der Weltgeistliche und Autor von ca. zweiundzwanzig lateinischen Schriften behandelte ganz unterschiedliche Themen und konnte bereits zu seiner Zeit fünfzehn zum Teil erstaunlich präzise Schwangerschaftsanzeichen aufführen, unter anderem:

- enger Verschluss des Muttermundes, der so weit gehen kann, dass selbst das Eindringen einer Nadelspitze unmöglich wird
- das Aufsteigen des Uterus und seine Neigung nach vorn im Leibe der Frau
- das Ausbleiben der Menstruation, wobei diese in sehr seltenen Fällen im Gange bleibt
- leichte Übelkeit
- Aufstoßen mit stark saurem Geschmack

Die im Roman vom Zonser Arzt Josef Hesemann durchgeführte Uroskopie bzw. Harnschau war eine oft angewandte Methode im Mittelalter, teilweise mit erstaunlich genauen Ergebnissen. Harnschauer konnten nicht nur Krankheiten anhand des Urins erkennen, sondern auch das Geschlecht und eventuell bestehende Schwangerschaften. So konsultierte beispielsweise um 950 der Bayernherzog Heinrich I., ein Bruder Ottos des Großen, St. Galler Mönche zur Harnschau. Schon bald darauf beglückwünschten ihn die Mönche zu seiner kurz bevorstehenden Niederkunft. Der Herzog zeigte sich äußerst erfreut, denn er hatte den Urin einer hochschwangeren Magd zu Testzwecken an die Mönche gesandt.

Mitte des siebzehnten Jahrhunderts gab es in Zons auf dem Platz neben dem Juddeturm ein Franziskanerkloster, das allerdings nicht von Nonnen, sondern von Mönchen unterhalten wurde. Die Franziskanerinnen kamen erst im neunzehnten Jahrhundert in die Stadt und lebten auch nicht im ehemaligen Mönchskloster, sondern im Kloster *Zur heiligen Dreifaltigkeit*, das den Rheinturm, das Zollhaus und die angrenzenden Gebäude umfasste. Die Nonnen betrieben dort eine *Töchterschule für das bürgerliche Leben*. Obwohl Zeitpunkt und auch Ort historisch nicht exakt zum Roman übereinstimmen, habe ich mir die Freiheit genommen, trotzdem ein Frauenkloster einzuführen. Ich hoffe, die so entstandene Geschichte war spannend für Sie.

Die Figuren im Buch sind, bis auf die oben genannten, frei erfunden. Ich möchte nicht ausschließen, dass der eine oder andere Charakter Ähnlichkeiten mit heute lebenden Personen hat. Dies ist jedoch keinesfalls beabsichtigt.

Wenn Sie an Neuigkeiten über anstehende Buchprojekte, Veranstaltungen und Gewinnspiele interessiert sind, dann tragen Sie sich in meinen Newsletter oder meine WhatsApp Liste ein:

- **Newsletter: www.catherine-shepherd.com**
- **WhatsApp: 0152 0580 0860** (bitte das Wort „Start“ senden)

Sie können mir auch gerne bei Facebook, Instagram und Twitter folgen:

- **www.facebook.com/Puzzlemoerder**
- **www.twitter.com/shepherd_tweets**
- **Instagram: autorin_catherine_shepherd**

Natürlich freue ich mich ebenso über Ihr Feedback zum Buch an meine E-Mail-Adresse:

kontakt@catherine-shepherd.com

Zum Abschluss habe ich noch eine persönliche Bitte an Sie. Wenn Ihnen dieses Buch gefallen hat, würde ich mich über eine kurze Rezension freuen. Keine Sorge, Sie brauchen hier keine »Romane« zu schreiben. Einige wenige Sätze reichen völlig aus.

Sollten Sie bei *Leserkanone*, *LovelyBooks* oder *Goodreads* aktiv sein, ist natürlich auch dort ein kleines Feedback sehr willkommen. Ich bedanke mich recht herzlich und hoffe, dass Sie auch meine anderen Romane lesen werden.

Ihre Catherine Shepherd

STADT ZONS AM RHEIN

Die kleine Stadt Zons – ehemals Zollfeste Zons genannt – liegt am Niederrhein direkt bei Dormagen im Rhein-Kreis Neuss, fast genau in der Mitte zwischen Düsseldorf und Köln. Auf der anderen Seite des Rheins liegt Düsseldorf-Urdenbach. Beide Orte sind durch eine Fährverbindung über den Rhein miteinander verbunden. Zons ist eine der am besten bewahrten mittelalterlichen Städte mit einer im ganzen Rheinland einzigartigen, gut erhaltenen Befestigungsanlage aus dem 14. Jahrhundert, sozusagen das Rothenburg des Rheinlands.

Die kleine Stadt Zons blickt auf eine lange und bewegte Geschichte zurück:

Ebenso wie in das heutige Gebiet der Stadt Köln und der benachbarten Stadt Neuss kamen die Römer auch in die Nähe von Zons. Dies hat man jedenfalls bei Ausgrabungen festgestellt, nach denen es bei Zons einen römischen Friedhof und ein Militärlager der Römer gegeben hat.

Gesichert ist ebenfalls die Erkenntnis, dass Zons im Jahr 1373 das Stadtrecht erhalten hat. Der Kölner Erzbischof Friedrich von Saarwerden hatte zuvor im Jahr 1372 den Rheinzoll vom Gebiet des heutigen Neuss nach Zons verlagert. Zons wurde daraufhin durch Mauern und Gräben befestigt. Im Zentrum der befestigten Ortschaft befanden sich wohl etwa einhundertzwanzig Häuser. Im 15. Jahrhundert war der seinerzeitige Ausbau von Zons abgeschlossen. Die Bevölkerung war im Wesentlichen im Ackerbau, der Viehzucht und in den Bereichen Bier-, Wein- und Getreidehandel tätig. Daneben existierten Handwerksbetriebe, Ziegeleien sowie Woll- und Leinenwebereien. Zwischen dem 15. und dem 17. Jahrhundert gab es offenbar einen moderaten Wohlstand in der Stadt.

Das 17. Jahrhundert war keine gute Zeit für Zons. 1620 gab es erneut einen schweren Brand in der Stadt, von dem der Überlieferung nach nur wenige Häuser verschont blieben. Auch der Dreißigjährige Krieg hat durch entsprechenden Beschuss in Zons schwere Spuren der Zerstörung hinterlassen. Die Pest schwächte das Städtchen in mehreren Wellen, z. B. 1623 und 1666. Im Jahr 1794 eroberten die Franzosen Zons. Es gehörte nunmehr zu Frankreich und war bis 1814 im Kanton Dormagen des Arrondissements Köln beheimatet.

1815 ging Zons an die Preußen über und wurde dem Kreis Neuss sowie 1822 dem Regierungsbezirk Düsseldorf zugeordnet. Bereits seit 1900 ist Zons ein beliebtes Ausflugsziel. 1975 wurde Zons Teil von Dormagen. Zons nannte sich daher ab diesem Zeitpunkt Feste Zons. Seit 1992 darf Zons sich wieder Stadt nennen, allerdings handelt es sich hierbei nicht um eine eigenständige Gemeinde im Rechtssinn, sondern um einen Titel, den man Zons aufgrund der hohen historischen Bedeutung gewährt hat. Heute hat Zons über 5.000 Einwohner und gehört als Stadtteil von Dormagen zum Rhein-Kreis Neuss.

Weitere Informationen über Zons finden Sie auf: www.zons-am-rhein.info oder auf der Facebook-Seite www.facebook.com/zonsamrhein. Vielleicht schauen Sie sich das schöne Zons einmal persönlich an. Einige der Plätze, die in diesem Buch eine Rolle spielen, sind auch heute noch gut erhalten.

WEITERE TITEL VON CATHERINE SHEPHERD

DER PUZZLEMÖRDER VON ZONS

ZONS-THRILLER 1

»Der Puzzlemörder von Zons« ist der erste Roman von Catherine Shepherd, direkt nach seiner Veröffentlichung erreichte er die Nr. 1 der deutschen Amazon-Bestsellerliste. Mit mittlerweile über 35.000 verkauften Exemplaren gehört der Thriller zu den E-Book-Bestsellern des Jahres 2012 bei Amazon. Auch die Taschenbuchausgabe erreichte im lokalen Buchhandel die Spitze der Bestsellerliste.

»Der Mörder Dietrich Hellenbroich erinnert in seiner schaurigen Sammelwut an den Grenouille, die Hauptfigur aus Patrick Süskinds Bestseller ›Das Parfum‹. Die den Roman durchziehende Symbolik wiederum ähnelt den Dan-Brown-Bestsellern.«

— WESTDEUTSCHE ZEITUNG

Zum Inhalt:

Eine Begegnung von Vergangenheit und Gegenwart, die Sie nicht vergessen werden ...

Zons 1495: Eine junge Frau wird geschändet und verstümmelt aufgefunden. Offensichtlich ist sie Opfer eines perversen Ritualmörders geworden. Eigentlich ist das kleine mittelalterliche Städtchen Zons, das genau zwischen Düsseldorf und Köln am Rhein liegt, immer ausgesprochen friedlich gewesen. Doch seitdem der Kölner Erzbischof Friedrich von Saarwerden dem Städtchen die Zollrechte verliehen hat, taucht immer mehr kriminelles Gesindel auf. Bastian Mühlenberg von der Zonser Stadtwache ist geschockt von der Brutalität des Mordes und verfolgt die Spur des Puzzlemörders – nicht ahnend, dass er selbst bereits in dessen Fokus geraten ist ...

Gegenwart: Die Journalismus-Studentin Emily kann ihr Glück kaum fassen! Sie darf eine ganze Artikelserie über die historischen Zonser Morde schreiben. Doch mit Beginn ihrer Recherchen scheint der mittelalterliche Puzzlemörder von Zons wieder lebendig zu werden, als eine brutal zugerichtete

Frauenleiche in Zons aufgefunden wird. Kriminalkommissar Oliver Bergmann nimmt die Ermittlungen auf. Erst viel zu spät erkennt er den Zusammenhang mit der Vergangenheit. Verzweifelt versucht er, die Puzzleteile zusammenzufügen, doch der Täter ist immer einen Schritt voraus ...

»Der Autorin Catherine Shepherd gelingt es in ihrem Thriller meisterhaft, die Begegnung zwischen Historie und Gegenwart zu inszenieren. Ein packendes Werk, von der ersten bis zur letzten Minute!«

ERNTEZEIT*

ZONS-THRILLER 2

Zons 1496: Während Bastian Mühlenberg von der Zonser Stadtwache auf der Spur eines uralten Schatzes ist, den der Erzbischof von Saarwerden bei Errichtung der Stadtmauern tief unter der Erde von Zons verborgen hat, treibt ein brutaler Mörder mit einer goldenen Sichel sein blutiges Spiel mit seinen Opfern. Scheinbar wahllos verschwinden »unbescholtene« Bürger und alles, was von ihnen übrig bleibt, sind ihre toten Zungen, die sichtbaren Zeichen ihrer Sünden. Drei silberne Schlüssel, behütet von Pfarrer Johannes und der St.-Sebastianus-Schützenbruderschaft, führen Bastian in ein verschlungenes Labyrinth unterhalb von Zons, wo ein düsteres Geheimnis auf ihn wartet …

Gegenwart: Ein menschlicher Fußknochen wird in den Rheinauen von Zons gefunden. Kommissar Oliver Bergmann kann zunächst keine Leiche finden. Doch dann überschlagen sich die Ereignisse. Oliver verfängt sich in einem schier undurchdringbaren Netz aus Verdächtigen und Vermissten. Die nagelneue Salzsäureanlage im Chemiepark Dormagen gerät ebenso in sein Visier wie geldsüchtige Banker, eine goldene Mordwaffe und Gandhis »sieben Todsünden der Moderne«. Als die Journalismus-Studentin Emily und ihre beste Freundin Anna in ernsthafter Gefahr schweben, erkennt Oliver verzweifelt, dass ihm nicht mehr viel Zeit bleibt ...

»In ihrem zweiten Roman lässt Autorin Catherine Shepherd erneut Vergangenheit und Gegenwart zu einem atemberaubenden Thriller verschmelzen. Wem der »Puzzlemörder von Zons« gefallen hat, wird die neue Geschichte nicht mehr aus der Hand legen können. Shepherd führt Sie auf eine unglaublich spannende Reise!«

*Früher unter dem Titel »Der Sichelmörder von Zons« erschienen

KALTER ZWILLING

ZONS-THRILLER 3

Der dritte Thriller von Catherine Shepherd führt Sie in die Tiefen menschlicher Abgründe. Eine weitere Begegnung von Vergangenheit und Gegenwart, die Sie nicht vergessen werden.

Zons 1496: Ein schrecklicher Fluch beendet Elisas junges Leben, noch bevor sie ihre neugeborenen Zwillingssöhne in den Armen halten kann. Bastian Mühlenberg von der Zonser Stadtwache ahnt zunächst nichts von dem düsteren Familiengeheimnis, das auf den Brüdern lastet. Als der Schmied mit gefälschten Goldgulden zerstückelt vor der Stadtmauer aufgefunden und das friedliche Städtchen von einer neuen Mordserie erschüttert wird, nimmt Bastian Mühlenberg die Spur des Mörders auf. Stück für Stück wird er in eine unheilvolle Verschwörung hineingezogen, die das Leben seiner Familie bedroht ...

Gegenwart: Der grausame Mord an einer Prostituierten führt Kommissar Oliver Bergmann zu seinem dritten großen Fall nach Zons. Offensichtlich ist der Mörder ein kaltblütiger Psychopath, der ein perverses Machtspiel mit seinen Opfern treibt. Währenddessen schreibt Journalismus-Studentin Emily unter Anleitung von Professor Morgenstern, dem Leiter einer psychiatrischen Klinik vor den Toren von Zons, eine Reportage über die menschlichen Abgründe psychopathischer Persönlichkeiten. Als ein Universitätsprofessor aus Köln, keine dreißig Kilometer von Zons entfernt, auf martialische Weise ermordet wird, meint Oliver Bergmann, ein Muster aus der Vergangenheit zu erkennen. Ein über fünfhundert Jahre alter Fluch scheint zu neuem Leben erwacht ...

Kalter Zwilling wurde mit dem Indie-Autoren-Preis 2014 der Leipziger Buchmesse (Platz Nr. 2) ausgezeichnet.

AUF DEN FLÜGELN DER ANGST

ZONS-THRILLER 4

Der vierte Thriller von Catherine Shepherd führt Sie auf einen trügerischen Pfad, auf dem nichts so ist, wie es scheint. Eine weitere Begegnung von Vergangenheit und Gegenwart, die Sie nicht mehr loslassen wird ...

Zons 1497: Bastian Mühlenberg von der Zonser Stadtwache steht vor einem Rätsel. Am Morgen nach dem Geburtstagsfest von Pfarrer Johannes schwimmt eine tote Frau im Burggraben. Vom Täter fehlt jede Spur. Als kurz darauf vor den Toren von Zons ein Bote brutal ermordet wird, beginnt eine atemlose Jagd. Bastian entdeckt ein Geheimnis hinter den Steinen der Stadtmauer. Eine geheimnisvolle dunkle Flüssigkeit führt ihn auf eine gefährliche Reise, denn auch der Mörder ist auf der Jagd nach dem teuflischen Elixier ...

Gegenwart: Die alleinerziehende junge Mutter Saskia nimmt an einer klinischen Studie teil. Doch statt der erhofften Befreiung von ihren Ängsten erlebt sie, wie sie sich von Tag zu Tag schlechter fühlt, und kann am Ende nicht mehr zwischen Wahn und Wirklichkeit unterscheiden. Während Saskia von unerklärlichen, grausamen Bildern verfolgt wird, ermittelt Kommissar Oliver Bergmann in einer neuen Mordserie. Ein Stadtrat wird in seiner Zonser Wohnung ertränkt, wenig später führt ein Anruf die Polizei zu einer weiteren Leiche. Die einzige Verbindung zwischen den Opfern ist eine seltene Droge in ihrem Blut. Obwohl alles auf ein männliches Täterprofil hindeutet, hat Oliver starke Zweifel. Erst im letzten Moment erkennt er den wahren Zusammenhang, der ihn Jahrhunderte zurück ins Mittelalter führt …

TIEFSCHWARZE MELODIE

ZONS-THRILLER 5

Mit ihrem fünften Roman lässt Catherine Shepherd Sie in die düstere Dimension der Musik eintauchen. Halten Sie sich fest, denn dieser Thriller wird Sie nicht wieder loslassen.

Zons 1497: Eine junge Novizin wird gekreuzigt in der Kirche aufgefunden. Stadtsoldat Bastian Mühlenberg entdeckt eine Rose ohne Blütenblätter bei der Leiche des Mädchens. Noch bevor er ihrem Mörder auf die Spur kommt, muss eine weitere Frau ihr Leben lassen. Wieder schmückt ein Pflanzensymbol den Körper der Toten. Bastian steht vor einem Rätsel. Bei seiner Jagd nach dem raffinierten Frauenmörder stößt er auf ein grausames Geheimnis, das von einer tiefschwarzen Melodie wachgerufen wird ...

Gegenwart: Oliver Bergmann ermittelt in einem neuen Fall. Eine Frau wurde ans Bett gefesselt und brutal erstochen. In der Hand hält sie einen Notenzettel mit einer mittelalterlichen Melodie und zwei beunruhigenden Worten: »Fortsetzung folgt«. Der Kölner Musikprofessor Engelbert findet heraus, dass der Notenzettel nur ein kleines Stück der gesamten Komposition beinhaltet. Doch bevor die Ermittlungen richtig anlaufen, wird bereits eine zweite Frau ermordet - und wenn der Professor recht behält, war das noch lange nicht das letzte Opfer. Ein Wettlauf gegen die Zeit beginnt ...

»Tiefschwarze Melodie« ist ein temporeicher Thriller mit Spannung von der ersten bis zur letzten Seite.

SEELENBLIND

ZONS-THRILLER 6

»Er glaubt, du hast ihn gesehen und jetzt ist er hinter dir her …« Catherine Shepherds neuer Thriller erlaubt Ihnen keine Atempause.

Gegenwart: Als Michelle in einem finsteren Loch aufwacht, liegen zwei Frauen neben ihr. Wie durch ein Wunder entkommt sie der Hölle ihres Entführers. Sie ist verletzt, doch obwohl die Ärzte ihr vollständige Genesung versichern, stimmt etwas ganz und gar nicht. Kommissar Oliver Bergmann benötigt ihre Zeugenaussage, weil sie die Einzige ist, die den skrupellosen Serientäter zu Gesicht bekommen hat. Aber der treibt längst sein grausames Katz- und Mausspiel. Wird Bergmann die Verbindung zur Vergangenheit entdecken und ihn rechtzeitig stoppen können?

Zons 1497: Eine Frau wird erdrosselt vor den Toren der Stadt aufgefunden. Die Bewohner des kleinen Städtchens Zons sind verstört, denn selten hat jemand ein derart grauenhaft zugerichtetes Opfer gesehen. Der Mörder hat der Toten bei lebendigem Leib die Augen zugenäht. Stadtsoldat Bastian Mühlenberg hat keine andere Spur außer einem geheimnisvollen Zwirn. Als auf der Jagd nach dem Serienmörder auch noch sein Freund Wernhart lebensgefährlich verletzt wird, ist Bastian ganz auf sich alleine gestellt ...

»Seelenblind« ist überraschend, angsteinflößend und fesselt bis zur letzten Seite.

TRÄNENTOD

ZONS-THRILLER 7

Weine nicht, denn deine Tränen sind alles, was er will.

Gegenwart: Als eine junge Frau auf einer Party vor aller Augen tot zusammenbricht, beginnt ein Albtraum für ihre Mitbewohnerin Leonie. Hatte der Mörder es vielleicht von Anfang an auf sie abgesehen? Kommissar oliver Bergmann ermittelt auf Hochtouren. Nicht nur der Fall der jungen Frau, sondern auch ein seltsam inszenierter Doppelmord an zwei Liebespaaren macht ihm zu schaffen. Eine geheime Rezeptur aus dem Mittelalter führt Oliver auf die Spur des Serientäters. Doch schon verschwindet eine weitere Frau, und auch für Leonie läuft die Zeit ab.

Zons 1497: Ein Tuchhändler und seine Verlobte werden

ermordet aufgefunden. Beide sitzen am Tisch, den Blick starr aufeinander gerichtet. Selbst im Tod sehen sie sich noch in die Augen. Bastian Mühlenberg ist entsetzt. Was um alles in der Welt hat das zu bedeuten? Ein weiterer Mord führt ihn zu einem Geheimbund und der uralten Kunst der Alchemie. Doch wie hängen die Ereignisse zusammen? Ein rätselhaftes Buch lenkt ihn auf die Fährte des skrupellosen Serienmörders. Allerdings ist der längst mit seinem nächsten Opfer verschwunden ...

KRÄHENMUTTER

LAURA KERN-THRILLER 1

Das Böse lauert immer hinter einer freundlichen Maske.

LKA-Ermittlerin Laura Kern steht vor einem Rätsel. Ein Kind wurde am helllichten Tag aus einem Supermarkt entführt, doch es gibt keine Lösegeldforderung. Auch die Eltern schweigen sich aus – stecken sie womöglich mit den Tätern unter einer Decke? Laura und ihr Partner Max kämpfen sich durch einen Strudel widersprüchlicher Zeugenaussagen, während ihnen das Innenministerium im Nacken sitzt. Doch dann verschwindet der Vater des Kindes. Und dem LKA läuft die Zeit davon ...

ENGELSSCHLAF

LAURA KERN-THRILLER 2

Er behütet deinen Schlaf. Doch gib acht, sonst wachst du nie wieder auf!

Die Nacht ist kühl in Berlin. Auf einer Parkbank liegt eine junge Frau, liebevoll auf ein Kissen gebettet. Sie atmet nicht mehr, hat keinen Puls. Der Totenschein ist bereits ausgestellt, aber als der Leichnam abtransportiert wird, erwacht die Frau plötzlich zum Leben. Alle sind erleichtert, doch Spezialermittlerin Laura Kern ahnt: Der Täter wird erneut zuschlagen. Und sie hat recht. Ein weiteres Opfer kann nur noch tot geborgen werden. Die Lage spitzt sich zu, denn schon wird die nächste Frau mit passendem Profil vermisst. Erst viel zu spät erkennt Laura, dass sie ein winziges Detail übersehen hat – und dass sie sich einem Täter gegenübersieht, der glaubt, den Tod besiegen zu können.

Catherine Shepherds neuer Thriller nimmt Sie mit in die perfide Gedankenwelt eines Killers, den Sie auf unheimliche Weise verstehen werden. Lassen Sie sich nicht vom Bösen entführen!

MOORESSCHWÄRZE

JULIA SCHWARZ-THRILLER 1

Manchmal ist es besser, auf die innere Stimme zu hören, bevor sich die Nacht unwiderruflich über die Sinne legt.

Julia Schwarz kennt sich aus mit dem Tod. Die Rechtsmedizinerin ist in ihrem Institut auch als Eislady bekannt. Nichts kann sie so schnell aus der Bahn werfen. Jedenfalls nicht, solange sie es schafft, ihre düstere Vergangenheit in Schach zu halten. Als Kriminalkommissar Florian Kessler sie zu einem Tatort in einem nahe gelegenen Moor ruft, sieht alles zunächst nach einem einfachen Fall aus. Aber dann verschwindet die Leiche und Julia macht sich auf die Suche nach dem toten Mädchen. Doch statt der Leiche stößt sie auf ein weiteres Opfer. Erst jetzt begreift Julia, dass sie es mit einem gefährlichen Serientäter zu tun hat, der einen perfiden

Plan verfolgt. Ein sonderbares Tattoo auf dem Bauch der Frauen scheint die einzige Verbindung zwischen den Fällen zu sein. Aber die Zeit läuft gegen Julia und sie ahnt nicht, dass sie selbst bereits viel zu tief in den Strudel des Bösen geraten ist.

Catherine Shepherds neuer Thriller ist dunkel, rasant und lässt Sie garantiert nicht mehr los!

NACHTSPIEL

JULIA SCHWARZ-THRILLER 2

Er spielt gerne, vor allem in der Nacht. Lauf weg, denn sein Spiel endet tödlich!

Rechtsmedizinerin Julia Schwarz beherrscht ihren Job wie kaum jemand sonst. Mit dem Tod kann sie umgehen, nicht aber mit den Albträumen, die ihr in letzter Zeit den Schlaf rauben. Hartnäckig konzentriert sie sich daher auf die Jagd nach einem Frauenmörder, der sein Opfer grausam gefoltert und dann achtlos in den Kofferraum eines Kleinwagens gestopft hat. Obwohl sich der ermittelte Täter das Leben nimmt, landet eine weitere Leiche auf Julias Obduktionstisch. Kriminalkommissar Florian Kessler geht von einem neuen Fall aus, doch für Julia sprechen die Spuren eine andere Sprache. Als sie endlich die Handschrift des Mörders entziffert, muss sie erkennen, dass sie längst selbst in der Falle sitzt und dem Spiel eines unberechenbaren Serienkillers ausgeliefert ist …

Catherine Shepherds neuer Thriller enthüllt die Schrecken der Nacht. Ignorieren Sie niemals Ihre Träume. Es könnte Ihnen das Leben retten!

ÜBER DIE AUTORIN

Die Autorin Catherine Shepherd (Künstlername) lebt mit ihrer Familie in Zons und wurde 1972 geboren. Nach Abschluss des Abiturs begann sie ein wirtschaftswissenschaftliches Studium und im Anschluss hieran arbeitete sie jahrelang bei einer großen deutschen Bank. Bereits in der Grundschule fing sie an, eigene Texte zu verfassen, und hat sich nun wieder auf ihre Leidenschaft besonnen.

Ihren ersten Bestseller-Thriller veröffentlichte sie im April 2012. Als E-Book erreichte »Der Puzzlemörder von Zons« schon nach kurzer Zeit die Nr. 1 der deutschen Amazon-Bestsellerliste. Es folgten weitere Kriminalromane, die alle Top-Platzierungen erzielten. Ihr drittes Buch mit dem Titel »Kalter Zwilling« gewann sogar Platz Nr. 2 des Indie-Autoren-Preises 2014 auf der Leipziger Buchmesse. Seitdem hat Catherine Shepherd die Zons-Thriller-Reihe fortgesetzt und zudem zwei weitere Reihen veröffentlicht.

Im November 2015 begann sie mit dem Titel »Krähenmutter« eine neue Reihe um die Berliner Spezialermittlerin Laura Kern (mittlerweile Piper Verlag) und ein Jahr später veröffentlichte sie »Mooresschwärze«, der Auftakt zur dritten Thriller-Reihe mit der Rechtsmedizinerin Julia Schwarz.

Mehr Informationen über Catherine Shepherd und ihre Romane finden sich auf ihrer Website:

www.catherine-shepherd.com

11542617R00202

Printed in Germany
by Amazon Distribution
GmbH, Leipzig